Le Jeu de l'Amour et de la Mort

*

UN HOMME POUR LE ROI

JULIETTE BENZONI

Le Jeu de l'Amour et de la Mort

*

UN HOMME POUR LE ROI

EDITIONS FRANCE LOISIRS

Edition du Club France Loisirs,
avec l'autorisation des Editions Plon

Editions France Loisirs,
123, boulevard de Grenelle, Paris
www.franceloisirs.com

ISBN : 2-7441-3819-3

A Christian de Bartillat
en affectueuse complicité...

PREMIERE PARTIE

L'Ouragan

1
Un château en Brocéliande...

Le petit bouquet de genêts et de marguerites glissa des mains d'Anne-Laure et disparut dans la fosse. La dalle de pierre reprit sa place tandis que, faute de prêtre, le vieux Conan Le Calvez murmurait les paroles de la dernière prière : « O Dieu dont la miséricorde donne le repos aux âmes des fidèles, daignez bénir cette tombe... » Les paroles se fondirent dans le silence tandis que Jaouen, avec des gestes presque doux, comme s'il craignait de blesser le petit corps enfoui, s'efforçait d'effacer toute trace d'ouverture au sol de la chapelle. Après quoi, il rabattit le volet de la lanterne. On n'avait plus besoin de lumière.

L'obscurité ne fut profonde qu'un instant. Les yeux s'accoutumaient et puis, par les vitraux brisés, la nuit d'été apportait une clarté suffisante pour révéler les statues décapitées, les armoiries martelées sur le banc seigneurial et des traces d'incendie qui s'arrêtaient à l'autel, curieusement intact avec son petit tabernacle en bois doré. C'était comme si la fureur des hommes était venue buter contre la demeure de l'Agneau, comme si une invisible main leur avait interdit le sacrilège suprême. Souvenir peut-être d'enfances pieuses à la limite de la superstition.

On entendit la voix de Jaouen gronder dans l'ombre :

– Il y a longtemps que ça s'est passé?

– Deux mois à la Saint-Hervé, répondit Conan. Mais faut pas croire que c'est l'ouvrage de ceux d'ici. Sont venus de

Mauron les mauvais gars à moitié saouls de cidre et d'eau-de-vie volés ; ils hurlaient des abominations à faire écrouler le Ciel...

– Ils étaient nombreux ?

– Bien trop ! Qu'est-ce qu'un hameau de dix feux contre une grosse bande armée ? Pas des gens de la terre, en tout cas : ils ont même fait flamber deux granges...

– Qui les menait ?

Le vieil homme hocha la tête avec une moue désabusée :

– Va savoir ! On l'avait jamais vu par ici. Un grand débraillé au poil roux qui lui sortait de partout. A part ça, il te ressemblait un peu sauf qu'il était bigle...

Par respect pour la douleur de la jeune mère, les deux hommes chuchotaient, mais ils n'avaient pas à se tourmenter : elle ne les écoutait pas. Encore mal remise d'avoir trouvé, au bout de sa longue route, sa maison brûlée, des pans de murs noircis et sa chapelle violée, Anne-Laure se contentait de regarder autour d'elle d'un air absent comme si tout cela ne la concernait pas. En réalité et en dépit de cette catastrophe, elle éprouvait un vague soulagement : celui d'être arrivée jusqu'ici après un voyage en forme de cauchemar. Que la chapelle eût souffert était un fait, mais la terre sanctifiée demeurait et la jeune femme pensait que sa petite Céline y reposerait plus doucement que dans l'un des affreux charniers parisiens où il eût fallu la porter puisqu'on n'enterrait plus dans les églises fermées et les couvents vidés. Une idée insupportable ! A Komer, au moins la petite fille serait chez elle près de l'étang où, selon la légende, la fée Viviane tenait depuis la nuit des temps l'enchanteur Merlin prisonnier. Même si la prudence interdisait la moindre inscription révélant qu'ici reposait à jamais Céline de Pontallec, morte dans sa seconde année...

Comme elle s'apprêtait à sortir, Anne-Laure entendit les sanglots de la vieille Barbe Le Calvez qui avait reçu le bébé au jour de sa naissance et qui, à présent, bredouillait dans son tablier des « Cher petit ange... » noyés dans les larmes. Elle en éprouva de l'envie car elle-même ne pouvait pleurer. Ses nerfs tendus à l'extrême lui refusaient cette détente, cet apaisement. Sa douleur était un feu desséchant, mais elle l'avait tenue droite tout au long de ce terrible voyage à travers un pays qui ne se reconnaissait plus, transportant avec elle un coffre de voyage usagé d'apparence bénigne, qui, pourtant, renfermait le petit cercueil mis ainsi à l'abri des inquisitions. Une aventure insensée qui, bien sûr, n'avait pas reçu l'approbation du père.

– C'est de la folie ! Vous allez risquer de vous faire arrêter à chaque pas de vos chevaux en dépit de vos laissez-passer. Et puis pourquoi Komer plutôt que Pontallec, chez moi, où La Laudrenais chez les vôtres ?

A la surprise du marquis, la silencieuse, la timide s'était obstinée. Komer lui appartenait à elle en toute propriété, présent d'un parrain vieux garçon que l'on disait un peu fou parce qu'il parlait tout seul et auquel les bruits de la forêt attribuaient des « pouvoirs ». Ronan de Laudren lui avait légué ce domaine des fées, ce petit château jadis cœur d'une puissante forteresse, aujourd'hui réduite à l'état de vestiges rêvant au bord d'un étang de l'antique Brocéliande.

Céline était née là, dans cette demeure où sa mère avait passé, entre les arbres et l'eau, de bien douces heures d'enfance avec les ombres qu'elle aimait et les légendes auxquelles elle croyait plus encore qu'aux Evangiles... Et, en fait, c'était vers cet univers-là qu'elle avait voulu revenir à l'heure du plus grand chagrin que puisse éprouver une femme. C'était à lui qu'elle voulait confier sa petite fille, plus encore qu'à une terre chrétienne. Et, si elle avait écouté son désir profond, elle eût simplement remis l'enfant à la paix de l'étang pour qu'elle y rejoigne Viviane et Merlin et le chevalier qui, par amour pour sa reine, avait perdu le droit de quêter le Graal. Mais, même en Brocéliande, personne n'eût compris. On aurait crié au sacrilège...

Tout cela était de toute façon impossible à faire entendre à quiconque, et moins encore à Josse de Pontallec qui déjà ne comprenait pas le besoin qu'avait sa femme de remettre sa petite fille à la terre bretonne. Cependant, il s'était incliné assez vite, se contentant de hausser les épaules en déclarant :

– Dans ce cas, Jaouen vous escortera. Vous ne pensiez pas, j'espère, faire le trajet seule ?

– J'espérais votre compagnie. Il est d'usage, pour un père, d'assister aux funérailles de son enfant.

– Vous en avez décidé seule, ma chère. Et comme je ne suis pas d'accord, souffrez que je vous laisse à vos responsabilités. C'est déjà beau que je vous laisse partir. Avec Jaouen vous serez bien défendue. Au surplus, ajouta-t-il après une toute légère hésitation, je n'ai jamais aimé Komer où vous êtes trop chez vous.

L'excuse était misérable. La vérité, il fallait la chercher au palais des Tuileries où Josse allait chaque jour faire sa cour à la reine Marie-Antoinette. C'était pour lui infiniment plus important que d'accompagner sa femme dans un voyage aussi désagréable. Encore, s'il se fût agi d'un fils ? Mais une fille ne valait pas que le marquis de Pontallec manquât, fût-ce un seul jour, à ce qu'il prétendait être un devoir d'honneur.

– J'ai partagé les heures exquises de Trianon, disait-il. Je me dois de partager à présent celles, amères, de l'exil.

L'exil ? Le mot agaçait Anne-Laure. Le séjour de sa ville capitale représentait-il vraiment l'exil pour une reine de France ? Ne respirait-elle à l'aise que dans le décor ravissant et artificiel des bergeries de Trianon ou dans la splendeur de Versailles ? Il est vrai que, depuis le malheureux retour de Varennes, la fuite si misérablement avortée, le vieux palais des Tuileries avait l'air de s'être resserré autour de la famille royale jusqu'aux limites d'une prison. Mais Paris tout entier ne se faisait-il pas le geôlier de souverains qui n'avaient plus le droit d'en sortir ? Même le château de Saint-Cloud, cependant si proche, leur était interdit, et le bon roi Louis XVI pour qui la chasse représentait le meilleur des exercices quotidiens souffrait sans l'avouer d'être privé de ses forêts. Certainement plus que de son grand palais !

Anne-Laure aimait bien le Roi qui, lors de ses rares apparitions à la Cour, lui montrait toujours beaucoup de bonté. En revanche, elle n'aimait guère la Reine auprès de qui elle se sentait gauche et campagnarde. Josse y était pour beaucoup car il montrait à Marie-Antoinette une véritable dévotion quand il n'accordait à son épouse qu'une attention distraite et vaguement dédaigneuse. Il est vrai qu'auprès de l'éblouissante Viennoise, elle faisait pâle figure cette jeune Anne-Laure de Laudren, fraîchement émoulue de son couvent malouin et de ses châteaux bretons, cette petite-fille d'armateurs enrichis depuis longtemps dans la « course » mais aussi dans la pêche à la morue, dont l'élégant marquis avait épousé la dot et les espérances.

Bien entendu, Anne-Laure ignorait ces détails lorsque, trois ans plus tôt, dans la chapelle de Versailles, sa main rejoignit celle de Josse.

Elle avait alors seize ans, arrivait de sa Bretagne et se croyait la princesse Guenièvre sur le point d'épouser le roi Arthur car, si Josse de Pontallec était son aîné de dix ans, il était aussi sans aucun doute l'un des plus beaux hommes d'une cour qui n'en manquait pas et peut-être le plus élégant avec le comte d'Artois, le jeune frère du Roi. Ce qui lui valait une sorte de célébrité.

Venu à Versailles vers l'âge de douze ans, Josse avait été l'un des plus turbulents parmi les pages de la Grande Ecurie avant de s'imposer à la Cour la plus raffinée du monde comme une sorte d'arbitre des élégances. Ainsi, il fut le premier, avant même le duc de Chartres, à adopter les modes anglaises dont la coupe savante et la sobriété savaient mettre en valeur un corps digne de l'Antique et des jambes à faire pâlir d'envie un danseur d'opéra. On copiait ses redingotes, on s'extasiait sur le tour de ses cravates et, quand il daignait porter l'habit de cour, aucun courtisan n'égalait sa splendeur.

Mais tout luxe coûte cher, surtout lorsque l'on y adjoint le jeu et les femmes. La fortune – assez belle cependant – du jeune marquis fondit si bien qu'il ne lui resta bientôt plus d'autre recours qu'un riche mariage. Des cousins des deux familles s'entremirent ; la Reine daigna donner la main à l'entreprise et l'on alla chercher la fiancée au fond du couvent où elle achevait son éducation.

Elle vint sous le chaperonnage de sa marraine, la chanoinesse de Saint-Solen. Sa mère, Marie-Pierre de Laudren, était beaucoup trop occupée pour venir perdre son temps à Versailles, fût-ce pour assister au mariage de sa fille dès l'instant que l'on obéissait à un ordre royal. Quant à son frère aîné, Sébastien, mort deux ans plus tôt dans le naufrage du navire corsaire qu'il commandait dans l'océan Indien, il n'aurait pas le privilège de mener sa sœur à l'autel.

Mme de Laudren était une femme énergique et froide. Elle avait aimé passionnément son époux et ne s'était jamais consolée de sa mort, mais elle trouva une sorte de compensation en prenant sa place dans les bureaux de sa maison d'armement. Rien d'extraordinaire, au fond, pour Saint-Malo qui avait déjà vu, au cours du siècle, trois femmes : Mme de Beauséjour Sauvage, Mme Onfroy du Bourg et Mme Lefèvre Desprez, « armer » des navires avec succès. La dernière eut même la gloire de voir son *Marquis de Maillebois* rapporter en France du café de l'île Bourbon. Prise par ses affaires Marie-Pierre ne trouva que fort peu de temps à consacrer à ses enfants, surtout à Anne-Laure. Celle-ci, n'imaginant pas qu'il pût exister des relations plus chaleureuses entre parents et enfants, n'en souffrit pas vraiment, toute sa tendresse allant à Mme de Saint-Solen, sa marraine.

En dépit des dettes de Josse, son alliance était apparue souhaitable à « l'armatrice ». Les Pontallec étaient de bonne et ancienne famille rehaussée d'un beau titre, et si leurs biens continentaux avaient souffert des folies du jeune marquis, ils possédaient toujours, dans l'île de Saint-Domingue, une plantation de canne à sucre qui eût été d'un fort bon rendement si Josse avait daigné s'en occuper. Ou simplement s'y rendre pour ramener à la raison un intendant singulièrement épris d'indépendance, mais Josse détestait les voyages pour leur inconfort et parce qu'ils contrariaient son indolence naturelle. Dès la signature du contrat de mariage, Marie-Pierre de Laudren reprenait les choses en main, envoyait là-bas un homme de confiance avec un navire solidement armé et un équipage capable de lui prêter main-forte. L'intendant fut pendu et la plantation du Morne-Rouge produisit un nouveau flot d'or jusqu'à ce qu'en 1791, un an avant la mort de Céline donc, la grande révolte des Noirs de Toussaint-Louverture réduise trois ans d'efforts à quelques poignées de cendres arrosées de sang.

Tous ces jeux d'intérêts, Anne-Laure les ignora. Son avis, d'ailleurs, n'était d'aucune importance. Eblouie par le monde où elle pénétrait, elle ne voyait sa vie future qu'à travers les sourires de son fiancé. Des sourires rares sans doute et qui n'en avaient que plus de prix. Son cœur ingénu s'enflamma comme une poignée d'aiguilles de pin séchées au soleil et, en recevant la bénédiction nuptiale dans la chapelle de Versailles, elle crut voir s'ouvrir devant elle les portes du Paradis. Josse ne venait-il pas de lui jurer amour, fidélité et protection jusqu'à ce que la mort les sépare ?

L'enchantement n'excéda pas la nuit de noces dont Josse, alors très amoureux d'une actrice de la Comédie-Française, s'acquitta comme d'une formalité plutôt ennuyeuse, pour ne pas dire une corvée. Pas un instant, dans son égoïsme, il n'imagina qu'il infligeait une grave blessure à la jeune fille qui se donnait à lui si complètement. Pourtant, elle ne cessa pas de l'aimer. Dans sa candeur, elle s'imagina que ce devait être là le comportement normal d'un époux et se reprocha presque d'en souffrir.

En effet, elle ne connaissait de l'amour que les récits chevaleresques de la Table Ronde et les bégaiements éperdus d'un jeune cousin qui, lorsque tous deux avaient douze ans, avait poussé l'audace jusqu'à lui donner, un soir d'été près de l'étang de Komer où coassaient les grenouilles, un baiser mouillé que la fillette ne trouva pas du tout agréable. Le jeune cousin dut se vanter de son exploit car on ne le revit plus. De toute façon, une brouille de famille intervint à ce moment et la fillette n'en fut pas autrement affectée. Ce premier essai n'était guère encourageant et la nuit avec Josse acheva d'ancrer l'opinion désabusée de la jeune femme : l'amour n'avait vraiment rien de commun avec les rêves des jeunes filles...

Josse de Pontallec ne consacra que peu de temps à sa lune de miel. Ce n'était pas l'usage et ne s'accordait pas avec la vie de cour. Et comme peu de temps après, Anne-Laure se trouva enceinte, le mari vit là un beau prétexte à l'éloigner. Il l'installa, en compagnie de l'aimable Augustine de Saint-Solen, dans l'hôtel familial de la rue de Bellechasse à Paris, où il put l'oublier et reprendre sans remords sa vie de plaisirs et de galanterie avec sa comédienne.

Comme, tout de même, il s'obligeait à une visite de temps à autre, la jeune marquise ne se plaignit pas de ce relatif isolement : elle avait un charmant jardin, des oiseaux, le son des cloches du couvent voisin des Dames de Bellechasse, deux ou trois voisines agréables et des nausées. Les premiers grondements de la Révolution ne franchirent pas les murs de sa maison et, eût-elle tenu un journal intime, qu'à l'instar du roi Louis XVI elle y eût sans doute écrit « Rien » le jour où le peuple prit la Bastille.

Cependant, il lui arrivait de sortir car elle aimait les bords de la Seine et la terrasse des Tuileries qu'elle parcourait au bras de la chanoinesse en regardant le soleil jouer dans l'eau verte du fleuve qui devenait brune au passage des lourdes barges. Certain jour d'octobre, les deux femmes se trouvèrent prises dans l'énorme bousculade qui secouait Paris tandis qu'une horde de femmes misérables, traînant après elles un canon et une foule de gens à mine patibulaire, ramenaient de Versailles la famille royale et les quelque deux mille voitures qui suivaient le carrosse avançant au pas dans la poussière et sous un soleil accablant.

Malmenée, à demi étouffée, Anne-Laure eût été écrasée sans la présence d'esprit d'un garde-français qui l'enleva au moment où, arrachée au bras de Mme de Saint-Solen, elle allait être poussée sous les roues d'une voiture. Elle n'en fit pas moins une fausse couche qui faillit tourner au tragique. L'enfant eût été un fils et Josse montra une tristesse qui toucha sa jeune femme, mais il ne perdit guère de temps pour parer aux suites du regrettable accident et, onze mois après celui-ci, un enfant venait au monde. Cette fois, il s'agissait d'une fille, et la petite Céline n'obtint de son père, en guise de bienvenue, qu'un soupir désenchanté.

Il n'en allait pas de même pour Anne-Laure. La naissance du bébé lui apporta un grand, un merveilleux bonheur et elle donna à cette toute petite fille la moisson d'amour qu'elle avait engrangée et dont son époux faisait fi. Il semblait même qu'avec le temps celui-ci s'intéressât de moins en moins à elle, mais grâce à Céline, elle en souffrait peu et en venait à une certaine résignation. Elle se croyait sans beauté, terne et portait peu d'intérêt à sa personne en dépit des objurgations de sa femme de chambre, de Mme de Saint-Solen et même du vieux duc de Nivernais, rencontré dans une demeure voisine et devenu son ami. Elle ne vivait que pour les sourires de sa petite, oubliant tout le reste.

Le faubourg Saint-Germain commençait à se vider au profit des rives du Rhin, des Pays-Bas ou de l'Angleterre ;

les cloches des Dames de Bellechasse ne sonnaient plus parce que le couvent était fermé et la Révolution, installée, commençait à ravager un monde. Dans son nid où elle couvait sa fille, Anne-Laure se croyait à l'abri de tous les coups du sort. Et puis...

Et puis il y eut cette courte mais violente épidémie de variole qui passa sur l'élégant faubourg aussi aisément que sur un quartier pauvre. Elle frappa les quelques demeures que l'émigration n'avait pas encore touchées et fit des victimes. Entre autres la bonne chanoinesse et aussi, quelques jours plus tard, l'enfant qu'Anne-Laure aimait tant...

La souffrance terrassa la jeune mère. Elle resta sans voix, sans aucune réaction, durant de longues heures. Seuls vivaient encore en elle ses bras serrés autour du petit corps sans vie et son cœur qui lui faisait si mal. On réussit enfin à l'en détacher, mais quand elle comprit qu'on voulait lui prendre son enfant pour l'enterrer très vite n'importe où, elle se changea soudain en louve, tournant autour d'une idée fixe : retourner à Komer où se trouvaient ses plus chers souvenirs, où Céline était éclose naguère comme une fleur au creux de la forêt, y emporter son enfant et demeurer auprès d'elle. Surtout, ne plus revenir dans ce Paris monstrueux en train de devenir fou ! Elle n'avait même plus envie de revoir Josse : il n'avait pas trouvé un mot de regret pour sa petite fille, pas un geste de tendresse ou de simple amitié pour la femme meurtrie qui portait son nom. Des enfants, elle en aurait d'autres voilà tout !

En entendant cela, elle pensa qu'il devait être possible de haïr cet homme et hâta ses préparatifs de départ. Seule sa maison d'enfance pourrait l'aider à guérir ! Elle ignorait, bien sûr, que l'ouragan était passé là aussi. Et ce fut pour elle un nouveau choc, infiniment douloureux, quand la petite route forestière, si familière, s'ouvrit sur un tableau accablant : derrière les tours féodales à demi écroulées, le joli logis Renaissance montrait des déchirures tragiques et dressait vers le ciel des pans de murs noircis couronnés de cheminées dérisoires. Des hommes, emportés par une fureur aveugle avaient, au nom d'une idéologie dévastatrice, détruit bien plus qu'un joyau de l'art breton : le foyer apaisant où la jeune marquise espérait abriter son chagrin. Seuls, les communs et la chapelle ne montraient pas de traces d'incendie. Céline, au moins, aurait son refuge !

A présent qu'elle y reposait, sa mère se sentit un peu moins malheureuse. Autour d'elle, la nuit était semblable à toutes celles de jadis au temps d'été : aussi bleue, aussi étoilée. La forêt toujours aussi dense et aussi parfumée. Autour de Komer blessé comme autour de Komer intact, elle semblait vouloir prendre ce château dans ses bras pour bercer sa souffrance...

Une main ferme la tira brusquement en arrière, la sortant de sa rêverie :

– Faites excuse, Madame la marquise, mais vous me sembliez bien partie pour aller droit dans l'étang ! dit le vieux Conan.

La jeune femme vit alors qu'elle s'était dirigée vers le lac et qu'entre ses pieds et l'eau sombre, ne restait qu'une étroite bande de terre. Elle réussit alors à sourire au bon visage inquiet.

– Je ne le voulais pas, Conan, et je vous demande pardon. Pourtant ce ne serait peut-être pas si mal d'aller à la recherche du palais de Viviane. Souvenez-vous ! Mon cher parrain le décrivait si bien quand j'étais petite !

– Sans doute, mais la mort qu'on se donne à soi-même n'est pas le bon chemin pour s'y rendre. Pas plus qu'au Paradis ! Vous n'y retrouveriez pas la petite Céline et ce serait un grand péché !

Le péché, Anne-Laure s'en souciait peu. Même au couvent, elle n'avait jamais été dévote, mais faire de la peine à ce vieil ami était trop injuste.

– N'ayez pas peur ! Je ne ferai jamais cela. Je vous le promets.

– A la bonne heure! Venez plutôt vous réconforter chez nous. Barbe est rentrée pour activer le feu et vous préparer quelque chose de chaud et aussi un bon lit. Votre cocher pourra dormir dans l'étable.

– Merci, mais puisque je ne peux plus habiter ma maison, il vaut mieux que nous repartions tout de suite. La nuit s'achèvera bientôt et je ne veux pas vous compromettre...

– On n'a rien à craindre de ceux d'ici et vous non plus. On vous y a toujours aimée...

– Je sais et je ne vous cache pas que j'espérais rester ; ce n'est plus possible et, si ma présence était connue, vous pourriez avoir à en souffrir. Quand les choses changent, les gens changent aussi...

– Nous sommes vieux, Barbe et moi. Qu'est-ce qu'on pourrait bien redouter à nos âges ?

– On ne sait jamais et j'ai besoin que vous restiez en vie pour garder ce que j'avais de plus précieux.

Tout en parlant, le vieil homme et la jeune femme remontaient vers les murs couverts de lierre de l'ancienne enceinte sous laquelle on avait dissimulé la voiture. Une grande ombre s'en détacha et vint à eux :

– Si Madame la marquise le veut nous pouvons repartir, dit Joël Jaouen. Les chevaux sont assez reposés pour gagner sans peine le prochain relais...

– Ça va bien pour les chevaux, reprocha Conan, mais songe un peu à ta maîtresse, garçon! Elle n'a pas pris un instant de repos, elle!

– C'est que le jour va bientôt se lever et qu'il ne fait pas bon s'attarder ici...

– Nous partons, Jaouen! soupira Anne-Laure. Le temps d'embrasser ma chère Barbe. Mais je reviendrai, ajouta-t-elle en prenant le vieil homme dans ses bras, et, si Dieu le veut, je rebâtirai ma maison...

C'étaient tout juste les mots qu'il fallait dire. Un moment plus tard, lestée de bénédictions, de souhaits de bon voyage et de quelques provisions pour la route, Mme de Pontallec remontait en voiture, jetant un dernier regard à la petite chapelle.

– Nous veillerons bien sur elle, assura Barbe qui saisit ce regard au passage.

Le ciel commençait à pâlir quand la berline s'engagea sous le couvert de la forêt. La tête appuyée aux coussins, Anne-Laure s'efforçait de ne pas penser, de regarder seulement défiler les grands arbres qu'elle aimait. Elle avait tellement espéré rester là ! Au moins jusqu'à la fin de ces troubles dont jusqu'à présent elle ne se souciait guère. Et voilà que son cher asile n'existait plus ! Quelle tristesse !...

Par la vitre ouverte, les senteurs fraîches du sous-bois envahissaient la voiture et avivaient les regrets de la jeune femme. Il était dur de quitter ce beau pays pour retourner au cœur de la fournaise parisienne. Un instant, elle caressa l'idée d'aller à Saint-Malo près de sa mère, et pour en recevoir quel accueil ? Personne ne pouvait prédire à l'avance l'humeur de Marie-Pierre de Laudren et si elle était à l'orage, Anne-Laure savait qu'elle ne le supporterait pas. Alors autant rentrer !

Et puis, soudain, elle pensa à son époux, découvrit en elle une soudaine envie de le revoir. Après tout, il venait lui aussi de cette terre bretonne que tous deux aimaient... Il en avait la dureté mais aussi la force et, s'il ne rendait pas à sa femme l'amour encore si chaud qu'elle retrouvait sous sa douleur, il n'en était pas moins « son » mari ; s'il ne partageait pas ses plaisirs avec elle, il consentirait peut-être à courir avec elle les dangers des temps nouveaux. Qui pouvait dire, même, si les épreuves à venir ne les rapprocheraient pas ?

Anne-Laure ferma les yeux pour mieux savourer cette pensée douce et consolante mais, soudain, la voiture ralentit, s'arrêta. La jeune femme ouvrit les yeux, se pencha à la portière et vit que l'on était toujours dans la forêt.

– Que se passe-t-il ? Nous avons un incident ?

Descendu de son siège, Jaouen vint au marchepied :

– Aucun, Dieu merci ! Simplement... je voudrais parler à Madame la marquise sans que l'on puisse nous entendre et, pour cela, l'endroit me paraît bon.

– Me parler ? Mais de quoi ?

– Madame le saura si elle veut bien descendre et venir avec moi jusqu'à ce tronc d'arbre abattu qui est là-bas. Ce que j'ai à dire est assez difficile ; en m'accompagnant elle me faciliterait les choses. J'ajoute qu'il s'agit d'une affaire grave.

– A ce point ?

Elle n'hésita qu'à peine. L'attelage était arrêté auprès d'une petite clairière où coulait une source. L'endroit était charmant, plein de chants d'oiseaux et enveloppé par l'aurore d'une divine lumière.

– Allons ! dit-elle. Après tout nous ne sommes pas si pressés !...

Jaouen ouvrit la portière, offrit sa main pour aider la jeune femme à descendre et la conduisit jusqu'à un tronc moussu où il la fit asseoir après s'être assuré qu'elle ne risquait pas de se salir. Il y eut alors un silence qui laissa la parole aux bruits de la forêt. Pour la première fois depuis qu'elle le connaissait, Mme de Pontallec examina le serviteur de son mari.

Jusqu'à leur départ commun, il était pour elle à peine plus qu'un étranger. Frère de lait de Josse, il ne l'avait jamais quitté, le suivant à Versailles depuis le château paternel avec des fonctions variées qui avaient été celles d'un petit valet puis d'une sorte de secrétaire et enfin de confident. Il ne faisait que de rares apparitions rue de Bellechasse et Anne-Laure n'avait jamais accordé beaucoup d'attention à ce garçon silencieux qui était l'ombre de Josse.

A mieux le regarder dans cette solitude au milieu des bois où il prenait un vrai relief, elle vit que c'était un homme de haute taille dont l'allure n'était pas dépourvue d'une certaine noblesse. Il y avait aussi de l'intelligence dans le visage aux traits accusés qui s'ordonnaient autour d'un nez assez fort et de deux yeux d'un gris nuageux abrités sous d'épais sourcils bruns.

Conscient de cet examen, Joël Jaouen ne disait rien. Il se tenait debout devant Anne-Laure, son chapeau à la main, sans gêne mais sans effronterie, attendant simplement qu'elle parle.

– Eh bien, soupira-t-elle enfin. Je vous écoute. Qu'avez-vous à me dire ?

– Puis-je me permettre de poser une... ou plutôt deux questions ?

– Faites !

– Où allons-nous ? Et... pourquoi y allons-nous ?

– Mais... nous allons à Paris, bien sûr !

– Alors je répète : pourquoi y allons-nous ? Pourquoi Madame la marquise veut-elle retourner dans cette ville dont elle n'a rien de bon à attendre ? Madame ne semble pas s'en être vraiment aperçue, mais la Révolution existe et ne fait même que commencer. Le pouvoir royal n'est déjà plus qu'un souvenir, les églises sont vides, les couvents ferment et, bientôt, les hommes de bonne volonté qui ont voulu la liberté et le bonheur du peuple seront submergés par la lie qui commence à remonter des bas-fonds. Une foule de gens sans aveu s'apprête à la curée et d'autres y arrivent par toutes les routes de France. Paris bouillonne et Paris explosera. Alors, vous qui êtes sortie de cet enfer, n'y rentrez pas !

Mme de Pontallec ne chercha pas à cacher son étonnement :

– Vous semblez bien renseigné ? D'où tenez-vous ces nouvelles terrifiantes ?

– De partout. Je regarde, j'écoute, je lis les gazettes, j'entends les bruits de la rue et il m'arrive d'entrer dans les cafés. Nous allons vers une catastrophe sans précédent pour la noblesse... et j'ose supplier Madame la marquise de rester en Bretagne !

– La croyez-vous plus sûre après ce que nous venons de voir ? Et puis, où voulez-vous que j'aille puisque Komer est inhabitable ? A Pontallec ? En admettant qu'il soit encore debout, je n'aime pas ce château. Il est habité par trop de légendes sinistres pour que les révolutionnaires laissent passer une si belle occasion d'en tirer une exemplaire vengeance...

– Alors La Laudrenais ? Ou, mieux encore, à Saint-Malo même auprès de Madame votre mère.

– La Laudrenais est fermée. Ma mère y va rarement. Quant à notre maison de la ville, ma mère ne m'y accueillerait pas volontiers. Elle me renverrait sans hésiter à mon époux et elle aurait raison. Je vous remercie, Jaouen, de vous soucier de mon bien-être mais ma place est auprès de votre maître. Surtout si les temps se font difficiles. Aussi je crois avoir répondu à vos questions et nous pouvons repartir.

Elle se leva en secouant ses jupes où s'attachaient des brindilles, mais lui se dressa devant elle, barrant le passage.

– Il faut m'écouter encore ! s'écria-t-il avec une autorité qui surprit la jeune femme. Ce serait folie de retourner auprès du marquis. De lui non plus vous n'avez rien de bon à attendre.

Surprise et curiosité firent instantanément place à une bouffée de colère :

– Un peu de respect pour votre maître, s'il vous plaît ! Et aussi pour moi ! Dès l'instant où vous critiquez le marquis, je ne saurais vous entendre davantage. Partons !

– Non. Ce que j'ai à révéler est trop grave et vous l'écouterez jusqu'au bout !... Je demande à Madame... je « vous » demande infiniment pardon, corrigea-t-il, abandonnant définitivement la servile troisième personne, mais il faut que quelqu'un vous ouvre les yeux et nul n'est mieux placé que moi pour cette tâche difficile parce que je connais Josse de Pontallec mieux que quiconque. C'est pourquoi je n'ai plus de respect pour lui. Nous avons le même âge et nous avons été élevés ensemble, et quand il nous arrivait de lutter, c'est toujours moi qui avais le dessus. Je l'aurais encore aujourd'hui...

– Cela signifie simplement que vous êtes plus fort que lui, fit Anne-Laure avec dédain. C'est une pauvre raison.

– Ce n'en serait même pas une s'il avait changé. Jadis, il était égoïste, cruel, orgueilleux, dévoré d'ambition, mais je lui croyais tout de même le sens de l'honneur et un semblant de cœur. Or, je me trompais et j'en ai eu la preuve quand il m'a donné l'ordre de vous accompagner.

– Tout cela n'a aucun sens. Il a voulu que je fasse ce voyage avec vous parce que vous avez sa confiance. Une confiance qui me paraît à présent bien mal placée !

– Sans aucun doute pour ce qu'il attendait de moi et vous devriez vous en réjouir. Depuis toujours il me croit une machine à exécuter ses ordres. Et je n'ai accepté de vous accompagner que pour éviter qu'il ne vous remette aux mains de n'importe qui.

– Et vous n'êtes pas n'importe qui, n'est-ce pas ? persifla la marquise. C'est bien ce que vous essayez de me faire entendre depuis un moment ? Ne serait-ce qu'en vous libérant du langage d'un serviteur ?

– Pour ce que j'avais et ai encore à dire, la troisième personne eût été par trop incommode, voire franchement ridicule ; je vous demande de souffrir encore un moment ce langage qui offense peut-être vos oreilles. Cependant, de tout ce que je viens de dire retenez ceci : il ne faut pas que vous rentriez chez vous parce que, à chaque instant, vous y serez en danger et qu'un jour ou l'autre la mort vous y rattrapera.

– Je n'ai pas peur de ces révolutionnaires qui paraissent vous fasciner.

– Ce n'est pas à eux que je pense. Bien qu'ils pourraient apporter une aide appréciable. Les émeutiers ont parfois du bon pour la réussite de certains plans quand d'autres ont échoué.

Anne-Laure regarda cet étrange serviteur avec une réelle stupeur :

– Mais de quoi parlez-vous ? Je ne comprends rien à tout cela ! Quelle aide ? Quels plans ?

– Ne m'obligez pas à en dire davantage. Acceptez plutôt ce que je vais vous offrir puisque vous ne voulez pas aller dans votre famille. Je possède, près de Cancale, une maison qui me vient de ma mère. Vous pourriez y vivre en paix, sans aucune contrainte. Vous n'y manqueriez de rien… et vous ne me verriez jamais. En outre, si la tempête vous y rejoignait, je vous dirais où trouver un bateau pour gagner Jersey. Quelqu'un…

– Pour le coup vous êtes tout à fait fou ! Comment osez-vous me proposer d'abandonner ce que je suis, ce qui me lie aux miens et sans doute aussi le nom que je porte pour m'en aller vivre chez vous ?

Elle avait accentué le dernier mot avec une force qui rétablissait la distance. Certes, elle n'avait jamais manifesté d'orgueil de caste vis-à-vis de ses serviteurs, mais l'outrecuidance de celui-là dépassait largement les bornes permises. Fallait-il qu'il la sût misérablement dédaignée par Josse pour oser lui proposer de se charger d'elle ? Mais ce courroux auquel il s'attendait peut-être n'eut pas l'air d'émouvoir Joël Jaouen :

– Vous en êtes encore là ? fit-il avec une nuance de dédain. La caste, le rang, la famille même si elle ne sert à rien ! Cela vous a rendue incapable de reconnaître un dévouement sincère et désintéressé. Ce que je vous propose c'est d'essayer de vivre pour vous en abandonnant un monde qui n'a plus rien à vous offrir.

– Qui vous dit que je souhaite, moi, l'abandonner ? J'ai, à Paris une maison, des amis – rares je veux bien l'admettre ! –, un époux enfin. Ma place est là-bas !

– Et vous êtes bien certaine que cet époux-là souhaite vous revoir ?

– Dans l'immédiat sûrement pas puisque je voulais rester en Bretagne...

– Ni dans l'immédiat ni jamais ! Il sera très surpris de votre retour. Et je ne crois pas que la surprise sera bonne !

– Vous devenez fou je crois !

Indignée de ce que laissaient supposer les dernières paroles de Jaouen, elle voulut retourner vers la voiture, mais il la retint d'une main singulièrement ferme :

– Non, je ne suis pas fou. Et puisque vous ne voulez pas comprendre, puisque vous m'y obligez, sachez ceci : selon les ordres du marquis vous ne deviez pas sortir vivante de la vieille forêt de Brocéliande !

Elle reçut la phrase meurtrière comme elle eût reçu une balle : en se pliant en deux. Il crut qu'elle tombait et la retint :

– Pardonnez-moi, il fallait bien que je le dise puisque vous ne vouliez pas comprendre.

D'une voix presque enfantine, elle demanda :

– Le marquis vous a dit de me... tuer ?

– Oui.

– Et vous avez accepté ?

– Oui... avec l'intention ferme de n'en rien faire. Si j'ai feint d'obéir, c'est pour qu'il n'en charge pas un autre qui, lui, n'aurait pas hésité.

Lentement, Anne-Laure se redressa, s'écarta de Jaouen mais pour mieux lui faire face :

– Alors, si l'on vous a dit de me donner la mort, il faut obéir !

– Jamais !...

– Il le faut pourtant ! Au fond, vous me rendrez service et je vous bénirai. Voyez-vous, depuis la mort de ma petite Céline, je n'ai plus guère envie de vivre et ceci est le dernier coup. Tuez-moi !

– Vous voulez mourir, vous ? Si jeune, si b...

– Tuez-moi et faites vite ! Vous n'imaginez pas comme j'ai envie de m'endormir pour ne plus me réveiller...

– Peut-être, mais je vous en supplie, laissez-moi vous sauver ! Non seulement je ne supporte pas l'idée de votre mort mais si, devant un plus grand péril, je devais vous la donner, je me tuerais aussitôt après ! Ne me demandez pas cela !

Il tomba à genoux devant elle et cacha son visage dans ses mains en répétant : « Pas cela ! » Anne-Laure resta un moment sans bouger, plus surprise de ce qu'elle voyait que de ce qu'elle venait d'entendre. Enfin, elle se pencha un peu, posa une main tremblante sur la tête inclinée :

– Mais... pourquoi ? murmura-t-elle.

– Parce que je vous aime. De tout mon être, de toute mon âme, autant qu'il est possible à un homme d'aimer, moi je vous aime !

Quelle que soit la bouche qui les prononce, il est des mots qui commandent le silence parce qu'ils pèsent le poids d'une vie. Seule, à cet instant, la forêt prit la parole. Il y eut le chant d'un oiseau, la fuite d'un lapin, le bourdonnement d'un insecte dans un rayon de soleil qui faisait scintiller le ruisseau. Comme par magie – car il y a de la magie dans les paroles de l'amour ! – Anne-Laure sentit que ses doutes se dissipaient. Cet homme était sincère. Sa voix rendait le son auquel nulle femme ne se trompe.

– En ce cas vous êtes à plaindre, dit-elle enfin avec douceur. Autant que je le suis moi-même.

Il releva la tête pour la regarder au fond des yeux :

– Vous l'aimez donc toujours ? En dépit de ce que je viens d'avouer ?

Elle eut un geste fataliste plus éloquent qu'une longue phrase puis murmura :

– C'est difficile à admettre. Même pour moi ! Quant à mon époux, vous venez de me faire comprendre que je le gêne. Il ne m'a jamais aimée parce que son cœur est à une autre...

– Vous savez cela ? fit Jaouen en se relevant.

– Bien sûr. Depuis toujours, je crois, il est épris de la Reine...

– La Reine ?... Décidément vous le connaissez bien mal ! Et même pas du tout ! Non, il n'aime pas Marie-Antoinette et je crois bien qu'il la hait depuis qu'elle lui a préféré le Suédois Fersen...

– Aller chaque jour au palais quel que soit le danger grandissant, ce n'est pas une preuve ?

– Non. Faire étalage d'un dévouement qu'il n'éprouve pas fait partie de son jeu. Cela lui permet de se repaître quotidiennement des déboires et des humiliations qu'elle subit. Il se plaît à la regarder descendre, marche après marche, les degrés de son trône ébranlé. Oh, c'est un homme étrange que le marquis !...

– Pourtant vous lui obéissiez, vous lui étiez dévoué...

– En effet ; vous avez raison de parler au passé. Tout cela a cessé le jour de votre mariage, quand je vous ai vue et, surtout, quand j'ai vu comment il vous traitait. A présent, je crois bien que je le hais d'avoir osé commander votre mort, néanmoins je remercie Dieu de me l'avoir commandée à moi. C'est une belle chose que la confiance, ajouta-t-il avec un rire amer...

– Il devait vous en croire capable !... A présent que faisons-nous ? Vous me tuez ou nous repartons ?

Il la considéra un instant avec une profonde tristesse :

– J'espérais que vous auriez compris ; peut-être un jour viendra-t-il où vous me connaîtrez mieux... Nous partons, bien sûr, et surtout pas pour Paris, je vous en supplie !... Tenez ! Laissez-moi vous conduire à Saint-Malo ! Quelques jours seulement ! Il serait naturel que vous appreniez à Madame votre mère le deuil qui vous a frappée...

– Et qu'y ferai-je... quelques jours ?

– Pas plus de cinq ou six, je le promets ! Le temps pour moi d'aller à Paris, de régler mes comptes avec Monsieur le marquis et je reviens vous chercher pour vous emmener où vous voudrez, je le jure !

– Qu'entendez-vous par régler vos comptes ? Le tuer ?

– Je ne suis pas un assassin ! J'entends le défier, l'épée ou le pistolet à la main. Le meilleur gagnera parce que, à ces jeux, je suis plus fort et plus habile que lui. Nous nous sommes souvent affrontés quand nous étions enfants...

– Seulement vous ne l'êtes plus et il ne se battra pas avec un domestique.

Le mot le souffleta :

– Un homme est ce qu'est son âme ! Je n'ai jamais été un domestique et, de toute façon, votre mari m'a donné son dernier ordre. Si vous m'obligez à vous ramener, je ne serai plus là pour veiller sur vous, sachez-le !

– Vous voulez vous en aller ?

– Oui. Après ce que je vous ai appris, je ne peux plus rester avec Josse de Pontallec. On dit que les princes allemands veulent venir au secours du Roi. La France va avoir besoin de soldats. J'irai me battre et il adviendra de moi ce que pourra. Pourtant, avant que nous cessions cette conversation qui sera sans doute la dernière, je vous demande de vous souvenir de ceci : le jour où vous aurez besoin d'un refuge et où vous ne saurez plus où diriger vos pas, pensez à ma petite maison de Cancale. Elle s'appelle le Clos Marguerite et sera toujours prête à vous recevoir : il suffira d'en demander la clef à celle qui la garde, ma cousine Nanon Guénec qui habite à côté. Vous vous souviendrez : le Clos Marguerite ? Nanon Guénec ?

Des paupières et de la tête elle acquiesça. Elle eut aussi un petit sourire. La générosité de cet homme forçait sa sympathie mais, en même temps, l'amour qu'il avait avoué et qu'elle sentait sincère la rassurait un peu en ce qui concernait Josse. Jaouen devait en être fort jaloux. Il avait dû noircir le tableau pour tenter de l'écarter à jamais de son époux. Peut-être même s'agissait-il d'une plaisanterie prise trop au tragique : Josse était très capable de ce genre de choses. Il était égoïste et inconstant, cela ne faisait aucun doute, mais de là à vouloir la tuer ? Il ne pouvait pas être aussi mauvais que cela...

Elle retourna lentement vers la voiture sans que Jaouen essaie de la retenir. Elle y monta et il referma sur elle la portière, détacha les chevaux, sauta en voltige sur son siège et fit claquer son fouet. L'attelage s'enleva, emportant la voiture. Avec un soupir de lassitude, Anne-Laure se laissa aller contre les coussins et ferma les yeux. Elle avait l'impression bizarre d'être en train de perdre quelque chose d'essentiel, quelque chose qu'elle ne retrouverait jamais et qui appartenait à l'enfance : les illusions qu'elle avait su protéger jusque-là contre vents et marées. Elles resteraient accrochées, en lambeaux, aux arbres de la chère forêt et personne n'y pouvait rien.

Elle en eut soudain la conscience si aiguë que ses nerfs, tendus à l'extrême depuis des jours, la lâchèrent brusquement. Elle éclata en sanglots violents déchaînant une véritable cataracte de larmes. Elle pleura, pleura, pleura jusqu'au bout des forces qui lui restaient encore et finit par glisser, évanouie, sur le tapis de sol...

Ce fut là que Jaouen la découvrit au premier relais, heureusement peu éloigné. Effrayé, il se hâta de l'étendre sur la banquette, de bassiner ses tempes avec de l'eau prise à la pompe, de lui faire respirer des sels et bientôt la jeune femme revint à elle, mais l'homme n'eut d'elle qu'un regard incertain, un soupir et un :

– Sommes-nous arrivés ?

– Non... Pas encore.

– Alors continuons !...

Ayant dit, elle referma les yeux, se pelotonna comme un chat et s'endormit. Jaouen, alors, chercha une couverture, l'en couvrit, la borda et coinça l'épais tissu avec un coffre et des sacs de voyage afin d'être sûr que la jeune femme ne tomberait pas.

Tandis que les garçons du relais changeaient l'attelage, il resta auprès d'elle, réfléchissant, luttant contre l'envie de l'emmener malgré elle auprès de sa mère. Il savait qu'en agissant ainsi il provoquerait sa colère, qu'elle possédait l'entêtement d'une bonne Bretonne et que, de toute façon, il ne saurait jamais aller contre sa volonté, dût cette volonté les conduire l'un et l'autre au désastre. Il contempla un moment le mince visage endormi dans la masse des cheveux blonds échappés du capuchon noir, si touchant avec ses traces de larmes et les cernes bleuâtres marquant les yeux clos. Puis il prit l'une des jolies mains, y appuya ses lèvres un bref instant avant de la remettre en place. S'assurant encore qu'elle était bien installée, il descendit pour payer le relais et avaler d'un trait la bolée de cidre qu'une servante lui offrait avec un sourire auquel il ne répondit pas. Puis, remontant sur son siège, il lança sa voiture sur la route de Rennes en s'efforçant d'éviter les ornières autant que faire se pouvait... Le chemin jusqu'à Paris était suffisamment long pour lui donner le temps de la réflexion sur ce qu'il convenait de faire à présent. Et surtout, il restait peut-être une petite chance que, reposée, calmée, Mme de Pontallec accepte de changer d'avis et de direction. Aux portes de Paris et même plus loin encore, Jaouen resterait prêt à faire demi-tour et à l'emmener là où elle en déciderait...

Au même moment, à Paris, le peuple des deux grands faubourgs Saint-Antoine et Saint-Marceau s'assemblait à l'appel de ses meneurs favoris comme le brasseur Santerre, le grand homme de Saint-Antoine, dans la fraîcheur d'un petit matin ensoleillé promettant une belle journée. On se préparait – c'était du moins le prétexte officiel – à se rendre en cortège à l'Assemblée pour célébrer l'anniversaire du Serment du Jeu de Paume. Mais, bientôt, ce peuple joyeux où il y avait beaucoup de femmes et d'enfants se laisserait gagner par la fièvre de l'émeute. Des bruits parcouraient la foule comme des risées sur la mer : le Roi avait renvoyé les ministres jacobins pour en prendre d'autres plus dévoués à sa cause ; il refusait de signer le décret de proscription des prêtres réfractaires. Il avait même refusé, au jour de la Fête-Dieu, d'accueillir la procession menée par les prêtres « jureurs » de Saint-Germain-l'Auxerrois qui avait été la paroisse des rois de France durant des siècles. En outre, Louis XVI s'opposait catégoriquement au rassemblement près de Paris d'un camp de vingt-cinq mille hommes dont il craignait les excès.

Le temps était superbe. Il faisait l'une de ces belles journées ensoleillées qui promettent la chaleur. C'est elle qui, tout à l'heure, chaufferait les esprits jusqu'à un brutal débordement de haine et à l'envahissement du « château »...

Pour le moment, la résidence royale était encore tranquille sous la protection de la Garde nationale, et, pour le Roi et sa famille, celle des Suisses et de la Garde constitutionnelle, qui déguisait depuis quinze jours les gardes du corps dont l'Assemblée avait exigé le licenciement. Dans son appartement, la reine Marie-Antoinette était à sa toilette au milieu de ses femmes et, dans son antichambre, le marquis de Pontallec attendait d'être admis en compagnie du vieux duc de Nivernais et de quelques rares fidèles. Dans les jardins les oiseaux chantaient, les roses, les lys et les giroflées embaumaient, cependant qu'au-dessus de la Seine deux mouettes aventureuses cherchaient pâture.

Quelques instants encore et l'émeute ferait éclater cette image paisible sous sa vague de violence...

On était le 20 juin 1792...

2
Un porteur d'eau

Trois jours plus tard, Josse de Pontallec debout devant un miroir examinait d'un œil critique la très soigneuse toilette qu'il venait de faire pour aller souper à l'ambassade de Suède. Une ambassade privée d'ailleurs de son titulaire, le baron de Staël-Holstein ayant été rappelé par son roi depuis février dernier à cause de sa femme, née Germaine Necker, dont le tort était de montrer trop de sympathie aux idées nouvelles. Pas autrement troublée pour autant, celle-ci faisait à présent les honneurs des beaux salons de la rue du Bac. C'était, en effet, une jeune femme d'une grande indépendance d'esprit, peu attachée au lien conjugal et qui, riche de surcroît – son père le banquier suisse Necker avait été ministre des Finances du roi Louis XVI –, appréciait surtout dans son époux le rang social et le titre d'ambassadrice qu'elle lui devait. Pour le reste, elle ne voyait aucune raison d'aller geler au nord de l'Europe quand la vie à Paris pouvait être encore si agréable.

Les foucades de Mme de Staël et son esprit étincelant amusaient fort l'époux d'Anne-Laure. En outre, il ne lui déplaisait pas d'avoir pris pied dans un milieu peu suspect d'indulgence envers la politique des Tuileries, tout en restant suffisamment attaché au principe royal pour souhaiter le salut du Roi et de sa famille. Enfin, c'était chez la baronne qu'il avait rencontré pour la première fois l'une des habituées de la maison, la ravissante Charlotte de Sinceny, une jeune veuve plus riche de beauté que d'écus, qui fréquentait volontiers une maison où la fortune demeurait solide en dépit des difficultés du temps.

Très vite, Mme de Sinceny avait jeté son dévolu sur Josse de Pontallec. Non seulement il était extrêmement séduisant, mais on savait que la fortune maritime et terrienne de sa femme n'était pas de celles que l'on dilapide facilement. De son côté, le marquis éprouvait pour la belle veuve l'un de ces caprices violents qui se changent parfois en passion. S'il n'en était pas encore là, il s'avouait volontiers qu'il n'en était pas loin. L'expérience vécue le jour où Charlotte était devenue sa maîtresse restait inoubliable. Même pour lui car peu de femmes joignaient à des appas si somptueux une science amoureuse aussi subtile que raffinée, capable d'éviter à un homme les déboires de la lassitude. Aussi Josse savait-il que, pour garder une telle femme, il était capable de folies. Surtout s'il réussissait à s'approprier les biens d'Anne-Laure... Ce qui ne tarderait plus guère.

C'était à cette agréable perspective qu'il souriait en jetant un dernier regard à son image. Le frac noir dessinait à merveille ses larges épaules et le haut col de velours encadrait parfaitement son visage arrogant tout en faisant ressortir la blancheur immaculée de sa cravate. Un joyeux gilet de brocart vert feuille où s'accrochaient, au bout d'un ruban, deux breloques d'or, rejoignait une culotte collante, noire elle aussi comme les bas de soie et les escarpins à boucles d'or et à talons rouges. Ce costume était peut-être un rien trop élégant pour l'époque, mais Josse tenait à sa réputation et il eût préféré mourir que revêtir les vêtements informes dont les hommes de la Révolution faisaient leurs délices et prétendaient imposer la mode : les pantalons de matelots, la carmagnole plébéienne et, surtout, le hideux bonnet rouge copié sur celui des forçats, dont trois jours plus tôt la foule qui avait envahi les Tuileries avait forcé le Roi et le petit Dauphin à s'affubler.

Son examen terminé, le marquis se détourna pour prendre un mouchoir sur la commode voisine et accorda un dernier regard à son image quand, soudain, son sourire s'effaça : dans la haute glace, une autre image venait de s'inscrire près de la sienne, celle d'une masse de cheveux blonds en désordre sous un grand chapeau noir ; d'un visage pâle encore marqué par les larmes et de deux yeux noirs qui le regardaient avec une sorte d'horreur. Mais, s'il eut un haut-le-corps en reconnaissant sa femme, Josse eut assez d'empire sur lui-même pour cacher sa déception et retrouver un sourire, certes un peu crispé :

– Déjà de retour ? fit-il en enfilant des gants, ce qui lui permit de ne plus la regarder. Ne m'aviez-vous pas annoncé un assez long séjour dans votre forêt ?

– Komer n'est plus que ruines. Les sectionnaires de Mauron y sont venus. Seuls les communs et la chapelle sont restés debout. Encore celle-ci n'est-elle pas intacte...

– Vous m'en voyez navré. Je sais que vous teniez à cette maison ; étant donné la raison première de votre voyage, il faut s'estimer heureux que la chapelle existe toujours...

Il prit la main de sa femme pour un baiser aussi courtois que froid, mais celle-ci, habituée à ses façons, ne s'attendait pas à de plus amples démonstrations. En revanche, elle considéra la toilette de son époux avec sévérité et surtout le gilet vert :

– Allez-vous au bal ? Il me semble pourtant que nous sommes en deuil. Ou bien votre fille comptait-elle si peu pour vous ?

– Nous vivons une époque, ma chère, où il ne convient pas d'étaler ses sentiments personnels. Je ne vais pas au bal mais à l'ambassade de Suède où je suis convié à souper. J'espère y apprendre des nouvelles plus fiables que celles qui courent les rues. Il n'y a plus guère que ces endroits-là pour être au fait des événements...

– Que s'est-il donc passé ces jours-ci ? Depuis la barrière, nous avons entendu d'étranges bruits, rencontré des figures plus étranges encore...

– Nous ?... Ah oui, vous faites allusion à Jaouen ? Il vous a ramenée à bon port, dirait-on ?

– Le lui reprocheriez-vous ?

L'attaque était brutale. Il l'accusa par un haut-le-corps :

– Devenez-vous folle pour dire de telles choses ? Il avait mission de vous protéger : il l'a fait, c'est bien. Je lui dirai, demain, ma satisfaction.

– Il en sera très heureux ! Mais revenons aux derniers événements. Etait-ce grave ?

– Assez, oui. La populace a pris feu et, il y a trois jours, forcé l'entrée des Tuileries pour obliger le Roi à rappeler les sieurs Roland, Servant et Clavière, les ministres renvoyés, et à accepter la loi contre les prêtres réfractaires. Sincèrement, pourquoi voulez-vous que je vous raconte tout cela alors que vous n'entendez rien à la politique ?...

– Peut-être parce que je vous le demande. Continuez !

Le marquis regarda sa femme plus attentivement. Il y avait dans sa voix comme dans son attitude quelque chose de nouveau. D'habitude elle était, en sa présence, timide, réservée et silencieuse. Tellement silencieuse surtout ! Il eut l'impression soudaine d'avoir en face de lui un être différent... En admettant qu'il pût se targuer de bien connaître celle qu'il avait épousée avec tant de désinvolture !

– Veuillez m'excuser mais je n'ai guère le temps ! Au surplus, votre vieil ami le duc de Nivernais vous en apprendrait davantage : il a passé au palais toute cette journée du 20 juin. On dit même qu'il aurait fait, pour le Roi, un rempart de son corps au moment le plus critique. Le Roi l'a écarté d'ailleurs, refusant que ce vieil homme s'expose à sa place...

– On dit ?... N'étiez-vous donc pas là-bas vous aussi ?

Josse leva un sourcil agacé. Il n'aimait pas cette inquisition soudaine, mais il retint les mots vifs qui lui venaient et qui, peut-être, eussent été maladroits.

– J'étais dès le matin au lever de Sa Majesté, dit-il du ton que l'on réserve à un enfant importun, puis je suis passé chez la Reine. Mais je me sentais... un peu souffrant. Il faisait déjà une telle chaleur que j'ai cru suffoquer. La Reine m'a conseillé d'aller prendre l'air et je suis parti pour Auteuil. Paris était encore calme d'ailleurs. Il se formait bien ici ou là quelques groupes, sans rien d'inquiétant. Et quand je suis rentré, tout était fini. Ce qui fait que je n'ai rien vu...

Les yeux d'Anne-Laure fixèrent le marquis avec une surprise vaguement incrédule. C'était étrange ce soudain malaise au moment où le danger approchait des souverains. Josse s'était battu vingt fois en duel et ne pouvait être taxé de lâcheté en aucun cas. Quant à sa santé, elle était parfaite et ne donnait guère prise aux bouffées de chaleur. Et puis qu'allait-il faire à Auteuil ? En dépit de sa candeur, la jeune femme ne pouvait s'empêcher de trouver sa conduite suspecte et, soudain, les paroles de Jaouen lui revinrent en mémoire : « Il n'aime pas la Reine et je crois même qu'il la hait... » Se pourrait-il qu'il eût dit vrai et que Josse eût l'âme assez basse pour l'abandonner au moment où un danger réel rôdait ? Et si Jaouen avait raison jusqu'au bout, s'il n'avait pas menti en disant qu'il avait reçu l'ordre de la tuer ?...

Elle allait poser une autre question pour essayer d'en savoir plus quand, à cet instant, quelqu'un pénétra dans la chambre sans se faire annoncer, en habitué, et lança en manière d'introduction :

– Je viens te chercher, mon cher ! A moins que tu n'aies pas envie d'un souper agréable ?...

Fringant et désinvolte à son habitude, sanglé dans un frac bleu assorti à la couleur de ses yeux, poudré à frimas et le nez en l'air, joyeux et insolent comme le page qu'il avait été jadis, le comte Alexandre de Tilly venait de faire son apparition. Comme son ami Pontallec il était de ceux dont n'importe quelle femme peut garder l'image en mémoire, l'eût-elle rencontré une seule fois. Pas toujours avec plaisir peut-être, ce qui était le cas d'Anne-Laure, parce qu'il était joueur, débauché, coureur de jupons impénitent et qu'on le disait cruel. Naturellement, il était parmi les plus assidus des compagnons de plaisir de Josse et cela suffisait pour que la jeune femme ne le voie pas d'un bon œil, ce soir moins encore que les autres – leurs rencontres étaient rares et, d'ailleurs, il ne faisait guère attention à elle. Cette fois, il fut bien obligé d'en tenir compte encore qu'il ne s'attendît pas à tomber sur elle. La vue de la jeune femme brisa son élan, mais il était trop homme de cour pour laisser paraître sa surprise et il lui offrit le plus gracieux des saluts :

– Que d'excuses, Madame, pour cette entrée trop familière ! J'ignorais que j'aurais le bonheur de vous rencontrer ici. Je vous croyais sur vos terres...

– Vous avez raison de dire mes terres car le château n'existe plus. D'où mon retour...

Un nuage assombrit un instant le joyeux visage du comte :

– Ah ! Là-bas aussi ? Cela arrive hélas de plus en plus souvent par les tristes temps que nous vivons. Cependant, permettez-moi de regretter votre retour. Vous avez eu la chance de quitter Paris sans encombre... Pourquoi courir de nouveaux risques ?

Josse se mit à rire et, en dépit de tout, Anne-Laure pensa qu'elle aimait ce rire.

– Tu es aimable toi ! Oublies-tu que nous sommes mariés ? La marquise voulait me rejoindre, tout simplement...

Mais Tilly ne fit pas écho à la gaieté de son ami. L'ombre ne semblait pas disposée à quitter ses traits :

– Il n'y a pas là matière à plaisanter ! Il eût été préférable pour Madame de passer en Angleterre ou aux Pays-Bas et de t'y attendre car nous partirons tous. Les derniers événements ont réveillé la peur et je sais plus d'un hôtel ami qui ferme ses persiennes.

– La peur ? Ce mot fait un curieux effet dans ta bouche. En outre il est ridicule de céder à la panique pour une échauffourée. Est-ce que Paris – le vrai, pas celui de la racaille ! – ne s'est pas indigné de ce qui s'est passé aux Tuileries ? J'ai appris que, dans une centaine d'études de notaires, on a ouvert, pour l'Assemblée, une protestation écrite contre les scélérats qui ont organisé le 20 juin et qu'elle se couvre de signatures. D'autre part, ce jean-foutre de La Fayette est arrivé dans nos murs pour réclamer des mesures contre les Jacobins dont chacun sait qu'ils sont à l'origine de ce désordre. Enfin l'attitude courageuse du Roi a fait grand effet...

– Peut-être, mais la Reine n'acceptera jamais l'aide d'un La Fayette qu'elle exècre. Et puis il y a cette armée de bandits marseillais qui s'est mise en route et avance sur Paris à marche forcée. Ce sont autant d'égorgeurs en puissance. Aussi les gens raisonnables songent-ils à se mettre à l'abri. Veux-tu un exemple ? Les *Actes des Apôtres*, notre chère gazette à laquelle j'avais plaisir à collaborer, est en train de fermer boutique. Rivarol émigre. Quant à ton voisin Talleyrand-Périgord, l'ancien évêque d'Autun qui rentre tout juste d'Angleterre, il n'a même pas défait ses bagages...

– Il est en poste à Londres. Il est normal qu'il ne fasse que toucher terre ici pour une raison ou pour une autre. Mais toi-même, qui parles si bien, pourquoi n'émigres-tu pas ?

– Cela pourrait se faire. Vergniaud m'y pousse.

– Vergniaud ? Le Girondin ? L'homme qui a soutenu les émeutiers du 20 et à qui la famille royale est redevable de quatre heures d'angoisse et d'insultes ? Qu'as-tu de commun avec ce genre d'individu ? s'écria Josse sans songer à dissimuler son dégoût.

Tilly chassa d'une pichenette une poussière hypothétique sur son jabot et soupira :

– Que veux-tu ? Il m'aime bien. Je ne sais pas pourquoi d'ailleurs, mais c'est difficile, tu sais, d'empêcher les gens de vous aimer. Cela dit, je ne suis pas pressé de boucler mes bagages. J'ai trop peu d'importance pour que l'on s'inquiète de moi. Et puis... la vie parisienne offre encore bien des agréments à qui sait les trouver. Ainsi, ce soir...

– C'est vrai, tu voulais m'emmener souper ? Où cela ?

– Au Palais-Royal...

– Chez le duc Philippe qui ne sera bientôt plus que Philippe tout court ?

– Tout de même pas. Chez Mme de Sainte-Amaranthe. Elle a la meilleure table de Paris et sa fille Emilie est peut-être la plus jolie femme de la ville... après, bien sûr, Mme de Pontallec, ajouta-t-il en offrant à Anne-Laure un étincelant sourire et un regard si appuyé qu'il la fit rougir. Josse fronça les sourcils :

– Vous devriez aller prendre du repos, ma chère, fit-il avec une douceur inhabituelle. Ce voyage a dû vous exténuer et Tilly vous excusera. A moins qu'il ne préfère s'excuser lui-même ! ajouta-t-il sévèrement. Puis, sans laisser au jeune homme le temps de répondre, il prit la main de sa femme pour la reconduire à la porte qu'il ouvrit devant elle. Mais, au moment où elle allait franchir le seuil, il la retint et posa un baiser sur son front :

– Dormez ! murmura-t-il. Le sommeil apaise la douleur...

Stupéfiée par une attitude si nouvelle, Anne-Laure fit quelques pas dans la galerie sur laquelle ouvraient les chambres, s'arrêta, revint même sur ses pas et resta là, juste assez près, pour entendre la voix sèche de son époux qui articulait :

– Le ton de la galanterie ne saurait convenir à Mme de Pontallec et moins encore l'évocation des Sainte-Amaranthe. Ce ne sont rien d'autre que des filles !

Un instant encore la jeune femme s'attarda, désorientée par l'étrange comportement de Josse en ces derniers instants. Etait-ce le même homme qui l'avait laissée partir pour une dangereuse randonnée avec tant de froide indifférence ? L'homme dont Jaouen prétendait qu'il avait reçu l'ordre de la tuer ? Oh, comme elle avait bien fait de refuser d'y croire et d'attribuer à la jalousie une si horrible révélation ! Elle était certaine qu'un jour le cœur de son époux s'adoucirait et le miracle venait peut-être de se produire. Elle avait tant besoin d'amour que cette fugitive marque de tendresse lui apportait un merveilleux apaisement. Et comme les illusions sont toujours prêtes à repousser chez un être jeune, elle se prit à penser qu'avec les jours sombres vécus par le royaume, leur vie pourrait changer, que Josse ne quitterait plus l'hôtel familial pour rejoindre le logis de garçon qu'il trouvait si commode, et que si la nuit définitive venait s'abattre sur eux, ils y entreraient ensemble... à moins qu'il ne choisisse d'émigrer ? Auquel cas elle le suivrait avec joie, et au bout du monde s'il le désirait.

Lentement, elle reprit le chemin de sa chambre. Au passage, la glace d'un trumeau complétant une console lui renvoya son image et machinalement elle s'en rapprocha. Ce Tilly venait de laisser entendre qu'elle était jolie et c'était bien la première fois qu'elle recevait un compliment si direct. C'était sans doute l'une de ces fadaises de courtisan, mais il ne l'aurait peut-être pas osée sans un petit fond de vérité. Il est vrai que, dans son entourage et jusqu'à présent, personne ne lui avait laissé supposer qu'elle pût avoir le moindre agrément physique. Jusqu'à ce que Jaouen ose lui avouer qu'il l'aimait et tente de la détourner de son chemin naturel.

Le miroir lui renvoya une longue silhouette dont la robe noire accentuait la minceur, un visage pâle qui venait de perdre ses dernières rondeurs d'enfance, une cascade de cheveux blonds plus cendrés encore que d'habitude grâce aux poussières des chemins et, sous des sourcils bien dessinés, des yeux noirs assez inattendus dans ce visage blond. Anne-Laure se regarda avec curiosité comme si elle se voyait pour la première fois mais, sur sa figure, il y avait trop de fatigue, trop de traces de chagrin pour qu'elle révise le jugement qu'elle portait sur elle-même jusqu'à présent. Pour être belle il aurait fallu d'abord qu'elle ait les yeux bleus. Ces prunelles trop sombres étaient une erreur de la nature due à une aïeule espagnole – les liaisons commerciales entre Saint-Malo et l'Espagne ont toujours été étroites – et, surtout, il aurait fallu qu'elle soit un peu heureuse ! Chacun sait que cela embellit, le bonheur ! Alors il fallait bien en revenir à attribuer les compliments de Tilly à un excès de politesse. De toute façon, cela n'avait plus beaucoup d'importance...

Avec un haussement d'épaules, elle se détourna et gagna sa chambre. Elle y trouva Bina, sa caméiste, déjà occupée à défaire son sac de voyage, et vit avec étonnement que, tout en rangeant linge et menus objets de toilette, elle pleurait comme une fontaine avec de grands reniflements de gamine. Sa maîtresse s'émut de ce chagrin inattendu : elle et Bina avaient le même âge et se connaissaient depuis toujours puisque celle-ci était la fille de Mathurine, la femme de chambre de Mme de Laudren. Au moment du mariage elle était passée tout naturellement au service d'Anne-Laure bien qu'elle soit loin d'être une perle : étourdie, passablement maladroite, un peu trop portée sur le bavardage, elle compensait ces défauts par une perpétuelle belle humeur et une véritable ardeur au travail qui en faisaient quelqu'un d'agréable à côtoyer... Jolie fille, d'ailleurs, blonde aux yeux bleus, elle était enchantée d'avoir quitté sa

Bretagne et de servir à Paris, une ville qui lui semblait offrir mille possibilités de réussite.

Elle avait adoré la petite Céline et, alors que la jeune mère, foudroyée de douleur, ne parvenait pas à verser une larme pour dégonfler son cœur, Bina en versait un véritable déluge au point de s'attirer une remarque acerbe du marquis dont elle avait d'ailleurs une peur bleue. Cependant, et contrairement à l'usage, Anne-Laure ne l'avait pas emmenée dans son douloureux pèlerinage. Les réactions de Bina étaient trop imprévisibles et les rencontres que l'on pouvait faire trop dangereuses.

Aussi, la retrouvant en train de pleurer dans son linge, crut-elle que Bina pleurait toujours l'absence de sa petite fille.

– Tu n'es pas raisonnable, Bina, lui dit-elle. Notre petit ange est au ciel maintenant. Elle est retournée chez nous, près de l'étang où Conan et Barbe veilleront bien sur elle...

– Je suis bien contente, hoqueta la jeune fille sans la moindre logique, mais ce n'est pas sur elle que je pleure...

– Sur quoi alors ?

– Mademoiselle Anne-Laure devrait dire sur qui ?... et se laissant tomber sur une chauffeuse, elle se mit à sangloter de plus belle.

Anne-Laure poussa un soupir en pensant qu'il était heureux que Josse ne l'entende pas – sa voiture venait de quitter l'hôtel – car, intransigeant sur les usages et les marques de respect, il ne supportait pas d'entendre Bina appeler ainsi sa maîtresse, mais, en bonne Bretonne entêtée et plus rusée qu'intelligente, celle-ci n'arrivait pas à user du « Madame la marquise » qui lui paraissait un titre trop formidable pour quelqu'un d'aussi jeune. Elle se contentait de rester muette quand le maître était là...

Beaucoup moins à cheval que lui sur le décorum, Anne-Laure n'avait pas le courage de réprimander sa camériste. Elle tira un tabouret auprès de la « chauffeuse » et s'y assit :

– Dis-moi la raison de ton chagrin, fit-elle avec douceur. Si je peux t'aider ?

– Oh non, Mademoiselle Anne-Laure... vous ne pouvez rien du tout. C'est... c'est à cause de Joël...

– Jaouen ?...

– Y en a point d'autre chez nous. Et maintenant il n'y en a plus du tout ! Il... il est parti !

Et de pleurer de plus belle !

– Comment cela parti ? Nous venons juste d'arriver ?

– C'est ce que je lui ai dit mais il ne m'a même pas écoutée. Il est allé droit chez Monsieur le marquis, mais celui-ci a répondu qu'il n'avait pas de temps pour lui et le verrait demain.

– Et Jaouen est parti tout de même ?

– Oui. Il a seulement laissé un mot de billet pour Mademoiselle Anne-Laure. Je devais le remettre quand nous serions toutes seules...

– Eh bien donne !

Bina sortit de son corsage un billet cacheté tout froissé qu'elle avait dû tourner et retourner entre ses doigts, dévorée par la curiosité, mais le sceau sans gravure était large, solide et tenait bon. Elle s'arrangea alors pour essayer de lire par-dessus l'épaule de sa maîtresse qui, la connaissant, s'écarta. Il lui suffit d'ailleurs d'un coup d'œil pour lire le texte on ne peut plus bref !

« Méfiez-vous ! »

Dérisoire en vérité ! Et ridicule de faire tout ce mystère pour si peu ! Elle alla brûler le papier à la flamme d'une bougie avant de l'envoyer finir dans la cheminée. Décidément, ce garçon devait être fou et sa conduite, en tout cas, parfaitement incompréhensible ! Voilà un homme qui prétendait avoir reçu l'ordre de la faire disparaître mais qui ne pouvait s'y résoudre parce qu'il l'aimait et qui, à peine de retour au logis, prenait la poudre d'escampette en laissant seulement derrière lui cet avertissement stupide ? S'il l'avait vraiment aimée, n'aurait-il pas dû rester, au contraire, pour la protéger ? Allons, elle avait eu raison de ne pas croire à ces folies. Si Josse s'était montré surpris et même mécontent de son retour c'était tout simplement parce qu'il pensait qu'elle resterait là-bas, peut-être pour longtemps ! Et Jaouen lui avait menti, sans autre but que lui faire quitter son époux et le chemin du devoir. Restait Bina qui recommençait à pleurer :

– Tu l'aimes donc ?

La petite hocha la tête sans répondre mais avec vigueur.

– Ah !... Et lui, t'a-t-il laissé supposer qu'il te le rendait ?

– Peut-être... oui. Il était toujours si gentil avec moi et nous parlions souvent ensemble. Il aimait à me questionner sur la vie que je menais autrefois à Saint-Malo, à La Laudrenais ou à Komer. Alors j'ai fini par penser qu'il avait un penchant pour moi et que plus tard, peut-être... Mais maintenant il est parti. Pour toujours je crois.

– T'a-t-il dit où il allait ?

– Prendre logis chez un ami d'abord. Et ensuite partir soldat. Il veut se battre contre un prince allemand qui veut envahir le pays pour délivrer le Roi. Si ça a du bon sens ? Le Roi n'est pas en prison ! Tout ça c'est des menteries...

– Non. Pas tout à fait. Jaouen est un garçon ambitieux qui ne se sentait pas fait pour être domestique. Et maintenant, avec toutes ces idées nouvelles qui courent sur l'égalité, la liberté, la fraternité, cela tourne la tête à bien des garçons, tu sais ?... Au fait, est-ce qu'il t'a dit « adieu » ?

– Non. Seulement « au revoir » !

– Alors tu vois bien ! Ne pleure plus : tu le reverras... A présent, aide-moi à me débarrasser de toute cette poussière avant de me coucher. Jamais je ne me suis sentie aussi sale !

Un peu consolée, Bina s'empressa, courut à la cuisine réclamer de l'eau chaude tandis qu'Anne-Laure commençait, avec un profond soupir de soulagement, à ôter ses vêtements. C'était bon de retrouver le calme de la maison et de son petit jardin après avoir été secouée sur les routes pendant des jours. La chaleur cédait à l'arrivée de la nuit ; par les fenêtres de sa chambre ouvrant sur le jardin, lui parvenaient le parfum poivré des giroflées et celui, encore plus délicieux, des tilleuls. La jeune femme savait bien que ce silence venait de ce que le quartier était presque désert, que la peur en avait chassé les habitants, mais ce moment de détente ne lui parut pas moins délicieux... Songeant à Josse, elle se demanda comment on pouvait aller s'enfermer dans un salon rendu étouffant par les gens qui s'y pressaient, les fumets du souper et les parfums des invités quand la nuit était si douce et qu'il faisait si bon dehors.

Venant du cabinet de bains, la voix de Bina lui parvint :

– Il n'y avait plus beaucoup d'eau chaude à la cuisine, alors le bain sera juste tiède, mais j'ai pensé que par cette chaleur... Et j'y ai mis un peu d'essence de benjoin.

– Tu as bien fait. Ce sera plus agréable.

Un moment plus tard, récurée à fond, les cheveux lavés et séchés au moyen d'une quantité de serviettes puis nattés, Anne-Laure, revêtue d'une chemise de nuit fraîche, se laissa tomber sur son lit et, à peine couchée, tomba dans un sommeil aussi profond que réparateur.

Dans la matinée, les échos de la colère de Josse l'en tirèrent. Ils emplissaient la maison de leurs éclats furieux et finirent par investir la chambre de la jeune femme quand la porte s'envola presque sous la main du marquis. D'entrée, il clama :

– Jaouen est passé à l'ennemi, ma chère ! Pouvez-vous me dire ce que cela signifie ?

– Vous devriez le savoir mieux que moi. C'est votre serviteur. Pas le mien, riposta Anne-Laure qui découvrait, avec surprise, qu'elle pouvait à présent employer le même ton que son époux. Il vivait près de vous. Vous connaissez sans doute ses idées ?

– Ses idées ? Un domestique a-t-il des idées ?

– Tout être humain en a, je suppose. Et peut-être votre Jaouen ne supportait-il plus, justement, d'être un domestique ?

Le marquis ferma les yeux jusqu'à ne plus laisser filtrer qu'une mince lueur verte :

– Vous aurait-il fait des confidences et vous seriez-vous abaissée jusqu'à les écouter ?

– Si vous ne vouliez pas que j'échange la moindre parole avec lui, il fallait m'accompagner vous-même à Komer. Cela dit, il m'a laissé entendre qu'après notre retour il désirait rejoindre ceux qui vont se battre aux frontières. Je pensais que vous le saviez.

– Il s'est bien gardé de m'aviser. Il aura d'ailleurs lieu de s'en repentir lorsque je mettrai la main sur lui. On ne me quitte pas lorsque l'on m'appartient.

– Il n'est pas votre esclave, que je sache ! Et il se peut que nous ayons à l'avenir quelques difficultés à garder des serviteurs. Déjà on ne les appelle plus comme cela mais des « officieux »...

– Vous voilà bien au fait des idées nouvelles ! Auriez-vous décidé de vivre avec votre temps ? Il ne manquerait plus que cela et j'aurais préféré que vous restiez en Bretagne. Pourquoi, diable, êtes-vous revenue ? Vous pouviez aller chez votre mère ?

– Pour être auprès de vous, je vous l'ai dit. A ce propos, et à la décharge de votre Jaouen, il m'a proposé de me conduire chez vous, à Pontallec.

– Vous avez aussi bien fait de refuser, soupira Josse. Pontallec en est au même point que votre Komer. Durant votre absence, j'ai appris que mes bons paysans ont jugé bon d'incendier le château – peut-être pour exorciser à jamais le fantôme du Marquis Noir ? Ils ont même fait un feu de joie du chartrier familial et je ne sais même pas s'il m'est encore possible, à ce jour, de prouver mes titres de noblesse !

– Je ne vois pas qui vous les demanderait ?

Josse regarda sa femme avec curiosité. Assise dans son lit, les mains sagement posées sur sa poitrine, elle ressemblait encore, de façon étonnante, avec son bonnet de mousseline blanche et sa chemise de nuit sage, à la couventine qu'il avait épousée trois ans plus tôt. Elle était bien toujours la même et pourtant il retrouvait, en face d'elle, l'impression bizarre de la veille : elle avait changé, quelque part, et il n'aimait pas du tout cela. Il eut un petit rire déplaisant :

– Moi qui vous croyais toujours perdue dans vos rêves et vos légendes ! Je commence à me demander si vous ne donnez pas raison à ce rustaud qui veut se faire soldat ? Et... en dehors de ses états d'âme, c'est tout ce qu'il vous a confié ?

Anne-Laure allait riposter qu'elle n'était pas partie pour écouter les doléances de Jaouen quand Bina entra dans sa chambre avec le plateau du petit-déjeuner. L'odeur du café envahit la pièce tendue de perse à fleurs roses qui mettaient une si jolie lumière sur le visage de la jeune femme, ce qui parut apaiser un peu l'humeur sauvage du marquis :

– Votre café me tente, ma chère ! Allez me chercher une tasse, Bina ! Grâce à votre mère, nous devons être l'une des rares maisons de Paris où l'on peut encore en boire. Il faut en profiter car cela ne saurait durer. Le duc de Nivernais me disait ces jours derniers... Mais, au fait, vous ai-je dit qu'il est malade ?

– Malade, lui ? Cela semble incroyable !

– N'est-ce pas ? Ce petit homme fragile qui a traversé une grande partie de ce siècle sans autres inconvénients que de bénignes blessures de guerre semblait à l'abri des incommodités humaines ; pourtant, il est bel et bien souffrant depuis l'aventure des Tuileries où il a voulu faire au Roi un rempart de son corps et a été très malmené...

Josse avala deux tasses de café très sucré et se leva :

– Je vais au palais, à présent. Ensuite je passerai prendre de ses nouvelles. Mais... peut-être pourriez-vous lui rendre visite, vous aussi ? Il s'est beaucoup tourmenté à votre sujet...

– Vous croyez que ma venue lui ferait plaisir ? Quand on est très souffrant on ne souhaite guère...

– Je suis sûr qu'il en sera heureux. Il vous aime beaucoup et il est très seul depuis le départ de Mme de Cossé-Brissac, sa fille, puis de sa petite-fille, Mme de Mortemart...

– Alors j'irai ce tantôt.

Très souriant, tout à coup, comme s'il avait tout oublié de sa colère de tout à l'heure, Josse de Pontallec baisa la main de sa femme et s'en fut d'un pas désinvolte. Laissant Anne-Laure un peu perplexe devant la facilité avec laquelle il semblait avoir balayé le départ de Jaouen et oublié sa grande colère ; connaissant, par ailleurs, le côté imprévisible de Josse, elle enterra la question d'un soupir et tourna ses pensées vers celui qu'elle irait voir tout à l'heure. Au moment où elle ne savait plus trop que faire d'elle-même dans ce Paris qu'elle connaissait si peu, l'idée de se tourner vers un être souffrant lui plaisait. Elle éprouvait une véritable affection pour le vieux gentilhomme charmant qu'était Nivernais, l'un des rares habitués de la Cour à avoir su se faire aimer dans son duché de Nevers et qui, chose plus rare encore, joignait à un esprit vif et amusant une grande générosité et une absence totale de méchanceté. Il était l'un des rares membres de la société parisienne à fréquenter l'hôtel de la rue de Bellechasse où Josse de Pontallec oubliait si tranquillement sa femme. Grâce à lui, Anne-Laure n'était pas complètement ignorante de ce qui se passait à la Cour – si l'on pouvait encore appeler Cour la poignée de fidèles qui fréquentait les Tuileries ! – et un peu dans la ville. Encore que, pour cette toute jeune femme absorbée dans son amour maternel, il choisît soigneusement ce qui pouvait l'amuser, la distraire ou l'instruire en élaguant avec soin ce qui risquait de l'inquiéter, à commencer par ce qu'il savait de la conduite du mari. Ainsi, il lui avait appris l'anglais – qu'elle maîtrisait parfaitement à présent – et aussi l'italien parce que, pour ce gentilhomme européen, la connaissance d'une seule langue – fût-elle la plus répandue en Europe ! – était tout à fait insuffisante.

– Cela aide tellement lorsque l'on voyage, soupirait-il. Et je crois que vous aimeriez cela...

– Je le crois aussi. Les hommes de ma famille ont toujours couru les mers. Sans doute m'en reste-t-il quelque chose...

Nivernais apportait aussi de menus cadeaux : des fleurs, le dernier livre paru, un jouet pour la petite Céline pour laquelle il avait les tendresses d'un grand-père qui ne voit jamais ses petits-enfants.

Personnage hors du commun que ce Louis Philippe Jules Barbon (il devait à son parrain ambassadeur de Venise ce prénom frisant le ridicule) Mancini-Mazarini. Il était le petit-fils du séduisant Philippe Mancini qui avait été le neveu chéri du cardinal Mazarin et le frère de la belle Marie pour laquelle le jeune Louis XIV voulait refuser l'Infante. Son titre de duc de Nivernais, il le devait à son père Philippe Jules François duc de Nevers qui, pour des raisons obscures, lui avait fait abandon – alors qu'il n'avait que quatorze ans ! – de ses droits et privilèges sur le duché tout en conservant le titre de duc de Nevers. Devenu donc duc de Nivernais, le jeune « Barbon » s'en était accommodé si bien qu'à la mort de son père survenue en 1769, à l'âge avancé de quatre-vingt-douze ans, il ne jugea pas utile de changer en Nevers un nom si connu. Il resta Nivernais comme devant.

Marié jeune à Hélène Angélique Phélipeaux de Pontchartrain, il en avait eu trois enfants : un fils qu'il avait eu l'inguérissable douleur de perdre adolescent à la suite d'un « mal gangreneux à la gorge », et deux filles. Fin, cultivé, collectionneur impénitent comme il convenait à un Mazarin, ami de la marquise de Pompadour et assez apprécié de

Louis XV pour être nommé ambassadeur par trois fois – à Rome, Berlin et Londres –, il faillit devenir gouverneur du Dauphin, futur Louis XVI, mais refusa le poste : la mort de son fils lui laissait peu de goût pour l'éducation d'un jeune garçon. Il n'en demeura pas moins fidèlement attaché au jeune prince.

Sa femme étant morte d'une longue maladie en 1782, il se remaria quelques mois plus tard avec la veuve du marquis de Rochefort... et la perdit au bout de trois mois ! Louis XVI, alors, en fit un ministre d'Etat afin que ses qualités de diplomate et de politique ne sombrent pas dans la douleur. Et un bon ministre : par ses conseils il contribua largement à des mesures apaisantes pour le peuple. A Nevers, il avait même installé une Assemblée provinciale bien avant les Etats généraux dont il jugea d'ailleurs la réunion prématurée. Constatant par la suite que la politique s'engageait dans une situation sans issue, il donna sa démission en annonçant à ses amis :

– Ce qui nous attend, à présent, c'est la prison ou la mort !

Ce qui ne l'empêcha pas de refuser l'émigration et de se rendre chaque matin, fidèlement, au lever du Roi. En cette année 1792, il était âgé de soixante-seize ans... C'est auprès de lui qu'Anne-Laure se rendit quelques heures plus tard.

Avec une sollicitude inattendue, Josse lui avait laissé le cabriolet dont il se servait d'habitude lorsqu'il n'allait pas à cheval. C'était, avec la berline de voyage, la seule voiture qui restait à l'écurie. On n'avait plus de cochers dignes de ce nom, rien qu'un jeune palefrenier, Sylvain, qui s'en tirait bien. C'était donc avec lui qu'Anne-Laure et Bina se rendirent chez celui que l'on commençait à appeler le citoyen Nivernais et qui n'était plus duc que chez le Roi.

Avec beaucoup d'habileté et afin de rester à ce poste d'honneur auprès du souverain auquel il tenait par-dessus tout, le vieux seigneur, sans aller jusqu'à hurler avec les loups, avait jugé plus sage de donner des gages aux nouveaux gouvernants. Ainsi et bien que privé d'une bonne partie de ses revenus par la fameuse « nuit du 4 août », il signait désormais Mancini-Mazarini et donnait des preuves de bonne volonté en argent (40 000 livres de contribution patriotique, 200 livres pour frais de guerre, 3 000 livres pour l'emprunt fait par la section de son quartier, etc.). Il avait fait don de son château ducal à la ville de Nevers et offrait, par exemple, un drapeau à la garde nationale de la commune de Saint-Ouen dont il possédait toujours le magnifique château jadis construit par Le Pautre. Moyennant quoi, les nouveaux maîtres le laissaient mener sa vie à sa guise tout en le surveillant du coin de l'œil.

Pour la rapide voiture qui amenait sa visiteuse, le chemin n'était pas long de la rue de Bellechasse à la rue de Tournon où le duc habitait toujours le grand et superbe hôtel qui avait été celui de Concini, l'aventurier florentin dont la sottise de Marie de Médicis avait fait un maréchal d'Ancre et que le jeune Louis XIII avait fait « exécuter » par son capitaine des Gardes. Mais on mit pourtant un certain temps à le parcourir. Le peuple n'avait jamais aimé les cabriolets, trop rapides, et Sylvain s'appliqua donc à mener doucement son cheval afin de ne pas encourir le mécontentement des passants. Même à cette allure sage, l'élégant équipage attirait plus de regards courroucés qu'amicaux :

– Je me demande si Madame la marquise n'aurait pas mieux fait de prendre un fiacre, soupira-t-il, quand un caillou eut ricoché sur sa caisse vernie. Il y en a de plus en plus dans Paris maintenant pour remplacer les voitures particulières qu'on ne va plus pouvoir sortir.

– M. le marquis sort avec celle-ci tous les jours et il ne lui est encore rien arrivé, bougonna Bina. Ça ne serait pas que tu aurais peur, Sylvain ?

– Pas plus qu'un autre mais, par les temps qui courent, moins on se fait remarquer et mieux ça vaut.

Anne-Laure ne se mêla pas au débat. Peu habituée à prêter attention à ce qui n'était pas son univers clos, elle ne pouvait s'empêcher, cependant, de remarquer combien la rue avait changé. De joyeuse et animée, surtout aux abords du marché Saint-Germain, elle était devenue sombre et presque silencieuse. Beaucoup de boutiques gardaient leurs volets clos à la suite du chômage entraîné par la fermeture des hôtels particuliers et des couvents. C'étaient surtout celles des orfèvres, des perruquiers, des coiffeurs, des marchandes de mode ou de colifichets, des pâtissiers, des traiteurs et de tous ceux qui touchaient plus ou moins au luxe d'antan. Des groupes désœuvrés, composés surtout d'hommes en « carmagnole » * et pantalons rayés, erraient au hasard ou se groupaient sous les ormes de la petite place Saint-Sulpice ménagée entre l'église aux portes closes, aux cloches muettes et les hauts murs du séminaire vide. Quelques femmes aussi en cotillon plat, fichu croisé sur la poitrine et grand bonnet à bavolet piqué d'une cocarde, se mêlaient à eux ou restaient entre elles. Tous ces gens avaient l'air d'attendre quelque chose. Mais quoi ?

Après avoir longé le chevet de l'église, la voiture tourna dans la rue de Tournon qu'elle remonta en direction du Luxembourg avant de s'apprêter à franchir le portail grand ouvert du vaste hôtel construit à la fin du règne d'Henri IV.

A la surprise de Sylvain, un garde national, la pipe à la bouche, qui montait là une faction nonchalante, lui barra le passage :

– Et où tu prétends aller comme ça, mon gars, mâchonna-t-il.

– Ça se voit, je crois ? J'amène une visite pour Monsi... pour le citoyen Nivernais. Et toi, qu'est-ce que tu fais là ? Il ne lui est rien arrivé de fâcheux j'espère ?

* Veste étroite à revers très courts et plusieurs rangées de boutons mise à la mode en 1791 par les fédérés marseillais.

– Fâcheux ? Quand on est là pour veiller sur lui ? Tu veux rire ?... J'explique, ajouta l'homme en tirant enfin sa pipe éteinte de sa bouche. Le citoyen Nivernais il est pas bête du tout. Il a compris qu'en offrant un poste à la Garde nationale, il serait gardé du même coup. Et en plus il nous entretient. Pas mal d'ailleurs ! C'est un brave petit vieux. On l'aime bien...

– Nous aussi, répliqua Sylvain. Même qu'il y a, dans la voiture une d... une citoyenne qui vient prendre de ses nouvelles et qui voudrait bien le voir...

– Moi j'ai rien contre. Pour c'qui est des nouvelles, il va plutôt bien mais pour c'qui est de le voir il est pas là !

– Comment pas là ? intervint Mme de Pontallec. Mais il est malade !

Le factionnaire partit d'un bon gros rire :

– Malade ? Eh ben ! pour un malade il galopait drôlement vite tout à l'heure quand on est venu le chercher.

Une brusque angoisse serra la gorge de la jeune femme. Tout de suite, elle imagina le pire :

– Sauriez-vous me dire qui est venu le chercher ?

Elle s'attendait qu'on lui réponde « les sectionnaires » du quartier et s'impatienta en voyant qu'au lieu de lui répondre, l'homme rallumait tranquillement sa pipe :

– Je vous en prie, dites-moi qui est venu ?

En réponse, il lui envoya un coup d'œil rigolard et souffla un long jet de fumée :

– Allons, faut pas vous affoler comme ça, citoyenne ! L'est pas allé bien loin : juste là-bas, d' l'autre côté d' la rue. C't' un « officieux » qu'est venu d' la part de... Oh, ben tenez ! Le v'la qui s'en revient.

En effet, Anne-Laure qui était descendue de voiture aperçut, traversant d'un pas vif la rue de Tournon selon une longue diagonale, une silhouette noire couronnée d'un tricorne à l'ancienne mode posé sur une perruque poudrée et qui agitait une canne au-dessus de sa tête en signe d'allégresse. M. de Nivernais courait presque en rejoignant la jeune femme :

– Vous voilà donc de retour, ma chère petite ! Dieu en soit loué !... J'étais d'une inquiétude à votre sujet !

– Vous étiez bien le seul, mon cher duc ! Josse, lui, n'était pas inquiet le moins du monde et...

– Holà, holà, holà ! intervint le factionnaire. Les ci-devant ducs, marquis et tout le saint-frusquin, ça a plus cours dans les rues ! Pour les simagrées, vaut mieux faire ça à l'intérieur.

Nivernais eut un sourire qui fit pétiller ses yeux sombres et lui rendit ses vingt ans. A soixante-seize ans, il jouissait d'une excellente santé et gardait, en dépit de quelques rides, un beau visage aux traits fins – chez les Mancini la beauté se transmettait d'une génération à l'autre – dont le front haut et dégagé annonçait l'intelligence ; les chagrins avaient estompé, adouci l'expression de hauteur naturelle.

– Vous avez tout à fait raison, Septime, mon ami ! Venez, ma chère !

Et, glissant familièrement son bras sous celui de sa visiteuse, il l'entraîna vers l'entrée de sa demeure où celle-ci s'aperçut avec surprise qu'il n'occupait plus que quelques pièces au seuil desquelles un serviteur, presque aussi âgé que son maître, le débarrassa de son chapeau, de ses gants et de sa canne.

– Qu'avez-vous fait du reste de votre maison, mon ami ? demanda la jeune femme qui n'était pas venue depuis longtemps.

– Fermé, ma chère petite ! Par prudence, j'ai congédié la plus grande partie de mes domestiques, ne conservant que mon vieux Colin et sa femme qui fait la cuisine. Il faut vivre avec son temps et je suis, vous le savez, un vieux libéral...

– Mais... vos collections ?

– Les portes condamnées en protègent une partie, des tableaux par exemple. Le reste est... ailleurs. Mais asseyez-vous et dites-moi ce qui me vaut la joie d'une si charmante visite.

– Mon époux ne vous l'a-t-il pas annoncée ? Il devait passer chez vous ce matin pour prendre de vos nouvelles et vous dire que j'allais venir. Il vous disait... fort malade.

– Ce n'est pas la première fois que je constate chez ce cher marquis une tendance à l'exagération bien qu'il ne soit pas méridional comme nous autres. Non, j'ai été un peu froissé aux Tuileries pendant ce terrible jour, mais rien qu'une bonne nuit et quelques soins ne puissent effacer. Cela dit, votre époux n'est pas passé me voir. Sinon, vous pensez bien que je ne me serais pas absenté ou j'aurais au moins laissé des ordres pour que l'on vous fasse patienter... car je pouvais difficilement refuser de me rendre au chevet d'un voisin qui est aussi un ami et qui, lui, est mourant. Je vous ai parlé déjà de l'amiral John Paul-Jones ?

– Le héros américain qui a si bien servi son pays durant la guerre d'Indépendance avant de servir la France ? Je sais que le Roi lui a donné un vaisseau et le titre de chevalier. Et il est mourant ? Mais... il n'est pas vieux.

– Quarante-sept ans mais... il a trop aimé les femmes dont il était sans cesse entouré. C'est je crois ce qui le tue plus encore que le mal contracté en Russie pendant le temps où il servait – pas pour son bien – la Grande Catherine. Je ne vous cache pas que j'éprouve beaucoup de peine. C'est un homme tellement attachant... et très seul bien qu'il ait été si fort l'ami du duc d'Orléans. Il ne lui reste que deux amis : Samuel Blackden et le capitaine « Beaupoil » ci-devant comte de Saint-Aulaire... et puis votre serviteur. Depuis deux ans qu'il a loué chez l'huissier Dorbecque, au 42 de cette rue, nous nous sommes liés. J'admire son courage devant la mort... Mais, pardon ! Je ne devrais pas prononcer devant vous ce mot terrible ! Dites-moi plutôt pourquoi vous êtes revenue alors que je vous croyais en sûreté dans votre Bretagne...

– Ma Bretagne n'est plus une sûreté. Pourtant, je suis certaine que mon petit ange y reposera en paix...

Anne-Laure raconta sa triste aventure, amputée, bien sûr, de l'étrange conversation qu'elle avait eue avec Jaouen. Non par manque de confiance envers Nivernais. Il était sans doute son meilleur et peut-être son seul ami sûr, mais elle éprouvait une gêne à rapporter la déclaration d'amour d'un valet à qui l'écroulement de la société donnait toutes les audaces, déclaration aggravée par la terrible accusation portée contre l'époux qu'elle aimait. Elle était trop jeune, trop transparente surtout pour que le vieux duc ne devinât pas qu'elle lui cachait quelque chose et qu'elle éprouvait un trouble profond. Il voulut tenter de l'en délivrer.

– Que vous n'ayez pu demeurer à Komer je le conçois sans peine, mais pourquoi n'avoir pas cherché refuge auprès de votre mère ? N'est-ce pas la place toute naturelle d'une fille lorsqu'elle souffre !

– Pas lorsqu'elle est mariée. J'ai pensé, puisqu'il ne m'était pas possible de rester auprès de ma petite fille, que je devais rejoindre mon époux. Et puis la mort de mon frère a réveillé le chagrin de ma mère qui ne s'en remet pas. Elle cherche un palliatif dans le travail et la conduite de ses affaires.

Cela, Nivernais voulait bien le croire. Sans connaître Marie-Pierre de Laudren, il sentait que sa fille ne devait pas tenir une grande place dans sa vie : le simple fait de n'avoir pas jugé bon de se déranger pour assister à son mariage était révélateur. En revanche, il connaissait bien Josse de Pontallec et, s'étant attaché à la jeune femme, il ne cessait de déplorer en lui-même une union qui ne pouvait en aucun cas lui assurer le bonheur. Il savait le marquis homme d'aventures – celle, retentissante, avec le Chevalier avait longtemps défrayé la chronique et il n'était pas certain qu'elle fût vraiment terminée. On lui prêtait bien d'autres conquêtes qui, tant qu'elles s'étalaient au grand jour, ne l'inquiétaient pas vraiment. On ne pouvait en dire autant des nouvelles relations du marquis avec Charlotte de Sinceny. A cause, justement, de la retenue, de la discrétion que Josse y apportait, le duc la jugeait beaucoup plus dangereuse que toutes les autres. Il demanda :

– Comment votre époux a-t-il accueilli votre retour ?

La jeune femme eut un geste évasif accompagné d'un petit sourire triste :

– Pas très bien, je dois l'avouer. Il... m'espérait en sûreté là-bas et il était... plutôt mécontent. On ne saurait guère le lui reprocher, ajouta-t-elle un peu trop vite. Par ces temps difficiles on préfère savoir les siens à l'abri n'est-ce pas ?

– C'est évident, dit machinalement Nivernais, qui pensait en même temps qu'il valait mieux qu'elle voie une preuve de sollicitude dans la colère de son époux au lieu de soupçonner la vérité qui était celle-ci selon lui : Josse espérait bien ne pas revoir sa femme avant longtemps et il était ravi d'en être débarrassé. La déception devait être rude, mais ce que le vieux duc n'arrivait pas à comprendre c'est pourquoi, diable, il avait expédié Anne-Laure chez lui en le déclarant malade alors qu'il savait parfaitement qu'il n'en était rien ?

– Je me demande, commença-t-il du ton de quelqu'un qui pense tout haut, si vous ne devriez pas repartir pour la Bretagne. La récente attaque des Tuileries a laissé au peuple un goût d'inachevé. Il a pu franchir un degré de plus dans une lèse-majesté qui autrefois menait à l'échafaud et je suis persuadé qu'il cherchera à terminer un ouvrage si bien commencé. Les temps vont devenir de plus en plus difficiles. L'émigration commencée en 89 a repris de plus belle...

– Y songeriez-vous aussi ?

– Moi ? Non. A aucun prix. Ma place est auprès de mon roi... outre que je suis trop vieux pour courir les aventures. Ce n'est pas votre cas.

– Mais je ne demande pas mieux qu'émigrer. A condition que ce soit avec mon époux. Voyez-vous, le moment de surprise de mon retour passé, il est devenu... beaucoup plus affectueux qu'il ne l'avait jamais été et j'en suis venue à penser que les mauvais jours à venir pourraient être pour nous un nouveau départ. Pour rien au monde je ne le quitterais à présent... et je serais infiniment heureuse de partir avec lui.

Comme Jaouen avant lui, Nivernais s'émerveilla de cette faculté des êtres jeunes à faire refleurir leurs illusions, et il le déplorait. Si jamais Josse de Pontallec émigrait, ce serait certainement pour suivre la belle Sinceny... Mais allez donc dire cela à une enfant aussi aveuglément amoureuse ?

– J'essaierai de le sonder dans ce sens la prochaine fois que nous nous rencontrerons, promit-il. En attendant, et comme on ne sait jamais si les événements ne nous prendront pas au dépourvu, je veux que vous sachiez ceci, mon enfant : vous avez ici un asile tout trouvé en cas de malheur. Cette maison est l'une des rares demeures nobles qui soient encore à peu près sûres à Paris. Les... mômeries auxquelles je me livre avec les autorités m'accordent cet avantage, ajouta-t-il avec un petit rire amer.

– Les mômeries ? Oh, Monsieur le duc !

– Je ne vois pas comment on peut appeler autrement le fait d'avoir déposé à ma municipalité mon collier de l'ordre du Saint-Esprit, mon diplôme de grand d'Espagne et le diplôme de l'empereur Charles me conférant le titre de prince du Saint Empire ! Mais si je peux, à ce prix, aider ceux que j'aime à conserver la vie, pourquoi pas ?

Il avait dit cela sur un ton tellement allègre qu'Anne-Laure ne put s'empêcher de rire :

– Je n'ai jamais vu quelqu'un renoncer aussi joyeusement à ces titres prestigieux ! Vous êtes, mon cher duc, le prince le plus européen qui soit...

– Surtout si l'on y ajoute mon duché français et mes ascendances italiennes. Mais, sachez-le, je n'ai pas renoncé définitivement et j'espère bien récupérer un jour mes hochets de vanité. Vous me quittez ?

Elle s'était levée, en effet.

– Oui. Pardonnez-moi, il faut que je rentre. Encore une question cependant si vous le permettez ?

– Mais je vous en prie !

– Pourquoi n'avez-vous jamais amené chez moi l'amiral Paul-Jones alors que ce que vous m'en disiez piquait ma curiosité ?

– Parce que, en dépit de son état de santé, il vous aurait fait la cour et que je ne voulais pas qu'il se fît une affaire avec le marquis. Justement à cause de son état...

– Une affaire ? N'était-ce pas faire preuve d'une grande imagination ? L'amiral faisait-il la cour à toutes les jeunes femmes ?

– Non. Seulement aux plus jolies...

– Je ne suis pas jolie.

– C'est vous qui le dites. Laissez donc à d'autres le soin d'en juger !

– En outre, mon époux ne s'intéresse pas assez à moi pour aller jusqu'au duel.

– Ne croyez pas cela ! Je ne sais si Josse de Pontallec est capable d'amour mais il a le sens de la propriété à un degré très élevé. Or vous êtes « sa » femme. Autrement dit, vous lui appartenez corps et biens et il ne saurait être question, pour lui, de permettre à quiconque de chasser sur ses terres. La meilleure preuve en est qu'il vous a toujours tenue à l'écart dans l'hôtel de la rue de Bellechasse alors qu'il menait sa propre vie ailleurs...

– C'est peut-être aussi parce qu'il m'aime un peu ? murmura Anne-Laure avec, dans la voix, une note d'espoir qui désola le vieux duc.

– D'honneur, je n'en sais rien ! C'est possible, après tout, mais n'oubliez pas, il n'est pire jaloux qu'un jaloux sans amour... Ah, j'y pense : vous êtes venue avec le cabriolet, ce n'est pas très prudent : les gens du peuple exècrent ce type de voiture et je ne comprends pas que votre époux vous l'ait cédé. Quand vous reviendrez me voir, venez en fiacre, c'est beaucoup plus sûr ! Ou plutôt ne venez pas ! Je passerai chez vous au moins un jour sur deux comme je le faisais pour nos leçons...

Un franc sourire illumina pour la première fois les yeux noirs de la jeune femme :

– Cela me fera tellement plaisir ! Ce sera un peu... comme naguère ?...

La soudaine évocation de jours plus heureux produisit son effet habituel : en quittant l'hôtel de Nivernais, Anne-Laure avait des larmes dans les yeux tandis que sa voiture rebroussait chemin. Elle n'alla pas loin : engagée dans l'étroite rue du Petit-Bourbon * coincée entre des immeubles et la grande église, elle s'aperçut qu'elle n'en sortirait pas sans peine : un attroupement tout de suite menaçant bouchait la sortie sur la place. Avant que Sylvain ait pu réagir, un vigoureux gaillard, coiffé d'un bonnet rouge crasseux sur lequel s'épanouissait une énorme cocarde, s'était jeté à la tête du cheval avec une adresse trahissant l'habitude. A ce moment précis, un autre homme, long et maigre celui-là, roula sous la voiture comme s'il venait d'être renversé par elle. En même temps des cris furieux éclatèrent : « A bas le cabriolet !.. Sus à la fille d'opéra qui croit encore qu'elle peut écraser le pauvre monde ! Brûlons-les !... Encore une catin qui se croit tout permis !... On va lui en faire passer l'envie !... »

En un rien de temps, Sylvain, qui s'efforçait courageusement de faire face à la meute enragée, fut arraché de son siège, tandis qu'avec de grands cris des femmes d'allure louche s'occupaient de la fausse victime qui poussait des gémissements à fendre l'âme. En même temps, des mains impatientes dételaient le cheval sur lequel l'homme à la cocarde sauta pour l'emmener vers une destination

* Partie de la rue Saint-Sulpice actuelle entre la rue de Tournon et la place.

inconnue tandis que d'autres mains traînaient hors de la voiture Anne-Laure et la pauvre Biba, qui poussait des cris d'orfraie en s'accrochant à elle. Pétrifiée d'épouvante, la jeune femme ne disait rien, elle regardait seulement cette horde furieuse qui lui montrait le poing cependant que l'on démolissait la voiture à coups de hache avec l'intention d'en faire un bûcher pour l'y jeter elle-même. Dans son esprit soudain engourdi, une seule pensée tournoyait : on allait la tuer, elle allait mourir là sous les coups de ces brutes et, dans un sens, elle n'y voyait pas d'inconvénient. Tout serait plus simple après et elle reverrait Céline. On lui arracha son chapeau de paille et son fichu de mousseline noirs, découvrant une gorge ronde et douce sur laquelle un homme porta aussitôt une main sale en ricanant :

– Joli morceau ! On pourrait p't' être y goûter avant de le faire rôtir ? C'est doux et parfumé...

– T'as pas à t' gêner, Lucas ! C'est point farouche ces filles-là. Pas ma belle ? Montre-nous un peu l' reste de tes trésors !...

Comprenant qu'on allait la déshabiller là, en pleine rue et devant tous ces gens, elle ferma les yeux en souhaitant très fort perdre connaissance, mais ne s'évanouit pas qui veut. Sa Bretagne natale avait doté Anne-Laure d'une belle santé aussi peu sujette que possible aux « vapeurs » des belles dames délicates. Elle chercha une prière, n'en trouva pas... Et, soudain, les mains qui la palpaient sans douceur, qui tiraient sur sa robe pour la déchirer la lâchèrent tandis qu'une voix d'homme éclatait tout près d'elle :

– V's' êtes pas un peu malades ? Ça, une fille d'opéra ? Sans poudre, sans rouge et vêtue comme une chanoinesse ? Vous voyez pas qu'elle est en deuil ? Ah, il est beau l' peuple qui s' veut libre et qui sait même pas respecter la douleur d'une malheureuse !

La jeune femme rouvrit les yeux, vit que c'était un porteur d'eau et que l'on se jetait sur les seaux encore pleins qu'il venait de poser. Il faisait si chaud !... Du coup, le cercle infernal refermé sur Anne-Laure se brisa. Restèrent seulement, outre les deux hommes qui voulaient la mettre à mal, quelques femmes méfiantes et deux ou trois badauds qui ne semblaient pas disposés à lâcher prise.

– Possible qu'elle soit en deuil mais l' cabriolet, lui, il y est pas et il a failli écraser P'tit Louis ! Alors on va l'brûler.

– Si ça vous chante, mais laissez la citoyenne tranquille ! C'est pas d' sa faute s'il lui reste que cette voiture-là.

– L'a qu'à aller à pied comme tout l' monde. Mais, dis donc toi, ça s'rait-y qu' tu la connaîtrais ?

– Ben oui. J' livre d' l'eau chez elle. C'est la citoyenne Pontallec... et elle vient d' perdre son seul enfant, sa p'tite fille de deux ans.

– Pontallec ? Ça sonne l'aristo, ça ?

– Et après ? On n'est jamais responsable d' sa naissance ! Vous voyez bien qu'elle est toute jeunette. Et elle est loin d'être heureuse, croyez-moi ! Parc' que les filles d'opéra, ça s'rait plutôt l'affaire d' son époux !

Une femme aux yeux fureteurs, au nez pointu vint le mettre sous celui du défenseur d'Anne-Laure.

– Comment qu' ça s' fait qu' tu la connais si bien, citoyen...

– Merlu ! Jonas Merlu, d' l'impasse des Deux-Ponts ! J' te l'ai dit citoyenne, j' livre chez elle et à la cuisine on cause ! J'entends les bruits. Allez, un bon mouvement, les gars ! Laissez-moi la ram'ner au logis ! C'est d'jà une victime, en faites pas une martyre ! Ça s'rait pas digne.

– C'est où le logis ?

– Rue d' Bellechasse !

– Alors, décida la femme, on va avec toi ! Histoire d' voir la tête qu'il a l' mari...

C'est ainsi qu'Anne-Laure, remorquant à sa suite une Bina plus morte que vive, regagna sa maison à pied – le cabriolet n'existait plus et le cheval avait disparu, poursuivi par Sylvain plus attaché à l'animal qu'à sa maîtresse. Elle marchait d'un pas ferme, sans aide aucune. Son sauveur avait repris ses seaux vides et allait pesamment, sans plus faire attention à elle, en fredonnant une chanson. Elle aurait aimé le remercier, mais sans doute préférait-il ne pas donner prise davantage à la suspicion que son geste faisait peser sur lui. Au physique, c'était un homme sans âge, de taille moyenne ; il marchait un peu voûté, ce qui le raccourcissait. Sous un vieux chapeau qui le protégeait du soleil, il portait une perruque de laine comme en ont les matelots et une barbe poivre et sel mangeait la moitié de son visage. Un nez rouge prouvant que l'homme respectait son fonds de commerce et de lourdes paupières, rougies elles aussi, complétaient une physionomie somme toute banale.

Arrivés à destination, les adieux ne se prolongèrent guère. Le marquis était absent et la petite foule qui avait quitté la place Saint-Sulpice se trouvait singulièrement diminuée. Restaient surtout quelques femmes, deux hommes et le porteur d'eau auquel Anne-Laure adressa, devant tous, un merci ému qu'il repoussa d'un geste bourru. Pourtant, avant de s'éloigner, il ôta la cocarde qui ornait son feutre sans couleur précise et la tendit à la jeune femme.

– Un bon conseil, citoyenne. Si tu veux plus qu'il t'arrive d'ennuis, ne sors pas sans ça ! Plus de cabriolet non plus – de toute façon le tien n'existe plus ! – et puis, tout compte fait, sors donc le moins possible !

Pour la première fois et sans doute parce qu'elle était délivrée de sa peur, Anne-Laure remarqua la voix de cet homme : une voix grave, profonde, chaude comme un chant de violoncelle. Tout à l'heure, elle tonnait comme le bronze. A présent, elle avait le calme apaisant d'un chant d'église. Elle expliquait l'ascendant qu'en peu d'instants cet homme du peuple avait pris sur ses semblables et qui lui avait permis de l'arracher à leur fureur sans y laisser sa propre vie.

En dépit du parler vulgaire, elle exerçait une sorte de magie...

Naturellement, le bruit de son escorte avait attiré dehors les deux serviteurs qui, avec Bina et Sylvain, composaient encore toute la domesticité de l'hôtel. Mme de Pontallec s'approcha d'Ursule, sa cuisinière.

– Vous devez connaître cet homme, Ursule ? Il a dit qu'il nous apportait de l'eau ?... Il s'appelle Jonas Merlu...

Les yeux fixés sur la silhouette qui s'éloignait dans la rue, la femme hocha la tête en faisant la moue :

– Ma foi non ! Je ne l'ai jamais vu...

3

10 août 1792

Depuis minuit le tocsin sonnait...

Première de toutes celles de Paris, cependant réduites au silence depuis des semaines, la grosse cloche des Cordeliers se fit entendre puis ce fut celle de Saint-André-des-Arts relayée par celles du faubourg Saint-Antoine, des Gravilliers, des Lombards, de Mauconseil et d'autres encore. Seule se taisait celle de Saint-Germain-l'Auxerrois, la paroisse royale qui avait donné le signal de la Saint-Barthélemy et, dans l'esprit de ceux qui en espéraient le pouvoir, c'était, cette nuit-là, une autre Saint-Barthélemy qui se préparait...

Ensuite ce furent les tambours. De toutes parts on battait la générale. Pourtant, la nuit de ce 9 août était belle, chaude, merveilleusement étoilée et Paris brillait de tous ses feux, éclairé comme pour une fête autour de la masse sombre du palais des Tuileries et de ses jardins. Là, les lumières extérieures étaient rares et le palais apparaissait comme un énorme et mystérieux animal...

Quelques heures plus tôt, Josse y avait amené Anne-Laure afin, disait-il, de n'avoir pas à se soucier de son sort tandis qu'il combattait avec tous ceux qui se rendaient alors au « château » pour la défense du Roi, car on savait bien qu'il allait se passer quelque chose et qu'il faudrait combattre. Aussi, le marquis de Pontallec était-il parti armé d'une épée qui n'avait rien à voir avec une épée de cour et des pistolets, Anne-Laure l'avait suivi avec une joie profonde puisqu'il refusait de se séparer d'elle au moment du danger. Partager le sort de son époux quel qu'il soit, n'était-ce pas son plus cher désir ? Même si ce sort s'avérait dramatique...

Depuis le 20 juin où le courage du Roi avait fait reculer l'aveugle ruée des faubourgs, ceux-ci rongeaient leur frein cependant que le ciel se chargeait de nuages. Aux frontières de l'Est, une puissante armée prussienne et autrichienne sous le commandement du général-duc de Brunswick se massait et s'apprêtait à déferler. La Patrie ayant été déclarée en danger, on enrôlait des volontaires dans les carrefours pour rejoindre les vestiges de l'ancienne armée royale. La Fayette, de son côté, ayant appris l'affaire des Tuileries, revenait de cette même armée afin d'essayer de préserver les personnes royales...

A l'intérieur, le ministère girondin vacillait sur sa base, secoué avec vigueur par les plus enragés du puissant Club des Jacobins dont le but était d'obtenir de l'Assemblée la déchéance du Roi. En outre, et en vue de la célébration devenue rituelle du 14 juillet, des bandes de « fédérés » venues de Marseille, de Brest et du nord de la France sont entrées dans Paris. Comme des loups affamés ! Par leur violence et leurs excès ils y ont semé la peur, que l'on déguisait sous un enthousiasme de commande. La fête du Champ-de-Mars a réjoui les « cœurs patriotes ». On a pu y voir brûler, sous l'œil impassible de Louis XVI, un arbre immense, chargé de la cime au pied des écus armoriés de la noblesse ainsi qu'une table où étaient jetés pêle-mêle couronnes, tortils et autres insignes de grandeur. Le peuple a dansé, sauté, hurlé de joie autour de ce brasier comme des Indiens d'Amérique autour du poteau de torture, au risque de roussir ses cocardes et ses habits de fête. Et puis, le 28 du mois, des affiches ont inondé la ville portant ce que l'on appelle le Manifeste de Brunswick. Le duc y signait la plus claire des menaces : si les Parisiens ne se soumettaient pas immédiatement et sans conditions à leur roi, les « souverains alliés » en tireraient une vengeance exemplaire et à jamais mémorable, en livrant la ville de Paris à une exécution militaire et à une subversion totale, et les révoltés aux supplices mérités, etc. Du coup, les estrades en plein air, ornées de tentes tricolores où l'on enrôlait les jeunes gens, se sont multipliées en même temps que la peur engendrait la fureur des sections déjà puissamment travaillées par les extrémistes et ceux qui voyaient, dans l'écroulement de la Couronne, une promesse de pouvoir et de richesse... Il fallait à tout prix que le trône tombe d'irrémédiable façon pour encourager le peuple à se battre contre l'envahisseur jusqu'au bout de ses forces. Grande idée sans doute ! Malheureusement, trop de racaille allait se glisser parmi ceux qui, voyant dans le débonnaire Louis XVI un ennemi du pays, brûlaient d'aller au sacrifice suprême. Devenu suspect, La Fayette était reparti pour l'armée.

Il y avait longtemps qu'Anne-Laure n'était allée aux Tuileries. Elle ne se plaisait pas dans une cour où elle n'avait aucun emploi et ne connaissait pas grand monde. Elle s'y sentait gauche en dépit du fait que le faste du palais parisien n'approchait pas celui de Versailles où elle s'était mariée. Néanmoins, il y régnait toujours ce grand ton auquel il lui était difficile de s'adapter. Comme Josse ne souhaitait guère l'y voir évoluer afin de se sentir les coudées plus franches, ceux qui connaissaient son existence – à l'exception du duc de Nivernais bien sûr – se faisaient l'idée d'une créature à la santé fragile, toujours entre deux fausses couches. Cela ne valait sans doute pas la peine d'entretenir des relations avec une jeune femme qui n'avait pas de longues années à vivre. Aussi, son entrée dans les appartements de la Reine, et dans les habits de deuil qu'elle refusait de quitter, fit-elle quelque sensation.

Elle ne fut pas surprise, étant donné les circonstances, qu'il y eût moins de monde que par le passé. Une douzaine de dames, tout au plus, entouraient Marie-Antoinette, sa fille, la petite Marie-Thérèse, dite Madame Royale, de quatorze ans et sa belle-sœur, la douce et pieuse Madame Elisabeth. La nouvelle venue s'attendait à trouver une place discrète dans un coin du salon : elle fut surprise de l'accueil qu'on lui fit lorsqu'elle entra, conduite par son époux. La sœur du Roi s'élança spontanément vers elle :

– Madame de Pontallec !... Vous venez à nous au jour le plus sombre alors que vous restiez à l'écart lorsque tout souriait. Comment vous dire à quel point votre geste nous émeut ? Ma sœur, ajouta-t-elle en prenant la main d'Anne-Laure pour la conduire à la Reine qui écrivait une lettre assise à un petit bureau, voyez qui vient nous joindre quand beaucoup nous abandonnent.

Marie-Antoinette considéra un instant la jeune femme plongée dans sa révérence puis jeta sa plume, se leva et se pencha pour la relever. Scrutant le jeune visage où les traces du chagrin étaient encore si visibles, elle hocha la tête.

– Vous n'auriez pas dû l'amener, marquis ! dit-elle à Josse. Votre jeune épouse a eu plus que sa part de chagrin car l'on ne saurait se consoler de la mort d'un enfant. Vous auriez dû la mettre à l'abri...

– Elle ne le souhaite pas, Madame. Nous sommes l'un et l'autre au service de Leurs Majestés !

– Alors je dois vous remercier, mon enfant, soupira la Reine en caressant la joue d'Anne-Laure du bout du doigt.

– La Reine n'a pas à me remercier, dit la jeune femme. Dès l'instant où mon époux décidait de lier son sort à celui de ses souverains, le devoir me commandait de le suivre...

– J'aimerais mieux que votre présence ici soit née de l'affection plus que du devoir, soupira à son tour Marie-Antoinette, mais de cela je suis seule à blâmer. Une reine devrait savoir deviner la vraie noblesse sous les traits d'un visage et je m'aperçois seulement aujourd'hui que le vôtre est de ceux que l'on aimerait voir souvent. Peut-être n'est-il pas trop tard, après tout ! Monsieur de Pontallec, ajouta-t-elle avec un rien de dureté, allez donc rejoindre le Roi. Je garde la marquise.

Un peu surprise, Anne-Laure contemplait cette femme couronnée qu'elle détestait depuis si longtemps parce qu'elle était persuadée que Josse l'aimait. Certes, ce n'était plus l'éblouissante – et si lointaine ! – souveraine du plus beau palais du monde, ce n'était plus la bergère enrubannée de Trianon, sans cesse à la recherche de plaisirs nouveaux, mais elle était toujours belle dans sa robe d'été de taffetas et de mousseline blanche, combien nerveuse aussi, combien inquiète ! Les beaux yeux bleus un peu globuleux semblaient avoir peine à se fixer ; la Reine paraissait écouter à chaque instant les bruits venus de la grande ville. C'était à présent une femme toujours pleine d'orgueil mais mûrie par les épreuves – l'envahissement de Versailles, le retour forcé à Paris, la fuite avortée suivie d'un autre retour pire que le premier, et puis les insultes, les bruits de l'exécration dont elle était à présent l'objet, la peur enfin de ces foules qu'elle méprisait parce qu'elle sentait confusément qu'elle avait tout, et le pire, à en redouter. Sans oublier le fait qu'elle aussi connaissait la douleur d'avoir perdu deux enfants. Ce fut peut-être ce souvenir-là qui amena Mme de Pontallec à plier une nouvelle fois les genoux.

– Madame, dit-elle, la Reine sait bien que, proche ou éloignée, elle peut tout exiger de notre dévouement à la famille royale et à sa personne...

A nouveau on la releva :

– Il en faudrait beaucoup comme vous. Ma fille, dit-elle en attirant à elle la petite princesse qui observait la scène avec une gravité au-dessus de son âge, voici la marquise de Pontallec que vous ne connaissez pas encore. J'aimerais qu'elle soit de vos proches quand tout cela sera fini. Elle n'est pas tellement plus âgée que vous comme vous pouvez vous en rendre compte.

Pour toute réponse, Marie-Thérèse tendit à la nouvelle venue ses deux mains, d'un mouvement si naturel, si spontané que celle-ci sentit qu'on lui accordait à la fois confiance et amitié alors qu'elles n'avaient échangé qu'un seul regard. Pour cette solitaire qui n'avait plus personne à aimer en dehors d'un époux quasi indifférent, le geste, le regard et le sourire tremblant de cette enfant si jolie et si blonde apportèrent un réconfort, une chaleur qu'elle ne croyait plus pouvoir éprouver. Elle eut soudain l'impression de voir Céline, si Dieu avait permis qu'elle grandisse. Aussi fut-ce avec une sorte de tendresse qu'elle baisa les petites mains, si étroites et si fines, qui serrèrent un peu ses doigts. Aucun mot ne fut échangé, pourtant Anne-Laure sentit que le vieux geste d'allégeance féodal la lierait désormais à Madame Royale. Elle n'imaginait pas de quel poids cet instant pèserait sur sa vie...

En d'autres temps, une faveur si soudaine et si éclatante eût déchaîné sur la jeune marquise une ruée de courtisans sans compter d'amères jalousies. Seulement, des courtisans il n'y en avait plus : la plupart avaient essaimé hors des frontières. Il ne restait plus que les fidèles, les derniers soutiens des souverains en péril, ceux qui avaient l'âme trop haute pour se laisser atteindre par une basse envie. Anne-Laure et sa robe noire furent accueillies avec chaleur par ces femmes, toutes vêtues de blanc comme un jardin de lys – une façon comme une autre d'affirmer ses couleurs ! –; presque toutes appartenaient à la plus haute noblesse. Ainsi la princesse de Lamballe, dont la jeune marquise savait qu'elle était la plus fidèle des amies de la Reine puisque, chassée de son poste de surintendante de la Maison royale par la faveur des Polignac, elle était venue réclamer sa place, après leur fuite, quand arrivèrent les mauvais jours. C'était une femme belle, douce, loyale et fière, mais d'une nervosité qui, parfois, lui provoquait de pénibles crises. Mariée à seize ans au fils du richissime duc de Penthièvre, petit-fils de Louis XIV et de Mme de Montespan, elle n'avait jamais été heureuse auprès d'un époux mort des suites d'une « galanterie ». Ses seuls moments de bonheur, elle les avait trouvés auprès d'un beau-père qui l'aimait comme un père, et de la Reine dont elle avait pu mesurer la fragilité des affections.

A peu près du même âge – la quarantaine – une autre fidèle, la princesse de Tarente, née Châtillon, haute, fière, vaillante comme un chevalier de la Table Ronde et attachée à la Reine par des liens d'amitié plus lucides que ceux de Mme de Lamballe. Elle était arrivée, peu avant Anne-Laure, de son hôtel parisien et ne cachait pas son inquiétude : une foule tournait autour des Tuileries comme le tigre autour du village qu'il s'apprête à attaquer, une foule quasi animale, silencieux mélange de vrai peuple et de pègre qui avait seulement l'air d'attendre qu'on la jette sur sa proie. Peu facile à impressionner, Louise-Emmanuelle de Tarente tremblait cependant, mais c'était d'indignation, en racontant ce qu'elle avait observé en venant prendre ce qu'elle appelait son « poste de combat ».

– J'ai vu un homme parcourir les terrasses en élevant haut un drapeau sur lequel est écrit : « Louis, demain le trône sera renversé, demain nous serons libres... » Mais il y a pire : un prêtre a été pendu à l'un des réverbères de la place Louis-XV, cependant que des femmes et des enfants..., oui des enfants, noyaient dans le bassin du palais l'un de vos anciens gardes du corps, Madame !... Ces gens-là sont ivres de vin et de haine...

Un murmure terrifié accueillit ce bref récit qui fit pâlir un peu plus Marie-Antoinette. D'un geste instinctif, elle attira sa fille plus près d'elle quand une voix ferme, un rien réprobatrice, s'éleva :

– Je ne vous croyais pas si impressionnable, ma chère Louise ! Ce n'est pas d'hier que nous avons appris les étranges perversions et les crimes auxquels peut se livrer un peuple qui devient fou parce que cela arrange certains qu'il en soit ainsi. Et nous ne sommes pas ici pour affoler la Reine mais bien pour la protéger de notre mieux !

Conduisant par la main le petit Dauphin de sept ans, la marquise de Tourzel effectuait son entrée. La gouvernante des Enfants de France était l'une des rares personnes qui avaient impressionné Anne-Laure les quelques fois où elle était apparue à la Cour. Cette grande dame calme et grave, quoique non dépourvue d'un humour abrupt, était de celles qui inspirent confiance. Avec Mme de Tarente et Mme de Lamballe dont elle était l'exacte contemporaine, ces femmes formaient autour de la Reine un trio aussi vaillant et dévoué qu'avaient pu l'être jadis les fameux mousquetaires autour de Louis XIII. Et, des trois, celle que son petit élève appelait en secret « Madame Sévère » était la plus redoutable. Comme Mme de Lamballe, elle avait pris son poste, abandonné par la duchesse de Polignac, en 1789, au moment où il commençait à devenir dangereux. C'était tout dire.

Derrière elle venait sa fille Pauline, jolie adolescente de seize ans que la petite Madame Royale aimait beaucoup. Ce qui valut à Anne-Laure d'être aussitôt présentée. Cependant Mme de Tarente protestait :

– Qui parle ici d'affoler la Reine ? Elle a toujours préféré la vérité, étant de grand courage pour l'affronter.

– Sans doute, mais les détails ne s'imposent pas. En outre, ces enragés ne sont pas encore ici. Le château, grâce à Dieu, est bien défendu. Le Roi a fait venir de leur caserne de Courbevoie les Suisses qui ne sont pas de garde ; en outre, nous avons ici le bataillon de la Garde nationale des Filles-Saint-Thomas qui est sûr. Enfin, il y a tous ces braves gentilshommes parisiens dont certains n'ont jamais eu leur entrée à la Cour et qui viennent cependant mettre leurs épées au service de Leurs Majestés. Certains sont âgés. Ah, j'allais oublier les canons ! Nous en avons quatorze pièces que la racaille aura du mal à faire taire. Cela suffira-t-il à vous protéger ?

– Encore une fois ce n'est pas pour moi que je crains...

– En ce cas cessez de trembler ! Le château est plein de braves gens qui brûlent de mourir pour leurs souverains. Et si le pire arrivait, Leurs Majestés et leur famille sont munis de plastrons en forte toile de soie, à l'épreuve du poignard comme des balles, que le comte de Paroy a confectionnés pour eux.

– ... et que le Roi n'acceptera jamais de porter, coupa la Reine. Il a déjà refusé. De même il a refusé de fuir la nuit dernière et je l'ai approuvé. La chaise de poste ne nous vaut rien, ajouta-t-elle avec un sourire triste.

Entouré de quelques gentilshommes parmi lesquels Anne-Laure vit son époux et le duc de Nivernais, le Roi entra. Il savait les bruits qui couraient le palais, tous plus inquiétants les uns que les autres, et il venait rassurer les dames. Il venait aussi leur dire que Pétion, le maire girondin de Paris, ne cessait de courir entre l'Hôtel de ville, le palais et l'Assemblée * pour empêcher l'affrontement. Or, à ce moment, Pétion était, depuis l'autodafé des armoiries au Champ-de-Mars, l'homme le plus populaire de Paris.

– Il devrait réussir à faire entendre raison au bon et vrai peuple de Paris. D'autant que l'Assemblée est girondine dans sa majorité. En outre, nous lui avons fait savoir que nous détestons jusqu'à l'idée de faire tirer sur nos sujets. Aussi apaisez-vous, mesdames, nous avons seulement un mauvais moment à passer...

– Sire, intervint Nivernais, j'ai peur que Votre Majesté place mal sa confiance. Paris bout comme un chaudron de sorcière et le maire pourrait perdre pied. S'il prend peur, Pétion qui n'est pas un brave ira hurler avec les loups... En outre, nous ignorons ce qui se passe à l'Assemblée sinon

* Elle tenait ses séances au Manège jouxtant l'ancien couvent des Feuillants, au bout du jardin des Tuileries, côté Saint-Honoré.

que ceux qui veulent la déchéance du Roi lui ont donné jusqu'à minuit pour se prononcer.

– Allons, Nivernais, où est votre foi en Dieu ? Il faut savoir accorder confiance aux hommes. Ce ne sont pas tous des buveurs de sang...

Le ton paisible de Louis XVI, son bon sourire firent plus pour le moral de celles qui l'écoutaient qu'un long discours. Il eut pour chacune un mot aimable ; en recevant la révérence d'Anne-Laure, il la releva comme tout à l'heure la Reine et il lui dit :

– Je savais votre qualité, Madame, mais je ne soupçonnais pas que vous puissiez la montrer à ce point. Vous êtes si jeune !

– A quoi peut servir la noblesse, Sire, si elle n'est avant tout dévouée au Roi ?

– J'ai bien peur que votre opinion ne soit pas partagée par le plus grand nombre, ma chère ! Vous auriez dû venir nous voir plus souvent !

Avec tristesse, la jeune femme constata que le Roi avait changé. Quasi prisonnier de ce palais parisien, il avait dû renoncer à l'exercice quotidien du cheval qui le maintenait en parfaite santé. A cet ami des forêts qui chassait tous les jours et par tous les temps, on avait imposé comme limites celles d'un simple jardin. Ce qui ne lui permettait plus de « brûler » le trop-plein d'un appétit qui avait été celui de Louis XIV. A cet homme de plus d'un mètre quatre-vingts il fallait des repas solides, abondants qui, à présent, se traduisaient en graisse, cependant que le teint habituellement frais se faisait plus gris. Louis XVI avait maintenant un ventre que ses larges épaules ne compensaient pas et un double menton... Mais la bonté de son regard était toujours la même et plus grands peut-être que jamais son courage, son horreur du sang versé et son obéissance à la volonté de Dieu, dont il sentait peut-être obscurément qu'ils le conduisaient au martyre...

On attribua aux dames qui n'habitaient pas les Tuileries un logement pour la nuit. A la demande de la petite Madame Royale, la Reine avait permis que Mme de Pontallec soit hébergée chez elle ; Anne-Laure n'en profita pas et pas davantage de l'appartement de Mme de Tourzel que celle-ci, décidée à ne pas quitter ses élèves, lui proposa. Elle n'en dit rien mais elle ne voulait pas s'éloigner de Josse qui, bien entendu, ne quittait pas le Roi. D'ailleurs, durant les quelques heures nocturnes – de huit heures du soir à quatre heures du matin – personne ne dormit au château, hormis le petit Dauphin et le Roi, qui s'accorda un moment de repos sans passer, bien entendu, par le cérémonial du coucher.

A dix heures, Louis XVI tint avec la Reine, Madame Elisabeth et ses ministres un conseil d'où l'on ne tira que deux idées générales : passer à l'attaque à l'aube ou bien tenter une percée en abandonnant le château au pillage pour rejoindre l'armée. Aussi peu réalisables l'une que l'autre, le Roi les refusa en bloc. Jamais il n'accepterait de tirer sur son peuple et l'affaire de Varennes lui avait ôté l'envie de recommencer.

A onze heures, arrive Roederer, procureur général syndic, une sorte de préfet de la Seine avant la lettre, mais sous les ordres du maire de Paris. C'est un juriste lorrain qui a l'âme parlementaire et qui, sans être hostile au Roi, lui préférerait une monarchie constitutionnelle ou, mieux encore, une république. Après le retour de Varennes, il aurait proposé l'arrestation pure et simple du Roi. En fait, il vient voir ce qui se passe au château et ce qu'il voit l'inquiète : il y a du monde partout, des soldats surtout, Suisses ou gardes nationaux la baïonnette au canon, et aussi de nombreux domestiques. Dans la salle qui précède celle du Conseil s'entassent des gentilshommes tous vêtus de noir mais avec de longues épées, venus spontanément à la rescousse du souverain menacé. Il y a aussi les quelques femmes composant l'entourage de la Reine et tous ces gens qui enveloppent soudain Roederer n'ont rien de rassurant : le mépris et la colère s'inscrivent sur tous les visages, mais ce grand homme maigre à la figure sévère n'est pas un pleutre. Il mesure le drame que sera l'affrontement entre cette poudrière et les hordes mal armées des faubourgs, et cela il veut l'éviter à tout prix. Il décide de faire venir le maire et commence à lui écrire quand justement celui-ci arrive, faisant d'avance le gros dos. Il a raison : l'accueil est encore plus froid si possible et, parce qu'il a été quelque peu « chahuté » par de jeunes gardes nationaux, l'honorable Pétion prend peur et se retire sous prétexte qu'il fait trop chaud et qu'il a besoin de prendre l'air. Roederer, mi-figue mi-raisin, le raccompagne jusqu'aux jardins, mais toutes les issues en sont barrées par les postes royaux. Une seule issue : rejoindre l'Assemblée qui, elle aussi, tient séance cette nuit. Assis sur une balustrade de la terrasse « pour respirer », Pétion laisse Roederer remonter seul vers le Roi et file à l'Assemblée, d'où il rejoindra son cher Hôtel de ville dans lequel il va rester claquemuré sous la garde de « six cents » hommes. On n'est pas plus brave !...

Il n'y est pas encore arrivé quand les premiers battements du tocsin se sont fait entendre, figeant sur place comme sous l'effet d'un charme la foule qui emplit le palais et celle qui rôde autour. Anne-Laure les a entendus aussi et son regard, tout de suite, a cherché Josse dans la masse des gentilshommes les plus proches de Louis XVI. A sa surprise, elle a entrevu un sourire sur ses lèvres, mais un sourire qui ne s'adresse à personne. C'est celui de quelqu'un qui entend une douce musique. Impression fugitive, sans doute, mais bien réelle. L'instant d'après, tout comme ceux qui l'entourent, le marquis de Pontallec a tiré son épée en criant « Vive le Roi ! » et en jurant de le défendre jusqu'à la mort...

Et les heures de cette étrange et angoissante veillée d'armes s'écoulent lentement. Roederer va la vivre tout entière aux Tuileries. Tandis le sinistre battement se rapproche ainsi que les roulements de tambour, l'homme du département, assis tranquillement en compagnie de la Reine, près de la pendule du cabinet du Roi, s'efforce de répondre à ses questions en se compromettant le moins possible et en restant dans la ligne qu'il s'est imposée : empêcher à tout prix l'affrontement... D'heure en heure, d'ailleurs, son secrétaire lui envoie des notes sur la situation extérieure... Et le temps passe. Le Roi s'est endormi sur un canapé après s'être confessé. Les dames se sont groupées autour de Mme de Lamballe ou de Mme de Tarente. Mme de Tourzel et sa fille sont chez le Dauphin. Les gentilshommes tiennent entre eux des conciliabules. La Reine et sa belle-sœur vont de l'un à l'autre de ces groupes. Et les cloches et les tambours battent toujours...

A cinq heures du matin, le Roi descendit passer en revue la Garde nationale qui le satisfit ; mais l'inspection qu'il refit une heure après lui laissa mauvaise impression : entretemps Pétion, depuis son Hôtel de ville, avait donné l'ordre de remplacer cet effectif par des soldats acquis aux insurgés. Il fit mieux encore en envoyant chercher Mandat, commandant de la Garde qui s'apprêtait à la défense du palais, sous prétexte de se concerter avec lui. En réalité, le maire voulait récupérer l'ordre qu'il a dû lui donner, la veille, de défendre les Tuileries par tous les moyens. Un ordre qui le condamne aux yeux de ceux qui sont en train de s'emparer du pouvoir. Et Mandat – en fait le marquis de Mandat – doit obéir parce qu'il dépend du maire de Paris.

Vers sept heures du matin, alors que le soleil brillait joyeusement sur les roses du jardin encore intact et sur les appartements où l'on avait depuis longtemps soufflé les bougies, on apprit que les faubourgs menés par les Marseillais s'étaient mis en route pour attaquer. On apprit aussi que des commissaires, choisis parmi les meneurs des quarante-huit sections, s'étaient constitués en Conseil de la

Commune, qu'ils avaient fait comparaître Mandat, qu'on l'avait « exécuté » et qu'à cette heure sa tête se promenait dans Paris au bout d'une pique... Pétion avait récupéré son papier et la défense du palais était décapitée dans tous les sens du terme. Seuls restaient sûrs les Suisses dont tous ne parlaient pas français...

Roederer, alors, entreprit la tâche qu'il s'était donnée tandis qu'éclataient les premières mousqueteries dans ce grondement si particulier d'une foule qui se rue à l'attaque : obtenir du Roi qu'il se rende avec sa famille à l'Assemblée afin de s'y mettre sous la protection de la loi. Il était de bonne foi, ignorant qu'à ce moment l'Assemblée, d'où avaient fui les députés de droite, n'était plus composée que des pires ennemis de la monarchie... La foule avait envahi le Carrousel et le Roi ne voulait pas que ses canons tirent sur elle...

Au château le tumulte était grand. Tous les braves gens réunis là depuis la veille brûlaient de se battre, la rumeur menaçante du dehors ne faisant qu'exciter leur courage. Le Roi envoya un messager à l'Assemblée pour lui demander – puisque la loi c'était elle – de venir rétablir l'ordre. Le messager ne revint pas. Un second suivit le même chemin. Alors, Roederer vint trouver Louis XVI :

– Sire, dit-il, le danger est imminent ; les autorités constituées sont sans force et la défense est devenue impossible. Votre Majesté et sa famille courent les plus grands dangers ainsi que tout ce qui est au château. Elle n'a d'autre ressource pour éviter l'effusion de sang que de se rendre elle-même à l'Assemblée.

– Une assemblée qui fait la sourde oreille et qui a peut-être déjà massacré nos émissaires ? Vous voulez tuer le Roi, Monsieur ? s'écria Marie-Antoinette. Sans parler de ceux du palais qui auront perdu leur dernier rempart.

– Si vous vous opposez à cette mesure, dit le procureur syndic, vous répondrez, Madame, de la vie du Roi et de celle de vos enfants. Pour plus de sûreté vous accompagnerez le Roi ainsi que votre famille. Je viendrai avec vous, bien sûr, et je réponds de votre sûreté. Le peuple n'aura plus aucune raison d'attaquer le château et vous y rentrerez quand tout sera apaisé.

– Vous croyez ? Je crois, moi, que si nous en sortons nous n'y rentrerons jamais. Ces gens hurlent à la mort ! N'entendez-vous pas ?

– Non, Madame, fit Roederer avec une soudaine douceur. Ces gens pensent seulement qu'on va tous les massacrer. Dès que vous serez sous la protection des lois, vous n'aurez plus rien à redouter.

Roederer croyait vraiment à ce qu'il disait. Il tenait à tout prix à ménager le Roi et le peuple. Il fallait compter avec l'ombre menaçante des armées de Brunswick, très capables de mettre leurs menaces à exécution. D'autre part, il fallait empêcher le Roi de gagner la partie parce que, de monarchie absolue ou non, Roederer n'en voulait plus. Avant de l'emporter, il dut pourtant argumenter longtemps : Louis XVI se taisait, réfléchissait.

– Sire, dit-il, il ne fait plus de doute pour moi que l'Assemblée est empêchée de venir jusqu'à vous. Il faut donc aller à elle...

– Et si votre Assemblée est déjà au pouvoir de l'insurrection, qu'adviendra-t-il du Roi, s'écria M. d'Hervilly qui commandait la défense du château. Ici il est au milieu des siens, de ses fidèles, de ses Suisses...

– Ne vous illusionnez pas, baron ! La défense est impossible à moins d'ordonner un bain de sang. Les cours sont déjà envahies. Le Roi et sa famille courent le plus grand danger. Il faut qu'il parte. La Garde nationale assurera son passage jusqu'au manège...

– Ce faisant, s'écria la Reine, nous laisserions derrière nous trop de braves gens qui sont venus nous offrir leur vie.

– Si vous vous opposez à ce que je propose, Madame, fit Roederer d'un ton sévère, vous répondrez de la vie du Roi et de celle de vos enfants. Le peuple sera le plus fort, il écrasera tout...

Avec un cri d'horreur, la Reine se laissa tomber sur un fauteuil la tête dans ses mains.

– Vous faites bon marché de la défense du château, dit M. de Bachmann, colonel des Suisses. Il est plein de gens qui brûlent de se battre et, croyez-moi, vous n'aurez pas facilement raison de mes hommes. Ce sont des soldats, eux, des vrais ! Et les canons sont prêts à tirer.

– Je le sais et c'est pourquoi j'ai parlé d'un bain de sang. Encore que vous vous fassiez beaucoup d'illusions, il me semble. Certes il serait beau, grand, héroïque, de résister, de mourir dans les ruines de ce palais, mais c'est à peu près impossible...

– Je dis, moi, que nous devons résister...

– Insensé ! Résister avec quoi ? Des canons qui sont peut-être déjà encloués, des soldats – sauf les vôtres bien sûr ! – qui fraterniseront avec le peuple et laisseront massacrer leurs souverains ? Même Mgr le Dauphin ne sera sans doute pas épargné...

Cette perspective arracha un nouveau cri de douleur à la Reine vers laquelle son époux se pencha pour murmurer :

– Mieux vaut céder et, surtout, gagner du temps. C'est cela l'important car cela laissera aux secours le temps d'arriver. Puis, redressant sa haute taille, le Roi déclara :

– Nous allons suivre votre conseil, Monsieur, et nous rendre à l'Assemblée. J'espère que cette preuve de bonne volonté ramènera le calme en ces lieux.

Une clameur de protestation salua ces paroles mais le Roi sourit :

– Paix, messieurs ! Je veux que le peuple sache que je ne suis pas son ennemi ainsi qu'on s'efforce de le lui faire croire. Vous garderez la maison en notre absence...

– Certes pas, Sire ! s'écria un jeune homme. Et foi de La Rochejaquelein, je jure bien que nul n'approchera les personnes royales !

Marie-Antoinette sourit à ce visage, à cette voix ardente :

– Restez, Monsieur, nous allons revenir. M. Roederer s'y engage, je pense ?

– Certes, Madame, certes...

– Et moi, dit Louis XVI, j'entends que nous soyons escortés par la Garde nationale !

Peu après, le cortège se mit en marche pour traverser les jardins. Le Roi, vêtu d'un habit violet, allait devant. Venaient ensuite la Reine tenant ses enfants par la main, puis Madame Elisabeth et la princesse de Lamballe, qui avait obtenu de suivre la famille royale à titre de parente. Mme de Tourzel, après avoir embrassé sa fille tendrement et l'avoir confiée à Mme de Tarente, alla prendre sa place derrière le Dauphin d'un air si déterminé que nul n'osa s'y opposer.

D'une fenêtre de l'appartement du Roi, Anne-Laure et les autres dames assistèrent à ce départ et virent qu'outre les ministres, qui faisaient assez grise mine, plusieurs membres de la haute noblesse se mettaient résolument à la suite : le duc de Poix, le duc de Choiseul, le marquis de Tourzel, frère de Pauline, et d'autres encore, parmi lesquels la jeune femme reconnut le duc de Nivernais. Elle chercha en vain son époux alors que, de toute la nuit, il n'avait pas quitté les entours de Louis XVI. Un bataillon de la Garde nationale enveloppait le tout, suivant le désir du Roi...

Pensant que Josse s'était peut-être attardé à cause d'une mission particulière ou d'un ordre de dernière minute, elle resta là et regarda longtemps s'éloigner le cortège, de plus en plus petit, de plus en plus fragile au milieu de la foule énorme, houleuse et menaçante qui le pressait de toutes parts. Une foule qui se refermait comme la mer derrière le sillage d'un bateau et qui isolait le palais et ceux qui y demeuraient.

Une soudaine et proche canonnade fit reculer loin des fenêtres les sept ou huit femmes qui s'y accrochaient comme à un dernier espoir. Seule Pauline de Tourzel tenait à rester encore, mais Mme de Tarente la tira vigoureusement en arrière.

– Vous voulez vous faire tuer ? Songez que vous m'êtes confiée et que votre mère...

– Tant que je l'aperçois, il me semble qu'elle est toujours auprès de moi.

– Votre mère est à l'abri maintenant et il nous faut songer à en faire autant. C'est sur nous que l'on tire...

Les fenêtres brisées, les carreaux pulvérisés faisaient un vacarme épouvantable et lui donnaient raison.

– Nous ne pouvons pas rester plus longtemps dans l'appartement du Roi, reprit la princesse. C'est le côté le plus exposé. Descendons dans celui de la Reine, au rez-de-chaussée. Nous fermerons les volets et nous allumerons toutes les chandelles afin que la surprise des agresseurs, en voyant tant de lumières, nous donne le temps de parlementer.

– Je vous rejoins, dit Anne-Laure. Auparavant il faut que je trouve M. de Pontallec pour lui dire où je suis... Il pourrait être en peine.

Tout en parlant, elle se précipita dans la chambre du Roi et entendit à peine ce qu'on lui répondit :

– Hâtez-vous ! Dans peu de temps le palais sera envahi.

Il résonnait, en effet, des combats qui s'y déroulaient, des coups de feu et des cris des blessés. On tirait aussi dans la chambre royale, mais il n'y avait aux fenêtres que deux jeunes gens. L'un, grand et vigoureux avec un visage frais, clair et arrondi avec les cheveux courts ; l'autre plus petit, brun, nerveux, une figure à la fois arrogante et moqueuse. Tous deux armés de fusils tiraient alternativement, l'un rechargeant pendant que l'autre lâchait son coup de feu. Ils étaient là comme à une fête où ils s'amusaient. Le plus petit chantait une chanson qui n'avait rien d'un air de cour :

A la ferme des Margoulettes,
Là oùsqu'y a les six peupliers
C'te nuit la fête s'ra complète
Ecoute le chat-huant chanter...

Il reposait son arme pour y remettre de la poudre et des balles. Anne-Laure s'approcha de lui, se souvenant d'ailleurs de l'avoir vu, dans la nuit, causer assez longuement avec Josse :

– Je vous demande excuses, Monsieur. Je suis la marquise de Pontallec et il me semble...

Il lui sourit, salua avec grâce comme dans un salon :

– Chevalier Athanase de Charette de la Contrie. A votre service. Que puis-je pour vous, Madame ?

– Me dire si vous avez vu mon époux. Je le cherche...

Soudain, le sourire s'effaça. Le jeune homme se détourna, visa, tira et reposa son arme, puis sans regarder la jeune femme, il lâcha :

– Cela fait un moment qu'il est parti, gronda-t-il, et vous auriez dû en faire autant. Il tient à la vie, lui ! Suivez son exemple.

La colère, le mépris qui grondaient dans la voix de Charette la firent rougir cependant que l'autre tireur intervenait :

– Ayez un peu pitié, mon ami ! C'est sa femme...

– Ce n'est pas le jour de porter des masques, La Rochejaquelein. Celui de Pontallec est tombé : nous savons tous deux que c'est un lâche. Autant que sa femme le sache !... Pardonnez-moi, ajouta-t-il en regardant celle qu'il venait de frapper si durement, mais je dis toujours ce que je pense ! Et je pense que vous n'avez pas de chance, Madame !

– Parti ? Mais enfin c'est impossible ! Nul ne peut plus quitter le palais ! Par où serait-il passé ?

– Par la galerie du bord de l'eau et par l'escalier de Catherine de Médicis. Lui et deux ou trois autres ont jeté des planches sur la brèche qui existe encore entre la galerie et le château. Si cela peut vous consoler il n'a pas été le seul à lâcher pied.

Soudain, la porte se rouvrit sous la main de Pauline de Tourzel revenue sur ses pas pour chercher Anne-Laure qu'elle entraîna presque de force :

– Que faites-vous donc ? Venez ! Vous allez vous faire tuer !

Anne-Laure était trop troublée pour lui résister. Elle avait envie de pleurer, mais ne savait trop si c'était de la honte suscitée par le mépris du gentilhomme ou de la douleur d'être ainsi abandonnée par Josse. Il s'était enfui sans se soucier d'elle, sans chercher à l'emmener. Elle ravala cependant ses larmes, elle se devait de montrer autant de courage que les autres femmes.

On se précipita vers le grand escalier que l'on quitta juste au moment où la haute porte donnant sur la cour du Carrousel cédait en dépit des efforts de ceux qui s'y arcboutaient. Avec un cri, les deux jeunes femmes forcèrent leur course et, un instant plus tard, elles rejoignaient les autres dames occupées à fermer les contrevents et à allumer toutes les bougies dans le cabinet de la Reine. Ce qui augmenta considérablement la chaleur déjà forte. Mme de Septeuil s'évanouit. On la mit sur un canapé, on lui fit respirer des sels, mais le vacarme se rapprochait. Dans l'antichambre encore gardée par deux Suisses, des hurlements atroces éclataient avec le vacarme des armes. On se battait tout près, là, derrière les belles portes de bois peint et doré...

– Cette fois c'est fini. Nous allons toutes périr, gémit une voix plaintive à laquelle fit écho le bruit de deux genoux tombant sur le parquet.

– Ce n'est pas le moment de s'agenouiller ! gronda Mme de Tarente.

L'instant suivant, le vantail éclatait littéralement et une horde puant la sueur et le vin, un affreux mélange d'hommes et de femmes à moitié ivres, s'engouffra, brandissant des sabres dégouttant de sang.

Comme l'avait espéré la princesse, la surprise de trouver ces femmes, jolies et élégantes pour la plupart, au milieu de ce salon illuminé comme pour une fête, les pétrifia. Les lumières reflétées par les hautes glaces leur composaient une auréole magique qui calma net leur fureur. Pourquoi fallut-il qu'à cet instant, l'une de ces femmes, Mme de Ginestous, se jetât à genoux devant celui qui paraissait le chef en s'écriant :

– Grâce !... Pardon !... Ne me faites pas de mal !

Le charme fut rompu. Une voix éraillée brailla :

– C'est les putains d' l'Autrichienne ! Faut les pendre.

– On a le temps, fit l'homme dont la malheureuse étreignait les genoux en dépit des efforts de Mme de Tarente pour la relever.

– N'y prenez pas garde, s'il vous plaît, Monsieur. Cette dame a perdu la tête à la suite d'une grande douleur. Prenez-la sous votre protection. Elle ne mérite pas votre colère...

L'homme, un grand blond d'une quarantaine d'années, portant les épaulettes d'officier et pourvu d'un accent alsacien prononcé et qui ne manquait pas d'une certaine allure, considéra la princesse :

– Qui êtes-vous ?

– Mme de Tarente, dame d'honneur de la Reine, ajouta-t-elle avec audace.

– Dame d'honneur ?

– Oui. Cet honneur qui veut qu'en France un vainqueur se montre généreux. Il n'y a ici qu'une poignée de femmes qui ont voulu rester fidèle à leurs souverains dans le malheur...

Le tout sans baisser la tête, sans qu'un seul instant son regard quitte les yeux gris-bleu de l'homme...

– Vous êtes courageuse, Madame ! constata-t-il. Pour cela je sauverai cette femme... et vous aussi, et cette jeune fille qui s'accroche à votre main et qui doit être votre fille...

Son regard passa sur le groupe terrifié des dames, s'arrêta sur Anne-Laure qui se tenait à l'écart, près d'une fenêtre, et semblait se désintéresser des événements. Un instant il considéra la mince silhouette vêtue de noir.

– ... Et celle-là aussi ! conclut-il en pointant un doigt dans sa direction.

– Et les autres dames ? demanda la princesse avec angoisse.

– On va les conduire en prison. Vous et celles que j'ai dit, vous allez pouvoir rentrer chez vous ! Exécution, vous autres ! ordonna-t-il.

Saisies sous les bras chacune par deux hommes, les quatre « miraculées » furent tirées du salon où la horde, pour se dédommager, commençait à piller et à briser ce qui ne lui résistait pas. Anne-Laure tenta de se défendre, ayant horreur de ce contact : l'homme qui s'était chargé d'elle avait une poigne solide et il fallut bien se laisser emmener.

En sortant de l'appartement, on découvrit un paysage de carnage. Il y avait là les corps d'un chambrier de la Reine, d'un de ses valets de pied et des Suisses de garde. Partout le vacarme du château éventré, les insultes braillées des assaillants, les cris d'agonie des victimes. L'impression d'assister à la fin du monde ! De tous ceux qui tout à l'heure se pressaient autour de la famille royale, combien réchapperaient ?...

Non sans peine, l'homme réussit à conduire ses rescapées vers une petite porte qui ouvrait sur la terrasse et puis jusqu'à celle du Pont Royal. Là, il les quitta :

– J'ai tenu la promesse que je m'étais faite. Arrangez-vous pour disparaître, à présent !

Il allait s'éloigner quand soudain il se ravisa, revint vers les quatre femmes qui n'avaient pas encore réagi, saisit Anne-Laure dans ses bras et lui donna un baiser avide ; il la repoussa ensuite si brutalement qu'elle tomba à moitié étourdie par ce qui lui arrivait. Ses compagnes la relevèrent tandis que son agresseur s'éloignait en courant.

– Si vous voulez m'en croire, dit Mme de Tarente en époussetant de son mieux la robe d'Anne-Laure, nous allons descendre sur la rive et suivre le fleuve jusqu'au plus près de chez nous. J'habite non loin du Louvre chez ma grand-mère la duchesse de La Vallière, ce sera le chemin le moins encombré. Et vous, petite ? ajouta-t-elle à l'intention d'Anne-Laure.

– Rue de Bellechasse, Madame la princesse. Il faut que je traverse la Seine...

Tout en parlant, elles étaient descendues sur le bord du fleuve, mais elles n'eurent guère le temps d'en dire davantage. Des cris éclatèrent derrière elles, menaces de mort et injures mêlées. Une troupe hirsute dégringolait en brandissant des sabres et des piques. En même temps, d'autres énergumènes accouraient en sens inverse cependant que le parapet, au-dessus d'elles, se couvrait de fusils qui les couchèrent en joue :

– Cette fois nous sommes perdues ! gémit Pauline. Je ne reverrai jamais ma bonne mère !

– Il reste encore une issue, s'écria Anne-Laure pour dominer le tumulte. Faites comme moi !

Et, sans hésiter, elle se jeta à l'eau.

– Je ne peux pas ! cria Mme de Tarente. Je ne sais pas nager...

– Aucune importance ! Je vous aiderai, répondit la jeune femme qui reparut à la surface pour faire entendre les derniers mots : Et puis mieux vaut périr noyée que massacrée...

Pauline tenta de la suivre mais il était déjà trop tard. Les deux troupes s'étaient rejointes et les femmes prisonnières. Elle entendit alors Mme de Tarente qui recommençait à parlementer. Cela détourna l'attention de sa personne et elle gagna l'abri des piles du Pont Royal. Non pour s'y accrocher mais pour se donner le temps d'évaluer le chemin qui lui serait le plus facile... Depuis qu'elle était entrée dans l'eau elle se sentait revivre. C'était si bon cette fraîcheur après l'écrasante chaleur qui régnait au château et même dans les jardins ! En outre, elle était fille et petite-fille de corsaires malouins, et nageait depuis l'enfance dans une mer autrement difficile que ce fleuve paresseux. Le traverser ne présentait aucune difficulté sinon celle d'être gênée par le poids de ses jupons alourdis. S'agrippant d'une main à un anneau d'amarrage, elle entreprit de s'en défaire, puis vêtue de sa seule robe qui était déjà d'un poids suffisant, elle décida de traverser le fleuve suivant l'ombre projetée par le pont.

Ce fut l'affaire de quelques minutes. En arrivant de l'autre côté, elle dut reprendre souffle avant de se hisser sur la berge : il y avait longtemps qu'elle n'avait nagé et le chagrin avait usé une partie de ses forces.

Le calme de la rive gauche était étonnant. Alors que les Tuileries se changeaient en pandémonium crachant le feu, la fumée, le fracas des meubles brisés ou jetés par les fenêtres, les cris de douleur et de haine, par toutes leurs ouvertures, le quai d'en face était désert. En cherchant un coin pour aborder, Anne-Laure découvrit même un pêcheur à la ligne. Pensant qu'il valait peut-être mieux l'éviter, elle allait se laisser glisser un peu plus bas, mais il se levait, calait sa ligne entre deux pavés et venait vers elle. Il lui tendit la main, d'où elle jugea que ses intentions étaient plutôt pacifiques. C'était un vieil homme dont la barbe blanche se fendait d'un bon sourire :

– Vous nagez bien, dites donc ! C'est pas très courant chez les gens d'en face !

– C'est que je suis bretonne et je ne fais pas vraiment partie des gens d'en face comme vous dites. Vous croyez que je peux sortir de l'eau ?

– J'allais vous en prier. Allez, v'nez vous reposer un peu près d' moi ! J'ai là d' quoi vous réconforter, ajouta-t-il en sortant de l'eau une bouteille qu'il y avait mise à rafraîchir au bout d'une ficelle.

Avec reconnaissance, elle se laissa tomber auprès de lui dans une flaque de soleil et accepta le gobelet de vin de Suresnes qu'il lui tendait. Elle le vida d'un trait, le rendit et empoigna à pleines mains sa robe de légère soie noire pour la tordre. Elle avait un peu l'impression de rêver. C'était tellement invraisemblable, ce vieil homme qui pêchait tranquillement à deux pas d'un carnage. Elle le lui dit :

– Ça vous étonne que je ne sois pas là-bas, avec ces fous criminels à hurler à la mort comme des loups malades ? Mais je n'ai rien de commun avec eux, moi. Et si vous alliez dans d'autres quartiers de Paris vous verriez qu'y a des tas d'gens qui vaquent à leurs occupations et que l'affaire des Tuileries n'intéresse pas plus que moi.

Le pêcheur haussa des épaules encore solides sous la blouse paysanne en toile bleue qu'il portait avec un vieux chapeau de paille.

– Mais ça intéresse qui alors ?

– Dans Paris ? L' faubourg Saint-Antoine et le Saint-Marceau surtout, qui sont les plus agités depuis l'affaire de la Bastille. Et puis bien sûr les Jacobins qui n'ont jamais eu qu'une idée, c'est de se débarrasser de ce pauvre Louis XVI qui est pourtant bien brave. Seulement, faut y ajouter les sacrés foutus Marseillais, les gars du Nord et ceux qu'on appelle les Allobroges qui traînent après eux toute une racaille. En dehors de ça, tous les Parisiens sont pas là, tant s'en faut ! La seule chose qui me tourmente c'est ce qu'ils vont bien pouvoir faire du Roi et d' ses petiots. Un si bon homme ! De si beaux petits !

Il en parlait comme s'ils étaient de sa famille.

– Vous les connaissez ? demanda Anne-Laure qui, à présent, tordait ses cheveux et les étalait pour les faire sécher, le grand bonnet de mousseline étant resté dans la Seine.

– Pour sûr. Ils sont venus souvent voir, à Versailles quand je travaillais au grand potager que jadis M. de la

Quintinie avait si bellement installé. Je m'occupais des espaliers. Fallait voir les petits mordre dans mes abricots ! Et le Roi donnait pas sa part au chat ! Qu'est-ce qu'il peut être gourmand le cher homme !

– Et vous habitez toujours Versailles ?

– Oh non ! J'aurais trop de peine ! Cette grande carcasse vide ! J'ai un petit bien à Vaugirard et j'y vis tranquille avec mes souvenirs ; quand il fait beau, j' viens pêcher ici parce que le coin est bon... sauf quand des jolies dames viennent y faire trempette.

– Oh pardon ! s'écria Anne-Laure. Je vous ai dérangé !

– C'est rien ! J'avais bien un peu de distraction, depuis c' matin. Et, au fait, où est-ce que vous alliez comme ça en prenant le chemin de l'eau ?...

– Chez moi. J'habite rue de Bellechasse... J'espère y retrouver mon mari...

– Ah !... eh bien, si ça va mieux, allez vite ! C'est pas loin, et c'est tranquille ! Mais si vous aviez besoin d'aide vous m' trouverez toujours ici quand il fait beau, ou chez moi. C'est tout au bout d' la grand-rue à Vaugirard. Un petit clos avec des vignes et j' m'appelle Honoré Guillery... Mes voisins m' disent « Compère Guillery » à cause de la chanson.

La jeune femme se leva et spontanément tendit la main à ce vieil homme si chaleureux. Il lui avait fait beaucoup plus de bien encore qu'il ne le croyait.

–Merci !... Merci beaucoup, Monsieur Guillery ! Moi, je suis...

– Ne le dites pas ! J' veux pas le savoir. Quand on ne sait pas ça évite de mentir. Mais si vous voulez un conseil, vous devriez partir ! C'est pas fait pour les petites jeunes dames des arias comme ça, ajouta-t-il en désignant le château qui disparaissait presque sous une épaisse fumée. Et, malheureusement, ça n' fait que commencer, j'en ai bien peur ! Alors mettez-vous à l'abri !

– C'est ce que je vais essayer de faire... Encore merci !

Un peu réconfortée, à la fois par le vin de Suresnes, la sympathie de l'ancien jardinier et même le bain forcé qui l'avait rafraîchie, Anne-Laure ramassa sa longue jupe encore humide et, sans se soucier de ses cheveux qui dansaient sur son dos, elle prit sa course vers la rue de Bellechasse. La distance n'était pas longue, pourtant elle était hors d'haleine en arrivant à destination et sentait la fatigue d'une nuit blanche suivie de deux exercices violents.

En entrant dans la cour elle ne vit personne, ni dans la loge du gardien ni près des écuries dont les portes, ouvertes en grand, montraient qu'elles étaient vides. L'hôtel aussi semblait désert : ni Sylvain, ni la cuisinière, ni même Bina ne répondirent à son appel. Peut-être étaient-ils allés tous vers ce spectacle inhabituel d'un palais livré au saccage ? Etreinte cependant d'une vague angoisse, elle parcourut toutes les pièces du rez-de-chaussée, descendit aux cuisines, remonta au premier, passant dans toutes les chambres en évitant la sienne. Le tout était parfaitement en ordre, donc aucune attaque n'avait fait fuir les habitants. Ce fut seulement en atteignant l'appartement de son époux qu'elle trouva quelqu'un : Josse en personne, déjà vêtu d'habits de voyage, en train d'achever de remplir un sac.

En le voyant, elle laissa échapper un soupir de soulagement en s'appuyant contre la porte refermée.

– Dieu soit loué vous êtes là !... Vous avez dû m'entendre ? Pourquoi ne m'avoir pas répondu ?

– Je n'ai pas le temps, ma chère ! Je suis pressé... très pressé même !

– Vous partez ? Où allez-vous ?

– Je ne puis vous le dire... oh, après tout, c'est sans importance pour vous : je vais rejoindre le comte de Provence qui m'appelle !

– Le frère du Roi ? D'où vient qu'il ait tellement besoin de vous ?

– Nous sommes liés depuis longtemps déjà ! En outre, c'est le seul de la famille capable de restaurer la monarchie qui vient de s'écrouler sous nos yeux. Cela dit, je suis heureux de voir que vous avez pu vous échapper du château...

– Pas grâce à vous, en tout cas ! Pourquoi être parti sans moi ? Je vous ai cherché mais l'on m'a dit que vous aviez... fui.

– C'était la seule chose intelligente. Rien de plus stupide que de se faire tuer pour une coquille vide. Quant à vous, je n'ai pas eu le temps de courir après vous. Ce que j'ai pu apprendre m'a très vite fait comprendre où était mon devoir...

– Et... à présent, vous émigrez ? Si pressé que vous soyez, vous me donnerez bien le temps de me changer et de prendre quelques affaires ?

Il lui jeta un regard rapide :

– Tiens, c'est vrai, vous êtes mouillée. D'où sortez-vous donc ? Il ne pleut malheureusement pas.

– De la Seine que j'ai dû traverser à la nage pour échapper aux massacreurs... Vous voyez bien qu'il vous faut m'accorder un instant...

La réponse claqua comme un coup de feu :

– Non. Je dois partir seul. Le chemin que je vais prendre est périlleux mais le serait plus encore pour un couple. Vous allez devoir rester ici quelque temps et je vous appellerai plus tard...

Envahie par un affreux chagrin, elle le regarda, encore incrédule.

– Vous me laissez seule ici ?...

– Vous ne le serez pas longtemps ; les domestiques vont rentrer ; ils ont du aller voir le « spectacle »... Soyez raisonnable, Anne-Laure ! Désormais, je ne m'appartiens plus. Et, encore une fois, je vous ferai venir plus tard !

Il bouclait son sac quand le roulement d'une voiture se fit entendre dans la rue. Aussitôt, Josse enleva son bagage, prit sur un fauteuil le manteau et le chapeau qui attendaient là, s'avança vers sa femme pour lui poser sur le front un baiser rapide. Comme elle ne bougeait pas, pétrifiée qu'elle était devant sa porte, il lui prit le bras :

– Allons, soyez raisonnable ! s'écria-t-il avec impatience, il faut absolument que je m'en aille là où mon devoir m'appelle !

Elle se dégagea avec irritation :

– Votre devoir ? Est-ce qu'il n'est pas auprès du Roi ? Du seul que nous ayons jusqu'ici : il n'est pas mort, que je sache, et il a certainement plus besoin de vous que Monsieur son frère ! Et je vous croyais ami de la Reine ?

Il haussa les épaules avec, sur son beau visage arrogant, un sourire de mépris :

– Ni l'un ni l'autre ne valent qu'on meure pour eux !

– Et l'enfant, le petit Dauphin ? C'est lui qui succède si le Roi meurt et...

– Je ne suis pas certain qu'on lui laissera le temps de grandir. D'ailleurs, Monsieur est persuadé que c'est un bâtard de Fersen ! Allez-vous me laisser passer à la fin ?...

Lentement, elle s'écarta :

– Vous êtes vraiment un homme odieux !... Pourquoi faut-il que je vous aime...

Mais il ne l'entendit pas ! Il courait déjà vers l'escalier qu'il dévala en trombe, laissant à Anne-Laure l'impression que tout s'écroulait autour d'elle. Pourtant, dans sa déception et sa colère elle trouva la force de réagir et s'élança derrière lui. Rien que pour voir qui conduisait la voiture qui venait de s'arrêter...

Elle atteignit la rue juste à temps : son époux refermait la portière d'une berline conduite par un cocher inconnu. Aussi inconnu que la femme assise à l'intérieur et dont un rayon de soleil fit briller une boucle de cheveux dorés. Déjà le cocher enlevait ses chevaux. L'abandonnée eut juste le temps de voir son mari se pencher sur elle pour lui donner un baiser...

Cette fois, Anne-Laure comprit que Josse la rejetait et que, sans doute, elle ne le reverrait jamais. La douleur qui la transperça fut si cruelle qu'elle la ressentit dans tout son corps, comme une vraie blessure, et dut s'asseoir sur l'une des bornes enchaînées qui protégeaient l'entrée de l'hôtel. Elle y resta un long moment, pliée en deux, ses mains pressées sur sa poitrine pour essayer de calmer les battements affolés de son cœur, mais personne ne vint lui demander si elle éprouvait le besoin d'un secours quelconque. La rue était déserte et silencieuse comme si le temps venait de s'y arrêter. Personne sur les pavés, personne aux fenêtres ! Pas même la silhouette fugitive d'un chat...

Vint le moment où la jeune femme ne supporta plus cette image immobile. Elle rentra chez elle pour retrouver au moins son cadre familier, son petit jardin. Une manière comme une autre de se raccrocher à un passé qui commençait à reculer affreusement vite... Tout à l'heure Bina allait revenir, et Sylvain et Ursule... En dépit de la chaleur de four, Anne-Laure eut froid tout à coup dans ses vêtements mouillés et elle remonta dans sa chambre pour se changer.

C'est alors qu'elle mesura l'étendue de l'infamie de l'homme qu'elle aimait, en voyant son secrétaire forcé, sa cassette à bijoux – elle en avait hérité de fort beaux de sa marraine et, au moment du mariage, sa mère s'était montrée généreuse – grande ouverte et vide. Vide ! Vide aussi le compartiment si habilement caché par l'ébéniste dans la marqueterie du secrétaire, et où elle gardait une petite réserve de louis d'or. Josse avait tout pris, ne lui laissant que ses yeux pour pleurer et ses jambes si elle voulait quitter cette ville devenue folle pour retourner vers sa terre natale : il lui faudrait y aller à pied.

Pendant qu'aux Tuileries se poursuivait le hideux massacre des Suisses dont les cadavres dénudés étaient coupés en morceaux pour en faire d'ignobles trophées, pendant que des mégères vomies par l'enfer se livraient sur leurs dépouilles à une bacchanale effrénée où le vin des caves se mêlait au sang, Anne-Laure de Pontallec, seule dans son hôtel silencieux, attendait le retour de ses serviteurs... Les heures coulèrent sans que personne reparut.

Elle finit par comprendre qu'ils étaient partis sans esprit de retour quand, ayant visité leurs différentes chambres, elle s'aperçut que tous avaient emporté leurs effets personnels et qu'il ne restait rien. Sinon le désordre généré par une sorte de fuite. Mais de ce qui avait causé ce brusque départ elle ne savait rien, n'imaginait rien. Elle était bien trop lasse pour cela !

Trop lasse même pour aller vers le seul ami qui lui restât : le cher duc de Nivernais. D'ailleurs, qui pouvait dire s'il avait pu rentrer chez lui ? Ne faisait-il pas partie des courageux gentilshommes qui accompagnaient la famille royale dans sa marche vers l'Assemblée ?

Ce fut la fatigue qui l'emporta. Regagnant sa chambre, elle céda à la tentation du lit dont les draps frais lui firent soudain l'effet d'un luxe extraordinaire. Elle s'y laissa tomber, épuisée par ce qu'elle venait de vivre, les larmes qui ne cessaient de couler de ses yeux sans même qu'elle s'en aperçût, et tomba dans le sommeil comme une pierre dans un trou.

Elle dormait encore quand, au matin, on vint l'arrêter...

4

Le massacre

On lui laissa tout juste le temps de s'habiller.

– Si vous avez de l'argent, prenez-en, conseilla l'un des municipaux qui allaient l'emmener. En prison, on n'a rien pour rien... Ah, je vois, ajouta-t-il en réponse au geste désabusé de la jeune femme désignant l'espèce de mise en scène arrangée par Josse pour faire croire à un cambriolage.

– On l'emmène pas d'abord à la Commune pour être jugée ? demanda son compagnon.

– Non. C'est pas la peine. Elle a été dénoncée comme une des bonnes amies de l'Autrichienne. Elle va directement à la Force...

Dénoncée ?... Une amie de la Reine ?... Qui avait bien pu déclarer un pareil mensonge ? Elle ne croyait pas avoir d'ennemis... Mais au fond, c'était sans grande importance ! Et moins encore qu'on l'emmène en prison. Cela représentait sans doute le fond normal de la misère où elle plongeait depuis la veille. Tout ce qu'elle espérait à présent, c'est que cela finisse vite et qu'on la tue rapidement pour aller rejoindre Céline qui devait l'attendre au bord de l'étang de Komer...

Pourtant, et même si elle touchait le fond du découragement, du désespoir, elle se refusa à le laisser paraître. Lorsqu'elle fut prête, elle ouvrit la porte derrière laquelle ses gardiens s'étaient retirés avec une délicatesse bien inattendue :

– Allons, messieurs, je suis à vous !

Et elle passa entre eux, droite et fière dans sa robe noire avec un fichu et des manchettes de mousseline blanche fraîchement repassés, ses cheveux simplement noués par un ruban de velours noir. Quasi fascinés par cette longue jeune femme blonde, les deux hommes la suivirent avec plus de déférence peut-être que si elle avait été la Reine, tant ce jeune visage marqué par la douleur mais redevenu serein les impressionnait. Sans un regard pour la maison qu'elle abandonnait à son tour, elle monta dans le fiacre qui attendait dans la cour en compagnie de deux gendarmes à cheval. Elle eut un sourire de dédain :

– Quatre hommes ? Pour une seule femme ? N'est-ce pas beaucoup ?

– Il y a des femmes plus rudes que des hommes, répondit l'un de ses gardiens. Il vaut toujours mieux prendre ses précautions... surtout avec les amis de l'Autrichienne !

– Elle est toujours la Reine, vous savez ! Même si le mot vous déplaît !

– Ouais ? Eh bien ça ne durera plus longtemps ! Et si vous voulez vivre encore un moment, je vous conseille d'éviter ce genre de réflexions !

Elle haussa les épaules sans répondre. Si c'était un moyen d'en finir plus vite avec la vie, le conseil pouvait être bon...

Et l'on se mit en marche pour traverser Paris sur presque toute sa largeur...

La double prison de la Grande et la Petite Force occupait au Marais, non loin des ruines de la Bastille, l'ancien hôtel des ducs du même nom qui avait été l'un des plus beaux, des plus vastes aussi de la capitale. Celui qui, en en devenant propriétaire l'avait ainsi baptisé avait eu une étrange destinée : enfant, il avait échappé au massacre de la Saint-Barthélemy en faisant le mort entre les cadavres de son père et de son frère. Plus tard, il se trouvait dans le carrosse d'Henri IV au moment où Ravaillac frappait et ce fut lui qui désarma l'assassin dont le couteau a été conservé ensuite par la famille. Comme nombre d'hôtels du Marais, celui-là avait été plus ou moins délaissé. Douze ans plus tôt, en 1780, Louis XVI, qui faisait démolir le Grand Châtelet et le Fort-l'Evêque par trop insalubres, décida d'en faire une prison modèle pour l'époque. La plus grande partie devint la Grande Force, attribuée aux hommes et l'autre partie – la Petite Force –, aux femmes, surtout de mauvaise vie. Depuis la chute de la Bastille, les deux prisons n'avaient plus qu'une seule entrée : une porte basse au fond de la rue des Ballets, une courte artère ouvrant sur la rue Saint-Antoine. Plus question d'y entrer en voiture : il fallait franchir une porte que seules les plus petites tailles passaient sans courber la tête. Quant au nom, il semblait trop de circonstance pour que l'on eût l'idée de le changer.

Ce fut devant cette entrée que l'on fit descendre la ci-devant marquise de Pontallec, mais elle n'eut droit qu'à un bref regard sur la mine rébarbative de l'endroit, les murs gris aux énormes chaînages de pierre, aux petites fenêtres sales défendues par d'épais barreaux. Tenant sans doute à faire montre de zèle, ses gardiens, qui jusque-là s'étaient montrés convenables, l'empoignèrent chacun par un bras et la précipitèrent sous le linteau surmonté d'une imposte grillée. Derrière, il y avait un couloir avec deux guichets successifs. Le premier ouvrait sur le corps de garde et le second sur les bureaux du greffe d'où l'on passait sur une petite cour partagée en deux, sur lesquelles donnaient d'abord les fenêtres dudit greffe et ensuite le logement du concierge. A partir de là, les bâtiments bas de l'entrée faisaient place à des murs très élevés percés de petites fenêtres grillées. Au-delà, une grande cour plantée d'arbres où l'on accédait à la Petite Force qui n'était pas plus avenante. C'est là que l'on conduisit Anne-Laure après qu'un fonctionnaire hargneux l'eut inscrite sur le livre d'écrou en l'insultant copieusement. Il lui fallut subir les plaisanteries graveleuses du corps de garde. Elle éprouva un réel soulagement quand, parvenue à destination, on la remit à une femme d'une quarantaine d'années, d'aspect sévère mais polie et convenablement vêtue, qui l'accueillit d'un simple signe de tête et la conduisit vers sa « chambre », un cachot du rez-de-chaussée, mal éclairé par une sorte de lucarne grillée et haut placée, meublé d'un vieux matelas de paille, d'un escabeau, d'une cuvette et d'un seau de toilette.

– Vous ne resterez pas seule longtemps, dit cette femme qui s'appelait Mme Hanère. Depuis hier on nous amène du monde. Surtout chez les hommes bien sûr, mais les femmes vont arriver...

– Qui a-t-on arrêté jusqu'ici ?

– Des gens des Tuileries naturellement, quelques serviteurs comme Weber, le frère de lait de la... de Marie-Antoinette. Des officiers aussi comme le commandant des Tuileries ou des gardes du corps du comte de Provence...

– Mais celui-ci est parti depuis longtemps ! Il n'avait plus besoin de gardes.

– Que voulez-vous que je vous dise ? Il y a sûrement des amis à vous dans tout ce qui nous arrive.

– Je n'allais jamais aux Tuileries. Sauf hier. J'y connaissais fort peu de monde...

– Vous êtes pourtant accusée d'être une grande amie...

– De la Reine ? C'est tout juste si elle savait qui j'étais, mais je lui suis tout de même dévouée depuis qu'elle connaît le malheur...

– Vous avez pitié d'elle ?

– Oui, parce qu'elle tremble pour ses enfants...

– Vous en avez ? vous êtes bien jeune pourtant.

– J'avais une petite fille, je l'ai perdue il y a un mois...

– C'est pour ça que vous êtes en deuil ? Pardonnez-moi si je vous ai paru indiscrète. Moi aussi j'ai une fille et... si vous avez besoin de quelque chose, ajouta-t-elle très vite, faites-le-moi demander par Hardy, le guichetier. C'est un brave homme. Il ne vous tourmentera pas.

– Je vous préviens : je n'ai pas d'argent. On m'a pris tout ce que j'avais... mais je n'ai besoin de rien.

Le regard pensif de Mme Hanère s'attarda sur cette toute jeune femme qui semblait revenue de tout. Sa voix se fit plus douce :

– En prison on a toujours besoin de quelque chose. Une femme surtout... Je reviendrai vous voir.

Elle allait sortir quand Anne-Laure la retint :

– S'il vous plaît, madame, sauriez-vous me dire si le duc de Nivernais est ici ?

– Non, il n'y est pas mais cela ne veut pas dire qu'il n'y viendra pas. En outre, d'autres prisons se remplissent : l'Abbaye, les Carmes, etc. Mais je croyais que vous ne connaissiez personne ?

– C'est mon seul ami et c'est aussi un vieil homme.

– J'essaierai de savoir...

Il y eut le cliquetis des clefs et des verrous puis plus rien. Anne-Laure qui souhaitait avant tout le silence, se retrouva dans une semi-obscurité – le soleil ne pénétrait pas dans sa cellule – où dominait une odeur de moisi et habitée par tous les échos, non seulement d'une prison où les braillements du corps de garde et les bruyantes allées et venues devaient s'entendre depuis la défunte Bastille, mais encore de la rue Saint-Antoine voisine où il semblait que se déroulât une perpétuelle bacchanale. Quand on ne hurlait pas l'affreux « Ça ira ! » on criait des menaces de mort contre la famille royale, le duc de Brunswick et les prisonniers que l'on ne cessait d'amener. Le tout mêlé à des acclamations vibrantes à l'adresse de Danton, Marat et Robespierre, devenus les hommes d'une situation que l'on espérait bien voir se prolonger indéfiniment.

La prisonnière s'efforçait de ne rien entendre, de dormir le plus possible. N'ayant jamais été fort pieuse, elle l'était moins encore depuis la mort de Céline et ne priait guère sinon pas du tout. Elle attendait seulement que sa porte s'ouvrît et que l'on vînt la chercher pour la conduire vers quelque échafaud. Ce serait un moment horrible sans doute, mais ensuite, quelle délivrance !

La porte s'ouvrit enfin, le dixième jour, pour livrer passage à une dame si digne et si fière qu'elle faillit lui demander ce qu'elle faisait là : c'était la marquise de Tourzel qui venait partager sa captivité et qui ne cacha pas sa surprise en la reconnaissant :

– Madame de Pontallec ? Mais comment êtes-vous arrivée ici ? Ma fille Pauline m'a dit vous avoir vue vous jeter dans la Seine et probablement vous y noyer puisque l'on n'a plus rien su de vous. Madame Royale qui vous a prise en amitié était en peine et vous réclamait...

– Ce que vous me dites est infiniment doux à entendre, madame, et vous me voyez désolée d'avoir ajouté sans le vouloir à ses tourments. J'ai pu m'enfuir en effet parce que je sais nager depuis l'enfance, mais cela ne m'a servi à rien. Le matin suivant j'ai été arrêtée chez moi, rue de Bellechasse, comme amie de la Reine.

– Cela n'a pas de sens ! L'amitié de Sa Majesté était trop fraîche pour atteindre la renommée ! Il est vrai que le marquis était des fidèles !... L'a-t-on pris, lui aussi ?

Anne-Laure, gênée, détourna les yeux :

– J'espère que non. Il est parti rejoindre Monseigneur le comte de Provence qui l'a fait appeler...

– Ah !

Comprenant que sa jeune compagne n'avait pas envie d'en dire davantage, la gouvernante des Enfants de France n'insista pas. Un silence passa, qu'Anne-Laure rompit pour mieux abandonner le sujet :

– Mais vous-même, madame, et mademoiselle Pauline ?

– Après votre plongeon, ma fille et Mme de Tarente ont été conduites au district des Capucines pour être interrogées. Là, le courage de la princesse leur a valu d'être relâchées et elles sont allées passer la nuit chez la duchesse de La Vallière, grand-mère de Mme de Tarente. Le lendemain, Pauline, accompagnée de son frère, a réussi à me rejoindre aux Feuillants où, dans cette première prison de la famille royale, j'étais malade d'inquiétude à son sujet. Le surlendemain, 13 août, nous étions autorisées avec Mme de Lamballe à accompagner nos chers souverains au Temple où on les a enfermés. Pour la première nuit, on nous a tous entassés dans l'appartement de l'archiviste de l'ordre de Malte, M. Barthélemy. Pauline a couché dans la cuisine auprès de Madame Elisabeth. Et nous sommes restées là jusqu'à la nuit dernière, assumant de notre mieux notre service auprès de Leurs Majestés.

– Et la nuit dernière, qu'est-il arrivé ?

– Vers minuit, nous avons entendu frapper. A travers la porte de notre chambre on nous a signifié, de la part de la Commune de Paris, l'ordre d'enlever du Temple la princesse de Lamballe, ma fille et moi. Je vous laisse à penser ce que purent être nos adieux à la famille royale. Aucun lien du sang ne pourrait nous faire plus proches ! Ensuite, on nous a fait sortir du Temple par un souterrain éclairé aux flambeaux et monter dans un fiacre qui nous a conduites à l'Hôtel de ville. Pendant des heures nous avons attendu puis comparu sur une sorte d'estrade et devant une foule pour un interrogatoire... grotesque, à la suite duquel nous avons été menées ici... et séparées ! Séparées, comprenez-vous ? C'est là le plus affreux ! Ma fille, si jeune, jetée au fond d'un cachot comme celui-ci, aux prises avec les monstres qui tiennent Paris... Oh, c'est trop... c'est trop !

Et cette femme si fière, si hautaine, qui semblait dépourvue de toute possibilité de plier, se laissa tomber sur un coin du grabat d'Anne-Laure. Elle éclata en sanglots désespérés, si violents que sa compagne ne tenta rien pour les apaiser, devinant confusément que ce brutal relâchement des nerfs et d'une volonté tendue trop longtemps ferait du bien à cette pauvre mère. Elle se contenta d'aller s'asseoir près d'elle et d'attendre.

Mme de Tourzel pleurait encore quand Hardy, le geôlier, entra, trimballant une nouvelle paillasse qu'il déposa dans un coin. Après quoi, il vint se planter devant la femme en larmes.

– Faut pas pleurer comme ça ! dit-il. C'est pour vot' fille que vous vous faites du souci, mais elle est pas si mal que ça : elle est dans le cabinet juste au-dessus de vous... et je lui ai prêté mon petit chien pour qu'elle ne soit pas trop seule.

Anne-Laure vit alors ce qu'elle n'aurait jamais cru possible. La gouvernante des Enfants de France prit la grosse main rude de cet homme et la baisa comme elle aurait fait de celle d'un évêque. Ensuite ses larmes cessèrent et elle se sentit mieux. Surtout quand ce brave homme, vraiment compatissant, apprit aux prisonnières qu'elles allaient avoir la visite de Manuel, le procureur de la Commune.

– Vous n'aurez qu'à lui demander de vous réunir à votre fille, conseilla-t-il.

Et, de fait, après la visite du personnage, Mme de Pontallec se retrouva seule, mais pour peu de temps : la prison s'emplissait et il n'était plus possible d'attribuer une cellule à chaque prisonnier ou prisonnière. Les femmes de chambre de la Reine étaient toutes entassées dans une même pièce ; Mme de Tourzel et Pauline avaient rejoint la princesse de Lamballe qui avait un logis un peu meilleur que les autres et, vers la fin du mois d'août, Anne-Laure, assez confuse et d'autant plus gênée que la chaleur qui écrasait Paris depuis des semaines ne cédait pas, y fut conduite à son tour. Elle craignait aussi de regretter une solitude où elle pouvait cultiver ses idées noires tout à loisir ; pourtant l'accueil qu'elle reçut des trois femmes lui réchauffa le cœur.

– Quelle joie de vous revoir, ma chère ! lui dit Mme de Lamballe comme si elle était une amie de longue date. Comme vous pouvez le voir, nous avons rendu cette chambre moins mauvaise que les autres et nous sommes heureuses de pouvoir la partager avec vous.

Le moins mauvais venait de ce que le soleil entrait par la fenêtre plus grande et moins grillagée que les autres. Il séchait les quelques pièces de lingerie étendues sur une ficelle qui allait d'un barreau à une chaise. Ces dames les avaient lavées à la cuvette commune. Il y avait aussi des lits de camp et quelques sièges rustiques. En outre, depuis le Temple, la Reine avait pu envoyer à ses amies les quelques objets personnels qu'on leur avait permis d'emporter. Mme Hanère pourvoyait au reste, encouragée peut-être par l'or que le vieux duc de Penthièvre, attaché par des liens paternels à sa charmante belle-fille et fort inquiet de son sort, avait pu faire passer de son château normand. Quand on se souvenait de Versailles et même des Tuileries, tout cela était misérable, mais ces femmes à l'âme bien trempée savaient se plier à ce qu'elles appelaient la volonté divine. Elles occupaient leur temps en priant, en évoquant les souvenirs du bel autrefois et en travaillant à des ouvrages de broderie qui étaient dans leurs affaires.

Anne-Laure s'intégra sans peine à ce petit groupe. Pour la douce et fidèle Lamballe, la bienveillance marquée par sa reine à cette quasi-inconnue suffisait pour qu'elle l'aimât ; quant aux dames de Tourzel, elles avaient pu mesurer son courage. Avec un certain étonnement, elle se découvrit une faculté d'adaptation qu'elle ne se connaissait pas et, au contact de ses compagnes, elle prit tout naturellement ce grand ton de cour que nul – Josse moins encore que quiconque ! – n'avait pris la peine de lui inculquer et qui se révélait une sorte d'armure protectrice. Hélas, cette réconfortante intimité, cet îlot chaleureux au milieu d'un océan de désastres, ne dura guère. Tout autour d'elles, la tempête faisait rage, encore amplifiée par la chute de Longwy aux mains des Prussiens, après un siège d'une douzaine d'heures. Une pure formalité ! La Commune et le peuple hurlèrent à la trahison, les meneurs, Danton, Robespierre et Marat, faisaient arrêter sans désemparer tout ce qui semblait un tant soit peu suspect. Les prisons regorgeaient au point qu'on en créait d'autres : ainsi les quelques Suisses ayant échappé par miracle au massacre des Tuileries étaient enfermés dans les caves du Palais-Bourbon. A la Force, il y avait tant de monde que certains couchaient dans la cour où les « dames » avaient eu, pendant quelques jours, la permission de se promener. Depuis le 10 août, on avait installé, sur la place de Grève et au détriment de quelques serviteurs du Roi, la fameuse machine à décapiter qui n'avait jamais été l'œuvre du Dr Guillotin. C'était celle d'un facteur de clavecins nommé Tobias Schmidt et son inauguration, en quelque sorte, avait eu lieu quatre mois plus tôt, le 15 avril 1792, pour l'exécution d'un voleur nommé Jacques Pelletier... Et, malheureusement, ce spectacle d'un nouveau genre attirait beaucoup de monde. Même si on le jugeait un peu expéditif !

Quoi qu'il en soit, le mois d'août s'acheva...

Au soir du 2 septembre, un nouveau vacarme emplit la prison. Par Hardy, on sut que la Commune avait ordonné de faire sortir de la Force les prisonniers pour dettes, les filles publiques et les femmes de chambre de la Reine, Mmes Bazire, Thibauld, de Saint-Brice et de Navarre. Les quatre prisonnières s'en réjouirent : se pourrait-il que les monstres s'humanisent et qu'il y ait encore un peu d'espoir de continuer à vivre ? A l'exception d'Anne-Laure qui n'en disait rien d'ailleurs, ce séjour en prison avec toutes ses misères donnait plus de prix à la simple vie de tous les jours. Même la princesse de Lamballe, cependant craintive et angoissée, n'avait plus de crises nerveuses et se portait mieux que jamais. Cette espérance ne dura guère qu'une soirée...

Dans la nuit, alors que l'on venait seulement de s'endormir après avoir dit la prière du soir, on entendit tirer les verrous et un homme entra : un inconnu assez bien vêtu et de figure plutôt aimable qui, après avoir esquissé un salut, s'approcha du lit de Pauline en lui disant :

– Mademoiselle de Tourzel, habillez-vous promptement et suivez-moi...

La réaction de la mère fut immédiate :

– Que voulez-vous faire de ma fille ? s'écria-t-elle avec angoisse.

– Cela ne vous regarde pas, madame. Qu'elle se lève et me suive !

En un instant, les deux autres femmes furent debout. Anne-Laure s'approcha de la marquise pour la soutenir, mais déjà celle-ci reprenait son empire sur elle-même. Seule sa voix brisée trahit son désarroi :

– Obéissez, Pauline ! dit-elle. J'espère que le Ciel vous protégera...

L'homme alors se retira dans un coin et tourna le dos tandis que l'on aidait la jeune fille, au comble de l'effroi, à s'habiller. Après quoi, elle alla baiser la main de sa mère avant de laisser l'inconnu lui prendre le bras pour l'entraîner tandis que Mme de Tourzel se laissait tomber à genoux pour prier et pleurer.

– Qui peut bien être cet homme ? demanda Mme de Lamballe à voix basse. Nous ne l'avons jamais vu ici.

– Cependant, il me semble qu'il ne m'est pas inconnu, répondit Anne-Laure. Quant à savoir où je l'ai vu... Peut-être aux Tuileries ? La seule chose qui peut apporter un peu de réconfort est qu'il ne ressemble en rien à ces furieux qui ont jalonné notre chemin jusqu'ici...

– J'espère que vous avez raison et qu'il y a là un signe d'espoir... De toute façon, qui peut en vouloir à une enfant de seize ans ? Reprenez courage, ma chère amie, ajouta Mme de Lamballe en se penchant sur Mme de Tourzel qui ne voulait rien entendre.

– Ah, ma chère princesse, murmura-t-elle enfin avec une profonde douleur, vous n'êtes pas mère. Ce que j'espère à présent, si ma Pauline doit mourir, c'est la faveur de la rejoindre bientôt !...

– Il se peut que vous soyez exaucée plus vite que vous ne pensez, soupira Mme de Pontallec. J'ai le pressentiment que le jour qui va venir ne sera pas bon...

– Alors il faut nous mettre en paix avec Dieu ! s'écria Mme de Lamballe, et lui demander pardon de nos fautes.

Et elle commença à réciter le « Miserere »...

Le reste de la nuit se passa en prières auxquelles Anne-Laure s'associa de bon cœur. Le plus beau cadeau que pouvait lui faire le Ciel n'était-il pas de permettre que tout fût fini rapidement ?

Elle crut bien que l'instant était venu quand, à six heures du matin, le geôlier tout effaré entra, suivi de six hommes armés de fusils, de sabres et de pistolets qui fouillèrent un peu partout, vinrent regarder les trois femmes sous le nez avant de repartir sans rien emporter mais en grommelant des injures. Il n'y en eut qu'un qui ne dit pas un mot mais, sortant le dernier, il regarda Mme de Lamballe avec insistance, puis leva les yeux et les mains au ciel.

– Inutile de pleurer davantage, ma chère Tourzel ! dit celle-ci. Nous allons mourir, cela ne fait plus aucun doute pour moi. Songeons seulement à rassembler notre courage et à finir dignement !

Le bruit sinistre et déjà trop connu d'une foule qui s'assemble et gronde se leva presque aussitôt. En montant sur le lit de Mme de Lamballe, on pouvait atteindre celle des deux fenêtres qui donnait sur la rue. Anne-Laure aperçut un attroupement considérable, hérissé de piques et de sabres. Elle vit aussi, dans la maison d'en face, un homme qui la couchait en joue. La balle fracassa le carreau, mais l'instinct de conservation l'avait déjà fait sauter à terre.

– Vous avez raison, princesse, dit-elle avec un sourire qui donna aux deux autres une haute idée de son courage. Je crois vraiment que nous allons mourir...

Et elle s'efforça de faire une toilette plus soignée encore que de coutume, imitée en cela par ses deux compagnes...

La porte se rouvrit vers onze heures sur une petite armée. Elle venait chercher Mme de Lamballe mais ses deux compagnes refusèrent de la quitter. On ne se fit d'ailleurs pas prier pour les emmener parce que l'on prit ensuite la décision de rassembler toutes les prisonnières dans la grande cour où elles rejoignirent les hommes. Il y avait là des gens à bonnets rouges, à mine féroce, qui regardaient les prisonniers sous le nez en agitant des couteaux. Il y avait parmi eux quelques personnages plus acceptables, dont la présence semblait contenir les premiers comme des dogues au bout d'une laisse. A l'un de ceux-là, Mme de Lamballe demanda :

– Ne pourrions-nous avoir un peu de pain et un peu de vin ? Nous n'avons rien pris depuis hier et je me sens faible tout à coup...

Quelqu'un ricana :

– Tu t' sentiras plus faible encore tout à l'heure quand on t'aura jugée ! Parce que t'es là pour ça, figure-toi !

– Je n'ai rien à me reprocher. Je n'ai donc rien à craindre d'un jugement...

L'autre lui brandissait déjà son poing sous le nez quand un homme à la mine sévère, tout vêtu de noir, s'interposa :

– Ça suffit, citoyen ! Elle n'est pas encore jugée. Personne ne doit molester les prisonniers avant le tribunal !

La princesse eut un morceau de pain et un gobelet de vin qu'elle partagea avec ses deux compagnes. Anne-Laure voulut refuser mais, observant ce qui se passait, elle finit par accepter comme elle aurait accueilli tout ce qui parviendrait à relever son courage car elle admettait volontiers qu'il allait lui en falloir. D'après ce qu'elle comprit, le « tribunal » siégeait au greffe de la prison. A des intervalles de cinq à sept minutes, deux hommes, aussi affreux et vigoureux que pouvaient l'être des valets de bourreau, venaient s'emparer d'un prisonnier : ils l'attrapaient chacun sous un bras pour le traîner avec le maximum de brutalité vers la porte basse et noire qui conduisait au greffe et à la sortie de la Force. Mais jamais on n'en ramenait aucun. En outre, il était difficile de croire qu'on les libérait ensuite car, selon les mêmes laps de temps, se faisaient entendre les rugissements féroces de la foule qui battait les murs de la prison et qui, parfois, couvraient à peine des cris d'agonie...

– On va tous nous massacrer, remarqua-t-elle.

Constatation paisible qui fit évanouir aussitôt une jeune et jolie femme proche d'elle, l'épouse du premier valet de chambre du Roi, qui se nommait Mme de Septeuil. Mme de Tourzel se hâta de lui porter secours. Elle en terminait juste quand on vint chercher Mme de Lamballe...

La princesse devint aussi blanche que son fichu et tourna vers ses compagnes ses beaux yeux bleus que la terreur agrandissait :

– Priez pour moi !... Et que Dieu vous garde ! cria-t-elle tandis que les deux préposés empoignaient ses membres fragiles.

– Mon Dieu ! murmura Mme de Tourzel, faites qu'ils aient pitié !

En fait, elle n'y croyait pas. Comme sa fille, comme Anne-Laure, elle savait que Mme de Lamballe était considérée comme la « conseillère » de la Reine et donc vouée à l'exécration publique. La douceur, le charme et la beauté de la pauvre femme désarmeraient-ils le « tribunal » ? Mme de Tourzel était trop réaliste pour en douter et sa dernière compagne pensait comme elle sans le dire. Quelques minutes plus tard, en effet, l'énorme clameur qui se fit entendre au-dehors leur donna raison : on était en train de massacrer la princesse. D'un même mouvement, elles se signèrent. Quelqu'un, alors, s'approcha de Mme de Tourzel et murmura :

– Tenez-vous tranquille ! Votre fille est sauve !

Une extraordinaire expression de bonheur irradia le visage sévère de la gouvernante des Enfants de France, mais Anne-Laure n'eut pas le temps de s'en réjouir. Son tour était venu. Les deux huissiers du tribunal qui, sans doute pour entretenir leur courage, puaient la vinasse à plein nez, voulurent s'emparer d'elle. La jeune femme se dégagea sans trop de peine parce qu'ils étaient ivres :

– Lâchez-moi ! Je peux marcher seule ! Contentez-vous de m'accompagner !

– Pas... pas question ! fit l'un d'eux. Les mijaurées, on sait... hic... les traiter ! C'est... hic !... pour toi comme pour les autres ! Allez !... On y va !

Il fallut bien en passer par là car les deux poivrots eurent aussitôt du renfort ; ce fut remorquée par quatre braillards plus ou moins avinés qu'Anne-Laure franchit la porte basse et pénétra dans le greffe. Elle remarqua avec horreur cinq hommes aux bras nus et tachés de sang qui, armés de lourdes bûches, se tenaient plaqués contre le mur extérieur de la prison. Elle se sentit pâlir. Souhaiter mourir est une chose, mais le visage de la mort pouvait être terrifiant...

La salle était pleine de monde et il y faisait étouffant. Derrière une longue table siégeaient une dizaine d'hommes de mauvaise mine : un « président », huit « assesseurs » et un accusateur siégeaient là. Devant eux des gobelets de vin et des reliefs de repas. Les oreilles bourdonnantes, le cœur soulevé de dégoût, la ci-devant marquise de Pontallec réussit par un miracle de volonté à se tenir debout et droite en face de ces gens qui se voulaient des juges. Un semblant de procédure commença. On lui fit décliner ses noms, âge et qualités, son adresse aussi, puis l'interrogatoire proprement dit commença :

– Vous avez été dénoncée comme amie « particulière » de l'Autrichienne ! Qu'avez-vous à dire à cela ? demanda le président qui montrait quelques teintes d'éducation.

Anne-Laure n'avait qu'une envie, c'est qu'on la tue très vite ; pourtant, elle ne voulait pas que l'on applique n'importe quelle étiquette sur son cadavre.

– Qu'entendez-vous par « particulière » ?

L'homme eut un gros rire et toute la rangée s'esclaffa :

– Vous êtes jeune mais pas idiote, j'imagine ! Et vous savez bien ce que je veux dire ? Une amie avec laquelle on couche !

– Quelle horreur !

Le cri était parti tout seul. Blanche jusqu'aux lèvres à présent mais ses yeux noirs lançant des éclairs, la jeune femme repoussait l'ignoble accusation avec dégoût :

– Quel homme êtes-vous pour oser m'insulter de la sorte ! Ne voyez-vous pas le deuil que je porte ? Cela devrait vous inciter à un peu de respect !

– Qui est mort ? Votre mari ?

– Non... mon enfant ! Ma petite fille de deux ans...

Comme chaque fois qu'elle évoquait Céline, sa gorge se noua sur un sanglot. Sa voix trembla, laissant entendre cette note de vraie souffrance que les plus obtus peuvent comprendre. Un silence se fit dans la salle ; l'accusateur comprit si bien que cette femme était en train de gagner sa liberté qu'il se lança à l'assaut :

– Tout ça c'est des histoires ! Une comédie bien montée pour vous attendrir, citoyens ! N'importe qui peut se mettre en noir et faire semblant de pleurer... La question est de savoir si, oui ou non, cette femme est une amie de l'Autrichienne ? Un point c'est tout !

On offrait à ces gens une occasion de repousser le bon sentiment qui leur venait ; ils s'en emparèrent avec joie puisqu'ils étaient là pour tuer. Le président se carra dans son fauteuil :

– Répondez !

Sachant bien qu'elle jouait sa vie sur un mot, Anne-Laure n'hésita même pas. Avec un dédain souverain, elle toisa cette meute d'égorgeurs et d'assommeurs qui hurlait autour d'elle :

– Oui, lança-t-elle fermement. Une amie pleine de respect et de dévouement !

– Jusqu'où le respect, jusqu'où le dévouement ?

– Jusqu'aux limites qui sont celles de la noblesse et de la fidélité : le sang versé... la mort !

Comme un sauvage chœur antique, la foule répercuta le mot avec une violence croissante :

– La mort !... la mort !...

Dans la foule quelqu'un entonna le « Ça ira ! » et le chant féroce emplit la salle, enveloppant la mince jeune femme en noir comme les flammes d'un bûcher :

« Ah ça ira, ça ira, ça ira
Les aristocrates à la lanterne
Ah ça ira, ça ira, ça ira
Les aristocrates on les pendra... »

Il fallut attendre que le tumulte cesse pour que le président pût clamer d'une voix de stentor :

– Qu'on l'élargisse !

Anne-Laure l'ignorait, mais ces mots équivalaient à la sentence fatale. Elle le devina cependant au grondement joyeux qui les accueillit. A nouveau, ceux qui l'avaient amenée voulurent s'emparer d'elle, à nouveau elle les repoussa :

– Je saurai mourir sans vous ! dit-elle avant de se retourner pour marcher vers les bourreaux, s'efforçant de masquer les battements affolés de son cœur. « Céline... Céline, où es-tu ? » appelait son esprit. « Je viens à toi ma chérie !... Aide-moi ! »

Elle allait franchir le seuil quand deux gardes nationaux s'emparèrent d'elle, la soulevant littéralement, et foncèrent vers la sortie en criant :

– Ordre du citoyen Manuel, on conduit cette femme à la Commune.

Anne-Laure se sentit emportée comme par un vent furieux et se retrouva face à ce qui lui parut une multitude vomie par l'enfer. A nouveau l'un de ses deux gardes hurla :

– Ordre du procureur Manuel ! On doit conduire cette femme à la Commune !

Surpris par cette soudaine clameur, les assommeurs ajustèrent mal leurs coups. Ceux-ci épargnèrent Anne-Laure et réussirent tout juste à faire tomber l'un des bicornes d'uniforme et à aplatir l'autre dont le propriétaire protesta :

– Bougre d'abruti ! Tu peux pas faire attention ?

– Mais, grogna le tape-dur, on a entendu crier « la mort » et aussi « qu'on l'élargisse ! »

– T'as dû mal comprendre ! En tout cas c'était pas « qu'on l'aplatisse ! » Mon bicorne est fichu...

Ce qui fit rire mais, pendant que le garde donnait quelques explications complémentaires sans trop s'occuper de la prisonnière, celle-ci poussait un cri d'horreur et s'évanouissait en découvrant l'insoutenable spectacle qu'offrait l'étroite ruelle.

Contre le mur d'une maison de la rue des Ballets, il y avait un tas de vêtements et, contre un autre mur, les corps nus et sanglants de leurs propriétaires. Le massacre, en effet, s'organisait avec une sorte d'affreux mécanisme : le prisonnier « élargi » tombait sous les bûches des « travailleurs », après quoi les « déblayeurs » le tiraient inconscient jusqu'au caniveau, le dépouillaient de ses bijoux et de ses effets, puis l'égorgeaient avant de le jeter sur la pile qui grandissait. Mais le pire était ce qui était arrivé à la pauvre princesse de Lamballe : devant la prison, des mégères se disputaient ses vêtements cependant que son joli corps était exposé sur la borne au coin des rues des Ballets et du Roi-de-Sicile. Un homme lui sciait le cou avec un simple couteau, un autre lui ouvrait la poitrine pour en arracher le cœur et un troisième découpait sa toison blonde. Le tout au milieu des clameurs obscènes d'une foule que l'odeur du sang ramenait aux pires instincts. Comprenant que le danger grandissait, l'un des gardes nationaux brandit sous le nez des « assommeurs » un document dont un large cachet de cire rouge était le plus bel ornement et qui impressionna suffisamment pour qu'ils laissent aller le groupe. D'ailleurs, ils ne savaient pas lire !

Traînant la jeune femme inerte plus qu'ils ne l'emportèrent, les soldats gagnèrent en courant la rue Saint-Antoine où ils la jetèrent dans un fiacre qui attendait là. Il était temps : un instant plus tard il eût été impossible de franchir la rue des Ballets, en raison de l'ignoble cortège qui se formait autour des piques portant le cœur et la tête charmante de la pauvre princesse dont les longs cheveux blonds pendaient. Suivait le corps mutilé, traîné par les jambes, le dos contre le sol, le ventre ouvert laissant échapper les intestins. Tout ce beau monde voulait aller au Temple montrer à l'Autrichienne comme le bon peuple traitait sa « conseillère »...

– Va vers l'Hôtel de ville ! cria l'un des deux hommes au cocher. Ils vont prendre la rue du Temple et, s'ils nous voient remonter vers la Bastille, ils risquent de nous courir après. Et il y a trop de monde dehors pour prendre le galop sans risques...

– Alors je passe où ?

– Va prendre la rue du Monceau-Saint-Gervais qui arrive sur l'arrière de la maison commune, de là tu passeras sur le quai de la Grève puis par le quai aux Ormes, le quai Saint-Paul et le quai des Célestins, la rue du Petit-Musc, nous rejoindrons la porte Saint-Antoine. La suite tu la connais.

– Bien, monsieur le...

L'homme se retint à temps et se consacra au chemin désigné. Pendant ce temps, à l'intérieur, celui qui venait de donner ses ordres aidait son compagnon à installer plus confortablement leur rescapée qu'ils avaient entassée sans trop de soin dans le véhicule.

– Est-ce que nous ne la ranimons pas ? demanda celui qui n'avait encore rien dit.

– Je préfère attendre qu'elle reprenne connaissance naturellement. Le réveil, après ce qu'elle vient de voir, risque d'être agité, voire bruyant. Il vaudrait mieux que nous soyons déjà à l'écart...

– Vous devez avoir raison... Pauvre petite ! Si jeune et déjà tellement accablée par le malheur qu'elle voulait mourir...

– C'est vrai. Vous l'avez entendue ? Elle revendiquait hautement une amitié qui n'a jamais existé.

– Il paraît qu'elle a été dénoncée ? Sait-on quel misérable...

– Qui voulez-vous que ce soit sinon le mari ? Vous savez aussi bien que moi qu'il n'en est pas à son coup d'essai pour s'en débarrasser ! Votre ami Jaouen vous en a déjà parlé et je vous ai raconté l'affaire de la rue Saint-Sulpice dont il a été l'instigateur...

– Elle n'était pourtant pas bien gênante. Plus effacée qu'elle ne se pouvait trouver...

– Elle ne l'était pas assez pour un homme tombé dans les mains d'une coquine presque aussi redoutable que lui-même et qui en outre guigne depuis longtemps la fortune des Laudren dont celle-ci est la seule héritière depuis la mort de son frère. Ce dernier était mon ami...

– Vous l'aviez connu en Espagne, je crois ?

– En effet. C'était un garçon charmant. Il aurait voulu que j'épouse sa petite sœur...

– Que ne l'avez-vous fait ?

– La mère ne m'aurait jamais accepté : elle voulait un grand nom breton. Et, de toute façon, le mariage n'est pas pour moi. J'ai beaucoup trop à faire pour m'encombrer d'une femme et les derniers événements donnent à mes projets une nouvelle direction. En tout cas je vous remercie, mon cher Pitou, de l'aide si précieuse que vous m'apportez depuis le début des troubles. Hier en tirant de prison la petite Tourzel et aujourd'hui. Vous êtes adroit, intelligent et assez bon comédien...

– Je suis journaliste, monsieur le baron ! Ce sont des petits talents utiles ; j'ai essayé de vous en convaincre lorsque nous nous sommes rencontrés il y a six mois... J'espère de tout mon cœur que vous ne les laisserez pas inemployés. Vous servez une grande cause : celle du Roi, et j'aimerais en prendre ma petite part... D'autant que moi et mes pareils des gazettes « bien-pensantes » allons être réduits au chômage sinon pourchassés. Je veux bien mourir de faim mais avant je voudrais servir à quelque chose de valable !

Le baron se mit à rire :

– Vous servirez, je vous en donne ma parole, et plus peut-être que vous ne le voudrez, mais je vous jure que vous ne mourrez pas de faim !

– C'est toujours agréable à entendre mais ne conditionnera pas mon dévouement, vous le savez bien. Ce que nous avons fait hier et aujourd'hui me remplit de joie. Pourtant, si vous le permettez, je voudrais vous poser une question... grave.

– Vous voulez savoir pourquoi nous n'avons pas tenté de sauver la malheureuse princesse de Lamballe ? Parce que c'était impossible, mon ami... Tout était orchestré pour sa perte. D'abord le fait qu'elle est sortie la première de toutes les femmes et que les massacreurs ne pouvaient commettre l'erreur de la confondre avec une autre. Ensuite, ceux qui se sont « chargés d'elle » après qu'elle eut été assommée ne sont pas des anonymes pour moi et je sais d'où ils sortent. Enfin, j'ai reconnu dans la foule, en dépit de son déguisement, son valet de pied préféré, un certain La Marche...

– Mais... vous parlez du duc d'Orléans ?

– Pas de nom s'il vous plaît ! N'avez-vous pas remarqué que la malheureuse princesse a été arrêtée comme « conseillère » de la Reine. Or le seul conseil qu'elle lui ait donné a été de refuser de recevoir certain prince qui pensait le temps venu d'imposer ses vues politiques. Ce que n'a pu réussir le duc de Penthièvre qui a dépensé une fortune pour sauver sa belle-fille, il nous était impossible à deux de le réussir. Nous nous serions fait écharper pour rien... et nous avons beaucoup à faire car maintenant c'est l'âme même du royaume qui...

Il s'interrompit pour observer celle qu'il venait de sauver. Elle eut soudain un grand soupir et ouvrit des yeux embrumés qui dessinaient la vague silhouette de deux bicornes penchés sur elle... Des gardes nationaux !... Elle les associa aussitôt à l'abominable vision qui lui avait fait perdre conscience. L'épouvante était si profondément gravée dans sa mémoire que celle-ci lui restitua la scène instantanément. Et ce que craignait le baron se produisit : la jeune femme se redressa brusquement tandis que jaillissait de sa gorge un hurlement de terreur, un de ces cris comme on essaie vainement d'en pousser dans les cauchemars. Celui-là fit sursauter le cocher, effrayant même les chevaux dont il eut quelque peine à retenir l'élan brutal. Heureusement, le quai des Célestins et le port aux Pavés que l'on avait atteint étaient déserts : ceux que la peur ne calfeutrait pas chez eux étaient allés au sanglant spectacle du jour. Le cri d'ailleurs s'arrêta net, étouffé sous la main ferme du baron :

– Allons, calmez-vous ! intima-t-il avec autorité. Vous n'avez rien à craindre de nous. Nous sommes des amis...

– Des... amis ?

Anne-Laure n'avait plus l'air de très bien savoir ce que ce mot-là voulait dire. Elle regardait tour à tour les deux hommes qui, devinant qu'elle devait se croire encore prisonnière de ses gardiens, enlevèrent leurs chapeaux d'un même mouvement.

– Oui, insista le plus âgé des deux, des amis. Nous vous avons sauvée et nous vous emmenons en sûreté ! Vous comprenez ce que je vous dis ?

– Oui... sauvée... mais pourquoi !

Les deux hommes échangèrent un regard inquiet, traversé par la même pensée : l'abominable spectacle avait-il fait sombrer son esprit ?

– Nous en parlerons plus tard, dit le baron avec une soudaine douceur. Quand nous serons arrivés. Pour l'instant, vous devriez essayer de dormir un peu.

Docile, elle se laissa étendre sur la banquette du fond – jusque-là, les deux hommes l'avaient maintenue assise entre eux deux – et ferma les yeux mais ne s'endormit pas. Elle essayait de comprendre ce qui lui était arrivé et par quel tour de magie, au lieu de n'être plus qu'un cadavre sans vie, elle se retrouvait bien vivante, roulant dans une voiture en compagnie de deux gardes nationaux inconnus et dans une direction ignorée. Quand ils s'étaient emparés d'elle pour la sortir de la Force, ils avaient clamé qu'ils l'emmenaient à la Commune mais, ce qu'en entrouvrant les paupières elle pouvait voir défiler par la portière, c'étaient des arbres et de la verdure avec, apparue fugitivement, l'image paisible d'un moulin, toutes choses n'ayant rien à voir avec le centre de Paris. Qui étaient ces gens et pourquoi donc s'étaient-ils donné la peine de la sauver ?

Au milieu de toutes les idées un peu incohérentes qui se bousculaient dans sa tête, une notion subsistait : elle connaissait la voix du garde qui venait de lui conseiller l'apaisement ; ce timbre riche, profond et grave, où donc l'avait-elle entendu ? Tant d'images trop souvent terribles, tant de cris, tant de sons étaient entrés en elle durant les terribles derniers temps que tout se brouillait... Elle espérait, tout en gardant ses yeux soigneusement clos, que ses compagnons parleraient entre eux mais, peut-être pour ne pas troubler son repos, ils n'échangèrent plus la moindre parole. Elle finit par penser que c'était après tout de peu d'importance et, vaincue à la fois par la lassitude et le balancement de la voiture, elle finit par perdre conscience réellement, ne se réveillant qu'au bout d'un laps de temps impossible à évaluer, quand quelqu'un voulut l'enlever du fiacre.

Elle vit alors que ceux qui la descendaient de voiture étaient deux valets en sobre livrée noire. Le fiacre était arrêté au milieu d'une cour de dimensions moyennes, plantée d'orangers en pots ; elle appartenait à une belle maison qui avait dû naître au siècle précédent et dont les hautes fenêtres ouvertes accueillaient largement le soleil. Au seuil, une jeune femme en robe de jaconas blanc rayé de vert surveillait une manœuvre que les valets menaient avec une grande délicatesse, mais qui fut vite insupportable à celle qui en était l'objet :

– Posez-moi à terre ! ordonna-t-elle. Je peux marcher seule...

Elle avait conscience d'être sale, froissée, portant peut-être encore sur elle les odeurs de la prison et, en face de cette jeune femme brune, aux yeux pensifs, qui venait à elle dans des vêtements respirant la fraîcheur, elle éprouvait une honte bien féminine. Celle qui l'accueillait tendait cependant vers elle des mains déjà chaleureuses en disant :

– Soyez la très bienvenue, madame ! Je suis si heureuse que l'on ait pu vous amener jusqu'ici sans encombre...

« On », c'étaient les deux gardes nationaux qui semblaient avoir disparu.

Anne-Laure s'efforça de sourire :

– Vous êtes infiniment aimable, madame, de me recevoir chez vous et je devrais sans doute vous dire grand merci puisque je vous dois la vie, mais je crains que vous ne vous soyez donné beaucoup de mal pour pas grand-chose...

Les yeux sombres étaient si graves que le sourire de l'hôtesse faiblit...

– Est-ce que... vous n'aimez pas la vie ?

– Non... et j'espérais bien la perdre aujourd'hui...

– Même dans de si horribles conditions ?

– Même... Ce n'était, après tout, qu'un très mauvais moment à passer... Cela doit vous paraître étrange, ajouta-t-elle avec l'ombre d'un sourire, à vous qui êtes jeune, belle, aimée sans doute, maîtresse de cette jolie demeure...

– Cette maison n'est pas la mienne mais celle d'un ami. C'est lui, en outre, qui vous a arrachée, avec l'aide d'un autre ami, à cette mort qui vous attirait tant...

– Cet ami, qui est-il ?

– Il vous le dira lui-même tout à l'heure... Pour l'instant venez prendre un peu de repos. Vous devez avoir envie aussi de faire un peu de toilette ? Tout est prêt pour vous là-haut. Ensuite nous souperons...

– Me direz-vous seulement où je suis ?

– Près du village de Charonne dans un pavillon bâti jadis par le Régent, à l'extrémité du parc de son château de Bagnolet... Mais venez ! Vous aurez tout le temps de faire connaissance avec les autres...

La rescapée se laissa emmener à travers une maison qui lui parut pleine de soleil et de fleurs. Les fenêtres ouvraient sur un jardin au-delà duquel on découvrait une campagne verte et paisible, avec de beaux arbres et des chants d'oiseaux. Tout respirait ici le calme et la sérénité. On pouvait s'y croire sur une autre planète alors que le monstrueux Paris assoiffé de sang et bouillonnant de haine était si proche. C'était à n'y pas croire !...

– Vous voilà chez vous, dit la jeune femme en ouvrant la porte d'une chambre tendue de toile de Jouy. Les fenêtres donnaient sur la verdure d'un tilleul dont les branches semblaient vouloir pénétrer à l'intérieur.

– A côté il y a un cabinet de toilette où l'on est en train de vous préparer un bain. Je ne vous propose pas de femme de chambre : les miennes sont absentes mais je peux vous aider...

– Ne prenez pas cette peine. En prison, on apprend à se servir soi-même...

– Je m'en doute... Ah, dans cette armoire, ajouta-t-elle en ouvrant un grand placard, vous trouverez tout ce qu'il faut pour vous habiller. Nous avons à peu près la même taille, je crois...

– Mais c'est que... je suis en grand deuil comme vous le voyez et tout ceci est si clair, si gai...

– Choisissez du blanc. Il est aussi de deuil si l'on n'y ajoute aucune couleur...

– C'est vrai, je l'avais oublié... Merci, merci beaucoup...

– Vous pouvez m'appeler Marie, dit la jeune femme en s'éclipsant avec un dernier sourire.

Restée seule, Anne-Laure tourna un instant dans cette chambre qui lui rappelait un peu la sienne, redressant une fleur, touchant un coussin. Dans la pièce voisine, elle entendait le bruit de l'eau et celui de brocs entrechoqués. Quand elle n'entendit plus rien, elle s'y rendit ; il y avait là une baignoire de cuivre habillée d'un drap blanc et pleine d'une eau que l'on avait dû parfumer car elle sentait délicieusement bon. Il y avait aussi du savon, des éponges et de grandes serviettes douces. C'était irrésistible, même pour quelqu'un que la vie n'intéressait plus...

Prise d'une hâte soudaine, Anne-Laure s'éplucha plus qu'elle ne se débarrassa de ses vêtements et entra dans l'eau divinement tiède où elle s'étendit avec un soupir de soulagement. Il y avait si longtemps qu'elle n'avait goûté pareil délice !...

Cependant, par crainte de s'endormir, elle ne prolongea pas son bain, se récura soigneusement, brossant même ses pieds et ses mains, lavant ses longs cheveux qu'elle tordit et noua dans une serviette en forme de turban. Ensuite elle se sécha, frotta longuement sa chevelure pour enlever le plus possible d'humidité. Le démêlage fut plus difficile parce qu'elle bouclait naturellement. Ayant fait de son mieux, elle les attacha avec un ruban qui semblait n'attendre que cela, passa du linge frais, des bas blancs et choisit celle des robes qui lui parut la plus simple : une légère toile blanche sans broderies avec un grand fichu de mousseline. Puis, se jugeant convenable après un coup d'œil au miroir placé au-dessus d'une petite commode, elle alla s'asseoir dans un fauteuil disposé près de la fenêtre, n'osant s'aventurer seule dans cette maison inconnue.

Elle n'attendit pas longtemps : une dizaine de minutes au plus avant que l'on ne « gratte » à sa porte et que celle-ci s'ouvre sous la main de Marie qui sourit devant la transformation de la nouvelle venue :

– Dieu que vous êtes fraîche et jeune ! On ne l'aurait pas cru tout à l'heure. Puis-je demander votre âge ?

– J'ai dix-neuf ans. Et vous ?

– Oh moi je suis une vieille : j'en ai vingt-cinq...

Elle dit cela avec tant de bonne humeur qu'Anne-Laure ne put s'empêcher de sourire à cette charmante femme.

– Ce n'est pas si vieux... et vous ne les faites pas du tout !

– Venez à présent. C'est l'heure du souper et l'on nous attend.

Se tenant par la main, les deux jeunes femmes se dirigèrent vers le bel escalier de pierre à balustres qui s'envolait du vestibule central, et ce fut quand elle commença à le descendre qu'Anne-Laure vit, attendant debout au bas des marches, un homme dont la silhouette lui rappela si fort celle de Josse qu'elle eut un mouvement de recul ; mais les cheveux bruns, simplement noués sur la nuque par un ruban noir, n'appartenaient pas à son époux et pas davantage les yeux noisette qui la regardaient descendre. L'illusion venait de l'élégance parfaite du frac noir bien coupé, porté sur des épaules solides, et du port altier de la tête. Elle n'en restait pas moins fascinante : à mesure qu'elle descendait, Anne-Laure distinguait mieux les traits accusés, le nez légèrement busqué et la longue bouche mince dont un pli d'ironie relevait légèrement la commissure ; c'était le regard qui la fascinait. Peut-être à cause de sa petite flamme moqueuse ?

– Quel changement ! apprécia-t-il gentiment. Vous êtes trop jeune, décidément, pour les couleurs du malheur, ma chère...

En entendant cette voix, Anne-Laure tressaillit. C'était celle du garde national de tout à l'heure... celle aussi – le souvenir lui en revenait brusquement ! – du porteur d'eau de Saint-Sulpice. Cette constatation la laissa muette. Pourtant, comme l'inconnu montait vers elle pour lui offrir la main et l'aider à descendre les derniers degrés, elle murmura :

– Ce sont pourtant les seules que je veuille encore porter... mais vous avez tout à l'heure risqué votre vie pour moi, monsieur, et je dois vous en remercier...

– Vous ne semblez guère en avoir envie ?

– Ne me croyez pas ingrate et soyez sûr que le merci vient du fond du cœur. Cependant j'aimerais savoir quel nom je dois lui donner ?

Il s'écarta d'elle de quelques pas sans quitter son regard. Un bref sourire à belles dents blanches et le gentilhomme s'inclinait pour un profond salut :

– C'est trop naturel ! Je suis le baron de Batz. Infiniment heureux de vous souhaiter la bienvenue dans sa maison...

5

Un pacte...

Ce qui suivit n'avait pas l'air d'appartenir à la réalité.

Anne-Laure se retrouvait à souper dans une agréable salle dont les rideaux de lampas à grosses fleurs encadraient harmonieusement la douceur d'un jardin au crépuscule embaumant le tilleul et le chèvrefeuille, au milieu d'une atmosphère sereine et en compagnie de gens élégants, aimables et courtois. Alors qu'à si peu de distance une ville en folie assommait et égorgeait les malheureux entassés dans ses prisons depuis le sac des Tuileries, ici tout n'était qu'ordre et beauté...

Autour de la table ronde servie par l'un des deux valets – un colosse qui répondait au nom de Biret-Tissot –, trois personnes entouraient la rescapée. Le maître de maison d'abord : ainsi qu'il l'avait annoncé, il se nommait Jean de Batz d'Armanthieu, âgé de vingt-sept ans et appartenant à une ancienne et noble famille d'Armagnac. Il était du même sang que ce d'Artagnan quasi légendaire qui avait commandé les mousquetaires du Roi et, au contraire de ce que pensait son invitée, il n'était pas marié. Encore fut-ce « Marie » qui le lui apprit, car visiblement Batz n'aimait pas que l'on parle de lui. Il dévia très vite la conversation pour présenter une compagne à laquelle il montrait tendresse et respect. Elle était actrice aux Italiens et se nommait Marie Buret-Grandmaison, dite Babin Grandmaison, et sa voix, son talent lui avaient valu une certaine notoriété. Sa discrétion et une noblesse naturelle la différenciaient de tout ce que Mme de Pontallec avait pu entendre des femmes de théâtre, chanteuses ou comédiennes qui semblaient prendre à tâche de se faire remarquer d'une manière ou d'une autre.

– J'espère, dit-elle après une toute légère hésitation, que vous ne vous sentez pas désobligée en portant la robe d'une comédienne ?

– Pourquoi le serais-je, mon Dieu ?

– Vous êtes une grande dame. Ce serait assez naturel.

– Je ne me suis jamais sentie grande dame et moins encore aujourd'hui où il paraît que l'on est criminel en naissant noble. Vous, vous êtes une artiste et vous ne devez votre renom qu'à vous-même. C'est beaucoup mieux...

– Voilà un langage inattendu, Madame la marquise, s'écria le troisième personnage. Seriez-vous républicaine ?

Celui-là – c'était l'autre garde national de tout à l'heure – possédait le visage le plus gai qui soit avec son nez retroussé, sa grande bouche dont le sourire était l'expression habituelle avec, sous des cheveux châtains qui bouclaient naturellement, des yeux bleus pétillants de malice. Il portait avec beaucoup de naturel le nom céleste d'Ange Pitou et, quand il n'assurait pas son service – très réel – de garde national à la section du Louvre, il était journaliste collaborant assidûment au *Journal de la Cour et de la Ville* ainsi qu'au *Courrier extraordinaire*, que dirigeait de main de maître son ami Duplain de Sainte-Albine, ancien libraire lyonnais installé au faubourg Saint-Germain qui, après avoir été hostile au Roi, était devenu farouchement contre-révolutionnaire. Cette double appartenance avait permis au jeune Pitou – il était âgé de vingt-cinq ans – d'être le témoin passionné de presque tous les événements importants des derniers mois. Il dégageait une telle sympathie qu'Anne-Laure ne put s'empêcher de lui sourire.

– Républicaine ? J'ignore en quoi cela consiste. De toute façon, je crois bien que je ne suis rien du tout !

– Après vous être proclamée si hautement amie de la Reine ? C'est difficile à croire...

– Il se peut que j'aie menti. Je vénère le Roi, Madame sa sœur et je crois bien que j'aime... beaucoup ses enfants mais la Reine !...

– Ne tourmentez pas Mme de Pontallec, Pitou, coupa le baron. Elle n'a pas les mêmes raisons que vous d'adorer notre malheureuse souveraine, mais cela fait partie de ce dont je souhaite discuter avec elle tout à l'heure... si elle le veut bien ?

– Pourquoi ne le voudrais-je pas ? murmura celle-ci, soudain mal à l'aise sous le regard qu'il posait sur elle tant il dégageait de puissance.

Depuis le début du repas, elle avait observé son hôte à la dérobée et n'était pas encore parvenue à décider s'il lui plaisait ou non en dépit de cette voix de velours sombre qui était sans doute son plus grand charme. Il y avait ce regard à la fois ironique et dominateur, sans doute facilement irritant, et aussi le pli moqueur de la bouche qui, en devenant sarcastique, devait être franchement désagréable. Elle sentait chez lui une de ces volontés de fer sur lesquelles se brisent toutes les résistances...

Sans plus se soucier de donner une réponse à qui d'ailleurs n'en demandait pas, il reprenait sa conversation avec Pitou en lui proposant de rester à Charonne quelques jours :

– En attendant que les fureurs populaires se calment, ce serait plus prudent, ajouta-t-il. Depuis le 10 août vos journaux n'existent plus, votre ami Duplain de Sainte-Albine est enfermé aux Carmes et peut-être massacré à l'heure qu'il est...

– Je devrais l'être aussi, sans doute ! fit Ange Pitou avec amertume. Seulement, depuis ce jour terrible, on me croit hors de Paris.

– Vous y êtes, restez-y ! Ensuite vous pourrez rejoindre sans trop de crainte votre poste à la Garde avec cet air innocent que vous savez si bien prendre. Personne n'ira voir à Châteaudun si votre tante et tutrice est vraiment à toute extrémité... Croyez-moi, il vaut mieux...

La voix d'Anne-Laure s'éleva soudain, lui coupant la parole avec une note d'exaspération :

– Pourquoi m'avez-vous sauvée, moi ?

En même temps elle se levait, incapable de supporter plus longtemps ce qui, pour elle, ressemblait à des propos de salon. Batz fut debout presque en même temps qu'elle :

– J'aurais préféré que vous preniez un peu de repos avant l'entretien que nous devons avoir ensemble mais, si vous vous en sentez la force, nous pouvons l'avoir immédiatement.

– Je préfère !... Pardonnez-moi ! ajouta-t-elle à l'adresse des deux autres qui eurent le même geste apaisant.

– En ce cas venez !

Avec un rien d'autorité, il lui prit la main pour la guider, à travers un salon obscur, vers une pièce éclairée par des chandeliers sur la cheminée et une lampe-bouillotte posée sur un bureau chargé de papiers. C'était à la fois un cabinet de travail, une petite bibliothèque et un lieu où le couple se tenait fréquemment, sans doute, puisqu'une petite table à ouvrage s'y trouvait auprès d'un fauteuil sur lequel un tambourin de brodeuse était abandonné.

Le baron avança un siège mais Anne-Laure fit non de la tête, se contentant de s'approcher à toucher le bureau auquel elle s'appuya du bout des doigts, tout son corps raidi dans sa volonté désespérée de ne pas céder à la crise qui tendait ses nerfs à les briser. Elle se contenta de répéter d'une voix blanche :

– Pourquoi m'avez-vous sauvée ?... Je ne le voulais pas.

Batz alla s'adosser à la bibliothèque, croisa les bras sur sa poitrine :

– Je sais. Même la mort affreuse qui vous attendait devant la Force ne vous arrêtait pas... tant vous avez souffert et souffrez toujours ! Mais moi, il fallait que je vous arrache à cette horreur. D'abord parce que je l'avais juré !

– Juré ? A qui, mon Dieu ? Qui se soucie encore de moi ?

Elle tourna lentement vers lui des yeux pleins d'incompréhension et de lassitude, mais il y avait des larmes dans sa voix.

– Le duc de Nivernais d'abord, votre vieil ami et le mien. Ses sentiments pour vous sont ceux d'un aïeul et ce n'est pas d'hier qu'il se tourmente à votre sujet. En outre, il se trouve qu'il y a quelques années, étant passé au service de l'Espagne avec la permission de notre roi, j'ai rencontré là-bas votre frère et que nous avions lié amitié. Il parlait souvent de sa jeune sœur...

– Vous avez connu Sébastien ? Oh, mon Dieu !... Vous réveillez là les plus doux de mes souvenirs d'autrefois. Mon frère est le seul être, avec ma marraine, qui m'ait témoigné la tendresse que je n'ai jamais reçue de ma mère, mais je ne peux lui en vouloir. La mort de mon père l'avait déchirée, m'a-t-on dit, et l'amour qui lui restait, elle l'a reporté sur un fils dont elle était fière à juste titre. Elle n'en avait plus assez pour moi et, quand nous avons appris le naufrage de son navire, j'ai compris que j'avais cessé d'exister. Elle a conclu mon mariage comme elle mène ses affaires...

– Non, fit durement le baron. Je pense qu'elle mène ses affaires avec plus d'attention qu'elle n'en a accordé à votre futur sinon elle aurait hésité à vous donner à ce misérable.

L'injure souffleta la jeune femme :

– Un misérable ? Pourquoi ?... Est-ce sa faute s'il ne m'a jamais aimée ? L'amour, est-ce que cela compte d'ailleurs dans les mariages arrangés par nos familles ?...

– Apparemment cela comptait pour vous... et, par pitié, ne vous avisez pas de lui chercher des excuses si vous voulez que je garde une bonne opinion de votre intelligence...

– Cela représente-t-il quelque importance ?

– A mes yeux oui... Ainsi l'amour vous a aveuglée au point de refuser d'admettre ce qu'est au juste le noble marquis de Pontallec ? On peut ne pas aimer une femme. Cela arrive en effet dans ces unions où l'intérêt prime le cœur, mais, si l'on est... je ne dirai pas un gentilhomme, simplement un homme digne de ce nom, on ne met pas tout en œuvre pour l'envoyer à la mort par le chemin le plus direct.

– Où avez-vous pris cela ? C'est de la folie...

– Croyez-vous ? Alors je vais vous mettre les points sur les *i*. Pourquoi pensez-vous qu'il avait ordonné à son frère de lait de vous escorter en Bretagne ? Cet homme avait l'ordre de vous assassiner.

– Comment pouvez-vous savoir cela ?

– Très simple ! Joël Jaouen, bien que tenté par la république, n'en est pas moins un ami d'Ange Pitou. Il lui a tout dit et l'a prié de veiller sur vous quand il a dû quitter votre maison, sachant bien que le marquis n'hésiterait pas à l'exécuter pour lui avoir désobéi. Mais continuons ! Qui, selon vous, a suscité la petite émeute de la place Saint-Sulpice après vous avoir envoyée – en cabriolet de plus ! – chez le duc de Nivernais sous le prétexte d'une fausse maladie ? Emeute dont certain porteur d'eau vous a tirée ?

– C'est ridicule ! Comment mon mari pouvait-il, lui, un royaliste intransigeant, prendre la moindre influence sur une masse populaire ?

– Avec de l'argent et quelques hommes bien entraînés, c'est simple comme bonjour avec un peuple toujours prêt à hurler à la mort après n'importe quoi. Quant au royalisme du marquis, nous en reparlerons tout à l'heure...

– Alors, je pose une autre question : comment avez-vous été prévenu du « danger » que je courais ?

– Pitou ! Il avait loué une chambre en face de chez vous. C'est lui qui m'a prévenu. Je poursuis ?

– Je ne vois pas comment je pourrais vous en empêcher !

– J'espérais vous intéresser mais, bref !... reprenons ! Votre époux ne vous menait jamais à la Cour. D'où vient qu'il ait jugé bon de vous y conduire quelques heures avant l'émeute qui allait ravager le château ?

– Il voulait que nous soyons ensemble pour affronter ce qui allait se passer. Il disait qu'il ne voulait pas me laisser seule à la maison...

– Mais il vous a laissée tandis qu'il prenait la fuite au moment même où les massacreurs donnaient l'assaut. Je le sais parce que j'y étais et que je n'ai pas eu le temps de vous mettre en sûreté : mon devoir était à la protection du Roi. Entre lui et vous, je n'hésiterai jamais, quel que soit l'intérêt que vous m'inspirez, ajouta-t-il avec une brutalité qui la fit frissonner.

– D'autant que vous ne me devez rien ! murmura-t-elle.

– En effet, mais j'ai la mauvaise habitude de tenir ma parole ! Grâce à Dieu – à votre courage aussi ! – vous avez encore échappé à ce piège-là et vous êtes rentrée chez vous. Qu'y avez-vous trouvé ?

Elle aurait voulu mentir, par orgueil, mais il était impossible de résister au regard qui la transperçait. Comme elle ne répondait pas, Batz continua :

– Je vais vous le dire : vous avez trouvé maison vide à l'exception de Pontallec qui achevait ses préparatifs après avoir donné congé, sous prétexte de leur sauvegarde, à vos domestiques. Il a été surpris, sans doute, de vous revoir, et que vous a-t-il dit ? Qu'il devait partir ?

Elle fit oui de la tête sans rien ajouter.

– Et pour quelle destination ? demanda le baron avec une soudaine douceur.

– Pour rejoindre le comte de Provence. Il a dit aussi qu'il me ferait venir plus tard...

– Et vous l'avez cru ?

– Pourquoi ? Il ne fallait pas ?

– Si. En partie tout au moins. Il a surtout rejoint Mme de Sinceny pour les beaux yeux de laquelle il tient tellement à se débarrasser de vous...

Se souvenant de la femme entrevue dans la berline qui emmenait Josse, Anne-Laure murmura presque malgré elle :

– Il n'a pas eu besoin de la rejoindre : elle est venue le chercher !

– Que dites-vous ?

– Que je l'ai vu monter dans une voiture et que dans cette voiture il y avait une femme..., fit-elle d'une voix morne.

– Et vous n'avez rien fait ?

– J'ai couru après lui, figurez-vous, pour le supplier de ne pas me laisser seule, de m'emmener... Que vous fallait-il de plus ? Que je me traîne derrière le fiacre en pleurant ?... J'ai pleuré, oui, assise sur une des bornes du portail, seule dans cette rue où il n'y avait plus âme qui vive. A la fin je suis rentrée pour attendre le retour de nos gens. Mais personne n'est venu...

– ... sinon, au matin, les municipaux prévenus qu'une fidèle amie de la Reine se cachait dans un hôtel désert. Prévenus par qui, selon vous ?

Elle releva sur lui un regard effrayé :

– Encore lui... vous croyez ?

– J'en suis sûr ! Moi aussi j'ai des relations dans bien des cercles. Malheureusement, quand je l'ai su vous étiez déjà à la Force. Il est difficile de suivre la trace de quelqu'un au milieu d'une ville en révolution. Mais quand vous avez vu que personne ne revenait, pourquoi n'êtes-vous pas allée chercher refuge à l'hôtel de Nivernais ? Si étrange que cela paraisse, les quartiers de la rive gauche étaient fort calmes tandis que l'on massacrait puis que l'on festoyait aux Tuileries en s'y saoulant sur les cadavres des malheureux Suisses avec le vin des caves du Roi...

– Oh, j'y ai pensé, mais j'ignorais ce que vous me dites et, en outre, je ne savais pas si le duc avait pu rentrer chez lui. Je l'avais aperçu parmi ceux qui escortaient la famille royale se rendant à l'Assemblée. Que pouvais-je faire d'autre qu'attendre ? Je n'avais même plus un liard pour aller prendre une diligence et rentrer au moins en Bretagne.

– Comment cela ? Vous n'aviez plus d'argent ?

– Ni argent ni bijoux... Si j'ai été assez bien traitée en prison, c'est grâce à Mme de Tourzel et à Mme de Lamballe auprès de qui j'ai vécu.

A cet instant, les affreuses images enregistrées dans sa mémoire remontèrent d'un seul coup et elle éclata en sanglots...

– Pauvre... pauvre femme !... Qu'avait-elle fait pour mériter cette horreur ?...

Mais le baron ne lui permit pas de se noyer à nouveau dans le vertige de mort généré par l'affreuse réminiscence. Il posa une main sur l'une des épaules secouées de spasmes et ses doigts se firent durs pour obliger Anne-Laure à revenir à la réalité :

– Oubliez cela et répondez-moi ! ordonna-t-il. Pourquoi n'aviez-vous plus rien ? Qui vous avait volée ?... Aucun hôtel n'a été pillé ce jour-là.

Elle gémit :

– Vous me faites mal...

– Je veux une réponse. Qui vous a volée ? Est-ce... lui encore ?

Elle ne répondit pas mais ses sanglots redoublèrent et, la pression de son épaule s'étant desserrée, elle se laissa aller à demi étendue sur le petit canapé, cachant son visage dans un coussin.

Jean de Batz la laissa pleurer un moment pensant que cette débâcle de larmes allait vider l'abcès. Une colère mêlée de pitié l'envahissait devant l'œuvre de destruction d'un homme dont l'égoïsme était la seule religion. Quel gâchis, mon Dieu, et, à ce gâchis, était-il encore possible de porter remède ? Etait-il encore possible d'offrir une raison de vivre à cet être de dix-neuf ans mené avec une froide cruauté aux limites du désespoir ? Il ne croyait pas le mal si grand. Pourtant, il fallait continuer d'y porter le fer :

– Et c'est pour ça que vous vouliez mourir ?... Je veux dire : pour ce genre d'homme ? Tenez, buvez cela !

Se redressant à demi, elle vit qu'il lui tendait un petit verre plein d'une liqueur verte à reflets dorés :

– Qu'est-ce ?

– Un élixir que font les Chartreux. Buvez ! Vous vous sentirez mieux !

Elle obéit machinalement, surprise par le goût à la fois fort et doux de ce sirop piquant aux suaves odeurs de plantes. Et, en effet, elle se sentit un peu mieux. Un coup de vent s'était engouffré dans la pièce, éteignant plusieurs chandelles que le baron ralluma après avoir fermé la fenêtre :

– Nous allons avoir de l'orage, constata-t-il en revenant vers la jeune femme auprès de laquelle il s'assit. Vous ne m'avez pas répondu : c'est pour lui que vous vouliez mourir ?

– Pas uniquement. J'ai toujours su, je crois, que Josse ne m'aimait pas, mais après la... le départ de notre petite fille, j'ai voulu revenir vers lui en dépit de ce que m'a dit Jaouen et que je n'ai pas cru. Ma place normale était auprès de mon époux ; j'espérais qu'avec les temps difficiles il se rapprocherait de moi. Je n'avais plus que lui d'ailleurs. Et puis... il y a eu tout ce que vous savez... et que je devinais confusément... Son départ et ce que j'ai découvert ensuite m'ont... convaincue de ce que j'étais et serais toujours pour lui : une étrangère. Je souffrais déjà tellement de la perte de mon enfant. Cela m'a achevée... La prison m'a laissé espérer que j'en finirais bientôt et que je pourrais rejoindre enfin Céline...

– Une forme de suicide en quelque sorte ? Vous n'êtes pas chrétienne ?

– J'ai été baptisée, j'ai fait ma première communion, mais je n'ai jamais été assidue aux autels et...

– Et ce n'est pas d'une importance extrême pour vous, n'est-ce pas ?... A présent, regardez-moi et répondez-moi franchement : après ce que vous avez vu de la mort ce tantôt, vous voulez toujours mourir ?

– Je n'ai plus une seule raison de souhaiter continuer à vivre. Voilà pourquoi je pense que vous auriez dû sauver quelqu'un d'autre...

– Et la vengeance ? Ce n'est pas une raison de vivre ? Vous n'avez pas envie de faire payer à Pontallec ce qu'il vous a fait ?

Elle haussa les épaules avec un petit rire sans gaieté :

– Il sera toujours le plus fort ! Soyez assuré que si je tentais quoi que ce soit contre lui ce serait encore lui qui gagnerait...

– Ainsi, il vous est indifférent qu'il jouisse de votre fortune avec une autre après vous en avoir dépouillée ?

– Ma seule fortune réelle est sous une dalle dans la chapelle de Komer...

Batz eut un geste d'impatience. Pour cet homme d'action, une acceptation aussi totale d'un destin misérable avait quelque chose de monstrueux. Pour cette jeune créature – plutôt jolie même si elle ne semblait pas s'en soucier –, la férule d'un maître était-elle indispensable ?

– Et les autres ? reprit-il ? Est-ce qu'ils comptent pour vous ?

– Les autres ? Quels autres ?... Pendant les quelques jours passés en prison je me suis prise d'amitié pour mes compagnes de geôle. Et vous avez vu ? La princesse de Lamballe mise en pièces et sans doute qu'à l'heure actuelle Mme de Tourzel en a subi autant...

– Non. Pauline est libre et sa mère va l'être... Ce qui ne veut pas dire qu'elles vivront longtemps. La pire forme de révolution est sur nous et nous sommes tous des morts en sursis, mais, au moins si nous tombons ce sera en combattant. Il me paraît stupide de se donner à soi-même une mort qui ne demande qu'à nous prendre. Vous voulez mourir ? Soit, j'y consens mais pas comme un mouton à l'abattoir !

– Que puis-je faire alors ?

– Je vous le dirai en temps utile. Car vous pouvez servir peut-être à préserver d'autres vies. Tenez, je vous propose un marché !

– Un... marché ? fit-elle avec un dédain méfiant.

– Le mot vous choque ? Disons un pacte si vous préférez. Donnez-moi votre parole de ne pas attenter vous-même à vos jours et je vous fournirai l'occasion de mourir noblement.

– Comment l'entendez-vous ?

– Oh, c'est simple. Je vous ai sauvée aujourd'hui ?

– Oui.

– Partons de ce principe que j'ai des droits sur votre vie. Depuis que le Roi et sa famille sont captifs au Temple, un combat sans merci s'est engagé entre leurs bourreaux et moi, mais pour ce combat j'ai besoin d'aide. Alors, cette vie dont vous ne voulez plus, laissez-moi en faire quelque chose.

La belle voix grave avait à présent des sonorités de bronze tandis que le froid visage s'animait des feux intérieurs de la passion.

– Qu'en ferez-vous ? demanda Anne-Laure.

– Une arme efficace. Vous êtes courageuse et c'est le principal. Pour le reste il faudra obéir à tout ce que j'ordonnerai, aller où je vous dirai d'aller, rencontrer telle ou telle personne...

– Rencontrer dans quelles conditions ?

Pour la première fois, elle revit le sourire – séduisant d'ailleurs ! – qu'il avait eu pour elle quand elle descendait l'escalier :

– Rassurez-vous ! Je ne vous demanderai jamais rien qui puisse offenser votre pudeur. Certes, vous aurez à séduire, mais quelle femme digne de ce nom ignore le jeu savant de la coquetterie qui permet de tout laisser espérer sans jamais rien accorder...

– Moi ! affirma-t-elle avec un joli air de dignité qu'il trouva attendrissant.

– C'est peut-être pour cela que votre époux vous a traitée en quantité négligeable avant de vous déclarer indésirable ? Vous êtes jeune et charmante et vous pourriez être de ces femmes sur lesquelles les petits ramoneurs se retournent dans la rue avec un sifflement admiratif...

– Vous croyez ? souffla-t-elle en ouvrant de grands yeux.

– J'en suis certain si vous suivez les leçons que Marie vous donnera. Alors, acceptez-vous ce que je vous propose ? Vous cesserez d'être une ombre pour avoir une existence, dangereuse souvent, passionnante presque toujours, amusante parfois...

– Avec la mort au bout du chemin ?

– Au bout du chemin ou en chemin, qui peut savoir ? De toute façon, vous serez toujours prête à la recevoir, n'est-ce pas ?

– Oui. Toujours !... Et elle ajouta tandis que son visage perdait son expression douloureuse pour une sérénité nouvelle et presque souriante : Dans ces conditions, j'accepte ! Je ne mourrai que lorsque vous l'ordonnerez... ou lorsque l'occasion s'en présentera...

– Mais vous ne la chercherez pas ? fit-il soudain sévère. Entendons-nous bien ! Vous devrez avoir à cœur, avant tout, la réussite des missions qui vous seront confiées. Trop d'intérêts reposeront peut-être sur vous !

– Cela je vous le promets ! Ma vie est à vous : faites-en ce que vous voulez...

Il vint à elle et prit ses deux mains froides dans les siennes d'un geste ferme qui scellait le pacte. A ce moment, un violent coup de tonnerre éclata, si proche qu'il semblait venir du toit de la maison et aussitôt un véritable déluge s'abattit sur la propriété. Marie entra en coup de vent :

– Je viens voir si vous avez songé à fermer les fenêtres. On les entend claquer de partout...

Mais Batz regardait toujours Anne-Laure au fond des yeux et celle-ci soutenait ce regard où il lui semblait puiser une force nouvelle. Ni l'un ni l'autre ne parurent faire attention à la jeune femme. Elle allait ressortir quand le baron l'arrêta :

– Emmenez Mme de Pontallec se reposer, Marie. Elle en a grand besoin... Ah, deux questions encore si vous le permettez, madame...

Anne-Laure qui avait déjà pris le bras de la jeune comédienne se retourna :

– Dix, si vous voulez ! Je vais mieux...

– J'en suis heureux mais deux suffiront pour l'instant. D'abord, montez-vous à cheval ? J'entends : montez-vous bien ?

– Je crois. En Bretagne j'ai beaucoup galopé autour de mon château de Komer en forêt de Paimpont...

– Bien. La seconde : parlez-vous une langue étrangère ?

– J'en parle trois. L'espagnol a fait partie de mon éducation à cause des liens tissés au fil des années entre notre maison d'armement et l'Espagne. L'anglais et l'italien que je dois au cher duc de Nivernais.

– Je n'en espérais pas tant ! Je vous souhaite une bonne nuit, madame, ajouta-t-il en s'inclinant...

Quand les deux femmes eurent disparu, Batz alla s'appuyer à la vitre d'une fenêtre. Le ciel à présent déversait des trombes d'eau qui brouillaient le décor extérieur. On n'apercevait même plus les vignes qui bordaient la propriété sur deux côtés. Le baron se demanda si le ciel n'essayait pas de laver tout ce sang répandu dans les rues de Paris, des rues qui devaient ressembler à ce qu'elles étaient en réalité : d'infâmes bourbiers rouges sur lesquels remontait la lie d'un peuple devenu fou. En dépit de son impassibilité apparente, le baron ressentait cruellement la mort horrible de la princesse de Lamballe, cette jolie créature tout en contrastes : pieuse et frivole, douce et entêtée, habitée par son amour pour la Reine si longtemps sacrifié à la Polignac ! Quand le duc d'Orléans avait tenté de se rapprocher de Marie-Antoinette, elle avait montré les crocs comme un petit chien jaloux qui flaire le danger et elle avait tout fait pour empêcher ce qui eût été pour elle la pire catastrophe : elle venait de payer d'effroyable façon son imprudence... Seulement, il y avait un enseignement dans cette mort. Après avoir massacré une si haute dame, les nouveaux maîtres de la rue hésiteraient-ils à exterminer le Roi et les siens ?

Le grincement du portail d'entrée domina le clapotement incessant de l'eau et tira Jean de Batz de son amère méditation. L'instant d'après, la tête d'Ange Pitou se glissait dans l'entrebâillement de la porte :

– C'est Devaux ! dit-il.

– Ah ! Nous allons avoir des nouvelles !

Il courut jusqu'au vestibule et, sans se soucier de gâcher son habit, reçut dans ses bras le jeune homme qui entrait, enveloppé d'un manteau de cheval lourd de pluie.

– Je ne vous espérais pas cette nuit ! s'écria-t-il en aidant le cavalier à s'en défaire. Vous arrivez de Coblence ?

– Oui, et de Verdun où est à présent le roi de Prusse. Le duc de Brunswick a pris la ville sans grande peine tant était forte la terreur soulevée par ses troupes qui, sur leur passage, ont ravagé une bonne partie de la Lorraine. Le mauvais temps qui règne depuis qu'elles ont franchi la frontière les rend enragées. Et cent soixante mille hommes qui vous tombent dessus, cela donne à réfléchir...

– Cela veut dire que la route de Paris est ouverte ?

– Elle devrait l'être si le général Dumouriez, nommé commandant de l'armée du Nord, n'avait quitté Sedan pour se diriger vers l'Argonne. A l'heure qu'il est il doit être arrivé : j'ai échappé de justesse à ses éclaireurs.

– Aïe !... Venez avec moi ! Pitou, mon ami, veillez à ce qu'on lui apporte de quoi se restaurer dans mon cabinet. Il doit en avoir besoin.

– Plutôt ! fit le jeune homme en riant. Je n'ai autant dire rien mangé depuis vingt-quatre heures tant j'avais peur de ne plus pouvoir passer sans faire un grand détour.

– Rejoignez-nous ensuite, Pitou !

Dans son cabinet de travail, le baron choisit sur les rayonnages d'une armoire une carte géographique qu'il déroula sur son bureau ; il en bloqua un coin avec la lampe, un autre avec le presse-papiers et un troisième avec l'encrier :

– Regardez ! Voilà le haut plateau d'Argonne avec ses forêts. C'est la barrière qui défend Paris à l'est. Elle est percée de cinq défilés. Si ceux-ci sont tenus fermement il faut faire un grand détour pour atteindre la route de Paris : soit au nord par Sedan, soit au sud par Bar-le-Duc. Or, Brunswick s'attarde à Verdun...

– Il vient d'y arriver, baron. Il a besoin de souffler...

– Et de laisser à Dumouriez le temps de s'installer aux défilés ?

– Croyez-vous que celui-ci soit bien dangereux ? Outre ce qui reste de l'armée royale, il n'a guère que vingt mille hommes mal vêtus, mal armés, mal nourris et pas entraînés du tout. Et puis, sincèrement, vous avez vraiment envie de voir les Prussiens à Paris ?

Le poing de Batz s'abattit sur la table, faisant sauter l'encrier qui cracha quelques gouttes noires.

– Non, mais assez près tout de même pour que la peur retourne le peuple contre Danton, Marat et Robespierre, ces trois misérables qui ont ordonné le massacre de ces jours.

– Le massacre ?

– Oui. Depuis hier on assomme, on égorge, on découpe en morceaux la noblesse et le clergé de France arrêtés depuis le 10 août et enfermés dans les prisons. On n'a pas encore touché à la famille royale emprisonnée au Temple, mais cela pourrait venir. Et moi, je veux avant tout arracher mon roi et les siens à ces bourreaux !

– Mais une fois à Paris, ces gens-là seront peut-être difficiles à déloger ? remarqua Ange Pitou qui revenait avec un plateau lourdement chargé.

– Dans l'urgence il faut prendre ce que l'on a. D'autre part, Frédéric-Guillaume de Prusse est un brave homme qui n'a aucune envie de régner sur la France ; il sait bien que ses alliés autrichiens ne le lui permettraient pas. Un honnête dédommagement devrait en venir à bout. Quant à Brunswick, c'est un « prince éclairé », un grand soldat, je l'admets et qui a fait ses preuves, mais il est perdu de dettes !...

– Le malheur, flûta Pitou, est que, d'après certains bruits, il aurait des accointances secrètes avec des membres de l'Assemblée. En outre, j'ai entendu un autre bruit : il travaillerait en sous-main pour l'Angleterre. N'oubliez pas qu'il est le beau-frère du roi George III dont il a épousé la sœur, Augusta. Le roi est à moitié fou sans doute mais Pitt, son ministre, ne l'est pas. Notre roi à nous, notre pauvre Louis XVI, il n'en a cure. Bien au contraire : il ne lui a jamais pardonné d'avoir aidé les Insurgents d'Amérique à se débarrasser de l'Angleterre...

– ... en revanche, continua Batz, il verrait très bien une nouvelle monarchie instaurée en France avec Brunswick sur le trône. Je sais tout cela. Et aussi qu'il songe à l'avenir en mariant le prince de Galles à la fille de Brunswick... Encore une fois, ce que je veux c'est sauver le Roi et voir Danton, Marat, Robespierre et toute leur clique pendus aux arbres des Champs-Elysées. Ensuite on arrivera bien à se débarrasser des Prussiens...

– Il y a quelqu'un que vous oubliez, fit Devaux en cessant de forcer les dernières défenses d'un superbe pâté de volaille...

– J'oublie rarement quelqu'un. Surtout celui-là ! vous voulez parler de Monsieur ?

– Eh oui ! Mgr le comte de Provence, frère du Roi... qui a réussi à obtenir de Frédéric-Guillaume qu'il le reconnaisse

Régent de France. Il est même venu le voir, à Longwy, après la prise de la ville, dans cette intention...

– Ce n'est pas une nouvelle. Depuis la fuite manquée du Roi il se pose en sauveur de la monarchie française. Il a même constitué un gouvernement en exil. Il est le pire ennemi de son frère qui le sait bien d'ailleurs, et mieux encore la Reine, qui l'a surnommé « Caïn ». Je suis loin de mésestimer son intelligence perverse. Il est capable de tout pour s'adjuger enfin ce trône de France qu'il guigne depuis l'adolescence. Il n'a reculé devant rien : ni les attentats discrets contre le Roi ou ses fils, ni la dénonciation au Parlement des enfants royaux comme bâtards, ni même... un avis discret, informant des amis qu'il s'est ménagés à l'Assemblée, concernant la fuite imminente de la famille royale et le chemin qu'elle devait prendre. Ce qui lui a permis, à lui, de partir tranquillement. Il a aussi réussi un coup de maître : se faire remettre par le marquis de Bouillé, qui devait protéger le voyage royal, le million que Louis XVI lui avait confié afin d'assurer ses activités futures à Montmédy où il voulait se retirer et revenir ensuite sur sa capitale rebelle ! Oh non, je ne l'oublie pas celui-là ! Mais il ne me gêne pas encore. Ce serait différent s'il arrivait malheur à Louis XVI. Le petit Dauphin aurait tout à redouter de ce bon oncle et moi je saurais alors qui est le premier de mes ennemis !

Les deux hommes avaient écouté le baron résumer une personnalité que Michel Devaux – qui était en réalité le secrétaire de Batz et son meilleur agent – connaissait bien mais dont Pitou ignorait les détails. Il s'effara :

– Vous êtes certain de tout cela ?

– Je pourrais vous en dire bien davantage, mon ami.

– Que feriez-vous alors au cas où le roi de Prusse entré dans Paris voudrait introniser Monsieur ?

– Oh c'est tout simple : Son Altesse serait victime d'un attentat où je jouerais le premier rôle. Au fait, où est-il en ce moment ? Toujours chez son oncle, le prince-évêque de Trèves, au château de Schönbornlust aux portes de Coblence * ?

– Non. Il y a laissé son jeune frère, le comte d'Artois et s'est installé en ville, au palais Leyenhof qui appartient au prince de Leiningen. Mais il aurait un de ses fidèles auprès du roi de Prusse pour le tenir informé et veiller à ses intérêts...

– Qui ?

– Je ne sais pas. Votre ami le baron de Kerpen sait seulement qu'il s'agit d'un gentilhomme récemment arrivé mais dont il ignore le nom, Monsieur ne l'ayant pas encore montré à l'une des fêtes du baron. On sait seulement qu'il est accompagné d'une fort jolie femme... Une bonne raison pour que Mme de Balbi ne souhaite pas qu'on la voie trop dans les entours de Monsieur.

– Elle est aussi à Coblence la belle comtesse ?

– Oui. Elle s'ennuyait par trop à Turin où son poste de dame d'atour l'avait obligée à accompagner Madame venue chercher refuge chez son père. Elle est venue rejoindre « son » prince et c'est elle qui fait la loi de compte à demi avec Mme de Polastron, la maîtresse d'Artois, qu'elle déteste et qui, depuis le départ de son héros à la tête de l'armée des émigrés – dite armée des Princes ! –, joue les égéries de héros, ce qui enrage sa rivale. Difficile, n'est-ce pas, de « tenir son rang » auprès d'un homme cloué dans son fauteuil par la goutte ? Peut-être un peu diplomatique d'ailleurs cet accès...

– Et pourquoi ?

– Le duc de Brunswick n'a pas permis à l'armée émigrée de prendre la tête de ses troupes comme elle le souhaitait pour entrer triomphalement en France. Tout ce beau

* Clément-Wenceslas de Saxe, prince-évêque de Trèves, était le frère de Marie-Josèphe de Saxe, mère de Louis XVI, de Monsieur et du comte d'Artois.

monde est « admis » à suivre les Prussiens et même les Autrichiens qui viennent derrière. Cela donne, paraît-il, une assez jolie pagaille car plusieurs dames, persuadées qu'on les ramenait chez elles, sont avec eux... Monsieur n'a pas envie de s'y mêler.

– Et le prince de Condé ? Il n'y est pas ?

– Condé est un grand chef. Son armée à lui est composée de vrais soldats, entraînés, enseignés, soumis à une discipline. Comme il n'a aucune envie de la mêler à cette pagaille, il préfère attendre les résultats et entrera en France où il lui plaira et quand il lui plaira. Pour l'instant, il reste en Brisgau avec son petit-fils, le jeune duc d'Enghien. Seul, son fils, le duc de Bourbon, a emmené quelques troupes avec lui, contre son avis.

Devaux avait réussi l'exploit de faire son rapport tout en absorbant la quasi-totalité du plateau. Il conclut donc son discours en vidant avec délices sa flûte de vin de Champagne après en avoir miré la robe pâle et pétillante en soupirant :

– Entre les armées qui vont lui tomber dessus et le temps affreux qui s'est installé sur l'Est, je crains beaucoup pour la prochaine récolte !

– C'est grand dommage mais, avec les réserves que nous avons, nous allons essayer de survivre, dit Batz en riant. Puis, pesant un instant sur l'épaule de son secrétaire :

– Allez vous reposer, Michel, vous l'avez bien mérité. Votre ouvrage est, comme d'habitude, sans défauts. A nous maintenant de voir ce qu'il convient de faire pour éviter le malheur qui nous menace.

– Où voyez-vous un malheur ? demanda Pitou. Si les Prussiens approchent, le Roi sera libre...

– Ou mort ! Grâce à Dieu, les rares serviteurs qu'on lui a laissés sont sûrs et j'espère me donner les moyens de pénétrer au Temple en cas de crise grave. De toute façon, j'ai déjà acheté quelques consciences. Dormez en paix, mes amis, et laissez-moi travailler...

Resté seul, Batz demeura un instant sans bouger, écoutant les bruits de la maison. Quand il n'entendit plus rien, il prit un chandelier et descendit à la cave. La propriété était ancienne et il s'agissait d'un vieux et profond cellier commandé par une porte basse, lourdement armée de fer. De nombreuses bouteilles et quelques tonneaux occupaient la majeure partie de l'espace. Le baron se dirigea vers les tonneaux, en choisit un qu'il tira à lui sans difficulté, dévoilant une porte menant dans la seconde partie de la cave qui n'avait rien à voir avec le vin : il y avait là une presse et tout un matériel d'imprimeur au repos, mais qui avait dû fournir un gros travail si l'on en croyait les piles d'assignats entassés dans deux coffres. Le baron en prit un pour s'assurer de sa qualité. Elle était toujours parfaite et, de ce côté, il ne craignait rien, mais, pour acheter les gens du Temple, il allait lui en falloir beaucoup. On verrait donc à reprendre le travail une nuit prochaine. Ce qu'il ne décidait jamais sans une certaine inquiétude bien que la maison soit assez isolée : le plus proche voisin était un asile pour personnes âgées ou dérangées dirigé par un certain docteur Belhomme. Il venait de chez Batz suffisamment de bruits bizarres pour attirer l'attention d'éventuels promeneurs nocturnes. Si bien cachée que soit la presse, elle faisait un peu de bruit et l'on choisissait surtout les nuits de mauvais temps. Jusqu'à présent tout avait marché de façon satisfaisante et l'on disposait de sommes suffisantes pour gagner un petit personnel impécunieux et des gardes toujours plus ou moins assoiffés. Pour les gros requins il faudrait de l'or. Batz, qui avait le génie de la finance, possédait une assez jolie fortune... en Suisse et aux Pays-Bas, un peu aussi en France à la banque Le Coulteux. Il y avait surtout les deux millions confiés par la banque Saint-Charles de Madrid *, auxdits Le Coulteux et dont pouvait disposer l'ambassadeur en France, le chevalier d'Ocariz – qui était un ami de Batz –,

* Fondée en 1782 par le banquier français François Cabarrus.

si la sauvegarde du roi de France l'exigeait. Mais il fallait espérer que l'on n'aurait pas besoin de tout cela sinon pour convaincre Brunswick, lorsqu'il approcherait de Paris, de replacer Louis sur son trône et de calmer les appétits d'éventuels pillards.

Satisfait de son examen, Jean de Batz remonta dans son cabinet, ouvrit une petite armoire prise dans la boiserie, en tira un registre dont il examina les chiffres avant d'en ajouter d'autres. Après quoi, pensant qu'il avait bien mérité quelque repos, il gagna l'étage, hésita un instant devant la porte d'Anne-Laure, constata qu'aucun rai de lumière ne filtrait et pensa qu'elle dormait. De toute façon, il lui en avait dit très suffisamment pour ce jour-là... En revanche, Marie devait l'attendre comme d'habitude et, après avoir frappé légèrement à sa porte, il entra.

La chambre, dont les couleurs jaune et blanc convenaient à la beauté brune de la comédienne, baignait dans la douce lumière d'un bouquet de bougies étagées dans un candélabre posé sur une table-bouillotte. Marie était assise, bras croisés, dans un petit fauteuil devant la fenêtre grande ouverte sur le parc et sur le rideau de pluie qui semblaient la fasciner. Elle ne détourna même pas la tête à l'entrée du baron.

– Vous allez prendre froid, reprocha celui-ci. C'est très mauvais pour la voix cette humidité...

– Je ne chante guère. Même plus pour vous qui n'avez jamais le temps de m'entendre... Et puis j'aime la pluie.

Il tira un fauteuil près du sien et prit sa main qu'il baisa tendrement et garda dans la sienne.

– Vous n'avez jamais eu les goûts de tout le monde, mon ange. C'est un peu pour cela que je vous aime.

– Vous le disiez mieux quand vous étiez mon voisin, rue Ménars, et que vous me permettiez encore de chanter aux Italiens.

– Je le dis comme je le pense, Marie, et c'est parce que je vous aime que je vous ai enlevée en quelque sorte. Il m'était odieux de vous savoir livrée aux jalousies mesquines de vos petites camarades et aux galanteries de vos admirateurs. Surtout ceux d'aujourd'hui, qui ont de moins en moins de ressemblance avec ceux d'hier : un seigneur reste toujours un seigneur, mais un brasseur ou un boucher ne sauraient s'adresser sur le même ton à une femme telle que vous. Pour tout le monde, votre santé fragile vous a conduite dans cette maison qui appartient officiellement à votre frère – directeur des Postes à Beauvais –, et j'en suis infiniment heureux. Cela me permet de veiller sur vous mieux que je ne saurais le faire partout ailleurs, en particulier dans les conditions qui s'annoncent. En acceptant de me suivre, vous m'accordez un esprit libre et un cœur plein d'amour mais paisible...

Soudain, Marie se leva et alla fermer la fenêtre.

– Il pleut toujours, vous savez, fit Batz en souriant.

– Je sais, mais vous avez raison, c'est mauvais pour la voix et c'est pour la vôtre que je crains. Vous n'ignorez pas à quel point mon oreille musicale y est sensible et vous en jouez si bien!

Sans répondre il se leva, la rejoignit, la prit dans ses bras et lui donna un baiser si long qu'elle en défaillit un peu. Après quoi il l'enleva, la porta sur le lit et entreprit de lui démontrer, de façon fort convaincante, la chaleur de ses sentiments. Le temps des paroles était passé, venait à présent celui des soupirs...

Pourtant, un moment plus tard, alors que Jean étendu sur le dos s'abandonnait à la douce torpeur qui suit l'amour, Marie demanda soudain :

– Cette jeune dame que vous avez sauvée aujourd'hui... qu'allez-vous en faire?

– Je n'en sais rien, répondit-il sans ouvrir les yeux, mais en attirant Marie contre son épaule.

– Ne m'aviez-vous pas dit que vous comptiez la conduire en Bretagne auprès de sa mère?

– C'était ma première idée, en effet, mais nous avons affaire à une désespérée. Elle m'a reproché de l'avoir sauvée et n'avait à la bouche que le mot mort ! Il est vrai qu'il y a un peu de quoi quand on a perdu son enfant et que l'on découvre que l'homme aimé n'a pas de plus cher désir que devenir veuf.

– Vous avez dit « avait ». Lui avez-vous fait changer d'idée ?

– Oui. En passant avec elle une sorte de pacte : au lieu de se tuer bêtement ou de se laisser égorger, je lui ai en quelque sorte racheté une vie dont elle ne veut plus, en lui promettant de lui fournir l'occasion de mourir pour quelque chose qui en vaille la peine.

– Et elle a accepté ?

– Elle a accepté et s'en remet à moi pour infléchir son existence dans le sens que je jugerai bon. Mais maintenant c'est à vous de jouer, ma douce.

– Moi ? Que devrais-je faire ?

– D'abord me dire si elle vous est sympathique. Sinon, je trouverai un autre arrangement...

– Le contraire serait difficile. Elle est charmante et pourrait l'être davantage si elle abandonnait cet air effacé qui fait penser à une nonne tirée de force de son couvent. Et l'on sent en elle une grande fierté naturelle. Du courage aussi...

– Alors faites en sorte qu'elle devienne une jeune femme jolie, élégante, un peu coquette même. Elle vous obéira. Aussi va-t-elle rester ici quelques jours. Ensuite, il se peut qu'une fois transformée et pourvue d'une autre identité – car il faut que Pontallec pense qu'il a réussi son mauvais coup –, je verrai à qui la confier. Peut-être à Nivernais qui l'aime beaucoup...

– Le mari n'est-il pas lié aussi au duc ?

– Sans doute mais il est loin. C'est lui, selon mes déductions, qui représente Monsieur auprès du roi de Prusse d'après le rapport de Devaux... Au fait, Michel est rentré tout à l'heure. Le duc de Brunswick est à quelque cinquante lieues de Paris.

– Je me doutais que c'était Devaux mais j'ai préféré vous laisser entre vous...

– Toujours toutes les délicatesses, Marie ? Vous méritez vraiment mieux que le sort que je vous fais...

– Il me convient. Rester auprès de vous est tout ce que je désire... Quant à votre protégée, je vais m'en occuper de façon que vous soyez content de moi.

– Rendez-lui le goût de se battre. C'est ce qui compte avant tout. Je ne la connais pas assez pour savoir comment je peux l'utiliser...

– Avez-vous une idée de ses capacités ?

– Elle est intelligente, courageuse, capable de réactions assez violentes, elle est cultivée et parle trois langues. L'espagnol qu'elle a appris chez elle, l'anglais et l'italien qu'elle doit à Nivernais...

– C'est beaucoup plus que n'en offrent les dames de son rang.

– Certes, il faut que je réfléchisse... mais j'ai peut-être une idée...

– Encore une question. Ce... pacte que vous avez conclu avec elle, pensez-vous vraiment y jouer votre partie jusqu'au bout ? Je veux dire... en lui permettant de mourir ?

S'il eut une hésitation, elle fut imperceptible.

– Sans hésiter... si le jeu en vaut la chandelle !

– Je ne vous crois pas. Vous ne pouvez être à ce point dénué de pitié ?

– Pitié ? Elle n'en demande pas. Elle veut la mort, elle aura la mort, à mes conditions. Jusque-là, je veux qu'elle vive au mieux... Ne me regarde pas ainsi, Marie ! ajouta-t-il sur un ton plus doux. Tu sais très bien à quelle cause j'ai voué ma vie. A chaque instant je suis prêt à la donner. Il doit en être de même pour ceux qui veulent bien me suivre sur le chemin que j'ai choisi. Je ne te l'ai pas caché, n'est-ce pas ?

– En effet. Vous me l'avez dit dès la première nuit. Vous avez même tenté de me faire peur mais je vous aimais déjà trop. Mourir à vos côtés... ou pour vous, serait pour moi la plus douce des fins...

– Alors pourquoi veux-tu que je l'épargne, elle qui ne m'est rien et qui ne demande que cela ?

Avec une ardeur nouvelle il la reprit dans ses bras et enfouit son visage dans la chevelure soyeuse et parfumée de la jeune femme :

– Que vous êtes belle et vaillante, Marie !... Et que je vous aime !...

– Ce sont les seules paroles que j'ai besoin d'entendre, murmura-t-elle en s'abandonnant avec un soupir de bonheur...

DEUXIEME PARTIE

Les Diamants de la Couronne

6

La tricoteuse

Environ deux semaines plus tard, Ange Pitou, qui avait retrouvé sans problème son logis de la rue de la Pelleterie et ses fonctions de garde national, effectuait une ronde nocturne avec ceux du poste des Feuillants où on l'avait détaché pour boucher certains trous. On pouvait toujours faire appel à lui pour rendre service et il n'était pas rare qu'autour de lui on en abusât quelque peu. Sur la foi de ses yeux bleus volontiers étonnés, d'un sourire franc et plus ou moins béat selon les circonstances, il jouissait auprès des « patriotes » de son quartier d'une confortable réputation de bon garçon, pas très malin et volontiers généreux.

Cette nuit-là donc – c'était au soir du dimanche 16 septembre –, il déambulait dans la rue Honoré – ci-devant Saint-Honoré – avec sa patrouille que commandait un personnage de quelque importance : Me Michel Camus, avocat, écrivain, membre de l'Académie des inscriptions et belles-lettres, ancien député de la Constituante, nouvellement élu à la toute neuve Convention qui, dans le milieu de la semaine, remplacerait la Législative, et enfin conservateur des Archives nationales. Un notable, quoi ! Et c'était un signe des temps que ce « savant », dont la place normale eût été dans son lit ou à sa table de travail, se voie contraint d'arpenter les rues de Paris avec une bande de loustics venus d'un peu partout et n'ayant que fort peu de rapports avec lui. Il ne s'efforçait pas moins d'avoir l'air martial et de déployer une autorité digne d'un ci-devant maréchal de France. Ce qui agaçait prodigieusement le soldat Pitou.

Pour se désennuyer et aussi pour lutter contre le sommeil, il sifflotait tout en marchant quand, soudain, il s'arrêta, ce qui fit arrêter les autres :

– Citoyen ! dit-il à son chef, regarde un peu ce qui se passe là-bas !

On était alors rue « Florentin » – ce saint-là ayant disparu comme tous les autres ! A l'angle de l'ex-place Louis-XV, un personnage muni d'un panier était en train d'escalader le réverbère allumé au coin de la rue et de la place en se servant du câble en guise d'échelle.

– Qu'est-ce qu'il peut bien faire ? émit le citoyen Camus.

– J'ai idée que c'est un voleur en train de s'introduire dans le garde-meuble national car il a disparu. Et tiens, en voilà un autre qui monte !

– Le garde-meuble ? fit un jeune patrouilleur. Tu crois qu'ils veulent voler des meubles ? C'est pas facile... surtout avec un panier !

– Innocent que tu es ! dit Pitou, tu ne sais pas que depuis deux ans, après l'abandon de Versailles, on a entreposé là-dedans tous les joyaux de la Couronne ? Et ça fait un sacré paquet, crois-moi !

– Oh, tout ça ?

– Oui, tout ça ! Et j'ai idée que si on n'intervient pas, il ne restera pas grand-chose demain matin. On y va, chef ?

– Oui... mais en douceur !... Je vais vous dire comment nous allons pratiquer : on suit la rue du côté opposé en restant bien dans l'ombre des maisons afin de voir s'il y en a d'autres sur la place...

– On peut déjà attraper ceux-là !

– S'il y en a d'autres, ce serait leur donner l'éveil. Allons, qu'on me suive ! en file indienne et sans faire de bruit...

On passa, en effet, au large en décrivant un bel arc de cercle dès que l'on eut débouché de la rue sur le grand espace qu'avait occupé, seule, jusqu'au 2 août dernier, la statue équestre du roi Louis XV abattue et envoyée à la fonte. C'était un vaste terre-plein, non pavé, que délimitaient en partant de l'est les futaies des Champs-Elysées mais constituant encore un bois malfamé; puis la Seine, le Pont-Tournant donnant accès aux jardins des Tuileries et, enfin, les deux palais de quatre-vingt-dix mètres de façade, chacun construit par Gabriel dans les années 1760. L'un abritait l'hôtel de Crillon, l'hôtel de Manereux, l'hôtel Rouillé de l'Etang et l'hôtel de Côislin, et l'autre le garde-meuble. Avant les troubles, l'intendant en était Thierry de la Ville d'Avray, premier valet de chambre de Louis XVI, qui s'y était installé et y avait aménagé un petit appartement pour Marie-Antoinette lorsque, à la suite d'une soirée à l'Opéra ou au théâtre, elle passait la nuit à Paris. Essentiellement hospitalier d'ailleurs, la Ville d'Avray y avait accueilli, au retour de Versailles en octobre 89, le comte de La Luzerne, ministre de la Marine, et une partie de ses bureaux *.

Mais, pour en revenir à la place, en quelque sorte aux portes de Paris, défendue à l'ouest par de larges fossés munis de balustrades en pierre pour éviter aux promeneurs de tomber dedans, c'était un endroit peu fréquenté le jour et complètement désert la nuit. Aussi la patrouille n'eut-elle aucune peine à constater l'étrange activité qui s'y déroulait. Le réverbère n'était pas le seul moyen d'accès : il y avait aussi, sur la façade, des échelles rejoignant la colonnade. Des hommes montaient ou descendaient. D'autres encore jetaient, du haut de cet étage, des objets que d'autres attrapaient ou ne rattrapaient pas, et qui se brisaient sur les dalles dont Gabriel avait entouré ses bâtiments. Le tout dans l'atmosphère la plus gaie qui soit, ces gens étant ivres pour la plupart...

– C'est à n'y pas croire ! souffla Pitou. Il est temps d'arrêter le massacre : on y va !

* La Marine n'en a plus bougé. C'était et c'est toujours le ministère.

Me Camus ne répondit pas tout de suite. Il semblait réfléchir profondément et le journaliste réitéra une question qui se voulait entraînante. Quand enfin le « chef » parla, ce fut pour dire :

– Non. Il faut les prendre sur le fait...

– Sur le fait ? Qu'est-ce qu'il vous faut de plus ?

– D'autres témoins. Nous allons prévenir le poste de la rue Royale qui nous ouvrira les portes du garde-meuble...

– Le poste ? S'il n'entend rien, c'est qu'il est sourd. Ces voleurs ne se gênent même pas ! Ils sont là comme chez eux !

– On fait ce que je dis, citoyen ! Si tu n'es pas content tu peux partir, mais dans ce cas je te porterai déserteur !

– Manquerait plus que ça ! Marchez, je vous suis...

On dépassa donc le lieu d'activité des voleurs et l'on gagna l'ex-rue Royale, attribuée, comme la place, à la Révolution où l'on réveilla d'abord le concierge et ensuite le poste de gardes aussi effarés les uns que les autres de cette arrivée inattendue.

– Il y a des voleurs au premier étage, s'écria Camus qui éprouvait, Dieu sait pourquoi, le besoin de donner de la voix. Il faut y aller voir...

On monta le grand escalier, on arriva à l'étage pour constater que les scellés apposés depuis le 10 août – jusque-là le public était admis à visiter tous les lundis ! – étaient intacts.

– Vaudrait mieux pas y toucher, hasarda le concierge. C'est la Commune qui a posé les scellés...

– Tu as peut-être raison, citoyen, opina Me Camus... Le mieux serait...

– D'entrer et sans barguigner, gronda Pitou exaspéré, qui du bout de son sabre fit sauter les scellés, puis prenant les choses en main : Vous autres, ordonna-t-il à la patrouille, descendez et allez me prendre ces malandrins à revers...

Comme si c'était la chose la plus naturelle du monde, on lui obéit pendant que Pitou traînait presque Camus dans les salles où devait être entreposé le trésor des rois de France. Quel spectacle!

Tout était saccagé: les tiroirs, les vitrines avaient été brisés, les boîtes, les coffres et les coffrets fracturés, vidés de tout ce qu'ils renfermaient. Sur les tables, sur le magnifique parquet, des restes de victuailles, des bouteilles renversées ou à demi pleines, des bouts de chandelles... C'était un vrai désastre!

– Ils n'ont pas pu faire ça en une seule nuit! souffla Ange Pitou abasourdi. Même s'ils étaient cinquante... ce qui n'a pas l'air d'être le cas...

Cependant, par une des fenêtres ouvertes – les voleurs n'avaient eu qu'à briser un carreau et tourner l'espagnolette pour entrer – parvenait la voix d'un des gardes nationaux :

– On en tient deux!

– C'est toujours ça, soupira avec soulagement Me Camus qui reprit son ton impérial : Il faut prévenir la police! Pendant ce temps je me rends chez le ministre de l'Intérieur. Le citoyen Roland doit être averti sur l'heure...

– Il est deux heures du matin, hasarda le concierge. Il va pas aimer ça!

– Qu'il aime ou non est sans importance, gronda Camus. Sa responsabilité est engagée puisque c'est à lui qu'incombe le soin de veiller sur les palais de la Nation et les richesses qu'ils renferment. On ne peut pas dire qu'il se donne beaucoup de mal. Je ne serais pas fâché de voir la tête qu'il va faire! Selon moi...

Il se frottait presque les mains de satisfaction. Me Camus en effet n'était pas du même parti que le ministre et les choses commençaient à se gâter entre les Girondins, qui avaient tenu jusque-là le pouvoir, et les hommes de Danton, devenu ministre de la Justice, de Robespierre et de Marat, ceux de la Commune pure et dure bien qu'une bonne partie de tous appartînt au club des Jacobins.

Pendant qu'il discourait, Ange Pitou errait dans les salles magnifiquement décorées où une horde de barbares semblait s'être battue pendant trois jours. Pour cet homme de goût, c'était l'horreur absolue et il n'arrivait pas à s'arracher à l'espèce de fascination que ce désastre lui faisait éprouver. Soudain, il aperçut quelque chose qui brillait sous une armoire. Après s'être assuré que personne ne le regardait, il se baissa vivement, allongea le bras et ramena un diamant de belle taille dont la teinte bleue lui parut divine ; il ne s'attarda pas à le contempler et, du geste tout naturel de celui qui cherche son mouchoir, il le glissa dans sa poche, sortit ledit mouchoir, se moucha vigoureusement et reprit son examen, mais il ne trouva rien de plus, se bornant à constater que plusieurs coffrets étaient encore intacts. Il appela du geste le concierge qui se promenait, bras ballants et l'œil atone, au milieu de ce vandalisme :

– Ils n'ont pas eu le temps de toucher à ça ! Tu devrais bien les mettre de côté en attendant la police, citoyen ! Et veiller aussi sur cette armoire qu'on n'a pas encore fracturée...

– Il reste donc quelque chose ? Dieu soit loué ! lâcha cet homme, qui dans son désarroi en oubliait ses habitudes « républicaines ». Ce qui fit rire Pitou :

– Eh bien, heureusement que je suis seul à t'entendre !

– Oh, ça m'a échappé ! fit l'autre devenu tout rouge. Excuse-moi, citoyen, les vieilles habitudes c'est difficile à perdre...

– T'inquiète pas ! Ça peut arriver à tout le monde. Bon, maintenant je te laisse avec mes camarades. Faut que j'aille prévenir Pétion. Je ne sais plus comment on l'appelle avec tous ces changements, mais je suppose qu'il est toujours maire de Paris...

– Salue-le pour moi ! C'est un homme de bien !

Pitou n'était pas là pour discuter la question. Après une tape encourageante sur l'épaule du bonhomme, il gagna la sortie en criant qu'il allait à la Commune, prit sa course pour rejoindre la rue Saint-Honoré – il n'arriverait jamais à l'appeler autrement – et, là, ralentit l'allure pour se contenter d'une marche régulière et point trop rapide : il n'y avait pas loin de deux lieues jusqu'à Charonne et trouver un fiacre à cette heure de la nuit aurait relevé du miracle. Il fallait donc aller à pied ; cela ne représentait pas un grand exploit pour ses longues jambes mais il valait mieux effectuer le trajet dans les meilleures conditions s'il voulait arriver à bon port chez Batz. Quelque chose lui disait que le baron devait être informé au plus vite de ce qui venait de se passer au garde-meuble...

Il mit deux heures à couvrir la distance, en comptant l'arrêt obligatoire à la barrière de Charonne qui ne s'ouvrait pas si facilement la nuit venue. L'uniforme de garde national et surtout la carte de sûreté délivrée par la très sérieuse section Le Peletier lui permirent de passer sans encombre, surtout quand il eut chuchoté à l'oreille du préposé qu'il avait affaire du côté de Bagnolet : il allait vérifier un renseignement touchant un citoyen dont les agissements ne lui paraissaient pas naturels. Dès qu'il s'agissait de dénonciations, on était sûr, dans l'agréable Paris de cette époque, de rencontrer une oreille attentive. Le factionnaire fut tout de suite on ne peut plus serviable :

– Tu ne veux pas que j'aille avec toi ? proposa-t-il. Il n'est peut-être pas tout seul ton conspirateur ?

– Et ta faction ? Qui est-ce qui la montera ?

– J' peux essayer de me faire remplacer...

– Non. Vaut mieux pas. Je ne suis pas encore très sûr, sinon tu penses bien que je me serais fait accompagner. Je vais simplement prendre le vent et, si j'ai raison...

– Tu viendras me le dire ? J'aimerais voir une belle arrestation de ces cochons d'aristos...

– On essaiera de te donner ce plaisir. Finis bien ta nuit, camarade !

Comme tous les commensaux de la maison, Pitou avait une clef, ce qui évitait les sonneries de cloche et les « qui va là ! » qui, même dans ce coin tranquille, pouvaient se révéler dangereux. Il ne s'en assura pas moins que personne n'était en vue quand il quitta la route plantée d'ormes sur laquelle la propriété ouvrait par une porte charretière recouverte d'un auvent d'ardoises. Derrière, il y avait une cour sablée desservant un gracieux pavillon, ancien vide-bouteilles du parc du château de Bagnolet, et une longue maison à un seul étage d'un style plus sobre mais plus habitable...

Quatre heures sonnaient à la vieille église de Charonne quand Pitou pénétra dans la cour et se dirigea vers l'habitation pour en faire le tour et jeter des cailloux dans les fenêtres de Batz. Ce faisant, il vit qu'il y avait de la lumière dans le cabinet de travail : Batz en robe de chambre était assis à son bureau et écrivait quelque chose. Il se dressa aussitôt en entendant gratter à la fenêtre et vint l'ouvrir :

– Pitou ? Je vous croyais en patrouille. Que se passe-t-il ?

En peu de mots, le journaliste raconta le pillage du garde-meuble et les incroyables conditions dans lesquelles il s'était effectué, ainsi que l'étrange conduite de Me Camus qui, au lieu de faire mettre en joue les fenêtres du bâtiment afin d'empêcher les voleurs d'en sortir, avait préféré entrer comme tout le monde par la porte principale après avoir réveillé le concierge.

En l'écoutant, Batz s'était levé et parcourait la pièce en long et en large avec agitation. Il s'arrêta finalement devant Pitou, juste au moment où le jeune homme achevait son récit :

– Tout a disparu ? demanda-t-il.

– Presque tout à l'exception de trois petits coffres... et de ceci qui a dû échapper aux voleurs dans leur précipitation.

Sur le plat de sa main apparut, avec la soudaineté d'un tour de magie, le diamant bleu que le feu des bougies fit étinceler. Batz le prit avec une curiosité mêlée de respect, le fit jouer dans la lumière ; puis, revenant vers son bureau, il ouvrit un tiroir, y prit une de ces fortes loupes dont se servent les joailliers et examina la pierre avec une attention soutenue. Finalement, il la reposa en soupirant :

– Etrange ! J'ai cru un instant que c'était le diamant bleu que Marie-Antoinette aimait tant mais, d'une part, je suis certain que la Reine l'a joint à ses bijoux personnels confiés, à la veille de sa fuite avortée, à son coiffeur Léonard ; d'autre part celui-ci, s'il est taillé en poire comme l'autre, est un peu plus gros. Je dirais un peu plus de six carats alors que l'autre n'en compte que cinq et demi. Or, il se trouve que je connais bien les joyaux de la Couronne dont je possède l'inventaire effectué en 90, et je n'ai jamais vu passer celui-là. Je me demande d'où il sort !

– C'est peut-être une des dernières acquisitions du Roi ? Il aimait beaucoup, à ce qu'on m'a dit, lui offrir des diamants...

– Elle les aimait moins depuis l'affaire du Collier mais vous avez peut-être raison. Son diamant était monté en bague et Mme Campan m'a dit qu'elle aurait aimé en avoir un deuxième pour en faire des girandoles, une forme de bijou qui allait bien à son long cou si gracieux. Mais vous pourriez bien avoir raison, Pitou...

– D'où qu'il sorte, il faut le cacher, baron. Il pourrait rejoindre ce que vous appelez le trésor de guerre et puis, au moins, vous aurez peut-être plus tard la joie de le rendre à Sa Majesté !

– Dieu vous entende ! En attendant, il faut voir comment un vol de cette importance a pu se produire. Je vais m'en occuper. Vous êtes venu à pied j'imagine ?

– Le moyen de faire autrement ? Mais c'est sans importance ! conclut Pitou avec bonne humeur...

– Vous allez tout de même prendre un peu de repos, après quoi nous partirons ensemble : deux gardes nationaux au lieu d'un, ajouta-t-il avec son sourire narquois. Ensuite, je vous quitterai. Tâchez de savoir qui sont les voleurs arrêtés et ce qu'on en a fait ! Puis revenez m'informer...

L'homme qui entra ce soir-là, vers les neuf heures, au cabaret de la Truie-qui-file, rue de la Tixeranderie, n'avait rien à voir avec l'élégant baron de Batz : sous le pantalon flottant dont les rayures tricolores dissimulaient un peu la crasse et la carmagnole de grosse laine bourrue s'arrondissait un ventre artistement composé de plusieurs ceintures superposées. Des cheveux gris dépassaient d'un bonnet rouge orné d'une cocarde dont le fond retombait gracieusement sur l'épaule. Les dents blanches avaient disparu sous de minces pellicules de « peau de nègre », ces fragments de poires de caoutchouc venues du Brésil et que l'on trouvait chez les papetiers depuis une dizaine d'années ; des petites lunettes éteignaient les yeux et la forme même du visage était changée par une broussaille de barbe tellement hirsute qu'aucun rasoir ne devait pouvoir la discipliner. Les pieds nus étaient chaussés de sabots garnis de paille qui claquèrent sur les marches de pierre quand l'homme les descendit. Otant la pipe qu'il avait dans un coin de la bouche, il lança un :

– Bien l' bonsoir la compagnie ! d'une voix sifflante d'asthmatique.

Quelques mains se levèrent tandis que leurs propriétaires marmonnaient une vague salutation et que le patron, derrière son comptoir, s'écriait :

– Tiens ! Le citoyen Agricol ! Ça fait un bout d'temps qu'on t'avait pas vu, dis donc ? Même qu'on t' croyait mort : Ta bonne amie a failli prendre le deuil !

– Bof ! Elle sait bien que j'm'en irais pas chez l' sansculotte Jésus sans la saluer ! J'étais en province... où j'avais à faire ! Un vieux compte d' famille à régler. Un héritage si tu vois c' que j' veux dire ?

A son clignement d'yeux, le patron répondit par un large sourire et le geste affreux de trancher sa propre gorge puis s'écria :

– T'es en fonds, alors ?

– Bien sûr et j' paie une tournée générale !... Moi, j' vais boire avec ma dame.

La dame en question était une femme qui pouvait avoir entre quarante et cinquante ans. Son visage aux traits accusés chaussé de lunettes offrait cette particularité d'être totalement dépourvu d'expression. Jamais on ne l'avait vue rire ni pleurer. Elle parlait d'une voix égale, un peu sourde, qui n'allait pas sans impressionner vaguement ses interlocuteurs car, si elle affichait une indifférence absolue au sort des autres, un observateur eût détecté chez elle une puissance de haine peu commune. Tout ce que l'on connaissait d'elle, c'est qu'elle était veuve d'un journalier venu de Touraine pour essayer de gagner sa vie dans la grande ville, qu'elle avait aussi perdu sa fille, qu'elle vivait seule dans un petit logement de la rue du Coq et gagnait sa vie en tricotant. En effet, elle excellait à cet ouvrage et elle avait fini par se tailler une réputation : ses gilets de laine étaient les mieux faits qui soient, ses bas les plus fins ou les plus épais selon la saison, ses bonnets avaient un petit quelque chose de coquet et elle ne manquait pas de clientèle ; seulement, quand on voulait passer commande, on ne la trouvait chez elle que le matin parce que, depuis qu'elle était à Paris, Eulalie Briquet, dite Lalie, se transportait jour après jour avec son ouvrage dans la tribune réservée au public du club des Jacobins, où elle suivait les débats avec attention sans jamais rien dire mais en se contentant d'opiner du bonnet ou de secouer la tête selon qu'elle approuvait ou n'était pas d'accord. Toujours très propre sur elle avec sa jupe de laine, son caraco, son fichu de couleur, son bonnet blanc à cocarde tricolore, ses souliers bien cirés et ses bas blancs, ses mitaines noires aussi qu'elle ne quittait jamais, elle avait fini par faire école. D'autres femmes armées, elles, de longues aiguilles et de pelotes de laine l'avaient rejointe à la satisfaction des Jacobins qui, appréciant à sa juste valeur cette espèce de chœur antique, leur payaient 40 sols par jour depuis les troubles, à condition qu'elles les suivent à l'Assemblée. Il s'agissait malheureusement de commères fortes en gueule et mal embouchées ; ce voisinage ne semblait pas affecter Lalie, ces femmes ayant compris qu'il valait mieux la laisser tranquille. Elle avait une façon de vous regarder qui donnait un petit frisson désagréable aux plus hardies. Et puis, de temps en temps, le citoyen Robespierre lui adressait un petit signe de la main ou de la tête, ce qui lui donnait le statut de puissance.

Le soir, quand il n'y avait pas de séance de nuit, elle venait au cabaret, s'installait à une place, toujours la même, près d'une fenêtre, mangeait le plat que la citoyenne Rougier, la patronne, cuisinait pour quelques habitués comme elle, buvait un pichet de vin et tricotait jusqu'à ce qu'il soit l'heure de rentrer chez elle à deux pas de là. De temps en temps, le citoyen Agricol venait boire avec elle, ce qui donnait à rire, sans méchanceté d'ailleurs, on prédisait qu'un jour on irait à la noce...

Celui-ci, réclamant du vin de Bourgogne « et du bon ! », fut acclamé par une assistance qui faisait un vacarme infernal au moment de son entrée, la nouvelle du vol du garde-meuble ayant fait le tour de Paris à une vitesse de courant d'air. Chacun la commentait à sa façon : l'idée générale le plus souvent retenue était qu'une bande de ci-devant à la solde de Louis XVI et des gens de Coblence avait fait le coup pour enlever à la Nation le fruit de ses sueurs et de son sang répandu depuis des siècles, pour payer les troupes d'invasion de Brunswick et remettre sur le trône les conspirateurs enfermés au Temple...

– Et toi, Lalie, qu'est-ce que t'en penses ? demanda le citoyen Agricol en se laissant tomber lourdement sur une chaise en face de la tricoteuse.

– Comme tout l' monde, citoyen, comme tout l' monde, dit-elle en levant le verre que Rougier venait de lui remplir à ras bord. A la santé d' la Nation !

Elle le vida d'un trait, ce qui fit rire le cabaretier et l'incita à le lui remplir de nouveau. Elle avait, en effet, la réputation de boire comme un homme et cela lui valait un autre genre de considération.

– Ça veut dire quoi « comme tout le monde » ? demanda Batz entre haut et bas tandis que la bacchanale reprenait à côté d'eux.

– Ça veut dire que tout le monde a raison à propos de la destination, mais pas de l'expéditeur, fit-elle plus bas encore. C'est bien pour Brunswick que le vol a eu lieu, mais les émigrés n'y sont pour rien.

– Qui l'a commandé ?

– Danton et Roland pour que le duc renonce à marcher sur Paris. Donne-moi encore à boire, citoyen Agricol ! Il est fameux ton pinard... et j'ai soif, ce soir ! ajouta-t-elle sur un tout autre ton.

Quand Rougier s'approcha, elle lui arracha la bouteille qu'elle posa devant elle d'un air de défi.

– J'ai idée qu' la soirée va t' coûter cher, citoyen Agricol, ricana le cabaretier en filant vers une autre table.

– Bof ! C'est pas tous les soirs qu'on hérite, pas vrai ? Encore un coup, Lalie ?

– C'est pas d' refus ! T'es un bon gars, citoyen Agricol ! Tu sais vivre... Puis, tout bas, elle murmura : Dans un moment je vais m'effondrer et vous me ramènerez chez moi. Nous avons à parler...

Quelques instants plus tard, en effet, elle s'écroulait sur la table, la tête dans les bras, en renversant le verre encore à moitié plein. Son compagnon jura superbement puis éclata d'un rire énorme en essayant de la secouer :

– C'est pas vrai qu' j'ai réussi à t' saouler, Lalie !... Ben dis donc, tu t'nais l' coup mieux qu' ça jusqu'ici ? Hé, Lalie, tu m'entends ?

– Ah, dame, c'est pas un vin pour fillettes, commenta Rougier qui venait essuyer la table, mais tout d' même c'est bien la première fois que j' la vois comme ça. Pour une cuite, c't' une cuite !

Afin d'ancrer davantage sa conviction, Lalie se redressa soudain, clama quelques mesures d'un « Ça ira » tonitruant auquel l'assistance fit écho avec enthousiasme avant de s'écrouler à nouveau sur la table en réclamant du vin.

– Eh bé ! soupira le citoyen Agricol, l'est fraîche ! Va falloir que j' la r'conduise chez elle ! Pourra jamais toute seule !

– Tu veux qu' jaille avec toi, proposa obligeamment le cabaretier.

– Oh, ça d'vrait aller. L'est pas si lourde. Aide-moi juste à la remettre debout...

Ainsi fut fait. Passant un bras sous la taille de la femme après avoir jeté l'un des bras de celle-ci sur ses épaules, Batz marcha cahin-caha vers la porte.

– J' garde son tricot ! précisa la citoyenne Rougier venue à la rescousse de cette bonne cliente. J' lui rapporterai demain matin...

– T'es une brave femme, citoyenne Rougier ! A tout à l'heure vous autres ! J' la rentre chez elle et je r'viens !

On sortit dans la nuit. Le cabaret étant situé au coin de la rue des Deux-Portes, la rue du Coq n'était pas loin, mais les deux complices continuèrent leur comédie jusqu'à ce que l'on soit à l'abri du vieil immeuble décrépi, comportant tout juste deux étages dont Lalie occupait le premier, le second étant le lot du propriétaire, un notaire de Sucy qui n'y venait jamais et pour cause : la maison appartenait à Batz.

Une fois les portes fermées, celui-ci prit une chaise tandis que Lalie s'étirait pour remettre son dos en place.

– Eh bien, ma chère, quelle comédienne vous faites ! Je le savais déjà mais ce soir vous avez été magistrale.

– Il le fallait bien, mon ami. J'ai appris beaucoup de choses aujourd'hui. Le pillage du garde-meuble a fait scandale à l'Assemblée et Roland a été malmené. On lui a reproché la carence des gardiens avec une violence qui l'a mis hors de lui : « Je demande, a-t-il crié, si les fonctions de ministre de l'Intérieur consistent à surveiller le garde-meuble. J'ai une correspondance immense. Je suis commis à la surveillance de la France entière et ce soin est bien plus important que la surveillance du garde-meuble. » Il a ajouté que la police tenait déjà deux des voleurs et que, très certainement, on retrouverait bientôt les pierres envolées... Mais la surprise de la journée a été d'entendre Danton prendre la défense d'un collègue qu'il n'aime pas et, plus étrange encore, Marat a fait chorus en disant qu'il fallait faire confiance aux bons citoyens de la police et qu'elle saurait bien faire parler les deux voleurs qu'elle tient...

– On sait qui ils sont ?

– Deux malandrins qui étaient enfermés à la Force avant qu'on ne jette dehors les repris de justice pour y entasser la noblesse de France. Ils s'appellent Chambon, dit Chabert, et Douligny. Le premier était le valet de Charles de Rohan-Rochefort chez qui je me souviens de l'avoir vu.

– Ce qui va accréditer la thèse des émigrés à la source...

– Sans doute, mais je l'ai vu aussi à la Truie-qui-file en conciliabule avec d'autres hommes de mauvaise mine et d'une femme guère plus avenante. J'ai entendu des bribes de phrases que je n'arrivais pas à mettre bout à bout et qui à présent prennent tout leur sens... En gros, ils allaient faire la meilleure affaire de leur vie, sans le moindre risque parce que quelqu'un de haut placé les protégerait. L'un a dit alors que s'il fallait travailler pour quelqu'un d'autre il n'était pas d'accord, mais on l'a assuré que la bande pourrait garder la plus grande part du butin et la revendre à son gré. On a même ajouté qu'avec le reste on éviterait de grands malheurs...

– Et vous pensez que Roland et Danton ont commandé le vol ?

– Roland, je n'en suis pas certaine ; on a dû en faire bon gré mal gré un complice en agitant sous son nez la menace prussienne. J'ai même entendu dire qu'en arrivant au garde-meuble la nuit dernière à quatre heures du matin, il a ordonné aux policiers d'arrêter leurs investigations car cela regardait les commissaires politiques. C'est l'un d'eux qui a confié ça à sa femme. Il était fou furieux paraît-il.

– Bizarre en effet ! Et Danton ?

– Il a tempêté pour la forme en disant qu'avec l'ennemi aux portes et tant de braves qui montaient aux frontières pour faire au pays un rempart de leurs corps, une assemblée qui vit ses derniers jours avait d'autres chats à fouetter que s'occuper de bricoles...

– Bricoles !... Rien que les joyaux, il y en a au moins pour quarante millions, sans compter les objets d'art. C'est tout ce que vous savez sur Danton ?

– Non. Un détail encore qui pourrait avoir son importance : Robert, son dévoué secrétaire, son inséparable, son ombre, aurait quitté Paris en direction de l'Est ce matin de bonne heure...

– Seigneur !... Mais c'est d'une importance capitale ! Je ne vous remercierai jamais assez, ma chère comtesse ! Vous êtes vraiment mon meilleur agent...

– Et vous êtes ma meilleure arme pour accéder à ma vengeance ! Vous partez ?

– Oui, en hâte !... Malheureusement, le citoyen Agricol doit reparaître au cabaret. Il va essayer de ne pas y rester longtemps ! Prenez soin de vous, mon amie !

Quiconque aurait pu voir, à cet instant, le farouche sans-culotte baiser la main de Lalie la tricoteuse aurait trouvé le tableau bizarre mais, pour les protagonistes de la scène, liés depuis longtemps par une véritable amitié, il était on ne peut plus normal...

Bien qu'il eût fait aussi vite que possible, il était deux heures du matin quand Batz rentra à Charonne. Il y trouva

Pitou et Devaux qui avaient choisi de l'attendre. Les deux femmes s'étaient retirées. Pitou rendit compte de ce qu'il avait appris et qui confirma, vu du côté de la Garde nationale, ce que Lalie avait rapporté : l'étrange conduite du ministre Roland et l'indignation des policiers, gênés dans leur travail, les noms des voleurs et l'assurance que la plus grande partie s'était enfuie sans que l'on se donnât beaucoup de mal pour courir après.

Tout en écoutant le journaliste, Batz avait déroulé sur son bureau la carte des régions de l'Est et se penchait dessus après avoir envoyé réveiller Marie et Anne-Laure et ordonné à son valet Biret-Tissot de préparer sa chaise de voyage.

– Vous partez ? demanda Pitou que cette agitation inquiétait. Vous n'auriez pas dans l'idée de courir après les diamants, par hasard ?

– C'est tout à fait cela ! Evidemment, je ne pense pas pouvoir rattraper le messager de Danton qui a quelque vingt-quatre heures d'avance sur moi. Il est peut-être déjà à destination.

– Et cette destination serait ?

– Le quartier général de Brunswick. On va lui offrir une partie des trésors des rois de France et, surtout, j'en ai bien peur, la Toison d'Or de Louis XV qui vaut à elle seule plusieurs millions !

– A ce point ?

– Vous allez comprendre.

Se tournant vers sa bibliothèque, Batz y prit un livre relié en maroquin et le feuilleta jusqu'à la page qu'il cherchait. C'était une planche en couleurs représentant un étonnant joyau :

– Tenez, montra le baron. Cette énorme pierre qui est au centre est le célèbre diamant bleu de Louis XIV acheté par le souverain au voyageur Tavernier. Sa couleur est admirable et il pèse plus de 67 carats. Cet autre diamant, légèrement teinté de bleu, en pèse 32. Quant à ce long rubis ciselé en forme de dragon, c'est le Côte de Bretagne, apporté par la duchesse Anne lors de son mariage avec le roi Charles VIII. On n'en connaît pas le poids mais voyez sa taille. Il y a encore ici trois belles topazes : deux longues venues d'Orient et celle-ci des Indes. Voici en outre quatre diamants carrés de 4 carats chacun et, enfin, dans les flammes qui composent le fond du bijou sont sertis quatre cent soixante-dix-huit petits diamants. Seul, le Bélier de l'Ordre se contente d'or pur.

– Inouï ! souffla le journaliste. Il y a ici la rançon d'un roi.

– C'est pourquoi Danton veut en faire celle de Paris, mais comme il ignore la valeur des choses il y a sûrement ajouté d'autres pierres et, moi, je ne veux pas que cette merveille devienne allemande… Pourtant, il faut que Brunswick vienne sauver le Roi.

– Tâche difficile ! Si vous êtes sûr de vos informations il a peut-être déjà reçu le joyau…

– Peut-être ! En ce cas je vais devoir mettre tout en œuvre pour le lui arracher. Ah, voici nos jeunes dames ! ajouta-t-il en allant au devant de Marie et d'Anne-Laure qui entraient en se tenant par le bras car, au fil des jours, une véritable amitié était née entre elles. Dans leurs « sauts de lit » de batiste et de rubans, elles formaient un tableau charmant, l'une brune et l'autre blonde. Batz sourit à sa maîtresse, détacha d'elle sa compagne qu'il amena par la main dans le cercle lumineux projeté par la lampe.

– Ma chère, lui dit-il, le moment est venu pour vous de commencer une autre vie. Dans un moment nous allons partir, vous et moi, pour une mission qui peut être dangereuse. Vous sentez-vous prête à jouer, pour la première fois, ce rôle dont nous sommes convenus ?

Elle le regarda droit dans les yeux et un sourire s'étendit lentement sur son visage.

– Je crois… Oui, il me semble que je suis prête.

– Il faut que vous compreniez que, dès cet instant, vous abandonnez votre ancienne personnalité. Vous n'êtes plus Anne-Laure de Laudren, marquise de Pontallec, et personne ne vous appellera plus ainsi. Même ici. A présent dites-moi qui vous êtes !

– Je suis Laura Jane Adams, née à Boston, Massachusetts, le 27 octobre 1773. Mon père, négociant en thé, est mort il y a cinq ans et j'ai, l'an passé, perdu ma mère, Jane Mac Pherson, cousine de l'amiral John Paul-Jones, mon seul parent, que je suis venue rejoindre à Paris pour y vivre sous sa protection...

La voix était toujours la même. Pourtant, le léger accent que Laura – puisque Laura il y aurait désormais ! – avait pris avec une extrême facilité en changeait les inflexions et un peu la tonalité. La jeune femme elle-même avait beaucoup changé. La forme des sourcils modifiée, de légers artifices de maquillage, une autre coiffure et un maintien plus assuré en faisaient une femme toute différente de ce qu'elle avait été. Et chose étrange, ce nouveau personnage dans lequel on l'avait glissée rendait – sans l'effacer bien sûr ! – son chagrin beaucoup plus supportable. L'élégance de la toilette faisait le reste : en quinze jours Marie et Batz en avaient fait un être complètement transformé. Et Ange Pitou, qui ne l'avait pas vue depuis quelque temps, la contemplait avec un étonnement flatteur tandis que tous applaudissaient et que Laura, contente de sa réussite, saluait avec grâce...

– Comme la Grandmaison en scène ! apprécia Batz. C'est parfait, Laura. A présent, allez vous préparer : nous partons dans une heure.

– Nous ?

– Vous et moi avec Biret comme cocher...

– Un instant, coupa Pitou. Je vais avec vous.

Batz fronça le sourcil. Lorsqu'il établissait un plan, il n'aimait pas beaucoup les ingérences.

– Pour quoi faire ?

– Mon métier ! Je suis journaliste, donc curieux, et vous allez vers le théâtre de futures opérations. Cela m'intéresse. En outre, je peux vous être utile... en tant que garde national !

– Il vous faudrait un ordre de mission ?

Pitou lui dédia un sourire goguenard :

– Je suis bien sûr que vous avez ça dans vos fontes, baron !

Celui-ci ne put s'empêcher de rire :

– Après tout vous avez raison. Vous pouvez être très utile ! Et puis, plus on est de fous plus on rit !

Tandis que les deux jeunes femmes remontaient à l'étage pour préparer le départ, Batz commençait à remplir les blancs de deux passeports – il en avait toujours, dûment signés et timbrés, à sa disposition – établis au nom du Dr John Imlay, de New Jersey, se rendant dans l'armée du Nord du général Dumouriez, afin d'y donner ses soins, si c'était encore possible, à son unique neveu, le colonel Eleazar Oswald, engagé volontaire et grièvement blessé. Il le déclarait accompagné de la fiancée dudit Oswald. L'autre passeport étant destiné à miss Laura Jane Adams, etc. Il prépara ensuite, sous l'œil intéressé d'Ange Pitou, un ordre de mission fort convaincant qui, avec la carte de civisme que possédait déjà le jeune homme, devait lui permettre de circuler sans difficultés. Après quoi il se munit d'argent – en assignats et en or ! –, d'une trousse médicale aussi bien agencée que possible puis, après réflexion, il glissa dans son gousset le diamant bleu rapporté par Pitou... Cela fait, il alla changer une nouvelle fois d'apparence : le citoyen Agricol, dont il avait d'ailleurs ôté la perruque, le système pileux et les morceaux de caoutchouc en rentrant chez lui, fit place à un Américain entre deux âges, vêtu et chapeauté de noir comme un quaker, le nez chaussé de lunettes et dont les cheveux gris, rejetés en arrière du front, retombaient droit, coupés carrément au-dessous des oreilles. Quant au visage strictement rasé, quelques habiles artifices réussirent à l'arrondir tout en le dotant de légères rides. Comme dans ses précédents avatars, Batz était méconnaissable et en eut la certitude quand, offrant la main à Laura pour l'aider à monter en voiture, elle eut pour lui un regard suffoqué :

– C'est bien vous ?

– C'est bien moi, rassurez-vous ! Et j'espère que vous vous habituerez vite à ma nouvelle apparence, ajouta-t-il avec un sourire qu'elle jugea beaucoup moins séduisant que celui dont elle avait l'habitude.

Pitou, en uniforme, et le colossal Biret qui ne lâchait pas trois paroles à l'heure, prirent place sur le siège, munis d'épais manteaux et de toiles cirées destinées à les protéger de la pluie car le temps s'annonçait mauvais. Le coq du vigneron voisin entreprenait de réveiller les alentours quand la voiture attelée de quatre chevaux franchit le portail de la propriété et s'élança sur la route.

Plus tard, comme on venait de relayer à Vaujours et qu'un timide rayon de soleil s'efforçait de percer les nuages noirs pour faire croire que le jour était bien là, Laura, qui avait dormi jusque-là, s'étira, bâilla, jeta un regard dépourvu d'intérêt à la plaine onduleuse, piquée de bouquets d'arbres, que l'on traversait et demanda :

– Consentez-vous à m'en dire un peu plus sur ce que nous devons accomplir ?

Pour toute réponse, Batz lui tendit les passeports qu'elle parcourut d'un œil surpris :

– Si je comprends bien, dit-elle en les lui rendant, nous sommes tous deux américains pour la circonstance ? Est-ce une protection ? Les gens d'ici détestent les étrangers.

– Pas les enfants des Etats-Unis ! C'est le seul pays dont les ressortissants ont gardé tout leur prestige aux yeux des enragés qui prétendent gouverner la France...

– Alors expliquez-moi pourquoi le général La Fayette qui est si fort leur ami a été obligé de s'enfuir ?

– Parce que La Fayette, se rendant compte que cette révolution tant souhaitée allait trop loin, a voulu ramener l'armée du Nord sur Paris pour délivrer le Roi. Cela n'a pas marché et il a dû fuir. Il serait actuellement prisonnier des Autrichiens. Mais, pour en revenir à l'Amérique, il est important aux yeux des hommes au pouvoir que les échanges commerciaux avec elle se poursuivent puisque le reste de l'Europe nous tourne le dos. En outre, plusieurs citoyens des Etats-Unis servent dans l'armée de Dumouriez, dont votre... fiancé. Enfin, en ce qui me concerne, il se trouve que Gouverneur Morris, leur ambassadeur à Paris, est de mes amis et que j'en peux obtenir ce que je veux... comme des passeports approuvés par le Comité de surveillance. Cela répond-il à votre question ?

– Pas entièrement. Me voilà fiancée à un homme que je ne connais pas, qui ne m'a jamais vue et qui est peut-être en train de mourir dans les troupes françaises. Comment croyez-vous qu'il nous recevra lorsqu'on nous conduira vers lui ?

– J'espère bien qu'on ne nous conduira pas vers lui. Mon intention n'est pas d'aller saluer le général Dumouriez mais de nous faire arrêter par les Prussiens et conduire au duc de Brunswick. C'est avec lui que j'ai à faire...

– Et je peux vous être utile ?

– Une jolie femme peut toujours être utile. Pour l'instant vous êtes surtout mon prétexte : la fiancée douloureuse qui veut revoir celui qu'elle aime et qui va peut-être mourir...

– C'est maigre ! J'espérais mieux...

– Quoi ? Que je vous demanderais d'entrer dans le lit de Brunswick ?

La brutalité de la question fit pâlir la jeune femme, mais depuis quinze jours elle avait trop réfléchi à l'étrange pacte conclu avec Batz et à ses conséquences possibles pour hésiter un instant :

– Ne dois-je pas vous obéir aveuglément ? Encore que vous m'ayez promis de ne jamais rien demander de contraire à l'honneur, je crois que j'obéirais, à charge pour moi de ne pas sombrer dans ce lit. Mais me direz-vous ce que vous souhaitez obtenir de ce prince ?

– Qu'il achève ce qu'il a commencé et vienne nous aider à libérer notre roi. Et aussi qu'il me rende la Toison d'Or de Louis XV qu'un émissaire de Danton a déjà dû lui remettre avec quelques autres pierres pour le convaincre de ne pas livrer bataille et de rentrer chez lui...

– Cela me paraît incompatible... Elle est tellement fabuleuse cette Toison d'Or ?

– Plus que je ne saurais dire. Un joyau exceptionnel qui représente pour moi l'unité du royaume : l'énorme diamant bleu en forme de cœur c'est la France, le grand rubis ciselé en forme de dragon, c'est la Bretagne. Mais qu'avez-vous besoin de savoir tout cela ? Vous n'avez pas froid ?

– Non, je vous remercie. Tout va bien... sauf le temps, ajouta Laura en se penchant vers la portière. On dirait qu'il se gâte !

C'était le moins qu'on puisse dire. L'horizon vers lequel couraient les chevaux était noir. Une accumulation de nuages menaçants et, quand la voiture aborda la descente vers Claye, des rafales de pluie s'abattirent sur elle avec tant de violence, rendant la chaussée si glissante que Biret et Pitou, sur le siège, durent conjuguer leurs efforts pour maintenir l'attelage et l'empêcher d'emporter la voiture au bas de la pente où elle aurait pu s'écraser contre les maisons. Aussi le baron décida-t-il de relayer une fois de plus afin d'aborder le mauvais temps avec des chevaux frais.

Pendant que les palefreniers s'activaient et que Pitou et son compagnon entraient dans la salle commune pour boire du vin chaud et manger un morceau, les deux voyageurs prirent un agréable petit repas grâce aux provisions prévues par Marie dans un panier d'osier. Cependant, en revenant prendre sa place, Pitou monta les rejoindre :

– J'ai réussi à savoir qu'un cavalier fort pressé, dont la description correspond au fameux Robert, a relayé ici hier à peu près à la même heure... Vous pourriez bien avoir raison, baron !

– Cela ne fait aucun doute pour moi... Mais je crains que vous ne fassiez un voyage fort désagréable, mon ami.

– Un peu de pluie n'a jamais tué personne ! Et puis le jeu en vaut la chandelle !...

On repartit à travers un paysage que l'averse effaçait presque. Au relais de Montmirail, on sut que le mauvais temps était installé sur l'Est depuis des semaines et que, selon les rumeurs courant la campagne, il empêcherait l'avance des troupes prussiennes et autrichiennes, qui seraient retenues dans les défilés de l'Argonne et d'ailleurs fort éprouvées par la dysenterie récoltée au cours de leur traversée de la Lorraine abandonnée par les paysans. Ils n'y auraient trouvé à manger que des raisins verts et des pommes pas mûres. Alors ils ravageaient, brûlaient, pillaient ce qu'ils pouvaient pour se venger.

Ces nouvelles n'empêcheraient pas que l'incessant déluge fût presque aussi difficile à supporter pour les voyageurs que pour l'armée prussienne. On perdait du temps et Batz devenait nerveux. Jusque-là on avait marché bon train, mais il fallait à présent ménager les chevaux sous peine de les voir s'abattre. Enseveli sous sa toile cirée, Pitou ne chantait plus sur son siège et à l'intérieur le silence devenait pesant.

Pour alléger un peu l'atmosphère, Laura demanda à son compagnon s'il avait déjà parcouru cette route. Au lieu de le dérider, la question parut l'assombrir davantage :

– Il m'est arrivé, en effet, de la parcourir mais pas depuis que ce maudit chemin a vu le calvaire du Roi et de sa famille...

– Vous voulez dire que ce fut celui de la fuite...

– ... qui a si mal fini ! Oui. Comme nous, la délirante berline jaune préparée par Fersen est passée à Bondy, Claye,

Meaux, Trilport, La Ferté-sous-Jouarre, Bussières, Viels-Maisons, Montmirail et nous allons continuer comme elle par Fromentières, Etoges, Bergères, Chaintrix et Châlons. A Pont-de-Somme-Vesles où les hussards de Choiseul auraient dû attendre la voiture royale, je pense que nous pourrons peut-être changer de route afin de rencontrer les hussards du prince de Hohenlohe s'ils ont réussi à franchir l'un des défilés de l'Argonne et à s'avancer vers le chemin de Paris...

Le voyage se poursuivit, monotone, coupé par les relais et les nombreux contrôles, ralenti parfois aussi lorsqu'il fallait doubler une file de volontaires en marche vers l'Argonne. Presque tous étaient jeunes, mal équipés, mal vêtus, portant souvent carmagnole et bonnet rouge, armés n'importe comment d'un vieux fusil ou d'une fourche, mais marchant avec détermination en faisant le dos rond sous la pluie qui les trempait sans entamer leur courage. Quand la voiture les dépassait, ils se rangeaient docilement et, presque toujours, répondaient au salut que clamait Pitou du haut du siège par un unanime « Vive la Nation ! » ; parfois il y avait aussi des jurons, le grondement étouffé d'un « Ça ira ! » et des regards de loup dans les yeux de ces hommes. Le plus souvent c'étaient des sourires et de grosses plaisanteries quand on apercevait le visage de la jeune femme. Ils allaient vers la guerre et la mort sous un temps d'apocalypse comme à une fête. Cet enthousiasme qui faisait fi des contingences extérieures toucha Laura :

– Le sort de ces hommes est pénible et ils vont en connaître un plus cruel encore, murmura-t-elle. Certains mourront, d'autres seront infirmes, et pourtant...

– Et pourtant, fit Batz en écho assombri, ils marchent vers cet horizon noir avec l'espoir au cœur. Ils ne se sont pas laissé gagner par le bagout, la boisson distribuée largement et les quelques pièces d'argent d'un sergent recruteur. Ils partent parce qu'on leur a dit que la Patrie est en danger et que l'idée de l'étranger foulant leur terre natale leur est insupportable. Et c'est cela qui me fait peur, bien plus que les énergumènes sortis du pavé parisien, parce que de ces jeunes hommes peut sortir un grand peuple. J'aimerais combattre avec eux...

– Mais vous combattez contre eux puisque vous souhaitez que ce même étranger vienne à Paris ?

– Certes, mais cela ne veut pas dire que je sois leur ennemi. Je déplore seulement qu'ils aient choisi la mauvaise cause. Pour moi, la Patrie et le Roi c'est la même chose et l'on n'a pas le droit de les séparer. Et quand ce roi est assez bon, assez noble, pour accepter un sort affreux plutôt que tirer sur son peuple et allumer une guerre civile, cette erreur devient un crime qui pourrait bien en engendrer un autre. Savez-vous que l'on parle d'un procès pour le Roi et que certains veulent sa tête ?

– Vous l'aimez beaucoup, n'est-ce pas ?

– Oui. Il est peut-être un roi trop faible, mais c'est le meilleur des hommes et je lui dois tant !

– A ce point ?

– Plus encore peut-être ! Dans ma famille, voyez-vous, il est d'usage, lorsqu'un fils quitte le toit paternel pour s'en aller quérir sa propre gloire, de lui faire prêter, sur la croix de son épée, serment d'inviolable fidélité au Roi qui est celui de France et de Navarre. Mon ancêtre d'Artagnan, qui commandait les Mousquetaires et mourut maréchal de France, a prêté ce serment, comme mon père l'a prêté, comme je l'ai prêté moi-même...

– Et comme votre fils le prêtera ?

La belle voix grave baissa jusqu'au murmure et Laura eut l'impression que Batz ne s'adressait plus qu'à lui-même :

– Je n'ai pas de fils et n'en aurai peut-être jamais. Si la chaîne des descendants de Saint Louis venait à se briser, je resterais le dernier de ma race. A quoi bon forger des épées si elles ne sont destinées qu'à être un ornement au manteau d'une cheminée !...

Un silence soudain. Ce silence si particulier des voyages qui isole une coque de bois, de fer et de cuir du monde extérieur, du crépitement incessant de la pluie, du grincement des roues, du martèlement rapide des sabots ferrés des chevaux. C'est celui d'un phare au milieu d'un gros temps, d'une cellule de moine au cœur d'un monastère habité par les chants d'église et le murmure des prières. Laura n'osa pas le troubler. Son compagnon semblait l'avoir oubliée pour suivre son rêve. Il avait fermé les yeux, mais elle savait qu'il ne dormait pas, que c'était un moyen de s'éloigner d'elle et elle en éprouva un soudain et bizarre sentiment de frustration. L'impression désagréable d'être rejetée dans les ténèbres extérieures loin de l'âtre flambant où il faisait si bon se réchauffer ! Une sensation surprenante ! Etait-elle le fruit de ce long tête-à-tête avec un homme dont elle n'avait eu, jusqu'à présent, que des conseils, des recommandations, parfois de brefs entretiens toujours aimables, courtois, souvent gais – car il semblait que ce fût le fond de sa nature ! –, destinés surtout à mesurer ses progrès dans la création de son nouveau personnage. Aujourd'hui elle se découvrait avide d'en apprendre davantage sur lui. Même auprès de Marie dont elle avait deviné le profond amour pour Batz, elle n'avait appris que ce que l'on voulait bien qu'elle sût. Mais, au fond, quel besoin une marionnette destinée à se briser un jour avait-elle de connaître le moi profond de celui qui l'animait ?

A Châlons, qui ressemblait à une fourmilière trempée à cause du camp où l'on entassait les enrôlés volontaires avant de les envoyer aux armées, il fut difficile d'obtenir des chevaux. La diligence joignant habituellement la ville à Sainte-Menehould, Verdun et Metz ne partait plus. Le roi de Prusse occupait toujours Verdun et l'on disait Dumouriez à Sainte-Menehould.

– Vous aurez du mal à y arriver, dit à Batz l'homme qui contrôlait les passeports. On dit que les Prussiens ont réussi à franchir l'un des défilés de l'Argonne et qu'ils se dirigent vers la route de Paris pour la couper...

– Une armée qui avance cause bien des malheurs. Vous ne savez rien de plus ?

– On aurait vu leurs fourrageurs du côté de Suippes mais peut-être sont-ils plus bas. Peut-être qu'ils vous barreront le chemin...

– Il faut pourtant que je rejoigne le général Dumouriez...

– Bon courage !

Non sans peine et en ajoutant un peu d'or au mystérieux ordre de mission qui semblait effacer les obstacles devant lui, Batz réussit à obtenir un attelage frais. L'absence de postillons facilitait d'ailleurs les tractations. La douzaine d'heures à mener ses chevaux sous l'averse n'avait pas l'air d'épuiser le moins du monde Biret-Tissot qui n'avait même pas permis à Pitou de le relayer. Le chapeau enfoncé jusqu'aux sourcils, enveloppé d'une cape cirée qui lui donnait l'air d'une pyramide, le colosse, convenablement ravitaillé à chaque relais, montrait une inaltérable bonne humeur et chassait la fatigue en chantant avec son compagnon.

La nouvelle que les Prussiens pouvaient être plus près qu'il ne l'espérait avait allumé un éclair dans les yeux du baron :

– Reste à savoir où ils sont au juste, murmura-t-il à sa compagne en l'aidant à remonter en voiture après qu'elle se fut réchauffée d'un peu de soupe chaude dans la salle commune.

On le sut assez vite. Lorsque, vers cinq heures, la chaise pénétra dans la cour du relais de Pont-de-Somme-Vesles, une atmosphère de fin du monde y régnait. Au lieu de l'habituel ballet des palefreniers, des valets et des servantes, sous l'auvent où l'on changeait les attelages, on vit accourir, sautant flaque après flaque, le maître de poste en personne portant sur la tête un sac de jute en guise de parapluie :

– Si vous venez pour la nuit vous êtes les bienvenus ! cria-t-il. Mais si c'est pour relayer c'est impossible ! Je n'ai plus de chevaux !

– Qu'est-ce que tu en as fait ? grogna Biret-Tissot. Tu les as mangés ?

– Non, mis à l'abri pour éviter que les Prussiens me les volent ! Peut-être pour les faire cuire. Les gens de l'Argonne leur ont rien laissé à manger.

– Sont-ils si près ? demanda Batz en sautant à terre.

– Quatre lieues au nord ! Peut-être moins ! On a vu par ici des gens de Miraucourt qui fuyaient devant eux...

– Dis donc, citoyen, tu ne saurais pas, par hasard, où est le général Dumouriez ? C'est lui que je rejoins...

– L'est à Sainte-Menehould, mais, entre lui et toi, citoyen, y a le général Kellermann et ses troupes. Il serait à Dampierre et l'un de ses colonels à Orbéval, et il ferait route vers Valmy. Si c'est ça, tu peux être certain que ça va pas tarder à péter entre les nôtres et les Prusskos ! De toute façon Kellermann est entre toi et Dumouriez et ça m'étonnerait qu'il te laisse passer ! Comme tu es étranger, il pourrait même te prendre pour un espion !

– Avec des ordres de l'Assemblée ? Ça m'étonnerait...

– Ce que j'en dis... Mais, si tu veux un conseil, tu ferais mieux de laisser ici la dame qu'est avec toi...

– Il ne peut en être question. (Puis, baissant le ton jusqu'au chuchotement.) C'est justement elle ma mission spéciale : c'est la bonne amie du général Dumouriez et elle est à moitié folle à l'idée qu'il pourrait être tué sans qu'elle l'ait embrassé...

– Toutes les femmes qui ont un homme aux armées en pensent autant ! S'il fallait qu'elles rappliquent toutes !

– Oui, mais le général en est toqué ! On pense à Paris que sa présence le galvanisera. On le trouve un peu mou ces temps derniers !

– Après tout c'est lui que ça regarde ! Tâche de le rejoindre !

– Merci, mais si je dois y aller à pied je ne suis pas près d'arriver. Tu es bien sûr de ne pas avoir de chevaux au service de la Nation ?

Le maître de poste réfléchit un instant, louchant sur la pièce d'or qui venait d'apparaître au bout des doigts du voyageur.

– Si le sort de la Nation dépend du cul d'une jolie fille, j' peux pas lui refuser ça, déclara-t-il avec un gros rire. Espère un peu, j'envoie un garçon dételer. L'est un peu bancal mais c'est tout ce qui me reste. Les autres sont partis se battre. J' vais chercher ce qu'il te faut. Vous voulez pas entrer un peu ?

L'homme grillait visiblement de voir de plus près « la bonne amie du général ». Batz refusa.

– Non, nous n'avons pas de temps à perdre. Dépêche-toi s'il te plaît ! Je dirai au général l'aide que tu m'as apportée...

– Ah ça, j' veux bien. Tu lui diras que j' m'appelle Lamblin... Tout à son service... Mais, dis-moi, t'es vraiment américain ?

– Naturellement, fit Batz un peu inquiet. L'homme commençait à se montrer un peu trop curieux et il n'aimait pas cela.

– On m'avait dit qu'y s' avaient la peau rouge.

– Et des plumes sur la tête ? Pas tous heureusement. Et, par exemple, pas ceux qui combattent dans l'armée de la Nation !

– Y en a ?

– Mais oui. Vous nous avez aidés à conquérir notre liberté, il est normal qu'on vous aide à trouver la vôtre !

– C'est vrai ça ! On est des frères ! s'écria l'homme qui eut soudain les larmes aux yeux. On d'vrait trinquer ensemble à la santé des frères !

– Alors juste un verre ! accepta Batz.

Mieux valait en effet s'exécuter. Laissant Laura à la garde de Biret-Tissot qui aidait à changer les chevaux et emmenant

Pitou, on but un verre d'un vin aigrelet à la vieille alliance, puis on revint vers la voiture, emportant un pichet pour le « frère cocher ». Quelques minutes plus tard, après des adieux qu'il fallut brusquer, on quittait le relais. Fidèle à elle-même la pluie tombait toujours mais avec moins de violence. Laura pensa que cela ressemblait à un crachin breton.

– Qu'avez-vous dit à cet homme ? demanda-t-elle au bout d'un moment. Il me semble que vous avez eu une curieuse conversation ? Je n'ai pas tout entendu bien sûr...

– J'ai dit à cet homme que vous êtes la maîtresse du général Dumouriez qui a besoin de vous pour enflammer son courage et porter le poids de ses responsabilités...

– Ah ! C'est pour ça qu'il a parlé de...

– Cul ? Oui, ma chère. N'ayez donc pas peur des mots ! On fait de grandes choses avec dès l'instant où l'on sait s'en servir. Par exemple, faire surgir des chevaux d'un désert trempé. Mais vous en entendrez d'autres.

Les yeux noisette pétillaient de gaieté. Batz avait pris la main de la jeune femme et il se pencha soudain pour la baiser. Il la garda dans les siennes puis, enfin, la lâcha et elle eut l'impression d'avoir plus froid tout à coup. Ses mains, à lui, étaient si chaudes, si fermes...

La tête de Pitou apparut à l'ouverture qui permettait de communiquer avec le cocher.

– Où allons-nous ? demanda-t-il.

– On continue. A environ une lieue d'ici, à Tilloy, on tourne à gauche pour piquer vers le nord. A cet instant, il faudra trouver un abri pour que vous abandonniez votre bel uniforme au profit de quelque chose de moins offensant pour des regards prussiens.

– Facile ! Il suffira de changer l'habit et le chapeau. J'ai ce qu'il faut ici. Pas la peine d'arrêter pour ça !

En effet, la transformation fut vite opérée et, lorsque l'on quitta la grande route, Pitou avait, sous sa toile cirée, l'aspect d'un personnage sans qualification spéciale, l'uniforme étant relégué dans le coffre placé sous le siège du cocher, ce qui avait obligé le journaliste à une certaine acrobatie. Tout était en ordre quand, plus vite qu'on ne le pensait, des cavaliers surgirent de la brume liquide et de la nuit tombante. C'étaient des dragons du régiment de Bayreuth, magnifiques soldats par temps sec, dont les uniformes bleu pâle relevé d'argent semblaient avoir beaucoup souffert. Ils enveloppèrent la voiture que le cocher arrêta aussitôt sur l'ordre de Batz, grandement soulagé de trouver si vite ce qu'il cherchait.

– *Wer da?* demanda l'officier qui les commandait *.

– *Wir sind Franzosen*, lui fut-il répondu aussitôt. *Der baron von Batz und eine Freundin. Wir wollen Seine Hoheit der Herzog von Brunswick begegnen. Sehr dringend* ** !

Comme presque toute la noblesse allemande, l'officier qui se présenta : Oberleutnant von Derfflinger parlait français ; mais, rendu méfiant par l'accoutrement bizarre du voyageur, il voulut continuer dans sa langue naturelle un interrogatoire peu courtois. Mal lui en prit : il trouva plus cassant que lui. Batz lui fit entendre que s'il n'était pas mené au duc dans les plus brefs délais, lui, envoyé secret du roi de France, il pouvait s'ensuivre des conséquences fort regrettables pour tout le monde. Il intima donc à cet Allemand l'ordre de le mener à son chef et obtint ce qu'il voulait, en vertu de l'instinctive considération des peuples germaniques pour ceux qui savent, parce qu'ils en ont le droit, employer un certain ton. Quatre cavaliers enveloppèrent la voiture pour la guider à travers un paysage désolé, brouillé par l'eau, peuplé d'ombres en marche et, plus loin, un vaste camp boueux où l'on s'efforçait d'allumer

* Qui vive ?

** Nous sommes français. Le baron de Batz et une amie. Nous voulons rencontrer Son Altesse le duc de Brunswick. Très urgent !

des feux. Les chevaux étaient rassemblés par troupes sous les arbres où l'on tendait des toiles pour tenter de les mettre à l'abri. Plus loin encore, les ornières du chemin se firent plus profondes et l'on aperçut des canons que l'on alignait. La chaise tanguait comme un bateau ivre sur une mer folle, mettant les forces de Biret à rude épreuve et secouant impitoyablement ses occupants.

– Je crois que j'aurais préféré faire la route à pied ! gémit Laura qui avait mal au cœur.

– Moi aussi, mais quelle mine ferions-nous avec de la boue jusqu'au ventre ? En tout cas, ce que nous voyons ne me dit rien qui vaille. Cela ressemble beaucoup aux préparatifs d'une bataille.

Enfin le cauchemar prit fin. On arrivait à un village dont les habitants avaient disparu au bénéfice d'une soldatesque occupée à piller et à ramasser tout ce qui pouvait servir à la nourrir ou à la chauffer. Sur la petite place d'une église trapue au clocher court, une auberge plutôt misérable à l'enseigne illisible mais grinçante semblait le centre de ralliement d'uniformes variés bien que trop sales pour distinguer leurs couleurs, de tricornes aux plumes découragées et de hauts bonnets à frontal de cuivre. Derfflinger, après avoir aboyé quelques ordres à propos de l'équipage que ses cavaliers gardaient toujours, se dirigea vers l'auberge où il pénétra après un mot aux sentinelles de la porte. On ne le revit qu'un moment plus tard. Ce fut pour donner l'ordre de conduire la voiture et ses occupants vers une grange dont la porte arrachée pendait sur un gond et dont le toit s'effondrait d'un côté. Et comme Batz, toujours aussi revêche, réclamait des explications, on lui répondit que le duc de Brunswick n'avait pas de temps à lui donner ce soir et que lui, ses gens et ses chevaux devraient se contenter de cet abri pour y attendre le bon plaisir du prince.

– Le duc est à l'auberge ? demanda Batz.

– Avec le roi Frédéric-Guillaume. Il se peut que nous rencontrions l'ennemi bientôt, alors restez là et tenez-vous tranquilles ! Je vais vous donner une garde pour que vous ne soyez pas importunés. Même pour une dame je ne peux pas faire plus. Ah, pendant que j'y pense, donnez-moi vos passeports !

Il fallut bien s'exécuter.

– Comment s'appelle cet endroit ? demanda encore le baron.

– Somme-Tourbe. Un nom qui lui va bien n'est-ce pas ?

Il fallut bien se contenter de ce qu'on leur offrait et ce n'était pas grand-chose. La porte de la grange n'étant pas assez haute pour que la voiture pût passer, Biret-Tissot détela les chevaux pour les mettre à l'abri à l'intérieur et, aidé de Pitou, entreprit de les bouchonner grâce à la paille que l'on trouva dans la partie dont le toit était encore intact, pendant que le baron inspectait les lieux avec Laura.

– Je pense qu'il faudra vous contenter pour cette nuit d'une couverture et de la paille, lui dit-il. A moins que vous ne préfériez dormir dans la voiture... Et grâce à Dieu nous avons encore quelques provisions.

– La paille sera très bien. Ce ne sera pas pire qu'à la Force, croyez-moi ! Et je suis morte de fatigue... Je n'ai même pas faim. Dormir est tout ce que je demande.

On s'installa du mieux que l'on put. Biret-Tissot avec ses chevaux à quelques pas de la jeune femme, Pitou dans la voiture qu'il ne voulait pas laisser sans surveillance en dépit de la garde promise par Derfflinger. Quant à Batz, après s'être restauré d'un peu de pain et de fromage, il décida d'aller faire un tour...

– Par ce temps ? protesta Laura effrayée par le crépitement soudain violent de la pluie sur le toit. Le crachin de tout à l'heure semblait s'être changé en une forte averse.

– Je suis déjà mouillé, ma chère. Alors un peu plus un peu moins...

Mais il n'eut pas le temps de sortir de la grange. Derfflinger arrivait.

– Venez ! Son Altesse veut vous voir !

– C'est la meilleure des nouvelles, répondit Batz dont le sourire venait de reparaître. Gardons-nous de la faire attendre !

Dès l'instant où il pouvait agir, Batz retrouvait sa belle humeur. Quelques minutes plus tard, il pénétrait dans une salle d'auberge où régnaient conjointement une chaleur d'enfer – grâce à l'énorme tas de bûches qui flambait dans la cheminée – et une horrible odeur où se mélangeaient des remugles de mauvais vin, de transpiration, de crasse et de laine mouillée. Deux personnages seulement occupaient cette salle mais leur taille était telle qu'ils l'emplissaient et que Batz eut l'impression d'être Gulliver au royaume de Brobdingnag, même s'il les identifia du premier coup d'œil : celui des deux géants qui portait un uniforme vert à revers rouges et marchait de long en large, les mains nouées derrière le dos, était celui qu'il cherchait : le duc de Brunswick. L'autre, assis devant l'âtre où il chauffait ses bottes fumantes, était plus grand encore et surtout plus massif : c'était le roi de Prusse, Frédéric-Guillaume II. Ils avaient à peu près le même âge – les abords de la cinquantaine – mais, alors que trente-cinq années de gloire militaire auréolaient le duc régnant de Brunswick-Lunebourg, ainsi qu'une réputation d'homme élégant et cultivé, philosophe d'ailleurs, son suzerain, taillé comme un cent-suisse, donnait une impression de force brutale. C'était un homme orgueilleux et sanguin dont le seul rêve était de faire, à Paris, une entrée triomphale et d'égaler ainsi la gloire de son oncle défunt, Frédéric II le Grand ! Mais on le disait superstitieux, volontiers crédule et affilié aux Rose-Croix, ce qui ne le prédisposait guère à égaler son modèle. Il ne tourna même pas la tête quand Batz pénétra dans la salle d'auberge et salua en homme qui sait son monde.

Brunswick, lui, arrêta sa promenade méditative pour considérer l'arrivant :

– Vous prétendez être le baron de Batz, homme de confiance du malheureux roi de France. Ce n'est pas ce que disent ces passeports, fit-il en désignant les papiers posés auprès de lui sur une table en bois grossier. J'ajoute que vous n'en avez pas l'air...

Il s'exprimait en français avec une grande aisance et presque sans accent. Batz sourit et, en un tournemain, se débarrassa de sa perruque et des morceaux de caoutchouc qui déformaient son visage et son nez avant de saluer de nouveau :

– C'est pourtant bien moi. On dit Votre Altesse physionomiste. Elle se souviendra peut-être de m'avoir vu, au tout début de la Révolution, chez le prince de Nassau-Siegen. Votre Altesse m'a fait l'honneur de jouer contre moi une partie d'échecs...

Le visage sombre du duc s'éclaira :

– Oui!... Une partie que vous avez gagnée! C'est donc bien vous, mais alors pourquoi ce déguisement... et cet étrange passeport? Un médecin américain? Quelle idée! Et avec une femme!

– L'idée comme la femme n'ont eu d'autre but que me permettre de rejoindre Votre Altesse. Les Américains occupent dans l'esprit des Français une place privilégiée. Ma compagne était censée se rendre auprès de son fiancé gravement malade.

– Il y a vraiment des Américains dans les troupes françaises?

– Plusieurs qui sont souvent d'anciens de la guerre d'Indépendance...

– Un ramassis de brigands! grogna le roi de Prusse sans cesser de tirer sur sa pipe. Il y a même un Espagnol. Un certain Miranda..

– Miranda n'est pas espagnol, Sire, il est péruvien. Une autre sorte d'Américain...

Fédéric-Guillaume balaya la précision d'un geste dédaigneux :

– Sans importance ! Demandez-lui plutôt, Brunswick, sur quelles positions est repliée l'armée des va-nu-pieds qu'il a dû traverser puisqu'elle recule vers Paris.

– Mais je n'ai traversé aucune armée et, si c'est l'armée française que Votre Majesté traite ainsi, je lui rappelle qu'elle est encore composée d'une partie de l'armée royale et que le duc de Chartres s'y bat. Quant au camp de Châlons où l'on rassemble les nouveaux engagés volontaires pour les instruire, il ne saurait prétendre au titre d'armée...

– C'est impossible ! fit Brunswick avec impatience. Les rapports que nous avons reçus affirment que le général Dumouriez retraite vers Paris afin de défendre la capitale.

– Ces rapports sont faux, assura le baron avec une grande fermeté. Dumouriez, pour ce que je sais des bruits recueillis en chemin, est à Sainte-Menehould et le maître de poste de Pont-de-Somme-Vesles, où nous avons relayé ce soir, nous a chargés d'assurer le général de son entier dévouement. Messeigneurs, la route de Paris est libre !

Du coup, le Roi abandonna son feu, son escabeau et même sa pipe pour ériger sous les poutres noircies du plafond une carrure qui était celle d'un ours.

– Qu'est-ce que je disais ? N'avais-je pas raison ? La route est libre, vous avez entendu, Brunswick ! Il faut nous y jeter dès demain et ensuite foncer et faire payer leurs crimes à ces canailles !

– Avant tout, Sire, délivrer le roi Louis et sa famille. Ils sont prisonniers en la tour du Temple et en grand danger, je vous l'assure. On parle déjà de procès ; certains même vont jusqu'à évoquer l'échafaud...

Le dur visage du généralissime s'assombrit encore davantage :

– Le danger ne peut être aussi pressant ! Nous ne pouvons nous enfoncer plus avant en Champagne. Nous sommes trop faibles maintenant...

– Avec une armée de soixante mille hommes ? Vous voulez rire ?

– Soixante mille hommes, certes, mais en quel état ? Depuis des semaines ce temps affreux les trempe et les gèle parce que au mois d'août on ne part pas avec les équipements d'hiver. La maladie les décime et les camps sont empuantis par les excréments sanglants. On ne se bat pas avec une armée de fantômes ! Ici, nous venons enfin de trouver des vivres. Attendons au moins que les Autrichiens de Clerfayt qui en sont encore à franchir l'Argonne et les émigrés du comte d'Artois qui viennent à leur suite nous rejoignent !

– Pour que l'empereur d'Autriche réclame toute la gloire de l'aventure ? Il n'en est pas question : je veux, moi, entrer à Paris bon premier, et nos soldats, si malades qu'ils soient, sont avant tout des soldats ! Ils trouveront les forces nécessaires...

– Sire, coupa Brunswick, permettez-moi d'insister dans l'intérêt de tous. Si Dumouriez tient Sainte-Menehould et donc les défilés de l'Argonne, nous pouvons être coupés de nos arrières et pris entre deux feux car Paris se défendra, croyez-moi ! Voulez-vous voir vos hommes massacrés jusqu'au dernier ?

– Sottise ! Un soldat prussien vaut dix Français et moi, leur roi, je veux qu'on aille de l'avant ! Nous avons des canons, que diable ! Ils forceront la victoire !

– Sire, vous m'avez confié la conduite de la guerre. Je suis le généralissime...

– Et moi je suis le Roi ! Demain nous continuerons notre progression vers la route de Paris ! Et c'est Dumouriez qui sera coupé de sa base !... Vous êtes encore là vous ?

L'apostrophe s'adressait naturellement à Batz qui écoutait avec angoisse le duel oratoire des deux géants. Il avait été certain jusqu'à présent que ces deux hommes étaient entièrement d'accord, et voilà que Brunswick semblait privilégier l'immobilisme ! Il se demanda alors jusqu'à quel point les diamants de la Couronne entraient dans cette étrange attitude. Le duc les avait sûrement reçus. Mais il fallait répondre au Roi :

– Votre Majesté ne m'a pas donné congé, dit-il en saluant.

– Mais vous êtes de mon avis ? Il faut marcher sur Paris ?

– Il faut délivrer le Roi au plus vite...

– C'est cela que vous veniez me dire ? demanda Brunswick.

– Cela... et autre chose qui peut attendre, Monseigneur !

– Alors retirez-vous ! Si nous partons à l'aube, mon aide de camp, le colonel von Massenbach, veillera à ce que vous nous suiviez et, où que nous soyons, je vous verrai demain soir. Vous... et votre compagne !

Il n'y avait rien à ajouter. Batz salua et suivit l'officier qui était entré au moment où le duc prononçait son nom. Comme ils franchissaient le seuil, ils se heurtèrent presque à un gentilhomme en civil dont les vêtements irréprochables – juste un peu de boue sur les bottes car il était impossible de l'éviter ! – tranchaient avec vigueur sur l'allure générale de l'environnement. Sans se soucier de Batz, l'homme sauta à la figure du colonel von Massenbach qui avait une bonne demi-tête de plus que lui :

– Allez dire au duc de Brunswick que je veux le voir tout de suite ! C'est très important ! Il s'agit des occupants de la voiture qui est là-bas de l'autre côté de la place ! Ce sont des envoyés de la Commune insurrectionnelle de Paris, j'en jurerais !

– Ne jurez pas, Monsieur ! Vous perdriez. C'est moi l'occupant ! dit Batz sèchement.

– Me direz-vous qui vous êtes ?

– Quand vous vous serez vous-même présenté !

– Pourquoi pas ? Marquis de Pontallec, émissaire particulier de Monseigneur le régent de France !

Un éclair de colère traversa le regard du baron.

– Régent ? N'est-ce pas au moins prématuré ? Le Roi vit, que je sache !

– Plus pour longtemps sans doute, et il faut à ce royaume en perdition un véritable maître. Nous n'en serions pas là si Monseigneur de Provence eût été l'aîné ! Mais cela ne me dit pas qui vous êtes.

– Baron de Batz, émissaire particulier de Sa Majesté le roi de France et de Navarre, Louis seizième du nom !

Le maximum de dédain, le maximum de mépris dans ces quelques mots ! En même temps, Batz regardait au fond des yeux cet homme qu'il n'avait jamais vu, ce mari qui avait tout fait pour assassiner sa femme. Le trouver là était sans doute la pire chose qui pût advenir à la pauvre Laura. S'il la reconnaissait, il détruirait la guérison encore fragile qu'elle connaissait. Il y avait bien une solution et Batz cherchait comment la faire naître quand Pontallec lui fournit l'occasion en ricanant :

– Des titres bien ronflants ! Vous ne les porterez pas longtemps, mon petit monsieur !

– Peut-être mais, quoi qu'il en soit, vous ne vivrez pas assez vieux pour vous en rendre compte.

Et, rapide comme l'éclair, sa main s'abattit par deux fois sur le visage de Josse de Pontallec. Devenu soudain violet, celui-ci rugit :

– Paltoquet ! Vous allez m'en rendre raison !

Le sourire de Batz fut alors un poème d'insolence et de malice :

– Mais c'est tout ce que je désire, mon cher monsieur ! Si le colonel von Massenbach veut bien me fournir une épée ?

Celui-ci avait assisté impassible à un échange verbal qui ne le concernait pas. Il avait l'habitude des querelles des Français entre eux. Cela ne faisait jamais qu'une fois de plus, mais il n'aimait pas le marquis de Pontallec qui ne cessait de harceler son chef alors que l'autre lui était plus sympathique. Aussi tira-t-il tranquillement son épée pour la lui offrir en disant :

– Je suis persuadé que vous saurez vous en servir avec honneur, Herr baron. Patientez seulement un instant : je dois avertir Son Altesse pour savoir si elle vous autorise à vous battre dans son camp. Mais, ajouta-t-il avec un bon sourire, cela m'étonnerait qu'elle refuse !

7

Les canons de Valmy

Qu'ils soient du Nord ou du Sud, les Allemands de tout temps professant un goût certain pour la bataille, le combat, le duel et même la bagarre, la rencontre décidée entre les deux Français ne pouvait leur apparaître qu'une distraction de choix et Brunswick se garda bien de l'interdire puisqu'il ne s'agissait pas de ses hommes. Aussi, quelques minutes après l'altercation, un cercle de soldats armés de torches se formait-il devant l'auberge. Et, comme si le ciel, lui aussi, était d'accord, il fit aux deux adversaires la grâce d'une trêve momentanée.

Avec la permission du duc, le colonel von Massenbach accepta la direction du combat et, tandis qu'il procédait aux préparatifs et envoyait chercher un chirurgien militaire, Batz courut à la grange avertir Pitou de ce qui venait de se passer et de ce qui allait suivre :

– En aucun cas, dit-il en montrant de la tête Laura qui, enveloppée d'une couverture, s'était endormie dans la paille. En aucun cas elle ne doit savoir ce qui va se passer. Veillez sur elle ! Et restez ici !

– Jamais de la vie ! Biret-Tissot suffira bien à la tâche. Moi je vais avec vous. Mais dites-moi, vous n'êtes pas un peu fou, baron, de vouloir vous battre et risquer votre vie quand vous avez tant d'affaires importantes et que la vie du Roi...

– Pontallec est un danger pour la vie du Roi, j'en jurerais ! Savez-vous que Monsieur s'est déclaré régent de

France ? Il s'arrangera pour que son frère ait cessé de vivre quand Brunswick arrivera à Paris. Et vous pouvez être sûr qu'ensuite la vie du Dauphin ne pèsera pas lourd ! Quant à celle-ci, Dieu sait ce qui pourra lui arriver si je n'élimine pas son abominable époux !

– Et si c'est lui qui vous tue ?

– Cela m'étonnerait beaucoup, fit Batz avec un sourire qui rassura un peu le journaliste. Depuis d'Artagnan, et même avant, on sait se battre dans la famille !

– Je veux bien vous croire, mais j'aime mieux m'en assurer par moi-même !

En dépit de cette assurance, Pitou eut quelque peine à évacuer son inquiétude. Jean de Batz ne s'était pas vanté : il maniait l'épée en virtuose, mais Pontallec n'était pas maladroit, tant s'en fallait, et pour ceux qui regardaient le spectacle était de choix. L'agilité, la rapidité du baron étaient fascinantes... Il se battait comme une guêpe en fureur, tournant dix fois autour de son adversaire, changeant sans cesse ses gardes sur un terrain aussi difficile que possible. Pendant de longues minutes, Pontallec para ces coups qui le harcelaient avec un bonheur qui, à plusieurs reprises, souleva l'enthousiasme des assistants. Les plus beaux coups des duellistes étaient salués d'une vibrante acclamation et, Pitou, pris au jeu, suivait avec une véritable passion. Mais le ballet mortel que Batz dansait autour de son ennemi finit par porter ses fruits. Josse, furieux de ne pouvoir venir à bout d'un adversaire qu'il avait jugé négligeable, commença à perdre patience et à faire des fautes. Sentant ses forces faiblir, il voulut en finir et porta un coup terrible en se fendant à fond ; Batz para et, tandis que Pontallec se relevait, il se glissa sous l'épée et lui plongea la sienne dans le corps. Pontallec tomba comme une masse, un cri de femme accompagnant sa chute. Il eut une étrange vision : celle d'une silhouette vêtue d'une mante à capuchon bleu doublée de soie blanche dont les yeux sombres le regardaient avec horreur, une jeune femme qui ressemblait à sa défunte épouse Anne-Laure... Mais cela ne pouvait pas être elle. Avant de perdre connaissance il se rappela avec soulagement que le cadavre défiguré avait été trouvé au lendemain du massacre dans la rue des Ballets... Et d'ailleurs celle-ci était beaucoup plus jolie !

Le chirurgien qui déjà l'examinait déclara qu'il vivait encore et qu'il fallait le porter d'urgence à l'infirmerie. Le cercle des soldats se brisa, chacun retournant à ses affaires tandis que la pluie reprenait. Batz essuya tranquillement son épée avant de la présenter à son légitime propriétaire en la tenant par la pointe :

– Grand merci, colonel ! Vous avez là une belle arme.

– Mais personne ne s'en est encore servi comme vous venez de le faire. Félicitations, Herr baron ! Venez donc boire un schnaps avec moi ! Cela vous réchauffera et Son Altesse veut vous féliciter. Il n'aime pas beaucoup le marquis !

– Avec plaisir, cependant souffrez que je vous rejoigne dans un moment ! Le temps de raccompagner madame !

S'approchant de Laura, il la saisit par le bras sans trop de douceur :

– Que faites-vous là ? J'avais ordonné qu'on vous tienne à l'écart de ceci.

– Je n'ai pas pu l'en empêcher, plaida Biret-Tissot. Les braillements des soldats l'ont réveillée et elle a voulu sortir à toute force. Je n'ai pas osé me montrer brutal...

Laura, elle, ne l'écoutait pas. Elle se laissait emmener, en tournant la tête dans la direction des hommes qui emportaient Josse.

– Vous l'avez tué ? exhala-t-elle enfin sans changer de position.

– Vous avez entendu le médecin : il vit encore...

Et soudain, la colère emporta Batz. Saisissant la jeune femme par les deux bras pour l'obliger à lui faire face, il gronda :

– Si cela vous cause tant de peine, allez donc le retrouver votre assassin de mari ! Soignez-le, dorlotez-le et, s'il en réchappe, ne manquez pas de tomber à ses pieds en lui demandant pardon d'être encore vivante !

– Mais...

– Mais quoi ? Vous l'aimez toujours ! C'est écrit en toutes lettres sur votre visage ! Alors, rejoignez-le... Et bonne chance !

Il la repoussa si brutalement qu'elle fût tombée dans la boue si Pitou ne s'était trouvé là pour la retenir et protester :

– Qu'est-ce qui vous prend, baron ? Ce n'est pas une façon de traiter une dame ! Cela ne vous ressemble pas !

– Vous avez raison... Veuillez me pardonner... Marquise ! J'ai cru agir au mieux pour tous, mais apparemment je me suis trompé, je vous rends votre liberté...

– Je n'en veux pas, murmura la jeune femme qui se ressaisissait. Et notre pacte tient toujours si vous le voulez bien ! Accordez-moi seulement une faiblesse due à une extrême surprise. Et, par pitié, ne m'appelez plus marquise ! ajouta-t-elle dans une brusque explosion de colère. Rien n'est changé.

Il la regarda au fond des yeux comme s'il cherchait à en arracher la vérité de son âme profonde puis, se penchant un peu, il prit sa main pour y poser un baiser léger :

– Comme il vous plaira !... Allons nous reposer à présent ! Nous en avons tous besoin...

Cependant, après avoir rentré son monde dans la grange, il ressortit dans le vent chargé de pluie qui soufflait à présent par violentes rafales pour se rendre à l'infirmerie, installée dans une ferme abandonnée. Laura n'osa pas lui demander où il allait parce qu'elle s'en doutait. Prendre des nouvelles d'un adversaire vaincu faisait partie du code d'honneur de tout bon gentilhomme. Il y resta une partie de la nuit tandis qu'incapable de dormir, la jeune femme s'interrogeait, essayait de voir clair dans le marasme qui habitait son cœur. Se pouvait-il que Batz eût raison, qu'elle aimât encore Josse ? Pourtant quand, tout à l'heure, elle avait couru vers les bruits qu'elle entendait et la lumière des torches, elle avait certes éprouvé une émotion en reconnaissant son époux dans l'un des deux duellistes, mais c'était pour Batz qu'elle avait eu peur : l'acharnement avec lequel il se battait le mettait en péril à chaque seconde. Et puis Josse était tombé. Elle avait crié et couru vers lui de la façon la plus naturelle, comme elle se fût penchée sur n'importe quel blessé. En fait, la pensée qu'il pouvait être en train de mourir ne la bouleversait pas. Les ravages causés par son égoïsme et sa cruauté étaient trop grands. L'idée lui venait qu'elle respirerait peut-être mieux...

Lorsque Batz rentra, harassé, il trouva Pitou qui écrivait dans un carnet à la lumière d'une chandelle.

– Je note tout ce que j'ai remarqué afin d'être certain de ne rien oublier, murmura le journaliste en réponse à sa question muette. Est-ce qu'il est mort ?

– Non. Il est même possible qu'il vive. Et elle ?

– Je crois qu'elle dort. Voilà une affaire manquée, baron. Tant que cet homme vivra elle sera en danger !

– Je le sais aussi bien que vous. Aussi ai-je fait tout ce que je pouvais pour cela, mais je ne ferai pas davantage. De toute façon, elle compte sur moi pour lui fournir une occasion de mourir utilement.

– S'il réussit à l'assassiner, l'utilité du fait m'échappera.

– Ne préjugeons pas de l'avenir, Pitou ! Ce misérable est loin d'être guéri. En admettant qu'il y arrive ! Bonne nuit pour ce qu'il en reste !

Batz s'enveloppa de son manteau, se coucha dans la paille à quelque distance de la jeune femme et s'endormit aussitôt. S'il s'était penché sur celle-ci, il l'aurait trouvée les yeux clos et aurait remarqué que des larmes en coulaient.

Le jour n'était pas levé quand l'armée prussienne se mit en marche afin d'atteindre, comme le voulait son roi, la route de Châlons – donc de Paris – pour couper les Français de leur capitale et engager sur un terrain convenable aux manœuvres traditionnelles la bataille décisive qui rejetterait ceux-ci au-delà des défilés et des épaisses forêts de l'Argonne. On évoluait en effet dans un pays accidenté, une plaine aride où trois petites rivières, la Tourbe, la Bionne et l'Auve, prenaient leur source, mais coupée de hauteurs dont les plus importantes étaient le mont Yvron en avant d'un village nommé Valmy, une butte couronnée d'un moulin, et la Chaussée de La Lune que coupait la route de Châlons. Cette dernière était le but fixé, pour ce jour-là, par Frédéric-Guillaume.

Il était sept heures environ quand son avant-garde commandée par le prince de Hohenlohe déboucha devant le mont Yvron dans ce qui aurait dû être l'aurore. Le prince ignorait totalement qu'il pouvait à tout moment rencontrer un ennemi qui, d'ailleurs, en avait tout autant à son service, le temps abominable et les cloaques qu'il générait ajoutés à des marais glauques empêchant toute reconnaissance. Les éclaireurs n'éclairaient rien du tout et risquaient de s'enliser.

A cet instant, le colonel Desprez-Crassier de l'armée Kellermann, qui avait installé ses batteries en avant du mont Yvron, aperçoit dans le brouillard succédant au déluge de la nuit une masse dont il ne peut préciser les contours mais qui chemine dans sa direction. Ce qu'il voit est suffisamment inquiétant pour qu'il donne l'alerte et ses artilleurs s'affairent autour des canons. Bientôt Desprez-Crassier est sûr de son fait, ce sont les Prussiens et, bien que la surprise soit totale pour lui – comme elle va l'être pour les autres –, il commande le feu et les canons crachent leur première salve.

Le premier choc passé, Hohenlohe installe aussitôt plusieurs batteries pour lui répondre mais poursuit tout de même sa progression vers les hauteurs de La Lune où il tombe sur le général de Valence envoyé par Kellermann, installé dans un creux près de Dommartin. A nouveau les canons tonnent et les boulets « pleuvent furieusement sans que l'on puisse comprendre d'où ils venaient ». C'est du moins ce que racontera plus tard un conseiller à la cour de Weimar qui accompagne Hohenlohe et se nomme Goethe...

Cependant, et tandis que Hohenlohe s'accroche à La Lune, Valence qui est en contrebas doit céder et se replier. En fait, la confusion est extrême, chacun ne sachant plus très bien de quel côté il doit tirer. Si bien que Desprez-Crassier cesse le feu.

De son côté, Kellermann, qui vient d'être alerté, s'est souvenu du conseil donné par Dumouriez en cas d'attaque inattendue : occuper au plus vite le petit plateau de Valmy à une demi-lieue de ses positions. Il y envoie aussitôt le jeune duc de Chartres *, dix-neuf ans, qui à la tête d'un détachement de son 14e dragons occupe les lieux. Lui-même va le rejoindre avec le gros de ses troupes, tandis que Valence protège au sud la route de Châlons à Sainte-Menehould.

Toute la matinée se passe en mouvements divers qui vont permettre aux deux armées de se mettre en position face à face de part et d'autre d'un ravin que dominent, d'un côté, les ailes du moulin de Valmy. Le tout à travers des bandes de brouillard et de pluie fine qui semblent installés là pour l'éternité. Laura, elle aussi, se demande si elle ne va pas rester dans cette grange toute sa vie. On l'y a laissée avec la voiture sous la garde de Biret-Tissot, d'un feldwebel et de quatre soldats commis à sa sécurité en attendant d'être conduite, en fin de journée, à l'endroit où le roi et le duc ont décidé d'établir leur cantonnement pour la nuit suivante : un gros village et un grand château se trouvant à environ deux lieues, où leurs fourriers doivent déjà être en train de préparer leurs quartiers. Batz et son « secrétaire »

* Fils du duc d'Orléans, c'est le futur roi Louis-Philippe.

Pitou ont été invités à suivre le duc de Brunswick et sont partis à cheval avec l'état-major des princes.

Jamais sans doute journée n'aura paru plus longue à la jeune femme. Lorsque Batz l'a quittée, elle n'a pas osé lui demander dans quelle maison était établie l'infirmerie où l'on avait emporté Josse et s'en est par la suite félicitée, en pensant qu'une infirmerie militaire est faite pour suivre les armées en campagne, que peut-être Josse aura été évacué pour rejoindre celle des émigrés qui ne doit plus être loin et que, d'ailleurs, ses chiens de garde, ne lui auraient pas permis d'aller se promener seule dans le village... Elle est donc restée là, à se morfondre, avec pour seule distraction l'écho d'une canonnade qui ne devait pas cesser de la journée.

A midi, cependant, tout était en place pour l'une de ces grandes scènes de l'Histoire. La pluie subitement s'est arrêtée et, chose impensable une heure plus tôt, un rayon de soleil a percé les nuages. Ce qu'il éclaire ne manque pas de grandeur. Sur l'étroit plateau de Valmy, les seize mille hommes de Kellermann sont rangés en deux lignes protégées par trente-six pièces de canons. La cavalerie, elle, se tient à l'extrême bord du plateau... Il n'y a là, évidemment, qu'une partie de l'armée française. Les troupes de Dumouriez aux ordres de Beurnonville, de Miranda et de Le Veneur de Carrouges, qui doivent intercepter les Autrichiens, forment un grand arc de cercle étalé sur plus d'une lieue et qui, derrière Valmy, barre l'accès aux sombres forêts de l'Argonne.

De l'autre côté du ravin, à une demi-lieue * seulement, l'armée prussienne est rangée en bataille sur le plateau de Magneux : quarante-quatre mille hommes et cinquante-quatre pièces de canons, mais ce sont des canons lourds, beaucoup moins maniables que ceux de l'artillerie française dus au génie du marquis de Gribeauval **. Des canons qui

* Deux kilomètres.

** Ils seront un atout majeur dans les campagnes napoléoniennes.

se taisent pour l'instant comme se taisent ceux d'en face. Entre les deux armées règne ce grand silence qui précède les batailles, où chacun est conscient que la mort le guette au bout du chemin et se recueille. Même ceux qui ne croient pas en Dieu, et ils sont rares...

Personne ne prend l'offensive. Là-haut, sur leur plateau, le roi de Prusse reste silencieux et Brunswick semble hésiter à donner l'ordre. Sa lunette à la main, il regarde le ravin qui le sépare du plateau d'en face et qui n'a pas été exploré. Cette hésitation, Batz la ressent dans toutes les fibres de son corps. Il voudrait tant savoir ce qui s'est passé au camp prussien la veille de son arrivée... Le duc va-t-il renoncer à attaquer ?

Cependant, les canons prussiens ont tiré les premiers et aussitôt ceux d'en face ont répondu. C'est de part et d'autre du ravin un feu nourri et, enfin, Brunswick vient de se décider. Sur son ordre, l'infanterie qui pour le combat a retrouvé sa fière allure habituelle, en dépit de la boue et de la maladie, s'est rangée en deux colonnes comportant chacune six régiments. La manœuvre est superbe : les hommes s'alignent comme à la parade. En face, entouré de son état-major, Kellermann a formé lui-même trois colonnes. Moins homogènes sans doute : les anciens de l'armée royale sont mélangés à de jeunes recrues sans expérience. Aussi l'ordre qu'il donne tient-il compte de cela :

– Personne ne tire ! Quand les Prussiens arriveront, nous les chargerons à la baïonnette.

De l'autre côté, l'ordre est enfin donné et les régiments avancent d'un pas pesant et régulier tandis que les canons tonnent sans arrêt. Alors, soudain Kellermann ôte son chapeau empanaché, le plante à la pointe de son épée et, debout sur ses étriers, hurle : « Vive la Nation ! » Aussitôt, seize mille voix reprennent en écho formidable « Vive la Nation ! » avec un enthousiasme qui fait frissonner Batz parce que c'est le cri d'un peuple qui défend sa terre.

A présent, les canons français tirent dans cette masse humaine où des trous apparaissent sans arrêter la puissante machine de guerre. Elle a déjà parcouru la moitié du chemin quand Brunswick donne un ordre stupéfiant et les hommes se figent sous les boulets qui continuent de pleuvoir. Soudain, Frédéric-Guillaume lance son cheval devant ses premières lignes, avec un superbe mépris du danger, caracole sur leur front comme s'il les passait en revue. Il s'arrête même, impassible sous le feu de l'ennemi, comme là-haut Kellermann sous celui des canons prussiens qui ont fait du moulin de Valmy leur point de mire. Le Français aussi est immobile. Son cheval a été tué sous lui. Il se contente de se dégager et d'en demander un autre : le futur duc de Valmy n'a de leçon de courage à recevoir de personne !

A deux heures cependant, un obus prussien fit sauter trois caissons d'artillerie. Celle-ci cesse de tirer tandis que s'installe une certaine confusion. Batz entend le colonel von Massenbach dire à son chef :

– Reprenez l'attaque, Monseigneur, ils sont déjà vaincus.

– Ne croyez pas cela. Regardez plutôt !

Près du moulin, le duc de Chartres vient d'amener de nouvelles batteries légères et le feu reprend plus nourri que jamais.

– Nous ne les battrons pas ici, soupire enfin Brunswick au désespoir de Batz, sûr à présent que quelque chose s'est passé. Un instant on peut croire que l'assaut va reprendre, mais Brunswick se contente de renforcer sa position sur la hauteur de la Lune et sur la route de Châlons.

A six heures, les nuages noirs sont revenus et déversent une pluie rageuse. Les canons se taisent enfin. La bataille de Valmy qui n'a pas vraiment commencé est déjà finie. Les Français ont tiré vingt mille coups de canon. Le chiffre de leurs morts et de leurs blessés se monte à trois cents. Les Prussiens un peu moins, mais leur invincible infanterie n'a même pas vu de près l'armée des « va-nu-pieds » qui l'attendait en chantant !...

Tandis que les Prussiens bivouaquaient sur place, les Français, délaissant le moulin incendié, profitèrent de la nuit qui venait pour aller occuper de meilleures positions d'où ils pourraient récupérer la route de Paris. Frédéric-Guillaume II, Brunswick et leur état-major se dirigèrent vers leur nouveau cantonnement : le château de Hans, à peu de distance du champ de bataille où leurs quartiers devaient être préparés.

Il fallait à Aglaé-Rosalie de Ségur, comtesse de Dampierre et baronne de Hans, une grande force d'âme pour résister aux catastrophes qui s'abattaient sur elle et sur sa demeure depuis que la Révolution faisait entendre ses clameurs à tous les horizons de France. Pourtant, elle et les siens avaient échappé à la Grande Peur qui avait déterminé les premières fuites vers l'étranger, et cela en dépit d'un procès perdu par la commune de Hans-le-Grand au sujet de terres sur le mont Yvron que le comte de Dampierre lui contestait. Ensuite, elle s'était retrouvée veuve à trente ans avec deux enfants, Philippe-Henri, cinq ans, et sa petite sœur Marie, trois ans. Et dans quelles conditions abominables ! Victime de sa fidélité au Roi, le comte Anne-Eléazar de Dampierre, ayant appris l'arrestation de la famille royale à Varennes – si proche ! –, avait tenu à honneur d'aller saluer son roi captif sur le chemin en forme de calvaire qui le ramenait à Paris. Par trois fois, le noble cavalier était reparu aux portières de la lourde berline ; par trois fois, il avait salué profondément, plié en deux sur sa selle, maintenant son cheval à la force des genoux, mais il n'y eut pas de quatrième. Certains énergumènes avaient vu là une bravade. On lui tendit une embuscade et, à coups de bâton et de fourche, on le massacra. Son épouse ne connut que plus tard son sort cruel. Des personnes dévouées avaient pu recueillir son corps méconnaissable et n'osant le ramener à Hans, l'avaient enterré dans le cimetière de Chaude-Fontaine, sur les lieux du crime ou presque... Il n'avait que quarante-six ans !

Ensuite sa jeune femme dut faire face à l'animosité à peine cachée des gens du village qui ne lui savaient aucun gré de n'avoir point émigré, en dépit de liens familiaux avec l'Autriche. Bien au contraire : elle gênait d'autant plus que son château – une vaste et forte maison quadrangulaire défendue par des douves et deux ponts-levis, vestiges de la puissante forteresse féodale qu'avait été Hans ! – était encore le trop évident symbole d'un régime devenu haïssable. Cela lui avait valu d'être occupé pendant quelques jours, avant Valmy, par un détachement avancé des troupes de Beurnonville qui, d'ailleurs, n'avait pas causé de grands dommages. A peine celui-ci avait-il tourné les talons qu'arrivaient, quelques heures plus tard, les fourriers du roi de Prusse qui, tout de suite, se comportèrent en pays conquis : Mme de Dampierre eut tout juste le droit de garder sa propre chambre pour elle et ses enfants !

Cependant, grande dame jusqu'au bout des ongles, elle était au seuil de sa demeure, comme si elle accueillait des invités quand arrivèrent chez elle le roi de Prusse, le duc de Brunswick et le grand-duc de Saxe-Weimar flanqué de son inséparable conseiller Goethe. Et force fut aux envahisseurs princiers de lui rendre politesse pour politesse et de saluer comme il convenait une femme de cette trempe.

Peu après arrivèrent Laura et son escorte au-devant de laquelle Batz avait envoyé Pitou et Brunswick l'un de ses aides de camp. En dépit de ses lourdes responsabilités, Monseigneur n'oubliait pas l'étrangère qui accompagnait l'émissaire français et encore moins la curiosité qu'elle lui inspirait !

Pour Mme de Dampierre, l'arrivée de cette « Américaine » représenta une suite de points d'interrogation que celle-ci lut sans peine sur le beau visage un rien sévère de son hôtesse forcée. Celle-ci se demandait ce que venait faire cette femme au milieu de toute cette soldatesque, la réponse la plus plausible étant qu'elle devait être la maîtresse d'un des grands chefs qu'abritait désormais son château. Laura décida de la détromper :

– Je ne suis qu'un prétexte, madame. Le baron de Batz, qui m'est un peu cousin, avait besoin d'une femme pour l'aider à franchir les nombreux contrôles répandus entre Paris et ici, et arriver sans dommage jusqu'à cette région afin d'accomplir la mission dont le Roi l'a chargé. Nous sommes l'un et l'autre au service de Sa Majesté le roi... de France, ajouta-t-elle avec un sourire qui détendit les sourcils de son hôtesse.

– Ah ! Je préfère ! exhala la comtesse. Mais où vais-je bien pouvoir vous loger ? J'ignorais votre venue et, déjà, il m'a fallu caser un blessé que l'on a apporté sur une civière...

– Un blessé ?

– Oui, un blessé français, un gentilhomme qui doit être fort beau lorsque la fièvre ne le tient pas et qui serait l'envoyé de Monsieur... Nous appelons ainsi Mgr le comte de Provence, frère du roi Louis, ajouta-t-elle, pour l'instruction de cette jeune femme venue d'un pays sauvage et qui ne devait pas être très au fait des usages de cour.

Le cœur de Laura manqua un battement cependant que le sang quittait son visage :

– Une grave blessure ?

– Un coup d'épée dans la poitrine mais qui a dû manquer le cœur car ce jeune homme n'a pas l'air décidé à mourir... Pardonnez-moi ! Il faut que je vous cherche un logement.

Elle s'enfonça dans les profondeurs du vestibule au moment même où Batz apparaissait. Laura alla vers lui :

– Il est ici ! dit-elle d'une voix altérée.

– Je sais. Brunswick pense qu'il est de bonne politique de prendre quelque soin de l'envoyé de Monsieur. Essayez, pour un moment, de n'y plus penser et venez avec moi : le duc veut vous voir !

– Qu'attend-il de moi ?

– D'honneur, je n'en sais rien, mais n'oubliez pas ce dont nous sommes convenus et cramponnez-vous à votre nouvelle personnalité !

– Vous me croyez stupide ? fit-elle dans une brusque explosion de colère – qui eut au moins l'avantage de la soulager un peu de son angoisse ! M'imaginez-vous lui faisant la révérence en me déclarant marquise de Pontallec ?

– Non, bien sûr. C'était une simple recommandation, mais... la révérence, il faut la faire tout de même !

Comme toutes les demeures occupées militairement, Hans grouillait d'uniformes plus ou moins fatigués qui allaient assez bien avec un intérieur où l'on n'avait même pas eu le temps de balayer ou de passer une serpillière entre les deux occupations. Mais poussière et traces de boue ou pas, le grand salon aux élégantes boiseries, aux beaux meubles anciens tendus de tapisseries et de velours ciselé, gardait une magnificence et une majesté auxquelles n'était pas étranger le grand portrait de Louis XIV qui en était l'ornement principal. Un portrait qui était aussi le précieux trésor de la famille car le Roi-Soleil lui-même en avait fait don à Henri de Dampierre, l'aïeul du comte assassiné, lorsque, en compagnie du roi Jacques II d'Angleterre, il avait séjourné au château en 1653, au moment du siège de Sainte-Menehould *.

Lorsque Batz et sa compagne pénétrèrent dans le salon, Brunswick, assis dans un fauteuil, une chope de bière à la main, contemplait le portrait.

– Grand roi ! commenta-t-il, l'œil sur la toile. J'aime beaucoup ce tableau.

* Grand spécialiste des sièges, Henri de Dampierre devait mourir seize ans plus tard au siège de Candie où disparut le duc de Beaufort. Chose curieuse, sa mère se nommait Marie de Beaufort...

– Voici Miss Adams, Altesse, déclara Batz tandis que Laura saluait.

Sans bouger de son siège et sans même poser sa chope, le duc enveloppa d'un regard appréciateur la jeune femme et la perfection de sa révérence, puis se mit à rire :

– On les élève bien chez les sauvages ! On jurerait, ma chère, que vous avez appris la révérence à Versailles. Sans compter que vous êtes tout à fait charmante ! Laissez-nous, baron ! J'aimerais parler avec votre jeune amie...

Silencieusement, Batz s'inclina et sortit. Brunswick acheva sa bière, se leva et vint à la jeune femme sans la quitter des yeux :

– Charmante, en vérité ! répéta-t-il. Voyons un peu si le ramage s'accorde au plumage ! Dites-moi quelque chose !

– Que puis-je dire ?

– Mais... parlez-moi de vous ! Vous êtes la première Américaine que je vois. Donc un plaisir rare... et combien rafraîchissant au soir d'une bataille ! Comment se fait-il, ajouta-t-il sur un ton plus rude, que vous vous trouviez ici, en compagnie d'un agent du roi de France ? Il dit que vous êtes l'un et l'autre dévoués à mon cousin Louis XVI.

Laura sentit qu'il n'y croyait pas tout à fait et que la moindre faute pourrait les perdre tous deux, sans compter la cause qu'ils servaient : elle décida de rendre insolence pour insolence.

– Il n'a pas menti : nous sommes les fidèles sujets de Sa Majesté. J'expliquerai plus tard, mais il faut que Votre Altesse sache que les filles de ce qui fut la Nouvelle-Angleterre – celles qui sont de bonne famille tout au moins – reçoivent une éducation qui peut leur permettre d'évoluer à la cour de Saint-James comme dans n'importe quelle cour d'Europe. Voilà pour la révérence ! Quant à moi – puisque Votre Altesse veut bien s'intéresser à mon histoire –, j'ai perdu mon père il y a quelques années et ma mère plus récemment. Il se trouve qu'elle avait séjourné à

Paris avec mon père attaché à l'ambassadeur Thomas Jefferson, qu'elle avait eu l'honneur d'être reçue à Versailles et en avait conçu une profonde admiration pour la famille royale. Elle me l'a transmise : voilà pour l'attachement. Pour ma présence en France, elle s'explique fort simplement : je n'avais plus de famille quand ma mère s'est éteinte, sinon un cousin, l'amiral John Paul-Jones qui vivait à Paris...

– Jones ? Il était d'origine écossaise ? Comment pouvait-il être votre cousin ?

– Mon père aussi était d'origine écossaise... Et pour nous l'amiral est un héros, un grand homme. Puisqu'il représentait tout ce qui me restait, j'ai voulu le rejoindre. Hélas ! quand je suis arrivée à Paris, il venait de mourir. La France lui accorda des funérailles nationales que j'ai pu admirer, mais je ne savais trop où aller quand le meilleur ami de mon cousin, le colonel Blackden, m'a offert l'hospitalité auprès de sa femme dans leur maison de la rue Traversière-Saint-Honoré... C'est là que j'ai rencontré le baron de Batz, c'est de là que j'ai pu assister au drame du 10 août. J'ai vu l'horreur d'un massacre et le sort infâme que ce peuple réservait à son roi. J'ai donc juré de me dévouer à sa cause comme l'a fait Jean de Batz.

– Vous l'aimez ?

La question faillit la prendre au dépourvu, mais sa brutalité autorisait un silence. Puis, avec une hauteur digne d'une princesse de Tarente ou d'une marquise de Tourzel, l'ancienne Anne-Laure de Pontallec répondit :

– Je l'admire et je le respecte infiniment. En outre, il se trouve que je lui dois la vie !...

– Au point d'être prête à courir les aventures avec lui ?

– Pourquoi pas, dès l'instant où il avait besoin de moi pour venir jusqu'ici ! Ai-je répondu aux questions de Votre Altesse ?

Il se rapprocha d'elle au point qu'elle put sentir l'odeur forte – bière et sueur ! – qui se dégageait de son uniforme et de son haleine.

– Pas encore tout à fait. Savez-vous ce qu'il vient faire ici ?

– Prier Votre Altesse de se hâter de gagner Paris afin d'arracher le Roi à ses geôliers. Le temps presse...

– C'est avec lui que j'en discuterai !... Où vous a-t-on logée ?

A présent, il posait ses deux mains sur les épaules de la jeune femme ; celle-ci eut un brusque mouvement de recul et les mains retombèrent.

– Nulle part ! Votre hôtesse forcée ne sait que faire de moi. La voiture devrait suffire : nous ne nous attarderons certainement pas !

– C'est à moi d'en décider... Comme c'est à moi de décider de votre logement. Où que ce soit...

L'entrée d'un aide de camp l'interrompit. L'officier claqua les talons, rectifia la position et fit une annonce en allemand dont Laura ne comprit que deux mots : « général Dumouriez », et pas davantage ce que le duc répondit. Presque sans changer de ton, il continua cependant en français :

– Nous nous reverrons tout à l'heure, ma chère ! J'ai encore bien des choses à vous dire...

Une révérence et elle était sortie. Pour se trouver en face d'un officier français dont le bicorne empanaché de tricolore avait beaucoup souffert du mauvais temps. Il l'ôta machinalement en se trouvant devant une femme, mais ses yeux s'arrondirent sous le coup d'une surprise émerveillée :

– Vous ?... Mais par quel miracle ?

Il n'eut pas le temps d'en dire plus : l'aide de camp l'emmenait et elle entendit que l'on annonçait le colonel Westermann. C'était l'homme qui l'avait embrassée sur la berge de la Seine quand il les avait fait sortir des Tuileries, elle et les autres dames de la Reine, juste un petit moment avant qu'elle ne se jette à l'eau pour échapper à la meute furieuse.

Elle connaissait son nom, à présent, mais cela lui était assez indifférent. Ce qui l'était moins, c'est que lui savait peut-être qui elle était en réalité. Elle se consola un peu en pensant que ce Westermann devait être un émissaire du haut commandement français et qu'il aurait sûrement à débattre d'autres sujets que d'une échappée d'un palais mis à sac. Pourtant, elle éprouvait une impression désagréable. Elle se hâta de la confier à Batz qu'elle retrouva à peu près à l'endroit où elle l'avait laissé. Il contemplait une grande tapisserie flamande du XVe siècle représentant un départ de chasse et qui, avec deux bancs à dossiers de chêne sculpté, formaient l'ornement du noble vestibule.

– Il est bien dommage, dit-il, que Mme de Dampierre ait été prise au dépourvu par l'arrivée des Prussiens sitôt après le départ des Français. Elle risque fort de dire bientôt adieu à cette merveille. Partout où ils passent, les gens de Frédéric-Guillaume emportent des « souvenirs »...

Puis, revenant à Laura avec ce sourire qui donnait tant de charme à sa physionomie un peu sévère :

– Eh bien ? Votre entretien ?

Elle le lui rapporta aussi fidèlement que possible et il parut approuver jusqu'au moment où elle évoqua les mains du duc posées sur ses épaules : il fronça le sourcil :

– C'est un peu ce que je redoutais en vous emmenant et je crois vous l'avoir dit. Brunswick aime les jolies femmes ; enfin, c'était un risque qu'il me fallait prendre. La comédie que nous avons montée m'a permis d'arriver ici plus vite et plus sûrement que je ne l'aurais fait seul. A présent, il faut...

– Attendez ! Vous ne savez pas tout !

Et elle raconta sa rencontre au seuil du grand salon.

– Eh bien, il ne nous manquait plus que cela ! soupira le baron. J'ai vu arriver tout à l'heure ce Westermann...

– Vous le connaissez ?

– Comme je connais tous les enragés qui gravitent autour des nouveaux maîtres ! C'est le meilleur ami de Danton, et pourtant il est de bonne noblesse alsacienne. Il a d'abord servi dans les hussards puis il est devenu écuyer des écuries du comte d'Artois. En 89, il a même été grand bailli de la noblesse de Strasbourg, mais la révolution lui a mis la tête à l'envers. C'est même lui qui a mené l'assaut contre les Tuileries. Un Alsacien à la tête de Marseillais et de Brestois ! Insensé ! Ce que j'aimerais savoir, c'est quand il a rejoint Dumouriez celui-là ! Mais deux choses sont certaines : il hait le Roi et, sous des dehors policés, c'est une bête sauvage et cruelle. S'il est tombé amoureux de vous, Dieu nous protège !

Le retour de Mme de Dampierre dispensa Laura de répondre. La comtesse venait lui dire qu'elle allait pouvoir disposer d'une petite chambre qu'un officier du duc venait de libérer sur ordre.

– Elle est voisine de l'ancienne lingerie où nous avons installé le blessé, dit-elle. J'espère que ce voisinage ne vous gênera pas : le malheureux souffre et cela s'entend !

– Vous êtes infiniment bonne, comtesse, dit Batz, mais il se peut que Miss Adams ne l'utilise que pour prendre un peu de repos avant que nous quittions votre demeure. Si je peux avoir, dès ce soir, un entretien avec le duc, nous repartirons dans la nuit.

– Je le regretterai car je vais me sentir un peu perdue au milieu de tous ces Allemands... En attendant, venez avec moi à la cuisine, jeune dame, vous avez grand besoin de vous réchauffer et de vous réconforter. Vous n'êtes pas de trop, baron, si vous le désirez ?

– Je vous rends grâces, madame, mais il faut que je cherche mon secrétaire...

Ce n'était qu'un prétexte. En réalité, Batz guettait la sortie de Westermann qu'attendait, devant les marches du perron, un peloton de cavalerie avec le drapeau blanc des parlementaires. Batz ne put s'empêcher de leur trouver fière allure. Ils étaient là, au milieu de cette cour gardée de tous côtés par des soldats aux visages hostiles, ressemblant un peu à un équipage de chasse environné d'une meute malintentionnée. Ils n'avaient pas mis pied à terre et faisaient bouger, voire volter, leurs chevaux pour les réchauffer. Enfin Westermann parut. Il traversa le vestibule sans remarquer le baron reculé dans un coin obscur. Mais ce dernier put voir sur le visage arrogant du colonel une expression de satisfaction qui lui déplut souverainement. Il estima que le temps était venu pour lui de mettre Brunswick au pied du mur et demanda à être reçu. Au lieu d'être introduit au salon, il vit venir à lui ce conseiller du grand-duc de Weimar avec lequel il avait déjà échangé quelques propos pendant la bataille. Il se souvint qu'il s'appelait Goethe, que c'était un lettré, un poète, et qu'il avait trouvé plaisir à sa conversation. Au physique c'était un homme d'une quarantaine d'années, grand et beau avec un long visage rêveur, de belles mains et une élégance naturelle dont il prenait grand soin.

– Nos princes vont souper, Herr baron, dit-il dans un français un peu hésitant. Ils ont gagné la salle à manger comme vous pouvez l'entendre et je suis chargé de vous... convier à prendre votre part !

Batz écouta un instant le vacarme de voix fortes, de chaises traînées sur les parquets, de cliquetis de vaisselle qui perçaient les murs et eut un mince sourire : il voulait bien partager la vue d'une bataille avec Brunswick, mais non pas rompre le pain avec un homme dont il n'était plus certain qu'ils soient toujours du même côté.

– Grand merci, monsieur le conseiller, mais je n'ai pas faim. En outre, je craindrais d'être importun.

– Parce que vous êtes français ?

– Peut-être... Même si je ne suis qu'au Roi, ceux avec lesquels nous avons ce tantôt échangé tant de coups de canon sont malgré tout mes compatriotes. Je préfère attendre que Son Altesse puisse me recevoir comme je l'ai demandé...

– Cela pourrait être long.

– C'est sans importance, croyez-le ! Je serai très bien ici pour patienter, ajouta-t-il en désignant l'un des deux bancs de chêne.

– Alors je vous tiendrai compagnie, fit Goethe en se dirigeant vers le siège en question.

– N'en faites rien, je vous en prie ! Il n'y a aucune raison de vous priver pour moi de votre souper...

– J'en vois plusieurs ! D'abord, je suis comme vous, je n'ai pas faim...

– Par pitié, ne poussez pas si loin la politesse, monsieur von Goethe ! Vous me gêneriez...

– Politesse ? Pour un Allemand être poli c'est mentir. Je ne vous mens pas. Il est vrai que je suis loin d'être affamé – les poètes sont ainsi, vous savez ? – et puis vous m'intéressez. Avec le fracas de la bataille il était difficile de s'entendre tout à l'heure.

– Vous avez vraiment pris cela pour une bataille ?

– Je sais bien qu'elle n'était pas conforme aux règles habituelles et c'est peut-être pour cela qu'elle m'a en quelque sorte fasciné. L'angoisse que l'on ressentait se communiquait uniquement par les oreilles car le tonnerre du canon, le sifflement et le fracas des projectiles à travers l'air sont la cause véritable de cette sensation. Au reste, ajouta-t-il avec un sourire indulgent, cet état est l'un des moins souhaitables où l'on puisse se trouver et, parmi les nobles et chers compagnons de guerre, je n'en ai pas rencontré un seul qui parût en avoir le goût passionné... Mais, à votre avis, qui a gagné ?

Batz ne put s'empêcher de lui rendre son sourire tant il le trouvait communicatif. C'était le privilège des poètes de raisonner souvent avec une juvénile fraîcheur.

– Difficile à dire. Personne, selon moi, puisque le duc a refusé l'engagement corporel. Vos soldats sont restés sur leurs positions, les autres aussi. Il faudra voir demain.

– Parce que vous pensez que la canonnade va recommencer ? Cela peut durer longtemps...

– J'espère que non. Le temps presse pour nous, les serviteurs du roi de France. Il est en grand danger et, si l'on ne se porte à son secours rapidement...

Les yeux du poète plongèrent soudain, profondément, dans ceux de son interlocuteur :

– J'ai peur que vous ne soyez déçu, dit-il lentement. D'après ce que je sais, le duc pense que s'avancer vers Paris avec des troupes malades, mal équipées puisque croyant à une campagne rapide elles n'ont que des uniformes d'été, serait folie. Il faudrait... revoir la question... repartir sur de nouvelles positions...

– Vous avez la meilleure de toutes : vous tenez la route de Paris.

– Mais nous sommes coupés de nos ravitaillements et de nos arrières. Les Autrichiens ne nous ont rejoints qu'aujourd'hui et ne sont pas en meilleur état que nous...

Brusquement, la lumière se fit dans l'esprit de Batz qui se traita mentalement d'imbécile. Cet homme charmant ne s'était pas privé de son souper pour le seul plaisir de jouir de sa conversation : il était bel et bien venu le préparer à son entrevue avec Brunswick, peut-être même le persuader d'y renoncer... Avec plus de subtilité qu'il ne lui en supposait, le duc lui avait envoyé un poète en pensant qu'il l'écouterait plus volontiers... Il se leva :

– Monsieur le conseiller, dit-il avec une fermeté qui n'excluait pas une irréprochable courtoisie, je vous suis infiniment reconnaissant d'avoir bien voulu charmer – et il appuya sur le mot – les longueurs de l'attente, mais l'heure s'avance et je ne puis patienter plus longtemps pour être fixé sur les intentions de Son Altesse ainsi que celles de Sa Majesté le roi Frédéric-Guillaume...

– Oh, je pense que leurs pensées se sont rejointes et qu'elles se trouvent à présent en parfait accord !

– Alors, j'espère que Son Altesse me fera l'honneur de me le dire elle-même... Et sans plus me faire attendre, même de si aimable façon. J'ai, moi aussi, des dispositions à prendre... Et je ne partirai qu'une fois convaincu de l'inanité de mes efforts.

Avec un soupir, Goethe se leva à son tour :

– Vous n'abandonnez pas facilement, n'est-ce pas ? Même si je vous dis que vous allez tenter l'impossible.

– C'est un mot que je ne connais pas. Me ferez-vous la grâce d'aller lui demander de me recevoir ? Sans plus tarder ! Car même si le duc ne s'en soucie plus – pour des raisons que je connais, ajouta-t-il en appuyant intentionnellement sur la courte phrase –, je dois, moi, retourner à Paris au plus vite : j'ai un roi à sauver !

Goethe garda un instant le silence. Comme tout à l'heure, il regarda Batz au fond des yeux puis, posant une main compréhensive sur son épaule, il soupira :

– J'y vais de ce pas. Voyez-vous, baron, j'aime ceux qui rêvent à l'impossible.

8

Un ange nommé Pitou

Lorsque Batz fut introduit auprès de lui, Brunswick avait repris sa contemplation du portrait de Louis XIV. Le grand Roi, décidément, semblait le fasciner. Il ne l'abandonna qu'à regret pour offrir à son visiteur un visage maussade :

– On me dit que vous voulez partir cette nuit et qu'auparavant vous désirez un dernier entretien avec moi. Je n'aime guère que l'on me sorte de table, mais nous sommes à la guerre. Alors que voulez-vous ?

– Connaître les intentions de Votre Altesse. Elle tient à présent la route de Paris. Quand va-t-elle l'emprunter ?

Le regard lourd du Prussien s'attacha à la mince silhouette qui lui faisait face, tendue comme une corde d'arc :

– Pas cet automne en tout cas ! Je suis comptable de mes soldats. Ils sont épuisés, mal équipés, bourrés de raisins verts, de pommes de terre crues et de blé à peine réduit en farine. Vous avez parcouru mes camps, vous avez vu ces malheureux transis de froid et de fièvre, ces boues sanglantes qui polluent la terre ?... Je dois les ramener au pays pour qu'ils retrouvent la santé et le goût du combat.

– Le goût du combat, ils l'avaient tout à l'heure ! Devant l'ennemi ils s'étaient ressaisis et retrouvaient leur image perdue. Pourquoi n'avez-vous pas engagé les troupes à pied et la cavalerie ? Les Autrichiens sont là à présent et les émigrés ne sont pas loin.

– Parce que je me suis rendu compte que nous étions tombés dans un piège dont nous ne pouvons sortir qu'en négociant.

– Et c'est ce que vous avez dit à Westermann tout à l'heure. Vous allez parlementer ?

– Oui. Votre Dumouriez semble animé des meilleures intentions. S'il abhorre les Autrichiens j'ai cru comprendre qu'une alliance avec la Prusse ne lui déplairait pas...

– Et le Roi, dans tout cela ?

– Sa Majesté Frédéric-Guillaume est un homme sage, capable de reconnaître une vérité...

– Je ne parle pas de lui mais du mien : Sa Majesté Louis, seizième du nom et jusqu'à présent roi de France et de Navarre. Vous l'abandonnez ?

– Il n'est pas en si grand danger que vous voulez bien le dire, baron. Ce Westermann m'a assuré qu'il risque tout au plus une destitution et une résidence surveillée dans l'un de ses châteaux. Cela nous donne tout de même le temps de nous retourner et quand nous reviendrons...

– Mais vous ne reviendrez pas. Cette armée de... va-nu-pieds, comme dit votre maître, vous laissera sans doute passer pour rentrer chez vous avec votre trophée ; ensuite elle vous poursuivra et la guerre, elle la portera sur votre territoire. Elle ne sait déjà pousser que des cris de victoire !

Brunswick haussa dédaigneusement les épaules :

– Vous voilà prophète à présent ?

– Mes prophéties je les ai lues, à la longue-vue, sur les visages ardents de ces jeunes hommes et aussi sur celui de leurs officiers dont la plupart sont mes pairs !

– Ma parole, vous les admirez.

– Mais oui, je les admire, et s'ils n'avaient oublié que le Roi et le royaume sont indissolubles depuis le sacre, je serais à leurs côtés. Malheureusement, il y a cette populace infâme qui hurle à la mort dans Paris et dont on ne peut attendre que le pire. Un pire dont vous êtes responsable en grande partie.

– Vous osez ? s'écria Brunswick devenu plus rouge que son hausse-col.

– Bien sûr j'ose ! Sans votre manifeste insensé, le 10 août n'aurait pas eu lieu, ni d'ailleurs le 2 septembre : les Tuileries n'auraient pas été mises à sac, le Roi jeté à la Tour du Temple et l'on n'aurait pas massacré pendant trois jours dans les prisons le meilleur de notre noblesse ! Vous auriez dû voir le corps éventré de la princesse de Lamballe, sa tête tranchée qu'un des bourreaux faisait friser par un perruquier terrorisé. A présent, vous devez aller au bout de vos menaces ! C'est vous qui avez déchaîné cela. A vous de réparer ce qui peut l'être encore !

– C'est impossible. Je ne peux pas marcher sur Paris ! Trop d'intérêts s'y opposent...

– Des intérêts, reprit Batz avec amertume, je crois pouvoir vous dire lesquels, et c'est, sans doute, ce que Westermann est venu vous rappeler. Vous êtes maçon, n'est-ce pas, Monseigneur, et même le Grand Maître allemand, élu à Willensbad, si ma mémoire est fidèle ? Vous êtes maçon, dis-je, et Danton l'est aussi, et Dumouriez, et le duc d'Orléans et son fils le duc de Chartres... et William Pitt qui hait le roi de France et a juré sa perte. On vous a fait entendre que les loges exigent que soit appliquée l'une de leurs devises, le fameux *Lilia pedibus destrue* *... Après quoi, une autre maison pourrait accéder au trône vide : Monsieur qui louvoie si habilement entre les écueils ? Ou Orléans, mais à ce moment il faudrait changer les emblèmes. Et pourquoi donc pas vous-même qui avez épousé une princesse anglaise ?...

La lourde main de Brunswick s'abattit sur la table :

– Cela suffit, monsieur ! Je ne vous laisserai pas m'insulter plus longtemps ! Sortez ou je vous fais arrêter !

* « Foulez aux pieds les lys » (de France).

– Oh, je vais sortir, soupira Batz. Je sais à quoi m'en tenir à présent. Mais pas sans que vous m'ayez rendu une partie du prix que l'on vous a payé...

A son amère satisfaction, il vit le duc pâlir. Brunswick ne s'attendait pas à cela :

– Payé ?...

– Oui... Avec une partie des diamants de la Couronne volés au garde-meuble avec la complicité de Danton les nuits du 14, 15 et 16 de ce mois. Je ne vous réclame pas la totalité, je veux que vous me rendiez la Toison d'Or de Louis XV. Elle est le joyau le plus précieux de celui qui n'a plus rien et que vous abandonnez. Entre mes mains, elle pourra servir à le sauver. Et ne me dites pas que vous ne l'avez pas : je sais !

– En admettant ? Pourquoi le ferais-je ?

– Parce que je vous crois assez d'honneur pour ne pas vous faire le complice d'un vol crapuleux. Je considérerai le reste comme prise de guerre, mais je veux la Toison !... Et d'ailleurs je vous offre une compensation.

Sur le velours de l'écrin que Batz s'était procuré, le joli diamant bleu trouvé par Pitou se mit à étinceler de tous ses feux azurés. Les yeux du duc s'allumèrent.

– Qu'est-ce que cette pierre ?

– L'un des deux diamants bleus appartenant à la Reine. Celui-là est un achat récent. Il est aussi un peu plus gros que celui qu'elle affectionnait. Il n'en allait pas moins permettre de composer des girandoles comme elle aimait à en porter. On dit... que vous aimiez notre souveraine ?

– J'ai rarement rencontré femme aussi séduisante, murmura le duc fasciné par les feux de la pierre, qui pensait tout haut.

– Eh bien, il vous sera un souvenir d'elle et doublement précieux.

– Il a un nom ?

– Pas que je sache... Pourquoi ne serait-ce pas le « Brunswick » ?

– C'est une idée...

– Et je la crois bonne. Alors, Monseigneur, quelle réponse me donnez-vous ? Allez-vous me rendre la Toison d'Or ou bien en priverez-vous un prince captif et malheureux dont c'est le dernier bien terrestre... Au moment même où vous renoncez à le secourir ?

Brunswick fit quelques pas dans la pièce, alla regarder par l'une des fenêtres, revint au portrait dont le regard impérieux semblait l'attirer comme un aimant et resta là un instant, à l'observer. Enfin, avec un soupir il dégrafa sa tunique d'uniforme, en tira un petit sac de peau dont il dénoua les cordons avant de le vider sur la pièce de soie ancienne qui recouvrait la table. Avec un frisson de joie, Batz vit qu'il s'agissait bien de ce qu'il était venu chercher : la Toison d'Or de Louis XV étincelait devant lui...

– Voilà ! fit le duc sobrement.

Mais quand le baron tendit la main vers le joyau, il l'arrêta :

– Un moment encore ! Comment puis-je être certain que vous me dites la vérité, que ce joyau sera employé pour la sauvegarde de Louis XVI ?

– Et que je ne le mettrai pas simplement dans ma poche ? Rien du tout. Votre Altesse n'a que ma parole, mais le baron de Breteuil peut attester que je suis un homme d'honneur, dévoué corps et âme à son souverain...

– Certes, certes !... Et pourtant vous m'avez menti.

– A quel propos ?

Sans se presser, Brunswick prit dans sa poche une tabatière d'or enrichie de diamants et en tira une prise qu'il parut savourer sans se soucier de l'impatience palpable de son interlocuteur. Enfin, il eut un sourire que Batz jugea carnassier et dit :

– A propos de la jeune femme qui vous accompagne. C'est, paraît-il, l'une des dames de la reine Marie-Antoinette et elle n'est pas américaine. Alors qui est-elle ?

Le visage de Batz se ferma :

– Je n'ai pas le droit de le dire. Ce secret n'appartient qu'à elle. Pour moi, elle est une... précieuse et chère amie...

– Un secret... qu'elle accepterait peut-être de confier à un prince plein de bonnes intentions ?

– Je ne crois pas. Comprenez, Monseigneur : Laura Adams est le nouvel avatar d'une... morte ! Et qui doit le rester !

– Pour les Français j'imagine mais... en émigration, ainsi qu'il serait normal pour une suivante de la Reine, elle n'aurait rien à craindre, surtout sous ma protection.

– Elle aurait tout à craindre au contraire. Si elle était reconnue...

– Elle pourrait l'être à Coblence, à Mayence ou à Cologne, mais pas à Brunswick où l'on n'a guère l'occasion de s'amuser et où la duchesse fait régner une certaine austérité. Au surplus... si nous lui demandions ?

– Quoi ? Si elle préfère rester ici avec vous ou rentrer à Paris avec moi ?...

– Non...

Il avait repris le fabuleux ornement et en faisait jouer les feux entre ses doigts tachés de tabac, puis il suggéra :

– Demandons-lui si elle accepte de rester auprès de moi pour me consoler de perdre cette merveille. Qu'en pensez-vous ?

– Que je ne vous aurais jamais cru capable d'un tel marché ! Car ce n'est rien d'autre... et assez infâme il me semble ?

– Peut-être, mais cette jeune femme est charmante... et j'ai grand besoin de reposer mes yeux sur des objets charmants ces temps derniers.

– L'image du Roi-Soleil ne vous paraît pas assez charmante ?

– Bof !... Nous autres, Allemands, n'avons guère eu à nous louer de nos relations avec lui. Allez donc chercher votre amie et voyons ce qu'elle dira !

– Inutile ! Dans ces conditions...

– Tsst ! Tsst ! Tsst !... Vous allez dire une bêtise ! Dans le genre que vous renoncez à la Toison ? Seulement, considérez que je pourrais garder tout : la fille, le joyau et... vous dont rien ne m'empêcherait de me débarrasser : en guerre les accidents arrivent si vite !

– Les échos pourraient en être redoutables pour la réputation de Votre Altesse, fit Batz avec un maximum de dédain. Je tiens beaucoup plus de place qu'elle ne l'imagine...

– Aussi n'est-ce qu'une figure de rhétorique. Allons, mon cher baron, faites preuve de bonne volonté et allez chercher Miss Adams afin que nous nous en remettions à sa décision.

Il fallut bien s'exécuter. Batz trouva Laura à la cuisine où elle aidait Mme de Dampierre à faire absorber à ses jeunes enfants la maigre soupe de choux cuits avec une mince tranche de lard qui constituaient leur souper de ce soir, les Prussiens ayant confiqué pour leur seul usage la plus grande partie des provisions du château. Habitués à une meilleure provende, les petits renâclaient, protestaient au grand désespoir de leur mère.

– Comment leur faire comprendre que demain ils n'auront peut-être même plus cela ?...

– On peut essayer de convaincre les occupants de se montrer moins exigeants. Au moins pour les enfants, disait Laura au moment où Batz la rejoignit. Il entendit la fin de la phrase, vit les enfants attablés et en quoi consistait leur souper :

– Vous allez pouvoir en parler au duc. Il veut vous voir.

– Pourquoi ?

– Vous allez devoir faire un choix.

– Lequel ?

– Vous verrez bien. Je peux seulement vous dire que je l'avais fait pour vous et qu'il l'a refusé...

A l'entrée du salon, la première chose qui attira le regard de la jeune femme ne fut pas la grande silhouette de Brunswick avachie dans un fauteuil, mais le prodigieux joyau étincelant de tous ses feux d'azur profond et de pourpre sous l'éclairage du candélabre placé auprès de lui :

– Oh ! fit-elle seulement.

Brunswick déplia sa grande carcasse et vint auprès d'elle :

– C'est beau, n'est-ce pas ? Voilà pourtant ce que l'on prétend m'enlever sans contrepartie valable...

Batz bondit :

– Sans contrepartie ? L'un des plus beaux diamants de la Reine ? Votre Altesse est de mauvaise foi !

– Dans toute transaction, l'important est d'être le plus fort, dit le duc en haussant ses lourdes épaules. Souffrez que j'en profite ! C'est ainsi que j'ai estimé, ma chère, que je perdais au change à moins...

– A moins, acheva Batz avec irritation, que vous n'acceptiez de rester dans les bagages de Son Altesse et de la suivre à Brunswick lorsqu'elle nous fera l'honneur de quitter ce pays !

– Ah !

Elle regarda tour à tour les deux hommes, l'un tendu comme une corde d'arc maîtrisant difficilement son envie de sauter à la gorge du prince, l'autre massif et ramassé comme un matou qui s'apprête à jeter sa griffe en avant. Elle s'offrit alors le luxe d'un sourire :

– A Brunswick ? dit-elle. Est-ce que nous n'allons pas tous à Paris ? Est-ce que nous n'allons plus délivrer le Roi ?

– Non, dit Batz. Monseigneur pense que ce serait imprudent.

– Comme il pensait sans doute, aujourd'hui, qu'engager ses troupes eût été dangereux et, bien entendu, Monseigneur pense cela depuis qu'il a reçu ceci ?

Sa voix douce, presque soyeuse, se fit brusquement aussi dure que les pierres en question tandis qu'elle reprenait :

– Ceci qui ne lui a jamais appartenu, qui est le produit d'un vol crapuleux mais qui permettrait de lever une armée, d'équiper une frégate pour arracher le roi Louis, sa femme et ses enfants à leur tour du Temple ! Eh bien soit ! J'accepte le marché ! Partez, baron, moi je reste !

– Laura !...

– C'est dans l'ordre des choses et surtout du pacte que nous avons conclu, vous et moi. Je n'étais qu'un prétexte pour ce voyage. Accordez-moi un rôle plus actif !

Et, se penchant sur la table, elle prit la Toison d'Or qu'elle garda un instant entre ses doigts avant de la porter à Batz :

– Ce sera peut-être encore insuffisant pour sauver notre bon roi, mon ami, mais s'il est trop tard pour lui, il y a ses enfants : le petit Dauphin et... et cette mignonne princesse Marie-Thérèse... Je pense si souvent à elle !

Prise par une soudaine émotion, elle oubliait son personnage et le léger accent qui le caractérisait. Elle le rattrapa vite :

– Partez à présent et n'ayez point trop d'inquiétude : je saurai prendre soin de moi. De toute façon je ne suis pas seule puisque je suis chez Mme de Dampierre...

Elle lui tendit deux mains qu'il prit machinalement sans deviner qu'à cet instant où il allait s'éloigner d'elle, l'ex-Anne-Laure reparaissait avec les angoisses que sa force, à lui, savait si bien apaiser. Peut-être ne le reverrait-elle jamais ; cette pensée lui fut assez déchirante pour qu'elle mesure la place que Jean de Batz tenait à présent dans sa vie...

Ce fut une telle surprise qu'elle ne comprit pas pourquoi – la mine plus sombre encore s'il était possible – il lâcha brusquement ses mains en murmurant entre ses dents :

– Vous êtes bien certaine que c'est la seule raison qui vous pousse à vouloir rester ici ?

Elle eut un geste d'incompréhension auquel il répondit par un haussement d'épaules vaguement dédaigneux avant de jeter rapidement et à voix basse :

– Il vous sera plus facile, ici, d'avoir des nouvelles de gens à qui vous tenez toujours !

Sans lui laisser le temps de réagir, il salua, tourna les talons et sortit, laissant Laura et le duc en tête à tête. Celui-ci avait suivi la scène sans en saisir toutes les implications, concluant simplement que cette charmante créature n'était pas aussi attachée à cet encombrant personnage qu'on pouvait le supposer. Ce qui était une très bonne chose parce qu'elle lui plaisait infiniment et qu'il voyait en elle un agréable repos de guerrier tout à fait propre à effacer les déconvenues des derniers jours. Il alla vers Laura et lui offrit la main :

– Venez à présent. Nous allons reprendre ensemble le souper que cet enragé m'a fait interrompre. Vous devez avoir grand-faim !

– Certes, Altesse ! Mais beaucoup moins que les enfants de ce château à qui vos gens ont ôté le pain de la bouche. Alors, c'est avec eux que je désire souper. Si Votre Altesse se préoccupe de ma santé, elle y pourvoira ! Tant que nous serons ici j'ai l'intention de vivre avec eux !

Elle plongea dans une révérence que la rancune raidissait et regagna la cuisine, mais la flèche du Parthe tirée par Batz lui restait dans la chair.

Ainsi, il ne croyait pas à la pureté de son dévouement ? Si pénible que lui soit le rôle d'otage qu'on lui offrait – et d'un otage qui aurait sans doute à défendre sa vertu –, elle l'avait accepté sans la moindre hésitation parce qu'elle pensait qu'il le souhaitait pour le bien de la famille royale. Et voilà qu'il se méprenait du tout au tout sur la noblesse de son choix : il n'y voyait qu'un moyen de rester auprès de Josse, de le soigner peut-être, et l'image qu'il se faisait d'elle était celle d'une créature veule et soumise, toujours esclave d'un amour qui la dégradait moralement en attendant de la détruire physiquement. Ainsi, il n'avait rien compris et il partait, soulagé sans doute d'être débarrassé d'elle.

Du coin de la cuisine où elle s'était réfugiée, près d'une fenêtre que, pour une fois, la pluie ne brouillait pas, elle vit le valet-cocher atteler les chevaux. Elle vit aussi Batz et Pitou sortir des écuries en discutant sur un mode si animé qu'il ressemblait assez à une querelle et cela lui arracha un faible sourire. Le brave garçon ne devait rien comprendre à ce qui se passait et admettait peut-être difficilement de la laisser en arrière. Il semblait protester avec énergie, mais Batz le prit par le bras et le fit monter presque de force dans la voiture au moment où Biret-Tissot escaladait son siège. Il rassembla ses chevaux. La portière claqua... L'attelage s'ébranla, franchit le pont-levis avec un grondement de tonnerre et disparut dans la nuit, laissant à celle qui restait une horrible impression de solitude.

– On vous laisse là ? demanda doucement Mme de Dampierre.

– Oui. Le duc de Brunswick a exigé que je reste. Une sorte d'otage si vous voulez...

– Quels tristes temps !... En attendant, venez manger quelque chose. On nous a rendu une partie de nos provisions...

Une vieille servante, en effet, était en train de confectionner une omelette au lard qui parfumait l'air. Laura refusa :

– Merci. Je vais monter me coucher. Un peu de repos me fera du bien...

– Comme vous voudrez ; en ce cas, voulez-vous porter un peu de bouillon au gentilhomme blessé qui est votre voisin ?...

Laura regarda le petit plateau que Mme de Dampierre préparait avec une sorte de répulsion, mais demanda machinalement :

– Comment va-t-il ?

– Mieux, ce soir. La blessure est moins grave que l'on ne pensait. Peut-être pourra-t-il bientôt se lever.

– Alors, je préférerais ne pas le... rencontrer. Cela m'est arrivé... une fois... et je préfère ne pas renouveler l'expérience.

– Vous le connaissez ?

– Un peu, oui... Pardonnez-moi !

Et elle quitta la cuisine sans échapper à la phrase mécontente de la servante qui allait devoir grimper là-haut :

– Pas vouloir aider un blessé ! Si c'est pas malheureux !... Ces étrangères ! Toutes des mijaurées !

Du coup, elle se précipita dans l'escalier qu'elle monta en courant, peu désireuse d'être poursuivie par la diatribe de la femme, gagna le couloir sur lequel ouvrait les soupentes, faillit se tromper de porte et finalement se réfugia dans sa petite chambre. Il y faisait un froid de loup, mais une chandelle allumée éclairait le sac de voyage posé bien en évidence sur le lit étroit où l'on avait mis des draps. Elle l'ouvrit pour y prendre un châle de fine laine indienne comme en rapportaient jadis les vaisseaux de la Compagnie des Indes – celui-là était un cadeau de Marie Grandmaison –, s'en enveloppa et, renonçant à se déshabiller, elle se contenta d'ôter ses souliers. Avant de s'étendre, elle s'était aperçue qu'il y avait une clef dans la serrure de sa porte, elle alla la tourner puis revint se coucher en s'enveloppant dans son manteau, souffla sa chandelle et plongea enfin dans ce merveilleux sommeil de la jeunesse qui s'entend si bien à réparer les fatigues du corps en endormant celles de l'esprit... Personne, d'ailleurs, ne tenta d'entrer chez elle cette nuit-là.

Au matin, la bataille ne reprit pas avec le jour. Les canons semblaient s'être tus pour longtemps. Ce qui n'assura pas pour autant la tranquillité aux habitants de Hans : les Prussiens entreprirent de piller le village jusqu'aux fermes les plus reculées, ce qu'ils n'avaient pas eu le temps de faire la veille... Ils le firent avec une brutalité qui précipita Rosalie de Dampierre chez Brunswick :

– Monseigneur, vous ne pouvez réduire un pays tout entier à la misère et à la famine.

– Telle n'est pas mon intention, madame, mais nos convois de ravitaillement, qui sont obligés de contourner l'Argonne, ne nous parviennent plus. Dites à votre Dumouriez de leur ouvrir un autre passage et vous aurez la paix. En attendant, les Français mangeront quand mes soldats n'auront plus faim...!

Laura n'eut pas plus de succès. Il lui fit entendre d'ailleurs qu'il n'avait pour l'instant guère le temps de s'occuper d'elle. Il se satisfaisait de la savoir en son pouvoir – il n'osa tout de même pas dire à sa disposition – pour une longue période et remettait au retour à Brunswick d'établir plus ample connaissance. Ce qui ne signifiait pas qu'il ne la faisait pas surveiller, ainsi d'ailleurs que Mme de Dampierre avec qui elle devait rester durant la journée... La nuit, elle était enfermée chez elle. Bref, si elle avait craint un moment d'être exhibée comme un trophée, elle était pleinement rassurée : son état ressemblait davantage à celui d'une captive qu'à celui d'une favorite...

Si les militaires semblaient renoncer à en découdre, les parlementaires, eux, s'en donnaient à cœur joie. Sous un vague prétexte de prisonniers à échanger, le colonel von Manstein avait été envoyé au château de Dampierre-sur-Auve où campait Dumouriez. Et, à partir de cet instant, on discuta d'un traité convenable, mais, aux Prussiens qui exigeaient un envoyé du roi de France aux pourparlers, les Français ripostèrent par un coup de tonnerre : le 21 septembre, au lendemain même de Valmy, la Convention, qui était le nom de la nouvelle Assemblée, avait proclamé la déchéance du Roi et la République. C'était avec elle et avec elle seule que l'on devait parler.

Au château de Hans, l'atmosphère se tendit à l'extrême. La proclamation de la République désespéra Rosalie de

Dampierre et mit en fureur le roi de Prusse et, bien entendu, Brunswick. Et cela d'autant plus que Dumouriez avait fait manœuvrer son armée de façon à ne plus laisser que deux issues à l'ennemi : continuer sur Paris avec tout ce que cela comportait de risques pour des soldats en mauvais état, ou rebrousser chemin vers Longwy et Verdun... A condition qu'on les laisse retraiter en paix. Le Français, dont les vues se dirigeaient surtout vers la Belgique d'où il voulait chasser les Autrichiens, souhaitait plutôt se concilier la Prusse dont il n'ignorait pas l'antagonisme envers la cour de Vienne... Quant à Brunswick, les liens de la franc-maçonnerie les unissaient et, dès l'instant où le duc les respectait, encouragé par un butin inespéré, Dumouriez n'avait plus aucune raison de le malmener...

Pendant ce temps, Laura vivait une sorte d'enfer, ne sachant plus que faire d'elle-même. Le temps ne s'arrangeant toujours pas, elle passait ses journées à la cuisine, mais eût-il fait beau qu'elle n'en serait pas sortie davantage : deux soldats se relayaient pour la garder et lui interdire toute sortie. Les nuits n'étaient pas plus agréables. Josse allait mieux mais ne pouvait encore quitter sa chambre. Cependant, la cloison entre eux était si mince qu'elle entendait tous les bruits et parfois le son de sa voix lorsqu'on venait lui donner des soins ou lui porter sa nourriture. Et cette proximité lui était affreusement pénible parce qu'elle savait qu'un jour ou l'autre, elle allait prendre fin et qu'elle se trouverait en face de lui. Au moins le jour où l'armée entamerait sa retraite vers l'Allemagne. Que se passerait-il alors ? Le personnage que Batz lui avait fait endosser et auquel elle se cramponnait ne résisterait peut-être pas longtemps ?... D'autant que ce maudit Westermann l'avait dénoncée comme appartenant au cercle de la Reine. Tôt ou tard, Brunswick exigerait la vérité, et Pontallec saurait alors qu'il n'était pas veuf. La solution était sans doute d'essayer de s'enfuir. Mais pour aller où ? Chez Batz ? Elle l'avait déçu et son retour ne serait pas le bienvenu. Le baron l'avait abandonnée à son sort avec trop de facilité pour qu'elle en pût douter. Pourtant, elle s'avouait, durant ses nuits sans sommeil, qu'elle désirait le revoir, reprendre auprès de lui le rôle qu'il lui avait assigné jusqu'à la fin qu'elle avait exigée, mais, en attendant, œuvrer ensemble à la grande tâche qu'il s'était donnée.

Une semaine passa ainsi. Le château et le village souffrirent de la faim. En outre, jamais on n'avait eu aussi froid en début d'automne. Les Prussiens abattaient les arbres du parc pour se chauffer. Ceux que la dysenterie ne décimait pas battaient la campagne à la recherche de gerbes oubliées dans un coin de grange, de quelques pommes de terre encore enfouies dans un champ ou de quelques têtes de bétail que l'on avait réussi à leur cacher. Cette armée qui avait été un modèle au temps du Grand Frédéric ressemblait à présent à une horde de sauvages. Officiers et soldats, naguère encore reluisants de propreté, se distinguaient difficilement les uns des autres. Une épaisse couche de crasse recouvrait les culottes et les tuniques déjà salies par la suie et la fumée. La boue crayeuse avait raidi les guêtres. Les hautes coiffures n'avaient plus de forme et pendaient lamentablement comme des bonnets de nuit le long de figures couvertes de poils hirsutes. Même les armes souffraient et les fusils se couvraient de rouille. Brunswick parlementait toujours. Il avait écrit un autre manifeste, moins violent que le premier, mais exigeant toujours que le roi de France soit rétabli dans ses droits. Dumouriez riposta en lui annonçant que, s'il ne se décidait pas à accepter la retraite encore libre qu'on lui offrait, on aurait le regret de braquer les canons sur Hans et de réduire en poussière village, château et tout leur contenu. Laura, alors, demanda à parler au duc...

Une fois de plus il la reçut dans le grand salon, salon qu'elle eut peine à reconnaître : on était en train de le déménager. Des soldats emportaient plusieurs tableaux. Quant au portrait de Louis XIV, il avait déjà disparu et Laura considéra la place vide avec une stupeur indignée.

– Non seulement vous avez réduit la comtesse et ses enfants à la famine, vous saccagez son parc et en plus vous la volez ? Oh, Monseigneur, quel homme êtes-vous donc ?

Comme ses hommes il avait la barbe longue, des vêtements sales et il considéra Laura et sa simple robe bleue fraîchement repassée avec rancune. En effet, la châtelaine et son invitée forcée mettaient leur point d'honneur – grâce à une petite réserve de savon que Mme de Dampierre cachait jalousement – à garder leur apparence habituelle.

– A cause de vous, j'ai laissé votre ami m'enlever le plus beau diamant bleu qui soit au monde. C'est mon droit d'en emporter au moins le souvenir puisque, sur le portrait, le Roi le porte à son chapeau. Que voulez-vous ? Je n'ai pas de temps à vous consacrer...

– Vous m'en voyez ravie au fond ! Aussi je me demande pourquoi vous tenez tellement à me garder. Laissez-moi partir ! Ma présence, vous venez de le dire, vous rappelle de mauvais souvenirs ; mais je suis venue surtout vous prier d'un peu de compassion pour Mme de Dampierre et ses enfants. Elle n'a plus rien. Vous lui prenez tout, même ses meubles ! Que va-t-il lui advenir dans un château vide au milieu d'une région dévastée ?

– Ce qu'il plaira à Dieu. Autant vous le dire tout de suite, nous allons l'emmener avec ses enfants. Quant à vous, vous lui tiendrez compagnie...

– L'emmener ? Mais quand ?

– Cette nuit. Nous partons cette nuit. Aussi, veuillez me laisser en paix : j'ai encore des dispositions à prendre...

– C'est impossible ! Je ne veux pas aller en Allemagne ! Je n'ai rien à y faire !

– Oh mais si ! Vous aurez à me convaincre que je n'ai pas fait un marché de dupe en vous choisissant. Vous aurez à me plaire par-dessus tout ! Soyez tranquille, ajouta-t-il sur un ton plus doux, vous ne me plaisez déjà que trop pour la paix de mon esprit ! Et je vous promets de vous faire oublier les jours pénibles que vous venez de vivre ! Allez vous préparer à présent ! J'ai hâte d'être loin de cet affreux pays... ma chère Laura !

Elle crut qu'il allait la prendre dans ses bras et s'apprêtait à le repousser quand il s'écarta brusquement d'elle, regardant par-dessus son épaule la porte qui venait de se rouvrir :

– Ah marquis !... Enfin vous voilà debout ! J'en suis très heureux.

Laura se retourna. Appuyé d'une main à une canne et de l'autre au bras de la servante qui le soignait, Josse était en face d'elle. Pâli, amaigri, avec de larges cernes sous les yeux mais sans avoir rien perdu de sa superbe. Pourtant, le sourire insolent qu'elle connaissait si bien s'effaça en la voyant et elle comprit que la surprise cette fois jouait en sa faveur. L'exclamation du duc l'avait avertie de ce qu'elle allait voir ; lui, en revanche, ne s'attendait pas à se trouver devant une copie conforme de sa défunte épouse. Alors que, l'œil incrédule, la bouche entrouverte il la regardait, saisi de stupeur, elle réagissait déjà :

– Nous reparlerons de tout cela plus tard, Monseigneur ! lança-t-elle en forçant légèrement son accent britannique.

Et comme si celui qui entrait était pour elle un parfait inconnu, elle allait passer près de lui avec un léger signe de tête quand il lâcha sa canne, et saisit son bras :

– Par Dieu, madame, qui êtes-vous ?

– C'est vrai, intervint Brunswick, vous ne connaissez pas Miss Adams. Elle est arrivée le jour même où vous avez été blessé...

– Miss... Adams ? répéta Josse.

– Oui. Une amie américaine qui se joint à nous et que j'emmène à Brunswick. Mais d'où vient votre surprise ? Vous avez l'air d'avoir vu un fantôme...

Tandis que Laura se baissait pour ramasser la canne, Josse passa sur son visage une main qui tremblait :

– Pardonnez-moi, Monseigneur mais c'est presque cela ! Miss... Adams ressemble à une dame que j'ai beaucoup connue et qui n'est plus !... A mieux la regarder cependant, je m'aperçois des différences. La personne en question était... beaucoup moins belle. Un peu sotte aussi, elle ne saurait donc être une amie de Votre Altesse !

Laura leva les sourcils sans relever le portrait dédaigneux de Josse, se contentant de demander, avec une hauteur que n'avait jamais eue celle qu'elle avait été :

– Me direz-vous qui est ce monsieur, Altesse ? Nous sommes habitués, nous autres Américains, à être considérés comme des bêtes curieuses par les gens d'Europe, mais je n'aime pas que l'on parle de moi et devant moi sans s'être au moins présenté !

– Vous avez mille fois raison et je vous offre mes excuses ! Voici le marquis de Pontallec, un noble breton au service de Mgr le comte de Provence qu'il représente auprès de moi... Vous aurez l'occasion de faire plus ample connaissance durant notre voyage de retour au pays...

– Ravie ! fit-elle sèchement tandis que Josse ébauchait un salut. Après quoi elle sortit.

Mais sous la froideur de son attitude bouillonnait une tempête. Elle avait beau savoir, depuis des jours, qu'à un moment ou à un autre elle devrait lui faire face, elle n'en était pas moins profondément bouleversée. En rejoignant Mme de Dampierre, elle tremblait de la tête aux pieds ; on n'échappe pas si facilement à des années d'amour même lorsque l'on sait pertinemment que l'objet de cet amour, non seulement ne l'a jamais rendu, mais qu'il n'a jamais rien souhaité d'autre que votre mort.

Son émotion était si forte qu'elle dut, en sortant du salon, s'appuyer contre un mur pour laisser s'apaiser les battements désordonnés de son cœur de chair, celui de l'âme se débattant entre la honte, la crainte et le dégoût. Le chagrin aussi d'avoir tout donné d'elle-même à qui le méritait si peu. Il fallait oublier, oublier au plus vite et, pour cela, fuir un contact que la longue route à venir rendrait quotidien. Mais fuir comment, puisqu'elle était gardée à vue tout au long de la journée ? Le soldat l'avait accompagnée jusqu'au salon et, à présent, il attendait tranquillement pour la ramener à la cuisine.

Ils devaient être les deux seules personnes immobiles dans une maison livrée au massacre : non seulement les Prussiens s'emparaient de tous les meubles et objets précieux mais encore, dans leur rage de partir sans avoir vaincu, arrachaient les boiseries, les tentures, démolissant ce qu'ils ne pouvaient emporter. D'où elle était, Laura aperçut la comtesse de Dampierre. Figée au milieu du vestibule, les enfants serrés contre elle, la pauvre femme regardait avec horreur ces diables hirsutes qui pillaient sa maison. Pour le moment, ils descendaient, sans trop de douceur, la précieuse tapisserie flamande qui avait suscité l'admiration de Batz. Sans se soucier de l'homme qui la gardait, Laura alla vers elle, bouleversée par ce visage sans larmes qui était celui d'un être à l'agonie.

La comtesse tourna vers elle un regard vide :

– Qu'allons-nous devenir ? Ces gens démolissent tout, emportent tout. Il ne nous restera même pas un brin d'herbe pour vivre. Et au village c'est la même chose. Entendez-vous ces cris, ce vacarme ? Ils pillent, ils brisent pour le plaisir. Nous n'avons plus qu'à mourir, mes enfants et moi...

– Il y a une solution : Brunswick vient de me dire qu'il partait cette nuit et qu'il vous emmenait. Moi aussi d'ailleurs...

– Il nous emmène ? Mais pourquoi ?

– Il est conscient, je crois, que vous ne pouvez survivre ici. Alors il vous emmène. Vous devez avoir de la parentèle dans la région... ou plus loin ?

– Non, et je n'ai pas envie d'émigrer. Peut-être, ajouta-t-elle en se ranimant un peu, pourrais-je aller à Longwy, ou à Verdun... Nous y avons des amis... Vous pourriez rester avec nous.

D'un geste de la tête, Laura désigna son mentor :

– On ne me laisse pas le choix. Je dois aller à Brunswick... à moins que je ne me noie dans les douves où l'eau ne manque pas ! Et encore, je ne suis pas certaine qu'on me laisserait faire.

Mme de Dampierre prit son bras et l'entraîna vers l'escalier :

– Patientez un peu et venez avec nous. Il me reste une voiture et j'espère qu'on me rendra des chevaux. Nous voyagerons ensemble et, en route, nous verrons ce que nous pourrons faire, chuchota-t-elle, visiblement réconfortée dès l'instant où il lui devenait possible de faire des plans. Je vais préparer un bagage pour moi et les enfants. Allez rassembler vos affaires et rejoignez-moi dans la cuisine. Gardez confiance, je vous en prie !

Ensemble, mais toujours suivies du garde de Laura, elles remontèrent chez elles. Laura vit que la porte de Josse était grande ouverte, s'assura qu'il n'était pas là et se hâta de rassembler les quelques vêtements et objets de toilette qu'elle avait emportés, boucla son sac, prit sa grande mante et redescendit en courant. La nuit tombait à présent et l'on allumait les chandelles pour que le château continue de briller dans la nuit tandis que les Prussiens l'évacueraient. Les bougies s'éteindraient d'elles-mêmes, à moins que l'une ne tombe et ne mette le feu à la vieille demeure...

Dans la cuisine, Laura aida Mme de Dampierre à piler des grains de blé au mortier afin d'en faire une bouillie dans laquelle on mettrait les quelques morceaux de lard qui restaient au fond du saloir. Assis sagement auprès des bagages, les enfants attendaient : sur leur petite figure cette tension presque joyeuse que suscite l'approche d'un voyage. Emilienne, la dernière servante, avait disparu depuis la veille, retournée sans doute au village. Le garde, lui, attendait...

Soudain, la porte donnant sur l'extérieur s'ouvrit et apparut la copie conforme du soldat qui lui fit signe de le suivre. Le premier lâcha une protestation incompréhensible pour Laura, mais l'autre porta la main à ses lèvres cachées sous une épaisse moustache et fit à nouveau un geste impératif. Avec un soupir, le soldat suivit son camarade, disparut un instant dans la nuit et revint. Ou, plutôt, ce ne fut pas lui qui revint mais celui qui l'avait appelé : ils étaient tellement sales tous les deux qu'il était bien difficile de faire la différence ! Celui-là eut un comportement étrange.

Au lieu d'aller s'asseoir à la place de son camarade, il prit le sac de Laura au milieu des autres, prit aussi son manteau et, saisissant la jeune femme par la main, il l'entraîna au-dehors sans lui laisser le temps de prononcer un mot.

Ne comprenant rien à ce qui lui arrivait et plutôt inquiète sur les intentions de cet homme, Laura voulut résister, protester ; il la tira plus fort et tout en déguerpissant lâcha :

– On court et le plus vite possible ! C'est moi, Pitou !

Laura eut beaucoup de mal à retenir un cri de joie mais se hâta d'obéir. Le terre-plein sur lequel était bâti le château qu'entouraient les douves fut vite franchi. C'était la partie qui regardait le village, un endroit désert, le pont de bois qui les reliait ayant été détruit par les Prussiens.

– Comment allons-nous passer ? chuchota Laura.

– Venez toujours !

Le journaliste s'était mis à suivre le bord de l'eau. La nuit était sombre et, même avec l'accoutumance, il était difficile de s'y reconnaître. Enfin, il trouva ce qu'il cherchait : deux planches jetées au-dessus de l'eau noire.

– C'est moi qui les ai placées là tout à l'heure, dit-il. Vous pensez pouvoir passer sans tomber dans l'eau ?

– Il n'y a pas d'autre passage ? Alors, il va bien falloir y arriver. Ce n'est pas si large, après tout...

Elle avança un pied, sentit la planche trembler et pensa qu'elle n'y parviendrait pas de cette façon. Peut-être en plein jour et avec un balancier comme un funambule ? Respirant un bon coup, elle avala sa salive en tâchant d'y mêler son angoisse et, lentement, s'agenouilla, saisit le bois rugueux à deux mains sans se soucier des échardes et tenta d'avancer à quatre pattes, n'y arriva pas, gênée par sa longue jupe et les jupons de dessous.

– Retournez-vous ! souffla-t-elle.

– Il fait noir comme dans un four...

Il obéit néanmoins. Elle ôta alors jupe et jupons dont elle fit un ballot et, vêtue de ses seuls pantalons de batiste sous le corsage de soie bleue dont elle noua derrière son dos le fichu de mousseline empesée, elle revint à ses planches que, cette fois, elle passa sans encombre. Par chance il ne pleuvait plus, mais il faisait toujours aussi froid et elle frissonna. De son côté, Pitou balança par-dessus la douve le sac de voyage, le manteau roulé en boule et le ballot de linge avec une précision qui lui faisait grand honneur. Après quoi, il franchit à son tour ce fragment de la Bionne et ôta les planches tandis que Laura se rhabillait...

– Où allons-nous ? demanda-t-elle. Les Prussiens sont partout autour du château et dans le village...

– Aussi allons-nous rester là jusqu'à ce qu'ils s'en aillent, fit Pitou tranquillement. Je me suis fait un ami du maréchal-ferrant, Claude Bureau. Les Prussiens ont eu besoin de lui, alors ils se sont contentés de piller sa maison, mais après ils l'ont laissé tranquille. On va passer par-derrière pour aller chez lui. Quand je suis parti il était encore en train de reclouer des fers...

Le village en effet était plein de la rumeur d'une armée qui s'en va, mais le chemin que suivait Pitou était obscur et vide. Avant de s'enfoncer entre deux maisons, Laura se retourna : là-bas le château brillait toujours de tous ses feux et emplissait les échos de la campagne du fracas des dernières déprédations et des ordres braillés par des gosiers hargneux. La hâte qui poussait l'envahisseur vers la route du retour, là où il pourrait trouver à manger, était quasi palpable ; auparavant, il entendait faire payer au pays qui le voyait partir, autant dire vaincu, sa défaite et ses souffrances. Quelque part dans les communs, un incendie s'alluma...

– Mon Dieu ! gémit Laura, ils vont mettre le feu. C'est ce que je craignais...

– Non. S'ils transformaient Hans en torche, les canons français le leur feraient payer cher en leur coupant la retraite qui doit, en principe, se passer sans heurts. On les laisse rentrer chez eux, c'est tout ! A présent, taisons-nous !

Ils remontèrent vers le haut du village et franchirent la petite barrière d'un jardin appuyé à la forge qui résonnait des coups de marteau contre l'enclume. C'était naguère encore un potager, mais cela ressemblait davantage à un champ de mines tant il y avait de trous. Ange Pitou introduisit Laura dans un appentis où se trouvaient les outils de jardin et l'y fit asseoir sur un petit banc :

– Voilà ! Nous restons ici jusqu'à ce qu'ils soient tous partis. Claude viendra nous chercher...

– Vous semblez très amis, en effet. Comment vous êtes-vous connus ?

– De façon un peu brutale... J'arrivais dans le village à la fin d'un jour, habillé en paysan avec mon sac sur le dos... La nuit tombait et il n'y avait âme qui vive. Le village semblait mort et je me demandais si les habitants s'étaient tous enfuis quand j'ai entendu crier une femme. Ça venait de la maison du maréchal-ferrant, mais il n'y avait personne dans la forge. Alors je suis entré et, dans la maison, j'ai vu un Prussien qui violentait une femme. Je n'ai pas réfléchi : je me suis jeté dessus et nous nous sommes battus. Il était plus grand, plus fort que moi : une espèce d'ours féroce. Et puis, tout d'un coup, il a poussé un cri et il n'a plus bougé.

C'est en me relevant que j'ai vu Claude debout devant moi. Il m'a tendu la main pour m'aider à me relever, il tenait encore la masse avec laquelle il venait d'assommer mon adversaire. Il semblait frappé par la foudre et avait des larmes plein les yeux. C'est alors que j'ai regardé la femme. Elle gisait à terre, les yeux grands ouverts, la bouche béante sur son dernier cri, et j'ai compris qu'elle était morte : pour la faire taire le violeur l'avait étranglée.

Nous sommes restés là un moment sans bouger, le forgeron et moi, puis il m'a tendu la main de nouveau. Ce geste a été celui de l'amitié. Claude m'a gardé chez lui et on a jeté le corps du Prussien à la rivière. Moi, j'ai gardé ses vêtements...

– Personne ne l'a recherché ?

– Ils n'en sont plus là. Il y en a assez qui désertent en raison de la faim qui les pousse dehors comme des loups. Et puis ils sont tellement sales, tellement couverts de boue crayeuse qu'on ne les distingue guère. La défroque de celui-là m'a été bien utile pour observer ce qui se passait au château. Un moment j'étais un peu découragé : vous étiez inapprochable. Comment réussir à vous tirer de ce piège ? Claude alors...

– Mais dites-moi d'abord comment vous êtes revenu ? Où est le baron ?

– A Paris, je suppose ! Dès que nous eûmes quitté le château il a été pris d'une hâte étrange, comme s'il sentait que là-bas on allait avoir besoin de lui. Il a dû apprendre sur le chemin la nouvelle de la déchéance du Roi.

– Il a dû ? Où vous êtes-vous séparés ?

– A Pont-de-Somme-Vesles.

– C'est lui qui vous a envoyé ?

– N...on, mais il ne s'est pas opposé à ce que je revienne ici. Il s'est contenté de dire que j'allais perdre mon temps, que... vous étiez trop contente que l'affaire de la Toison d'Or vous donne un bon prétexte pour rester auprès de votre mari.

– C'est cela qu'il croit vraiment ?

– J'en ai peur ! Il dit... que vous êtes de ces femmes qui se complaisent dans leur malheur, qu'il s'est trompé sur vous, que vous êtes... irrécupérable.

– Voilà donc ce qu'il pense de moi ? murmura Laura avec l'impression qu'une énorme pierre pesait à présent sur son cœur. Il a cru que j'acceptais le marché du duc afin de rester auprès de Josse ?... Mais je n'y pensais même pas à cet instant ! Je voulais seulement qu'après l'amère déception que le baron venait d'éprouver, il eût au moins la satisfaction de remporter ce qu'il était venu chercher. Et il n'a rien compris ! Quel homme est-il donc ?

– La bravoure, la noblesse, la générosité mêmes ! Mais... il attend de ceux qui l'entourent un détachement absolu de ce qui n'est pas la cause à laquelle il a voué sa vie.

– Il sait pourtant le peu de cas que je fais de la mienne puisque je voulais mourir et qu'il m'en a dissuadée, me promettant de me donner l'occasion d'en finir... utilement.

– Sans doute, seulement vous avez revu votre époux et dans des circonstances tragiques. Vous l'avez vu blessé, mourant peut-être, et tout a été changé...

– Rien n'a été changé, bien au contraire, car aujourd'hui je l'ai vu à nouveau, debout, toujours aussi sûr de lui et je n'ai plus eu qu'en envie : fuir loin de lui et surtout ne pas vivre à ses côtés le chemin de Brunswick. Et vous êtes arrivé... tel un ange gardien !

Pitou se mit à rire :

– Un ange plutôt crasseux mais très heureux d'être venu à temps ! J'étais certain que le baron se trompait à votre sujet et il fallait que j'en aie le cœur net. A présent tout va bien !

C'était peut-être beaucoup dire car il leur fallut faire preuve d'une longue patience : durant presque toute la nuit, les Prussiens qui remontaient depuis La Lune défilèrent à travers le village pour reprendre le chemin de

Granpré, le seul passage de l'Argonne qu'ils eussent réussi à forcer. Un interminable et lugubre convoi pour lequel, afin d'y entasser les malades, on avait réquisitionné toutes les charrettes, tout ce qui pouvait rouler, y compris les brouettes. Afin d'alléger ceux qui, bien que souffrants, étaient encore capables de marcher, Brunswick leur avait permis de jeter les lourds fusils en disant qu'il leur en donnerait d'autres. Par chance, la nuit était sèche et claire. Durant des heures, dans leur fragile abri, Pitou et Laura écoutèrent ces grincements de roues, ces jurons, ces plaintes parfois, ces roulements de caissons et ces piétinements, ces hennissements auxquels ne se mêla jamais l'écho d'une de ces chansons de marche qui aurait aidé le soldat à parcourir de si longues trottes : cette armée-là était une armée de fantômes... L'écho pourtant fut long à s'éteindre et l'aube n'était plus loin quand la silhouette massive du maréchal-ferrant s'encadra dans la porte de l'appentis.

– Venez ! dit-il. Il n'y a plus personne !

Ils le suivirent dans la maison où un bon feu brûlait dans la cheminée. Laura s'en approcha avec un plaisir visible et Claude Bureau la regarda un instant lui tendre ses mains.

– Alors c'est vous qu'ils avaient prise ? dit-il. Est-ce qu'ils vous ont violée ?

Elle fit non de la tête en le regardant avec une profonde pitié. Cet homme-là aussi avait l'air d'un fantôme avec ses joues blêmes et ses yeux rougis par les larmes et le feu de la forge. Puis elle ajouta :

– Pourquoi me demandez-vous cela ?

– Parce que vous êtes belle... Et qu'il y a du sang sur vos mains. Vous avez eu à vous défendre...

Elles saignaient, en effet, à cause des échardes plantées dans la peau fine.

– Pas contre un homme. Je me suis blessée en franchissant les planches... Mais je veux vous remercier d'avoir aidé mon ami Pitou à me sauver. On allait m'emmener en Allemagne, et, là, je crois que j'aurais subi... ce que vous avez dit.

– On vous réservait au prince ?... Alors je suis content. Je vais soigner vos mains et puis vous mangerez.

Sans la quitter des yeux, il alla chercher des petits ciseaux, une aiguille et une bande prise dans du vieux linge. Avec une délicatesse inattendue, il enleva les menues épines de bois, nettoya les petites blessures et les banda. Pitou, immobile, ne disait rien, conscient du plaisir que prenait son nouvel ami à soigner cette jeune femme. Il savait déjà qu'il adorait la sienne et, d'ailleurs, quand ce fut fini, il l'entendit murmurer :

– Voilà ! Il ne faut pas que vous soyez abîmée. Ce serait dommage parce que vous êtes blonde... comme ma femme ! Maintenant, mangez !

Comme par enchantement un pain de ménage un peu rassis et un jambon salé entamé venaient d'apparaître sur la table qu'une ménagère soigneuse avait longtemps cirée et qui en gardait les traces. Devant l'étonnement de Laura, Pitou sourit :

– Quand il a su que les Prussiens arrivaient, Claude a réussi à cacher quelques provisions...

– C'était pour ma femme, expliqua celui-ci de ce ton un peu enfantin qu'il employait avec Laura. Je ne voulais pas qu'elle ait faim...

Autour d'eux, le village s'animait, chacun sortant du trou où il s'était caché pour voir le premier soleil depuis Valmy éclairer le paysage de désolation. Là-bas, le château vide bâillait de toutes ses fenêtres dont plusieurs étaient brisées. On n'y voyait pas âme qui vive, mais au bord des douves quelques cadavres abandonnés : les corps des soldats morts de maladie, certains même que l'on avait achevés... Si la malédiction de la guerre s'éloignait, le cauchemar n'était pas encore fini...

Il ne l'était pas tout à fait, non plus, pour Laura. Il fallait à présent rejoindre Pont-de-Somme-Vesles où l'on avait une chance de trouver de quoi rentrer à Paris : quelque six lieues à pied par des chemins ravinés et à la merci de soldats perdus ou de maraudeurs, voire de vrais brigands. Pour ce trajet, Pitou tira de son sac son uniforme de garde national, cependant que Laura troquait ses vêtements un rien trop élégants pour courir la campagne contre une jupe, un caraco, un bonnet et une mante appartenant à la défunte Mme Bureau ; Claude les lui donna généreusement. Ce qui ne l'empêcha pas d'éclater en sanglots quand il vit la jeune femme ainsi habillée :

– On dirait qu'elle est revenue, balbutiait-il entre ses sanglots. Et ce fut peut-être pour garder cette image plus longtemps présente à ses regards qu'il décida d'accompagner les voyageurs jusqu'à Pont-de-Somme-Vesles.

– Tout le monde me connaît dans le pays, assura-t-il. On connaît aussi ma force. Avec moi vous arriverez à bon port...

Une précaution qui ne s'avéra pas inutile. A deux reprises au cours de leur trajet, Pitou et Laura rencontrèrent des hommes de mauvaise mine lancés sur la piste de l'armée en retraite dans l'intention de détrousser les cadavres et au besoin d'achever quelques malades. On savait que les Prussiens avaient beaucoup pillé et l'opération pouvait être fructueuse, mais les voleurs n'essayèrent pas de se faire la main sur ce couple composé d'un garde national et d'une paysanne. La carrure de Claude qui les suivait et le merlin porté sur l'épaule étaient tout à fait dissuasifs. Au bout de cinq heures de marche, coupées d'arrêts pour permettre à Laura de souffler un peu, on arriva à destination. Ce fut pour y trouver un détachement des dragons de Valence chargé de s'assurer que la route de Châlons était libre de tout Prussien. Ceux-ci bivouaquaient dans la vaste cour du relais de poste... Où un étrange ornement pendait à un arbre, près de l'entrée : le corps d'un homme portant encore un semblant d'uniforme était pendu par le cou au-dessus d'un tambour. Cette vue fit détourner la tête de Laura avec un haut-le-cœur.

– Vous pendez les vôtres maintenant ? demanda Pitou à un vieux dragon qui fumait sa bouffarde auprès du feu de plein air.

L'autre leva sur lui un regard indigné, tira sa pipe de sa bouche, cracha par terre et expliqua :

– Des nôtres, ça ? Tu veux rire, garçon !... Ça, c'était un nommé Charlat, perruquier de son état, qui nous est arrivé avec un détachement de volontaires traînant avec lui ce tambour. Cette vermine qu'a jamais vu le feu s'est amenée en se vantant de ses exploits parisiens : y s'rait celui qu'a coupé le cou à la malheureuse citoyenne Lamballe et qui, après, a fait friser ses cheveux pour promener sa tête au bout d'une pique. Nous, on est des soldats. Pas des bouchers, ni des assassins ! On veut pas d'ça chez nous ! On lui a fait son affaire ! Les autres ont préféré continuer leur chemin...

Laura cacha son visage dans ses mains, réprimant un sanglot. Elle ne revoyait que trop clairement l'horrible scène devant la prison de la Force. Le vieux soldat eut un bon sourire :

– Faut pas pleurer là-dessus, citoyenne ! Des charognes comme ça, ça déshonore la Révolution !

Laura laissa tomber l'une de ses mains et lui tendit l'autre :

– Je ne pleure pas sur lui ! Vous êtes de braves gens !

Au relais, Claude Bureau accepta seulement de partager un repas avec ses compagnons avant de reprendre le chemin de Hans où il espérait rentrer avant la nuit :

– Portez-vous bien, tous les deux ! lança-t-il en les quittant. On se reverra peut-être ?

– Pourquoi pas ? dit Pitou. Dès l'instant où l'on sait qu'on a un ami !

Laura se contenta de l'embrasser sans rien dire. Il en parut extraordinairement heureux et ce fut d'un pas plus allégé qu'il s'éloigna sur la route qui le ramenait à son foyer désert.

Les deux voyageurs passèrent la nuit au relais, après quoi le maître de poste leur donna une voiture et deux chevaux pour aller jusqu'à Châlons où la poste avait repris un trafic presque régulier.

Ils trouvèrent la ville en fête. Annoncée la veille au soir par des salves d'artillerie et les cloches de la ville, elle célébrait la toute jeune République avec un enthousiasme qui serra le cœur de Pitou. Une effigie de la Liberté, traînée sur un char et entourée de jeunes filles vêtues de blanc, ceintes de rubans tricolores et coiffées de feuilles de chêne entremêlées de roses, fut conduite à l'immense camp militaire pour y recevoir discours et chants patriotiques.

– Mon Dieu, murmura le journaliste. Si c'est partout pareil nous allons avoir une tâche plus difficile encore que ne l'imaginait le baron...

– Difficile ou impossible ?

– C'est un mot qu'il n'accepte et n'acceptera jamais. Moi non plus...

– Alors, fit doucement la jeune femme, pourquoi voulez-vous que moi je l'accepte ? Je veux ma part. Votre baron me la doit... Avec des excuses s'il sait toutefois ce que ce mot-là signifie.

TROISIEME PARTIE

La Tour du Temple

9

L'araignée de Mendrisio

Tandis que Laura et Pitou s'efforçaient de rejoindre Paris, à des centaines de lieues de là, dans une petite cité du Tessin suisse, un homme écrivait, assis dans une loggia fleurie de lauriers-roses en pots. C'était un joli matin ensoleillé, empli de chants d'oiseaux, mais ceux-ci se trouvèrent soudain vigoureusement concurrencés par une voix de femme, un puissant soprano dramatique, lançant aux échos alpestres les premières notes du grand air de Didon.

Ah, que je fus bien inspirée
Lorsque je vous reçus dans ma cour...

Avec agacement, l'homme qui écrivait jeta sa plume et cria :

– Pour l'amour de Dieu, Antoinette, ne pouvez-vous chanter autre chose ?

La voix se tut ; un pas rapide lui succéda et, quelques secondes après, une imposante personne d'environ trente-cinq ans, d'un blond un peu filasse, dodue et de taille plutôt courte mais le port assuré et le nez au vent, effectuait une entrée de reine offensée, clamant sur un autre motif :

C'est toi, cruel, qui veux ma mort
Regarde-moi ! Vois ton ouvrage !...

Le comte d'Antraigues posa de nouveau sa plume et considéra son épouse d'un air accablé. Elle avait l'air d'un gros hortensia rose couvert de bijoux tintinnabulants.

– Combien d'opéras avez-vous chantés durant votre prestigieuse carrière, ma chère ?

– Est-ce que je sais ? Trente... cinquante... Est-ce que cela offre quelque importance ?

– Pour moi, oui, parce que je ne comprendrai jamais ce qui vous fait toujours choisir Didon.

– Le souvenir, mon cher, le souvenir ! Vous ne pouvez pas comprendre : vous n'étiez pas à Fontainebleau lorsque j'ai chanté ce rôle pour la première fois devant Leurs Majestés le 6 octobre 1783. Quelle soirée ! Quel triomphe ! Et ensuite la première à l'Opéra ! Didon a marqué ma vie, mon cher Alexandre.

– Le malheur est qu'elle ait marqué aussi celle de la femme que je déteste le plus au monde : la Reine ! L'a-t-elle assez chanté, votre grand air, pour le beau Fersen !

Et le comte de reprendre en imitant la voix de la Reine et son accent allemand en l'exagérant :

« Ah que che fus bien inzpirée lorsque che vous reçus dans ma gour...

Celle qui était encore, trois ans avant, la célèbre cantatrice Saint-Huberty regarda son époux avec pitié en plantant ses poings sur ses hanches :

– Vous n'avez pas honte ! Alors qu'elle est à présent prisonnière, elle qui aimait tant le théâtre et la musique !

– Elle aurait mieux fait de ne jamais s'occuper d'autre chose et de ne se point mêler de politique ! Alors, chantez ce que vous voulez, Antoinette, mais autre chose ! Il est déjà bien suffisant que vous portiez le même prénom.

– Il fallait vous en aviser avant de m'épouser ! Et la comtesse d'Antraigues aime particulièrement Didon ! Surtout quand c'est la Saint-Huberty qui chante !

Et, prenant à quatre doigts son ample robe de satin pékiné, elle fit la grande révérence qu'elle exécutait naguère sous les bravos et les bouquets de fleurs, ouvrit son éventail avec un air de tête superbe et quitta la loggia en clamant un autre extrait de son opéra préféré :

Va chercher l'Italie, errant au gré de l'onde.
Il saura me venger, ce perfide élément...

Sa voix, cependant, se perdit dans les profondeurs de la vaste demeure et son époux revint à la lettre qu'il était en train d'écrire à l'ambassadeur d'Espagne à Venise, le comte de Las Casas, qui était, parmi d'autres, son correspondant privilégié et son principal bailleur de fonds. Doué d'une plume alerte, volontiers venimeuse, et d'une grande imagination, le comte d'Antraigues, émigré depuis 1790, avait trouvé ce moyen nouveau de survivre – assez largement même – tout en rétribuant les correspondants chargés d'apporter de l'eau à son moulin : une agence de renseignements au service de l'Espagne d'abord, puis d'autres pays étrangers comme l'Angleterre et la Russie.

Depuis sa naissance à Montpellier en 1753, il avait parcouru un chemin bizarre, dû surtout aux contradictions de son caractère. Appartenant à une ancienne famille du Vivarais possédant un château – La Bastide – à trois lieues au nord d'Aubenas, il tenait par sa mère, une Saint-Priest, à la noblesse parlementaire ; le père de celle-ci était intendant du Languedoc et ses deux grands-pères présidents de parlements provinciaux.

Fils d'officier, il perdit son père quand il n'avait que douze ans et fut élevé par un chanoine de Troyes – l'un de ses grands-oncles était évêque de la ville –, l'abbé Maydieu, qui lui fit faire d'excellentes études classiques et lui inculqua son goût pour la République romaine inséparable du gouvernement aristocratique du Sénat. Pour le jeune garçon et dès ce moment, les concepts de « république » et de « toute-puissance de l'aristocratie » furent synonymes.

Ce sera le rêve de toute sa vie. Quant à la royauté qu'il prétend défendre pendant le même laps de temps, il ne la conçoit qu'en se référant aux anciennes coutumes mérovingiennes, où les leudes élisaient ou déposaient le Roi selon leur bon plaisir. Ce qui ne l'empêche pas d'être fasciné par Versailles et, après cinq ou six ans passés aux armées d'où il démissionna, de demander à être admis aux « honneurs de la Cour ».

Ses titres de noblesse sont alors soumis comme il se doit au généalogiste Chérin, qui les refuse : pas assez anciens pour avoir le droit de monter dans les carrosses du Roi et de vivre dans son entourage immédiat. Dépité – il conservera une rancune tenace à la noblesse de la Cour – il voyage, se rend à Ferney chez Voltaire, qu'il ne comprend pas, noue avec Rousseau une amitié orageuse, suivit à Constantinople son oncle Saint-Priest nommé ambassadeur, visite l'Egypte et, à son retour, Vienne et la Pologne. Il en tirera des récits de voyage qui le feront apprécier de la société parisienne à son retour en France. A Paris, il fréquente l'entourage du comte d'Artois, se lie avec les Polignac, Vaudreuil, Sérent et autres habitués de Trianon, grâce auxquels, un beau jour, il peut approcher la reine Marie-Antoinette sur laquelle il fonde de grandes espérances.

En effet, il se sait bel homme, plutôt séduisant et, comme il est assez fat, il se croit irrésistible. Au contraire de ce qu'il espère, il déplaît très vite à Marie-Antoinette : il y a en lui une intense fureur de vivre, une révolte contre toute contrainte, qu'elle soit politique ou religieuse, et un esprit libertin qui choquent la souveraine. Non seulement, elle repousse ses avances mais refuse de le rencontrer davantage. Il ne lui pardonnera jamais et nourrira, dès lors, une haine constante, attentive, patiente comme Marie-Antoinette en suscita souvent, une haine trop semblable à celle du marquis de Pontallec pour que les deux hommes ne se rejoignent un jour. Pour lui, le Roi est une brute, la Reine une catin et il cristallisera sur eux son exécration d'un pouvoir royal qui ne soit pas aux ordres de sa noblesse terrienne.

Philosophe à Paris où l'on apprécie ses libelles et pamphlets, il n'en redevient pas moins « féodal » sur ses terres du Vivarais, où il se rend assez souvent auprès d'une mère inquiète de voir évoluer de façon si peu habituelle la tournure d'esprit de son fils. Inquiète surtout de ses relations affichées avec la cantatrice Antoinette de Saint-Huberty qui fait à l'Opéra la pluie et le beau temps.

Elu député aux Etats généraux, il accueille la Révolution avec la joie de qui pense s'y tailler la part du lion, mais ses contradictions intimes lui feront prendre du champ assez vite. En dépit de son « libéralisme affiché » et de ses « idées éclairées » il a voté contre la suppression des privilèges durant la nuit du 4 août et fait montre d'une certaine hostilité envers La Fayette. Il n'a d'ailleurs jamais éprouvé la moindre sympathie pour les combattants de l'Indépendance américaine. Il a fait paraître *Mémoires sur les Etats généraux* qui rencontre un grand succès de librairie : selon l'état d'esprit dans lequel on le lit, chacun peut y trouver pâture à son goût. Fier de ce succès, il propose alors de mettre sa plume – moyennant une pension ! – au service du Roi. Celui-ci, sur le conseil du baron de Breteuil qui se méfie d'Antraigues, décline l'offre. Qu'à cela ne tienne : le comte la mettra au service de Monsieur dont il se rapproche. C'est ainsi qu'en 1790, il se trouve compromis dans l'affaire Favras (un projet d'enlèvement du Roi pour le remplacer par le comte de Provence) ; devinant que la corde qui avait pendu Favras risquait de s'approcher de son propre cou, il demande « un congé de quelques semaines » à l'Assemblée constituante et quitte la France sous le prétexte de faire soigner son foie par le fameux docteur Tissot de Lausanne. Il s'y installe momentanément et publie contre l'Assemblée nationale un pamphlet qui ne remplit guère sa bourse.

Celle-ci se trouvait même d'une platitude affligeante. Il ne touchait plus, naturellement, les droits seigneuriaux issus du Vivarais qui constituaient la presque totalité de sa fortune et ses droits d'auteur étaient dévorés. Il fallait trouver une solution ; Antraigues la trouva en décidant d'épouser la Saint-Huberty à qui ses cachets et ses tournées, en France et dans les pays voisins, avaient rapporté et rapportaient encore une jolie fortune. Il lui écrivit de venir le rejoindre, elle accourut en mai 1790, donna quelques concerts et accepta finalement – avec une extrême jubilation intérieure – de devenir comtesse d'Antraigues, une élévation inespérée pour une fille d'opéra, révolution ou pas, et dont la comtesse mère de Louis-Alexandre pensa mourir de chagrin dans son Vivarais lorsqu'elle en eut connaissance.

Mais, s'il désirait rester en Suisse, Antraigues souhaitait aussi se rapprocher de la cour de Turin où, au début de l'émigration, le comte d'Artois avait trouvé refuge chez son beau-père. Ce prince légèrement farfelu présentait, pour Antraigues, le type idéal du roi tel qu'il le souhaitait : une marionnette entre les mains des grands qui détiendraient la réalité du pouvoir. Le comte était en effet de ceux pour qui la Fronde avait écrit une grande page d'histoire malheureusement avortée. Il alla donc s'installer à Mendrisio, chez l'un de ses amis, le comte Turconi, qui lui offrait Castel San Pietro comme résidence : c'est là que, le 29 décembre 1790, il épousait Antoinette Saint-Huberty. Là aussi qu'il eut la brillante idée de se mettre au service de l'Espagne en tant qu'agent de renseignements touchant tout ce qui concernait les affaires de la France. Ce qui peut paraître un paradoxe étant donné la distance entre son refuge et le pays natal, et le fait qu'il redoutait par-dessus tout d'y remettre les pieds. En ce qui concernait le monde des émigrés, il était facile à Antraigues qui, de 1790 à 1792, voyagea beaucoup entre Mendrisio, Turin, Milan et Venise, de justifier vis-à-vis de Las Casas les sommes d'argent qu'on lui versait. Ce l'était moins pour la France, encore que les journaux – et il y en avait beaucoup à l'époque – circulassent assez facilement, mais ce que voulait le comte, c'était être au cœur de la politique, savoir ce qui se passait à l'Assemblée, chez les ministres, chez le Roi bien entendu puisqu'il était encore aux Tuileries, et, dans ce but, il eut l'idée de fonder un réseau de renseignements. Il avait gardé des amis, en France, qui voyaient en lui un grand esprit politique et il sut les convaincre de travailler pour lui. C'était le chevalier des Pommelles, retiré de l'armée et servant de secrétaire à deux députés de la Constituante ; Pierre-Jacques Lemaître, d'une famille de négociants rouennais enrichis dans la traite des Noirs, qui avait la conspiration dans le sang, fourrait son nez partout, ce qui lui avait déjà valu quelques séjours en prison ; il avait tout de même réussi à acheter la charge de secrétaire des Finances qui lui donnait l'occasion d'écrire de violents pamphlets contre son ministre. Enfin Duverne de Praile qui, lui, avait fait la guerre d'Indépendance américaine et possédait des relations dans tous les milieux politiques. Ces trois hommes avaient appartenu, comme Antraigues lui-même, comme le vicomte de Mirabeau (le frère du tribun), comme le chevalier de Jarjaye, l'abbé Brottier, beaucoup d'autres... et Batz lui-même, au Salon français, un club fondé en 1788, qui dès 1790 réunissait les royalistes les plus hostiles à toute réforme avec des nuances devenant des failles et des antagonismes : d'un côté les fidèles du Roi, de l'autre les tenants des Princes, à commencer par Monsieur.

C'est donc avec ces trois hommes qu'Antraigues lança son réseau. Leurs rapports prenaient la forme d'innocentes lettres commerciales écrites en lignes espacées permettant d'en ajouter une entre elles avec une « encre sympathique », en l'occurrence du jus de citron qui se révèle en chauffant le papier. Le courrier partait par Troyes et se grossissait parfois de messages en provenance d'un autre affilié, Nicolas Sourdat, ancien lieutenant général de police de Troyes, qui au début avait pris parti ostensiblement pour la Révolution. Grâce à lui, Antraigues n'ignorait rien de ce qui se passait en Champagne ni d'ailleurs ce qui se passait en Provence, grâce encore à un certain Sautayra, député de la Drôme à la Constituante puis à la Législative, dont les apparentes convictions révolutionnaires ne furent jamais suspectées, ce qui par la suite le rendit extrêmement précieux...

Pour en revenir à la lettre qu'Antraigues écrivait en ce beau jour d'automne à son ami Las Casas, elle était surtout destinée à lui faire prendre patience. Le courrier marchait mal depuis le 10 août. La peur avait dû sécher toutes les plumes et le comte manquait d'informations, ce qui justifiait assez sa mauvaise humeur, son inquiétude aussi pour un réseau dont les fils s'étendaient de plus en plus loin. En effet, depuis l'entrée en guerre de la France contre la Prusse et l'Autriche, tout courrier partant hors frontières devenait suspect, les « informations commerciales » pouvaient être taxées d'espionnage ou d'intelligence avec l'ennemi, ce qui menait tout droit à l'échafaud. Enfin, ces deux sentiments jumeaux se trouvaient renforcés par l'impatience de voir arriver la grande nouvelle espérée.

Il ne faisait aucun doute pour le comte que les armées de Brunswick, de l'Autrichien Clerfayt et des émigrés ne feraient qu'une bouchée de celle des va-nu-pieds. La route de Paris était sans doute ouverte et, à cette heure, Brunswick devait avoir pris Paris... Paris qui aurait, poussé par une rage désespérée, massacré les prisonniers du Temple, laissant le champ... et le trône libres à Monsieur, que l'on rejoindrait bien vite pour profiter de la manne tombant obligatoirement sur ceux qui l'auraient aidé à s'emparer de la couronne... Comme il ne pouvait avoir d'enfants, celle-ci reviendrait vite au comte d'Artois. Au besoin on y aiderait.

Ainsi rêvait Louis-Alexandre, le nez et la plume en l'air, suivant vaguement de l'œil un choucas attardé tandis que les échos du château résonnaient à présent du désespoir de Didon. Ils arrivaient toujours sous la loggia et l'époux exaspéré se levait déjà pour lui crier de se taire quand Lorenzo, son serviteur, entra pour annoncer un visiteur :

– M. Carlos Sourdat demande à voir Monsieur le comte. Il arrive de France...

– Carlos Sourdat ?... Ah oui, le fils ! Fais-le venir !

Un jeune homme d'une vingtaine d'années, portant comme tout voyageur un peu aisé un manteau à collet, des bottes courtes sur des culottes collantes et un chapeau – que d'ailleurs il tenait à la main, montrant des cheveux noirs et des yeux d'Espagnol –, entra mais n'eut qu'à faire trois pas pour trouver Antraigues venu à sa rencontre avec un grand sourire.

– Quelle joie de vous voir, mon garçon ! Vous m'apportez la grande nouvelle ?

– La grande nouvelle ?...

– Mais oui ! Votre présence en est la preuve : les routes sont libres. Brunswick, Frédéric-Guillaume et Monsieur sont à Paris ?

– Non, ce n'est pas une bonne nouvelle que j'apporte.

– Pas une bonne ?... Ah, je vois ! Ces maudits Parisiens ont massacré le Roi et peut-être aussi sa famille pour se venger. C'est dramatique ! Je le ressens cruellement, mais nous devons aller de l'avant, faire confiance à nos princes qui, grâce à Dieu, sont toujours vivants...

Il semblait parti pour faire une conférence, avec un tel feu que le jeune homme se demandait comment l'arrêter. Finalement, il prit le parti de crier plus fort que lui :

– Par pitié, monsieur le comte, laissez-moi parler ! Votre joie m'effraie...

Coupé net dans son enthousiasme, Antraigues laissa retomber ses mains qu'il élevait vers le ciel comme pour le prendre à témoin de son triomphe.

– Ma joie vous effraie ? articula-t-il.

– Oh combien !... A cette heure le duc de Brunswick, le roi de Prusse et Mgr d'Artois avec ses émigrés doivent être de retour en Allemagne. C'est la raison pour laquelle mon père m'a envoyé, avec quelques risques bien entendu ! Il craignait qu'une lettre ne se perde ou ne tombe en de mauvaises mains. Et puis, moi, au moins, je peux répondre aux questions...

– Qu'est-ce que vous dites ?

Des quelques phrases émises par Carlos, Antraigues n'avait retenu que le début, mais il l'avait mieux entendu que sa question ne le laissait supposer et, quand le jeune homme voulut répéter, il lui imposa silence d'un geste de la main tout en retournant à son siège, où il s'assit lourdement avec l'air d'oublier totalement son visiteur. Il se remit à parler, mais cette fois c'était à lui-même :

– Impossible !... C'est mathématiquement impossible ! Une pareille armée ! La plus forte d'Europe et elle aurait reculé devant des troupes d'incapables qui ne savent que brailler en agitant des piques ? Les dernières nouvelles que j'ai reçues parlaient déjà de débandade. Alors, comment tout cela est-il possible ?... Non, ça ne l'est pas ! Il y a sûrement une erreur quelque part !

Carlos Sourdat se racla la gorge et dit :

– Sans doute dans les nouvelles que vous avez reçues, monsieur. Il y a eu bataille, à Valmy, où l'on s'est canonné durant des heures mais sans engagements de corps. Ensuite... on a traité et le général Dumouriez a permis à l'ennemi de faire retraite...

Les derniers mots firent bondir le comte :

– A permis ? cracha-t-il. Avez-vous bien conscience des mots que vous employez, jeune homme ?

– Je n'emploie que les mots mêmes de mon père. Il vous fait dire qu'il ignore ce qui s'est passé exactement à Valmy mais qu'il s'efforce d'en apprendre le fin mot. Un bruit court à Paris, où il s'est rendu : on suppose que le vol des diamants de la Couronne a été commandé par Danton afin de pouvoir acheter Brunswick. C'est possible, mais il faut admettre que les troupes prussiennes et autrichiennes, décimées par la dysenterie, les fièvres et le temps abominable, ont eu quelques excuses...

– Foutaises ! Le temps était le même pour ceux d'en face...

– Mais ils n'étaient pas coupés de leur ravitaillement. Ils étaient chez eux, appuyés par la population, avec des abris plus convenables que des tentes de toile... Encore une fois, nous ne sommes pas informés des faits réels...

– Et le Roi ?

– Il n'y a plus de Roi. Il est déchu et la République est proclamée. Pour l'instant il est toujours au Temple mais on parlerait d'un procès...

– Ah !

– Vous allez laisser ce jeune homme debout encore longtemps ? claironna Mme d'Antraigues qui venait aux nouvelles. Vous ne voyez pas qu'il est rompu de fatigue ?

Le comte tressaillit et abandonna à regret la sombre rêverie où il pensait s'ensevelir.

– Oh !... oui, sans doute ! Je vous demande excuse, jeune homme ! Il faut vous reposer bien sûr. Mme d'Antraigues va prendre soin de vous. Nous nous reverrons plus tard...

Il était écrit, apparemment, que la sombre rêverie ne serait pas pour tout de suite. A peine Didon-Saint-Huberty eut-elle disparu avec son invité que le roulement d'une chaise de poste dans la cour intérieure attirait le comte à une fenêtre. Le véhicule poussiéreux devait venir de loin ; la portière ouverte révéla de larges souliers à boucle et la soutane d'un ecclésiastique. La seconde suivante, le père

Angelotti tout entier apparaissait au grand jour et le comte d'Antraigues dévalait les escaliers pour accueillir comme il convenait un homme qui arrivait de Coblence, qui était le confesseur de la comtesse de Balbi, la maîtresse déclarée de Monsieur et, assez souvent, l'ambassadeur occulte de celui-ci. On allait avoir d'autres nouvelles.

Petit, noir de poil, noir de peau – ses ablutions matinales ne lui prenaient guère de temps –, Angelotti, jésuite de profession et de caractère, avait de longues oreilles qui lui étaient fort utiles. Elles offraient un curieux contraste au visage rond dans lequel des yeux de chat, flottant entre le jaune et le vert, ne soulevaient que rarement le rideau de leurs lourdes paupières et pas toujours en même temps.

Antraigues l'embrassa comme un frère :

– Mon ami ! Vous avez fait tout ce chemin pour venir jusqu'à moi et vous arrivez à un moment où je suis plein de trouble et d'incertitudes ! En vérité, c'est Dieu qui vous envoie !

– Si ce n'est lui, c'est celui qui pourrait recevoir, un jour prochain, sa sainte bénédiction pour rendre à la France sa dignité et son bonheur perdus... Quand dîne-t-on chez vous, mon cher comte ? Je meurs de faim !

– A onze heures comme tout le monde, mais je vais vous faire servir un petit en-cas avec un peu de vin d'Espagne..

Le sachant frileux, Antraigues établit son visiteur dans un vaste fauteuil placé au coin du feu allumé, dans la pièce qui lui servait de cabinet de travail les jours de mauvais temps. Le père s'y épanouit comme une fleur au soleil, tendit ses grands pieds à la flamme, croqua quelques massepains, les fit passer avec trois verres de xérès, poussa un soupir de satisfaction, rota et, croisant ses mains sur son ventre, releva les coins de sa bouche en une grimace qui pouvait passer pour un sourire :

– Ah ! Voilà qui est mieux ! Je me sens prêt à répondre, à présent, à vos questions.

– Mes questions viendront quand vous m'aurez délivré votre message, cher ami... car je suppose que Monsieur vous en a donné un pour moi ?

– En effet ! Il tient en peu de mots : tout va mal ! Vient alors en corollaire une question bien naturelle : que faisons-nous ?

Les épais sourcils du comte remontèrent d'un coup au milieu de son front :

– J'espérais que vous veniez me le dire. Il n'y a pas une heure que j'ai appris le désastre de Valmy et la volte-face du duc de Brunswick renonçant à marcher sur Paris. Je vous avoue que je n'en suis pas encore remis et vous venez me demander ce que nous faisons ! Encore faudrait-il que je sache où nous en sommes au juste. Pouvez-vous au moins me dire ce qui s'est passé à Valmy ?

– Plus exactement au château de Hans où Brunswick cantonnait. Certes, l'état de ses troupes n'était pas des meilleurs, mais les Prussiens sont solides et en ont vu d'autres ; seulement, deux grains de sable sont venus s'infiltrer dans les rouages d'une machine que nous espérions si bien montée. Le premier étant la franc-maçonnerie qui voulait que le duc s'abstienne pour des raisons que je ne développerai pas, le second revêtant la forme flatteuse d'un trésor : les diamants de la Couronne, dont une part appréciable va remplir les poches de notre conquérant manqué.

– On m'en a parlé. C'était donc vrai ?

– Tout ce qu'il y a de plus vrai et vous imaginez sans peine quelle douleur cette affaire cause à Monsieur ! Les joyaux de famille volés par les hommes de Danton et remis à celui qui aurait dû lui permettre de rentrer à Paris en triomphateur ! Il y avait surtout la fameuse Toison d'Or du roi Louis XV, qui est une pièce inestimable et dont Monseigneur déplore la perte. A ce propos, il aimerait que vous et vos gens essayiez de la récupérer.

– Moi ? Mais je n'ai personne à Brunswick et je ne vois pas bien qui pourrait aller voler quelque chose dans le bourg médiéval d'Henri le Lion !

– Si ce n'était que cela, nous pourrions nous en charger nous-mêmes mais la Toison d'Or n'ira jamais là-bas. Elle est déjà repartie pour Paris dans la poche d'un de vos amis. Le baron de Batz a su convaincre le duc de la lui rendre.

Un observateur attentif aurait pu entendre grincer les dents du comte. Depuis des années il haïssait l'homme du Roi de toutes ses forces, celui-ci ne lui ayant jamais caché le mépris qu'il lui inspirait.

– Que faisait-il là-bas ?

– Je vais vous le dire. Monsieur, n'ayant pas pu suivre lui-même Frédéric-Guillaume et Brunswick, avait délégué l'un de ses plus zélés serviteurs, le marquis de Pontallec. Vous connaissez ?

– Depuis longtemps. Nous sommes amis.

– Ce qui n'est pas le cas de Batz. Arrivé là-bas sous un déguisement à la veille de la bataille, si on peut l'appeler comme ça, il a tranquillement provoqué Pontallec en duel et lui a mis deux pouces de fer dans les côtes...

– Il est mort ?

– J'ai dit dans les côtes. Pas dans le cœur. Il se remet. Heureusement, il avait avec lui l'un des serviteurs de Monsieur chargé de le surveiller plus ou moins. Monsieur, vous le savez, n'a confiance en personne. C'est cet homme qui a suivi les événements. Mais, écoutez encore !... Le baron de Batz était accompagné d'une jeune Américaine très séduisante, Laura Adams, amenée là sans doute pour séduire le duc. Il semble qu'elle ait réussi. Au cours d'un entretien orageux où Batz a sommé le duc de poursuivre sa mission qui était de s'emparer de Paris et de délivrer le Roi, il a tout juste réussi à lui arracher la Toison d'Or, mais il a dû abandonner sa compagne qui est restée au château...

– Voilà qui est intéressant ! Si Brunswick y tient, elle peut nous être utile. Une Américaine !... C'est très original !

Et le duc qui est collectionneur a dû être sensible à cette... rareté !

– Sensible ou pas, de toute façon il ne l'a plus. Elle lui a faussé compagnie la nuit où il a quitté Hans pour rentrer chez lui. Et puis, Miss Adams n'intéresse pas Monsieur. Ce qu'il veut c'est la Toison. Elle lui serait une grande consolation dans l'état actuel de ses affaires...

– Je me doute qu'elles ne lui donnent guère satisfaction. A propos, il est toujours à Coblence ?

– Non. Il doit être en route pour Düsseldorf avec Mgr d'Artois. Le prince-archevêque a fait entendre à ses neveux qu'il ne pouvait plus les garder chez lui. Au moins pour leur propre sécurité : les Français de l'armée du Rhin ont commencé la conquête de la région tandis que Dumouriez se dirige vers la Belgique dont il veut chasser les Autrichiens. Mais les hasards de la guerre sont ce qu'ils sont et Monsieur ne désespère pas de coiffer un jour la couronne de France dans la cathédrale de Reims. Vous savez que le procès du Roi est décidé ?

– Je ne sais rien du tout ! Voilà au moins dix jours que je n'ai plus de nouvelles. Ainsi, ils vont le juger ? C'est un peu ce que j'attendais... Et bien entendu le condamner ?

– Oui, mais à quoi ? L'exil ? Sûrement pas ! Trop dangereux ! La prison à vie ? Cela représenterait une infinité de problèmes...

– A mort, bien sûr !

Les lourdes paupières se fermèrent presque entièrement, ne laissant filtrer qu'un filet jaunâtre :

– Ce serait la meilleure solution... pour tout le monde. Mais ce n'est pas si facile. La loi du royaume, on n'en parle plus : l'oint du Seigneur, le roi sacré par Dieu, et la lèse-majesté qui valait à l'imprudent d'être tiré à quatre chevaux, vieilles lunes !... Seulement, la Constitution garantit la personne du Roi.

– N'employez donc pas tout le temps ce mot ! grogna Antraigues. Depuis qu'il a signé lâchement cette constitution, Louis n'est plus roi pour moi ni pour mes amis... Et en outre, il est déchu !

– Que c'est beau un esprit libre et évolué ! Pourtant, mon cher ami, il l'est encore pour beaucoup de monde... Et jusque dans la nouvelle Assemblée où il garde sinon des partisans avérés du moins des gens qui reculeront devant un vote sacrilège. Un vote qui serait l'équivalent d'un parricide...

– Pas pour Philippe d'Orléans qui se fait maintenant appeler Philippe Egalité ! Celui-là guigne toujours la place !...

– Il ne l'aura jamais ! Même le peuple qu'il a tant caressé se détache de lui. Bientôt il sera suspect. Et plus encore si le Roi meurt. Il y aura toujours des gens pour rappeler qu'il est de la famille... Le peuple a trouvé un jouet magnifique qui lui permet de se livrer à tous ses instincts les plus bas mais, en dessous de tout cela, bien caché, restent les antiques superstitions, les craintes de la damnation. Cela peut amener, un jour, une réaction quand le temps générera le remords. Louis est un homme bon, juste et compatissant. Le peuple l'aimait et l'aimerait peut-être encore s'il n'était tombé sous la coupe de Marie-Antoinette. Celle-là n'a jamais été française. Elle n'a jamais mis les pieds hors de Versailles et de Paris, sinon pour aller à Varennes. Et le peuple la déteste d'autant plus qu'il était tombé sous son charme autrefois...

– Il n'est pas le seul et je sais tout cela aussi bien que vous. Alors, à mon tour de vous poser la question : que faisons-nous ?

Le jésuite appuya ses coudes à son fauteuil et joignit les doigts de ses deux mains en se fourrant le bout des index dans le nez.

– Oh, c'est fort simple ! Pour que Monsieur puisse revenir un jour en pacificateur, en bon père de famille...

– Qu'il n'a pas ! grogna Antraigues. Il est impuissant !

– Dieu que vous êtes désagréable avec vos visions au ras du sol quand je commence à m'envoler ! Mais je réitère avec une légère variante... En bon père de la famille France, chrétien jusqu'à la moelle des os et les mains pleines d'absolutions pour tout le monde, il faut un martyr à la maison de Bourbon ! Donc...

– Un seul ? Monsieur ne se contentera jamais du rôle de Régent !

– A chaque jour suffit sa peine. J'ai souvent pensé que ce que l'on construit sur des ruines est souvent plus solide que du neuf !... Et n'oubliez pas la Toison d'Or ! Outre qu'elle est un symbole, elle représente une énorme valeur marchande et nos princes sont plutôt désargentés... Ah, voilà enfin une bonne nouvelle !

Lorenzo venait d'entrer pour annoncer que le dîner était servi et que Mme la comtesse attendait... On gagna la grande salle médiévale dont les voûtes basses gardaient si bien la fraîcheur en été et l'humidité en hiver. Comme on était entre les deux, un petit feu était allumé dans la vaste cheminée et se révélait plus décoratif qu'utile ; mais la table était bien servie et reçut un sourire approbateur de l'invité. Debout devant, Mme d'Antraigues, qui avait troqué ses satins pékinés pour de la soie noire comme si elle rendait visite au Pape, vint baiser avec révérence la main du jésuite comme s'il était évêque ou le maître d'un grand monastère. Il fut sensible à la muette flatterie qui valut à l'ancienne pensionnaire de l'Opéra un sourire satisfait de son époux, heureux de constater aussi qu'elle avait eu le bon esprit de ne pas convier le jeune Sourdat à ces agapes ecclésiastiques. Convenablement nourri, le fils de l'ancien lieutenant de police devait être en train de prendre un repos bien gagné.

On dîna donc le plus agréablement du monde, Angelotti donnant à son hôtesse des nouvelles de la cour émigrée avec autant de sollicitude que s'il s'agissait de membres de sa famille : une façon comme une autre de la remercier du baise-main ! Et l'ex-Saint-Huberty appréciait, roucoulait, se tortillait avec des mines de chatte devant un bol de crème. Elle n'aimait rien tant qu'être traitée en grande dame. Malheureusement, c'était un plaisir qu'elle ne goûtait pas souvent.

Il n'est si bon moment qui ne s'achève et, après que l'on eut pris le café devant le beau paysage de montagnes vertes, de lointains bleus et de cimes blanches encore plus lointaines, on se sépara. L'abbé Angelotti alla faire une sieste méritée dans l'appartement qu'on lui avait préparé et dont les murs épais étouffèrent ses ronflements ; Madame alla rejoindre son cuisinier pour établir avec lui le menu du soir et le comte retourna sur sa loggia où, déchirant la lettre commencée pour Las Casas qu'il faudrait reprendre avec cette fois autre chose que du roman, il entreprit d'écrire quelques lettres aux lignes un peu espacées, donnant des nouvelles d'une famille mythique à une autre qui avait la chance unique de vivre à Paris ; ou encore de commander des objets aussi urgents que des tringles à rideaux, de la soie pour recouvrir un salon, du fromage de Brie ; une autre enfin où il était question d'une cargaison d'huile de baleine...

Quand ce fut fini, il tailla une plume neuve, alla chercher un citron dont il pressa une moitié dans une coupelle, se rassit et, entre deux des lignes de chaque épître, il traça trois mots, toujours les mêmes :

« Louis doit mourir. »

Cela fait, il cacheta les lettres au moyen d'un sceau innocent représentant une branche d'olivier. Carlos Sourdat les emporterait lorsque demain il repartirait pour la France.

Enfin, il écrivit une dernière lettre, longue celle-là et destinée au comte de Provence qu'il confierait au père Angelotti. C'était une sorte de serment d'allégeance, rédigé dans un style élégant comme l'aimait Monsieur, plein de formules diplomatiques destinées à persuader le prince d'un dévouement qui n'avait plus d'autre but que le faire roi aussi vite que possible. Il ajouta quelques mots touchant au « joyau disparu » en disant qu'il ferait de son mieux pour essayer d'en retrouver la trace mais sans trop s'avancer. Il ne saurait être question pour Antraigues de prendre des engagements fermes et cela pour deux raisons dont il n'exposait qu'une seule : la difficulté qu'il y aurait à arracher la fabuleuse Toison à Batz, qui était loin d'être un enfant de chœur ; la seconde était tout simplement qu'en cas de succès, Antraigues était bien décidé à la garder pour lui. Il connaissait la merveille pour l'avoir vue portée un jour par Louis XVI. Il y avait là de quoi assurer la fortune de plusieurs générations. Or, depuis le 9 février, le comte était père d'un petit garçon prénommé Jules sur lequel une nourrice veillait plus attentivement que ne le faisait la mère, pour qui l'entretien de sa voix était la grande préoccupation quotidienne. Cet enfant était le talon d'Achille d'un homme qui, avant son arrivée, ignorait qu'il pût éprouver tendresse et désir de protéger plus faible que lui. Certes, il voulait la fortune pour lui-même, mais il la voulait aussi pour cet enfant et les sommes versées par Las Casas au nom de l'Espagne ne représentaient pas un revenu suffisant. Il fallait trouver autre chose et le père Angelotti venait, sans le savoir, de lui donner des idées.

Son courrier achevé, Antraigues se laissa aller dans son fauteuil, s'accouda confortablement, posa son menton dans sa main et s'accorda enfin cette profonde rêverie que les événements du jour ne lui avaient pas permise ; elle n'avait rien de sombre, elle se parait au contraire des couleurs éclatantes de la Toison avec son fabuleux diamant bleu, son fantastique rubis et la collection de diamants gros ou petits qui la composaient. Il ne pouvait être question de confier à qui que ce soit la quête de cette splendeur. Seul, le Régent, l'énorme diamant rose, avait peut-être plus de valeur quoique plus difficile à négocier ; et puis Danton, qui avait toujours besoin d'argent pour parer sa jeune et jolie femme, avait dû poser dessus son énorme patte... De toute façon l'on pourrait s'en occuper plus tard. Pour le moment il fallait retrouver la Toison d'Or...

Au terme de ses réflexions, le comte en vint à conclure qu'en cette affaire il ne pouvait s'en remettre qu'à sa femme ou à lui-même. Certes, Antoinette souhaitait beaucoup revoir Paris, mais son esprit vaniteux la rendait capable des pires sottises car elle ne se résoudrait jamais à s'y rendre de façon clandestine. Alors la sagesse ne serait-elle pas de faire la besogne lui-même, de ressusciter ce personnage de négociant italien, Marco Filiberti, qui lui avait déjà rendu tant de services ? Evidemment, cela impliquerait son retour en France avec tous les dangers y afférents et l'abandon momentané à son second, l'abbé Delarenne installé à Bellinzona, de la toile d'araignée si soigneusement tissée dont il entendait étendre encore les zones d'influence. C'était sans doute un grand risque, mais le jeu peut-être en valait la chandelle.

Longtemps, Antraigues pesa le pour et le contre. Quand un crépuscule mauve enveloppa les murailles rousses du vieux château tessinois, il n'avait encore rien décidé. Sinon d'écrire une dernière lettre à confier le lendemain au jeune Carlos Sourdat, pour son père qui la diffuserait à l'agence de Paris. Il faisait savoir qu'au moment de la bataille de Valmy, le baron de Batz était apparu chez le duc de Brunswick sous l'apparence d'un médecin américain accompagné d'une séduisante jeune femme blonde, américaine elle aussi, nommée Laura Adams : « Je veux que l'on me retrouve cette femme qui peut m'être fort utile », ajoutait-il en conclusion.

Il sablait sa lettre quand les échos du soir lui apportèrent les clameurs trop familières de Didon s'apprêtant à s'immoler par le feu.

– Allons souper ! marmotta-t-il entre ses dents. Il est grand temps de terminer le concert pour aujourd'hui...

10

La harpiste de la Reine

Pour la première fois, la guillotine avait quitté la place de Grève. Ses bois sinistres se dressaient devant le garde-meuble. La loi décidait en effet que les coupables d'un crime fussent exécutés devant le lieu où ils l'avaient accompli. Or, en ce jour d'octobre gris et triste, déjà froid, on allait exécuter trois des voleurs des diamants de la Couronne. Trois seulement alors que, durant les nuits de rapines, une quarantaine de personnes avaient participé à l'opération. Et ces trois-là – deux hommes et une femme – ne comptaient pas au nombre des chefs. Ils n'étaient guère que ce que l'on appellerait plus tard des lampistes. Seulement voilà, ils avaient eu la sottise de se faire prendre.

La foule qui se pressait autour de l'échafaud, maintenue à distance convenable par un cordon de municipaux, ne s'y trompait pas. Elle n'était ni houleuse ni agressive, consciente que ces gens-là n'appartenaient pas à « la haute » quelle qu'elle soit et qu'ils étaient plutôt des siens. Chacun se disait d'ailleurs qu'à leur place il n'aurait sûrement pas résisté à la tentation de l'aubaine. Et ils n'avaient tué personne, ces malheureux que Sanson, le bourreau, attendait debout avec ses aides auprès de son instrument. Mais ils avaient volé la Nation et, ce faisant, ils l'avaient volé lui, le Peuple souverain, et ça c'était le crime sans pardon, même si ledit peuple n'avait jamais vu la couleur de ce trésor ailleurs que sur les portraits de ses rois...

Assis sur le piédestal à demi écroulé de l'ancienne statue équestre de Louis XV jetée bas le 10 août dernier, le citoyen Agricol causait avec son amie Lalie, la tricoteuse. Ils s'étaient retrouvés là par hasard. Batz était venu pour voir si ces malheureux allaient se laisser égorger sans se décider, devant la mort, à révéler le peu qu'ils savaient. Le bruit courait, en effet, qu'ils avaient gardé un silence obstiné. Ce n'était pas normal. On avait dû leur faire miroiter une grâce de dernière minute. Il fallait savoir si elle viendrait.

Quant à Lalie Briquet, elle n'était pas venue pour assister à un spectacle sanguinaire, moins encore pour lancer la mode des tricoteuses rangées devant l'échafaud, mais simplement pour voir le conventionnel Chabot qui avait annoncé à grand fracas – il ne s'exprimait guère qu'en hurlant – qu'il assisterait à cet holocauste offert aux joyaux de la Couronne envolés. Chabot, c'était le point de mire de toutes ses actions, c'était son gibier à elle et, pour la joie de le voir agoniser un jour devant elle, celle qui avait été la comtesse Eulalie de Sainte-Alferine était prête à tous les sacrifices, à toutes les compromissions afin d'assouvir sa vengeance.

L'affaire remontait à trois ans quand, après la prise de la Bastille, la Grande Peur s'était abattue sur les châteaux de province, déterminant la première vague d'émigration. A cette époque, la comtesse vivait avec sa fille unique dans un joli manoir au nord de Blois. L'évêque de la ville était alors le célèbre abbé Grégoire, homme d'idées avancées et de grande culture. Il avait pour vicaire un Rodézien de trente ans, François Chabot, dont la prime jeunesse s'était déroulée dans un couvent de capucins rouergats sans qu'il eût d'ailleurs la moindre vocation religieuse. Il n'était même pas sûr qu'il eût aimé Dieu un seul jour. En revanche, il éprouvait pour les femmes une attirance quasi monstrueuse. Il devait un jour avouer à son « ami » Robespierre : « J'ai un tempérament de feu. J'aime les femmes à la fureur et cette passion exerce sur mes sens et sur tout mon être un empire irrésistible. » Or Claire de Saint-Alferine avait seize ans et c'était la plus radieuse beauté blonde qui se pût voir. Chabot, qui comptait cependant dans le diocèse quelques maîtresses, en devint fou et tenta par tous les moyens de l'attirer à lui. On le vit même un peu trop souvent au château, au point que la mère, inquiète, lui signifia l'interdiction de franchir à nouveau sa porte. Vint le temps des attaques de châteaux, ces quelques jours qui allaient mettre une grande partie de la France à feu et à sang. Chabot décida d'en profiter. Déguisé en paysan, il prit la tête d'une bande armée qu'il excitait aux pires horreurs, en spécifiant bien qu'il était un domaine dont il se réservait l'usage mais sans priver ses bons amis du spectacle. C'est ainsi qu'en présence de sa mère qu'on avait liée sur un fauteuil, la jeune fille fut livrée nue à Chabot qui, à quatre reprises, assouvit sur elle sa lubricité bestiale avant de laisser ses associés en jouir à leur tour. Après quoi, la bande alla poursuivre plus loin ses exploits, non sans avoir mis le feu au manoir et en oubliant, bien sûr, de détacher la châtelaine. Ce fut l'un des serviteurs qui avaient pu s'enfuir qui revint à temps pour la délivrer, mais Claire, elle, était morte, trop fragile pour le sort barbare qu'on lui avait fait subir.

Malheureusement pour elle car la mort eût été une délivrance, Mme de Saint-Alferine était une femme d'une grande force d'âme. Ni son cœur ni sa raison ne craquèrent durant l'odieux supplice. Elle enterra sa fille avec l'aide du fidèle serviteur puis se cacha, réussit à surprendre deux des assassins de son enfant et allait peut-être atteindre Chabot quand celui-ci, ayant jeté définitivement le froc aux orties, partit pour Paris. Elle le suivit, demanda et obtint sans peine l'aide de Jean de Batz qu'elle connaissait depuis longtemps, et fit naître, avec lui, le personnage de Lalie Briquet qu'elle entendait attacher aux pas de Chabot jusqu'à ce que sa vengeance soit satisfaite. Or, pour lui, elle ne se contenterait pas d'un coup de fusil comme pour ses complices : la honte, l'horreur subies par sa fille avaient été publiques : elle en voulait autant pour son meurtrier.

– Je veux pour lui l'échafaud, les ricanements d'une populace dont il n'aurait jamais dû sortir, la peur sur le visage et dans les yeux. Je veux jouir de son agonie...

– Je vous y aiderai de toutes mes forces, mais cela risque d'être long. Ce misérable a entamé une carrière politique en jouant sur les pires instincts du peuple, qui l'adule autant que son ami Marat...

– J'ai tout mon temps, baron ! L'important est le résultat et, pour cela, je veux savoir jour après jour ce qu'il fait...

Et c'est ainsi qu'un beau matin Lalie Briquet était entrée au club des Jacobins avec ses aiguilles à tricoter et une pelote de laine dans la poche de son tablier. En ce jour d'octobre, comme d'habitude, elle attendait Chabot...

Un murmure passa sur la foule comme une risée sur la mer, un remous se propagea, le pas mesuré des chevaux, les grincements des roues d'une charrette annoncèrent l'arrivée des condamnés : deux hommes jeunes qui, debout, le visage crispé, regardaient approcher leur mort, et une femme dont on ne voyait que le haut de la tête car elle était écroulée dans la paille garnissant la charrette. On dut la hisser sur l'échafaud où elle devait mourir la première et la soutenir ensuite pour l'amener jusqu'à la planche de la bascule. C'est alors qu'un homme bondit sur la plate-forme, les bras écartés, en clamant :

– Citoyens ! Citoyens ! Ces gens ne sont pas les vrais coupables.

Lalie eut un tressaillement et le citoyen Agricol posa aussitôt sa main sur son poignet. C'était Chabot dans la tenue qu'il affectionnait : en chemise ouverte jusqu'à la taille sous une carmagnole douteuse, les jambes à moitiés nues dans un pantalon déchiré, le bonnet rouge enfoncé sur la tête au-dessus de son long nez pointu. Sa voix forte à l'accent rocailleux tonna sur la place soudain silencieuse :

– Citoyens, reprit-il, je suis là pour vous demander de faire grâce. Ces gens sont de bons enfants qu'on a pris au hasard parce qu'il fallait bien qu'on nous livre des coupables pour que le ministre Roland n'ait pas de comptes à nous rendre, mais ceux qui ont volé, ce sont les aristos, les suppôts de Capet et de l'Autrichienne afin de les soustraire à votre juste colère ! C'est eux qu'il faut aller chercher et amener ici si vous voulez les vrais coupables, et moi...

A ce moment, il fut rejoint par l'officier municipal chargé de surveiller l'exécution :

– Ça suffit, citoyen Chabot, fit-il avec rudesse. Tu n'as pas droit de t'opposer à la justice quand elle a rendu une sentence...

– Sentence inique ! Sentence criminelle ! Je dis, moi, que nous devons tous aller au Temple pour en tirer le gros cochon et sa putain, et les amener ici...

– Leur tour viendra ! Pour l'heure, c'est celui de ceux-ci. Qu'ils aient travaillé pour qui que ce soit, il n'en ont pas moins volé le bien du peuple et, de toute façon, le garde-meuble n'était pas leur coup d'essai ! Citoyen Sanson, fais ton devoir !... Et toi, citoyen Chabot, fais-moi la grâce de m'accompagner ensuite jusqu'à la Convention. On verra bien si elle t'a chargé d'une mission... Allons, descends ! Sinon je fais monter mes hommes.

– Vous entendez ? brailla l'ex-capucin. Vous entendez comment on me traite, moi, député de la Convention ?

Il n'en suivit pas moins l'officier tandis que le bourreau expédiait la femme Leclerc qui, en voyant disparaître l'espoir suscité un instant par l'interrupteur, venait de s'évanouir...

– Il était pourtant à sa place là-haut, gronda Lalie entre ses dents ! Mais il faudra bien qu'un jour je l'y voie monter pour n'en plus descendre.

Les deux hommes moururent avec courage en dépit de leurs regards affolés. Ils avaient cru un instant que Chabot apportait leur grâce.

– Moi aussi je l'ai cru, murmura Batz, comme si ce monstre qui a considéré les massacres de septembre comme un simple détail dans son plan d'extermination pouvait jamais apporter une grâce !... Viens, citoyenne ajouta-t-il tout haut, y a plus rien à voir et j'te ramène chez toi !

Ils quittèrent le piédestal vide pour se diriger vers la rue « Florentin » mais en serrant de près les abords des Tuileries pour passer au plus large de l'échafaud. La foule ne se dispersait pas encore, attentive à ne rien perdre de l'enlèvement des corps et du nettoyage. On voulait aussi savoir si les bois de justice resteraient là désormais ainsi que le bruit en courait. Peu intéressé par tout cela, le couple avançait assez vite quand il se trouva soudain en face d'Ange Pitou en uniforme de garde national. Appuyé à la barrière du Pont-Tournant, il semblait perdu dans la contemplation du garde-meuble. Or Batz ignorait son retour. Oubliant le personnage qu'il assumait, ce fut de sa voix naturelle qu'avec un rien de raideur il demanda :

– Vous êtes rentré ? Comment se fait-il que je ne vous aie pas vu ?

Surpris, Pitou quitta sa pose nonchalante pour considérer ce vieil homme en sabots avec ses cheveux gris, son bonnet rouge, sa carmagnole et ses lunettes, derrière lesquelles les yeux noisette qu'il connaissait bien brillaient de colère. Et puis il y avait cette voix inimitable.

– Nous sommes arrivés seulement hier soir, dit-il avec un sourire amusé. J'avais l'intention d'aller vous voir, mais ce matin je me suis retrouvé de service ici.

– Nous ? Vous l'avez donc ramenée ?

– Bien entendu, sinon je ne serais pas ici. Je vous ai dit, je crois, que je comptais m'attacher à ses pas si elle refusait de me suivre parce que avec ces gens elle était en danger...

– Ainsi, la cause que vous prétendiez défendre, vous l'auriez abandonnée pour cette femme inconstante ? fit Batz avec amertume.

– Elle n'est pas une femme inconstante : elle est seulement une femme malheureuse... Et elle m'a suivi avec enthousiasme. Il était temps que j'arrive d'ailleurs : cette nuit-là on levait le camp...

Jusqu'à présent personne ne s'était intéressé à eux, mais Lalie qui surveillait les entours jugea que cela pourrait bien ne pas durer longtemps :

– Si on allait boire un godet ? proposa-t-elle. Rien n'vaut un bon cabaret pour causer affaires...

– Ça serait bien volontiers, citoyenne ! Mais je suis de garde encore une heure. Allez boire sans moi ! fit Pitou gaiement.

– On s'verra ce soir, reprit Batz en réendossant son rôle. Il ne put cependant s'empêcher de demander : Où est-elle ?

– Chez Nivernais, mais elle ne peut pas y rester. Et chez moi c'était pas possible à cause de ma logeuse...

Sans répondre, le citoyen Agricol fit un geste d'adieu et entraîna sa compagne. Pitou les regarda disparaître dans la foule en se demandant ce que son chef avait l'intention de faire de Laura. S'en occuperait-il encore ou bien avait-il l'intention de l'abandonner au sort qu'elle se choisirait ? De toute façon, il fallait compter aussi avec la jeune femme. Hier, quand la diligence de Châlons les avait déposés tous les deux aux Messageries de l'ex-rue Saint-Denis, elle avait refusé farouchement de se laisser ramener à Charonne :

– J'aurais trop l'air de venir demander pardon alors que je n'ai rien à me reprocher. Je le regrette à cause de Marie que j'aime beaucoup, mais je crois qu'au fond il n'est pas mécontent d'être débarrassé de moi...

C'était une question que Pitou s'était déjà posée sans pouvoir y répondre : nul ne pouvait se vanter de savoir ce qui se passait au juste dans la tête du baron... Il s'était donc résigné à faire monter Laura dans un fiacre et à prendre avec elle le chemin de la rue de Tournon en pensant qu'après tout ce n'était pas si idiot. Proche de Batz, le vieux duc était au courant du changement d'identité de sa jeune amie et, si d'aventure il était absent – les marques de bonne volonté données à la Nation lui avaient valu de n'être pas inquiété et surtout emprisonné après le 10 août – ou peut-être émigré, la jeune femme pourrait reprendre le logis de John Paul-Jones dont elle était censée être la parente. Dans l'autre cas, Laura serait accueillie avec affection. Ce dont, au fond, elle avait le plus besoin...

L'homme qu'elle retrouva n'était plus tout à fait le même que lors de son retour de Bretagne. C'était un être brisé par la douleur. Certes, les massacreurs de septembre ne l'avaient pas touché, mais ils avaient tué son gendre, le duc de Brissac, qui avait pris dans son cœur la place du fils perdu. Arrêté à Orléans, le duc, qui avait commandé la Garde constitutionnelle du roi, avait été ramené à Versailles d'abord avant d'être conduit vers Paris avec d'autres prisonniers. Le 9 septembre, à l'angle de la rue de l'Orangerie et de la rue Royale, une foule hurlante s'était abattue sur les chariots où les captifs étaient entassés et les avait tous massacré. Brissac était connu dans la ville des rois, on savait en outre qu'il était devenu l'amant de Mme Du Barry, l'ancienne mais toujours ravissante favorite de Louis XV, et quelqu'un avait eu une bonne idée. On était parti en cortège pour le petit château de Louveciennes où elle vivait toujours en dépit du saccage de sa maison, pillée par des voleurs trop bien renseignés. On remonta les allées du parc. Une fenêtre était ouverte, celle du petit salon où elle se tenait toujours, et là... on avait jeté à ses pieds la tête sanglante de celui qui était son dernier et son plus pur amour...

– La nuit venue, elle l'a enterrée de ses mains dans son jardin, cette tête dont elle avait pensé mourir de terreur, sanglotait le vieux duc devant Laura désolée. Pauvre,

pauvre femme ! Elle s'était d'abord réfugiée en Angleterre, mais elle était revenue pour lui, pour le revoir, bien plus que pour essayer de retrouver ses joyaux volés... Ce qui m'étonne, c'est qu'on ne l'ait pas massacrée elle aussi...

Ne sachant que dire, Laura écoutait ce récit qui n'en finissait plus, où se mêlaient des réminiscences du doux autrefois et du passé plus proche, quand le duc se rendait dans le petit hôtel de la rue de Bellechasse pour apprendre l'anglais à une toute jeune femme esseulée. Pitou, qui était encore là, écoutait, inquiet. Il voulut même emmener Laura quand il s'aperçut que le vieil homme, ayant tout oublié de ce que lui avait appris Batz, continuait à l'appeler Anne-Laure et lui demandait des nouvelles de son époux.

– Vous ne pouvez pas rester là, murmura-t-il alors. Ce vieux monsieur vous aime beaucoup, c'est évident, mais il perd un peu la tête et vous allez être en danger...

– Laissez-moi rester deux ou trois jours. Je suis si fatiguée, mon ami ! Je désire seulement dormir, dormir... Et puis Colin et Adèle qui servent le duc depuis des années sauront se conduire comme il faut avec moi. Ce sont de si braves gens ! Croyez-moi, le danger ne sera pas grand même si le duc s'égare un peu...

Il avait bien fallu en passer par où elle voulait, cependant Pitou en rentrant chez lui n'en pensait pas moins. Il se promit de courir chez Batz dès le jour venu mais sa logeuse, qui veillait sur lui avec des yeux un peu trop tendres, lui remit un pli arrivé dans la journée : en termes comminatoires son chef de section lui faisait savoir qu'il avait tout intérêt à se présenter le lendemain s'il ne voulait pas être obligé de renoncer à porter le brillant uniforme de la Garde nationale, ses absences réitérées et prolongées étant assez mal vues en haut lieu. Il se hâta donc d'obtempérer, sachant le prix attaché par Batz à cet uniforme qui permettait d'aller partout. Et en remerciant le ciel d'être rentré à temps. Sa rencontre avec son chef lui parut de bon augure.

Aussi, vers la fin de l'après-midi se rendit-il chez Corazza, le café-glacier du Palais-Royal, qui était à la mode depuis longtemps et dont les jacobins avaient fait leur antichambre. Le public y était mélangé. Souvent on y voyait paraître Chabot, toujours prêt à se lancer dans une harangue incendiaire. Un environnement dangereux, du moins en apparence, pour qui faisait de la conspiration son pain quotidien. C'était justement la raison pour laquelle Batz y donnait ses rendez-vous à visage découvert. Il ne faisait d'ailleurs que suivre une habitude. Du temps de la Constituante, Corazza était le rendez-vous des monarchistes tandis que le café de Chartres était celui des tenants d'une royauté constitutionnelle. On l'y connaissait sous le simple nom de Batz, en élidant le titre nobiliaire – et l'on y appréciait sa réputation de financier émérite, d'homme de plaisir, amant d'une comédienne illustre tenant volontiers table ouverte, ainsi que sa générosité : il payait souvent à boire et donnait parfois des conseils judicieux. Il ne se mêlait jamais de politique et affichait des goûts paisibles pour le café et les glaces à la vanille. En résumé, un client auquel on tenait bien qu'il fût toujours d'une élégance sobre, n'ayant rien à voir avec la « mode » actuelle du débraillé, de la carmagnole et du bonnet rouge, sous lesquels, d'ailleurs on ne voyait pas plus Robespierre, Camille Desmoulins, Saint-Just et quelques autres...

Pitou trouva Batz chez Corazza. Ils portèrent ensemble l'obligatoire toast à la Nation, après quoi le journaliste entreprit de raconter à haute et intelligible voix l'exécution à laquelle il venait d'assister, y compris l'intervention de Chabot. Ce qui eut pour effet immédiat de lancer une controverse générale. L'atmosphère devint assourdissante et Pitou, dont on se désintéressa vite, put, abrité par la tempête, échanger quelques propos avec son ami.

Il décrivit brièvement l'état dans lequel il avait trouvé le duc de Nivernais et ses absences de mémoire qui pouvaient s'avérer désastreuses dans une maison abritant un corps de garde.

– Il ne faut pas qu'elle reste là, conclut-il. Il me semble qu'il avait été question de la confier à un couple américain ?...

– Oui, les Blackden qui étaient les derniers intimes de John Paul-Jones. Malheureusement, ils ont disparu, comme la plupart de leurs compatriotes. Les massacres du mois dernier les ont épouvantés et ils se sont éparpillés dans les campagnes environnantes, mais où ? Tout ce que je sais, c'est que leur ambassadeur, Gouverneur Morris qui est mon ami, est parti pour Seine-Port près de Fontainebleau...

– Ce n'est pas si loin, je peux l'y conduire ?

Le baron eut l'ombre d'un sourire :

– Laura chez Morris ? C'est l'agneau chez le loup. L'homme à la jambe de bois ne peut pas voir une femme un peu jolie sans lui sauter dessus. Comme il est plutôt bel homme et fort riche, cela lui réussit souvent.

– Je vois... Mais si vous l'abandonnez à elle-même Dieu sait ce qu'elle va faire ! En outre, n'oubliez pas qu'elle vous a été fort utile... Et qu'elle ne demande qu'à l'être encore. Sinon elle n'a plus de raison d'exister. Sauf peut-être...

– Quoi donc ?

– Cette affection que, depuis le 10 août, elle porte à...

– La petite Madame ? Vous y croyez ?

– Oui. Nous en avons parlé en revenant de Châlons. Elle a l'impression que l'enfant qu'elle a perdue aurait ressemblé à... cette petite fille et elle s'est attachée à elle spontanément...

Sans répondre, Batz acheva sa tasse de café. Il se moucha et lança à Pitou un regard noir :

– C'est bon. Allez la chercher et ramenez-la à la maison !

– Inutile. Vous pouvez être certain qu'elle refusera. Vous oubliez un peu vite que vous l'avez offensée en attribuant son dévouement à un regain d'intérêt pour un homme qui n'en a aucun...

– Oh que si, il en a ! Comme tout ce qui gravite dans l'entourage immédiat d'un prince sulfureux. Quelque chose me dit que je regretterai toute ma vie de l'avoir manqué, celui-là !

Et, se levant brusquement, le baron jeta un assignat sur la table, prit son chapeau rond et sortit du café sans plus s'occuper de Pitou.

– Quel foutu caractère ! marmonna celui-ci. Et moi, à présent, qu'est-ce que je fais ?

N'ayant pas de réponse immédiate à la question, il but d'un trait le verre de limonade qu'on lui avait servi, mit ses pieds sur la chaise abandonnée par Batz et se mêla de nouveau à la discussion qui se poursuivait autour de lui.

Il eût cessé de se poser des questions s'il avait pu voir, à la nuit tombante, une voiture noire qui pénétrait dans la cour de l'ancien hôtel de Concini, saluée par le poste de garde, eu égard au chapeau empanaché de plumes tricolores qui en coiffait l'occupant : pour ce soir, le citoyen Batz appartenait à la Commune. Une audace qui lui avait déjà réussi, la plupart des militaires de l'époque ignorant, à quelques exceptions près, les noms de ceux dont se composait la Commune de Paris et les noms de nombreux personnages « officiels » dont était faite la Convention...

Le vieux duc le reçut avec l'amitié qu'il lui avait toujours témoignée, mais Batz comprit que Pitou n'avait rien exagéré quand il lui dit :

– Je vais dire à notre chère Pontallec que vous êtes là. Je sais bien que vous lui avez donné un autre nom mais je n'arrive jamais à m'en souvenir... Un moment s'il vous plaît !

Un instant plus tard, Laura, seule, le rejoignait, toujours vêtue de la robe bleue qu'elle portait depuis Valmy. Adèle l'avait soigneusement nettoyée et repassée. Un grand fichu blanc croisé sur la poitrine et noué sur les reins lui rendait d'ailleurs une fraîcheur. Un instant, la jeune femme et le baron se regardèrent en silence comme deux duellistes qui s'étudient et, bien qu'elle n'eût pas répondu à son salut, ce fut lui qui commença :

– Je suis venu vous chercher, dit-il doucement. Vous ne pouvez pas rester ici.

– Et la raison s'il vous plaît ? Je suis chez un ami...

– Un ami qui peut vous perdre par simple inadvertance.

– Le mal ne serait pas bien grand. Au fond, je suis fatiguée de cette comédie...

– Pourquoi ? Parce que je me suis mépris, à Hans, sur vos intentions profondes ? Si c'est cela, je vous offre mes excuses bien sincères...

La voix était chaude, à son habitude, mais le ton teinté d'une ironie qui déplut à la jeune femme :

– En ce cas je les accepte... bien sincèrement et à présent vous pouvez me laisser.

– Pour que vous fassiez quoi ? Retourner à vos brillants projets de suicide ?

– Cela me regarde.

– Non, Laura Adams, cela ne vous regarde plus. Vous oubliez que nous avons conclu un pacte aux termes duquel le choix de votre mort m'appartient. Vous m'avez donné des droits sur le contrôle de votre vie et je viens les réclamer...

Le regard de la jeune femme s'échappa pour se perdre dans les profondeurs du salon à demi démeublé. Batz sentit sa lassitude comme s'il l'avait touchée du doigt. Surtout quand elle murmura :

– Ne pouvez-vous l'oublier, ce pacte ? Vous me l'aviez proposé dans une bonne intention : celle de m'arracher à moi-même ; au fond, je ne vous suis pas d'une grande utilité.

– C'est à moi d'en juger. Vous faites désormais partie de cette petite troupe de soldats sans uniforme que j'ai réunis pour le service du Roi, mon maître, et il se trouve que vous avez parfaitement joué à Valmy le rôle que je vous avais assigné. Trop bien peut-être puisque je me suis mépris. Mais sachez-le, cela peut arriver encore...

– Ce n'est guère encourageant. Pitou qui a pour vous une sorte de dévotion doit faire erreur quand il prétend que vous ne vous trompez jamais.

– Il sait à présent que je ne suis pas infaillible, ce qui ne l'empêche pas de me garder sa confiance. Et puis je crois m'être déjà excusé et j'ai horreur des redites. Venez-vous ? Marie vous attend. Elle sera heureuse de vous revoir...

– Moi aussi, mais je...

– J'ai besoin de vous. Pour le Temple !

Le visage de Laura s'éclaira soudain. Le mot pour elle était magique : il évoquait la tête blonde d'une petite fille qui avait su toucher son cœur rien qu'en la regardant et en mettant sa petite main dans la sienne. Elle le répéta en écho :

– Pour le Temple ?

– Oui, c'est à ceux de là-bas que je dois consacrer désormais tout mon temps, toutes mes pensées. Ils mènent une vie précaire au milieu de gardiens grossiers qui les insultent et les abreuvent d'humiliations, mais nous arrivons malgré tout à communiquer avec eux. Venez-vous cette fois ?

– Oui. Pardon de vous avoir fait perdre un peu de ce temps dont je comprends à présent combien il est précieux, mais il ne faut pas m'en vouloir. Je me suis sentie tellement abandonnée...

Il alla vers elle, prit sa main et, les yeux dans les yeux :

– Ça je ne veux pas le savoir. Il faut vous mettre dans la tête que si le besoin s'en faisait sentir, je vous abandonnerais encore. Quel que soit le danger que vous couriez. Dans une conspiration, un chef ne doit jamais avoir d'état d'âme ! Allez vous préparer ! Je vais parler au duc.

Une heure plus tard, Laura retrouvait la petite chambre tendue de toile de Jouy où tout était comme elle l'avait laissé. Seul, le tilleul devant la fenêtre perdait ses feuilles.

Marie, pour sa part, la reçut comme l'enfant prodigue, avec une affection qui toucha Laura en même temps qu'elle se réchauffait dans l'atmosphère sereine et douce dont la jeune comédienne semblait détenir le secret ; on se sentait bien auprès d'elle et il n'était pas difficile de deviner pourquoi Batz l'aimait... Ce qui l'était davantage, c'était de se défendre de l'envier.

L'enclos du Temple, jadis établi par les templiers, avait joui à Paris, depuis le Moyen Age et jusqu'à la Révolution, d'un statut particulier, une sorte d'exterritorialité bien commode pour ses habitants parce qu'il constituait une ville dans la ville, défendue par des murailles hautes de huit mètres et des tours. Il avait abrité le palais du Grand Prieur appartenant au comte d'Artois puisque celui-ci était le dernier à porter ce titre, des bâtiments conventuels, une église, un donjon appelé la tour de César et une foule d'autres bâtiments. Il comprenait en outre de beaux hôtels particuliers, des boutiques d'artisans qui, non soumis aux règles corporatives, pouvaient travailler librement et des débiteurs insolvables qui s'y trouvaient à l'abri des poursuites. Au total 4 000 habitants, tous exempts d'impôts.

Depuis le 13 août, le Roi et sa famille habitaient le gros donjon sourcilleux construit sous Saint Louis par le frère Hubert. C'était une énorme tour carrée, haute de près de cinquante mètres et de quinze mètres de côté, flanquée de quatre tourelles rondes, le tout surmonté de toitures pointues portant de grandes girouettes. Y était accolée sur la face nord une construction plus petite, appelée la petite tour, où logeait l'archiviste. C'est dans cette tour qu'au début on avait installé la famille royale après en avoir tiré l'archiviste parce qu'elle était au moins habitable. Le temps d'installer l'intérieur du donjon dont on avait partagé les surfaces par des cloisons...

La répartition des logements était alors la suivante : les officiers de service au rez-de-chaussée ; au premier étage le corps de garde, au second le Roi, le Dauphin et l'unique valet de chambre qu'on leur laissa, au troisième la Reine, Madame Royale, Madame Elisabeth et le ménage Tison qui était, en principe, un couple de domestiques, mais dont les trois captives auraient bien aimé être débarrassées car ils étaient les pires que l'on pût avoir. Des espions haineux, grossiers et mal embouchés...

– ... Ils ne cessent de se plaindre d'être surchargés de travail, continua Batz qui venait d'exposer la situation de la famille royale aux quelques fidèles venus le rejoindre. Mais en fait, l'homme précieux, celui qui fait tout et qui représente notre espoir, c'est Cléry. Il était valet de chambre du Dauphin au palais et quand on a renvoyé les serviteurs qui avaient suivi leurs maîtres au Temple, il a demandé non seulement à continuer sa tâche, mais à être mis aussi à la disposition du Roi. C'est dire qu'il a accepté de s'enfermer avec Leurs Majestés sans espoir d'en sortir. Cela donne la mesure de son dévouement, mais s'il était seul au monde, nous aurions quelque peine à obtenir des nouvelles des prisonniers. Heureusement il est marié à une femme de cœur, tout aussi admirable que lui. C'est par elle que ces nouvelles nous arrivent...

– Comment cela se peut-il ? demanda Charles de Lézardière, un jeune Vendéen qui, avec ses parents et ses frères – dont l'un, prêtre, avait été massacré en septembre –, s'était mis récemment à la disposition de Batz ainsi que la maison de Choisy-le-Roi. Assis entre Marie et Laura, il suivait avec une passion visible la petite conférence du baron.

– C'est assez simple bien qu'extrêmement dangereux. Au moment des massacres, Cléry a mis sa femme à l'abri dans une petite maison de Juvisy-sur-Orge. Depuis qu'il est enfermé au Temple, il a obtenu, pour elle et pour sa sœur, la permission de venir chaque jeudi lui apporter du linge propre, des vêtements nettoyés et tout ce dont il pourrait avoir besoin. Il leur remet, en échange, son linge sale et, à la faveur de l'échange, des petits billets sont glissés qui nous renseignent. Jusqu'à présent, le rôle de la sœur de Mme Cléry était joué par une amie de la Reine, Mme de Beaumont, mais elle vient de tomber malade et il faut quelqu'un pour aider Louise à transporter ses paniers...

– Je suis comédienne, je peux jouer ce rôle-là, proposa Marie avec un sourire...

– Non, Marie. D'abord la Grandmaison est beaucoup trop connue. En outre, j'ai besoin que vous restiez ici. N'oubliez pas que vous y tenez table ouverte et que vous accréditez ma réputation de joyeux égoïste.

– En ce cas ce sera moi ! dit Laura tranquillement. Je ne sais pas où est Juvisy mais je suis sûrement assez forte pour transporter des paniers ou des sacs comme le faisait cette dame...

– Surtout avec le coche...

– Mais, coupa le jeune Lézardière, ce n'est pas possible : une Américaine ? Ces gens là-bas sauront tout de suite qu'elle n'est pas de la famille de Mme Cléry...

– Personne ne peut reprocher à cette dame d'avoir une sœur à peu près muette, fit Laura en souriant. Je n'ouvrirai pas la bouche et voilà tout !

– C'est une excellente solution, dit Batz en lui rendant son sourire. Cependant, vous allez jouer ce rôle assez longtemps. Quelques chuchotements feront l'affaire. On n'a pas d'accent quand on chuchote. Pas plus quand on chante. Et à propos de musique, vous jouez je crois de la harpe ?

– Et très bien, dit Marie en prenant la main de son amie. Elle n'en sera que plus à l'aise dans le personnage de nièce de Mme Cléry qui, lorsqu'elle s'appelait encore Mlle Duverger, comptait parmi les meilleures harpistes de Paris. Je me souviens qu'en 1791, à la suite d'un concert spirituel, les Tablettes de la Renommée des Musiciens lui ont tressé des couronnes à propos de plusieurs sonates de Jean-Chrétien Bach *. La Reine adore la harpe. Elle en joue elle-même fort bien ayant été l'élève de Philippe Hinner ; elle aimait beaucoup entendre Mme Cléry...

– Eh bien, je suis ravie de rencontrer bientôt une grande artiste, dit Laura en se levant. Et puisque nous sommes mardi, je suppose que je dois partir demain pour Juvisy ?

– Oui. Devaux vous accompagnera...

– Pourquoi pas moi ? protesta Pitou. J'ai l'habitude, il me semble.

– Sans doute, mais ne prétendez pas à l'exclusivité. Et je vous rappelle qu'à votre section de la Garde on vous a à l'œil ! Enfin, Devaux connaît Mme Cléry. Pas vous !

– Autrement dit, je n'ai plus qu'à me taire ! Désolé, Miss Laura ! J'aime bien voyager avec vous...

Le surlendemain, Laura descendait du coche d'Etampes en compagnie de Mme Cléry, petite femme ronde d'une quarantaine d'années aux cheveux châtain clair, au nez un peu fort. Le coin des lèvres un peu relevé lui donnait facilement l'expression du sourire. Toutes deux étaient vêtues modestement et de façon à peu près semblable : robe de petite laine grise avec un fichu tellement remonté par-dessus le corsage que l'on pouvait y cacher la moitié du visage, bonnet de toile fine à bavolet, emprisonnant la plus grande partie de la chevelure et mante noire à capuchon. Laura portait deux sacs en tapisserie et sa compagne un grand panier.

Le temps s'était remis au beau. Il était sec et froid. Les deux femmes partirent d'un bon pas pour se réchauffer. Elles ne tardèrent guère à atteindre la rue du Temple par laquelle on accédait au palais du Grand Prieur, transformé en caserne, qu'il fallait traverser de part en part pour atteindre la Tour. Encore celle-ci était-elle protégée par un

* Il s'agit du dernier fils du grand Jean-Sébastien Bach. Il composait pour harpe et orchestre.

mur, achevé à la fin du mois de septembre. Pour disposer des pierres nécessaires, le citoyen Palloy – le démolisseur de la Bastille – avait jeté bas d'anciens bâtiments conventuels comme le chapitre, l'auditoire et le bailliage. Ce mur était percé de ce côté-là d'un guichet, au-delà duquel on se trouvait dans un espace vide planté de marronniers, qui affectait des airs de jardin. Au milieu, sinistre à souhait, se dressait le vieux donjon des Templiers.

Le cœur de Laura battait fort dans sa poitrine tandis que l'on franchissait les différents obstacles : la sentinelle de la rue du Temple, la cour d'honneur où veillaient des canons et où le concierge contrôla les autorisations de visite aux noms de Cléry Louise et de Duverger Agathe – cette dernière étant la carte dont se servait jusqu'alors Mme de Beaumont. Ensuite, ce fut le bref parcours à travers le joli palais où Mozart enfant avait joué du clavecin dans le salon des Quatre-Glaces, à présent envahi de soldats et déjà dégradé, sali. Le passage des deux femmes souleva quolibets et plaisanteries qui d'ailleurs ne les troublèrent pas beaucoup : la petite Mme Cléry était une forte femme. Quant à Laura, son récent séjour chez les Prussiens l'avait aguerrie. Enfin, le guichet du mur franchi, la grande tour se dressa devant elle et elle eut soudain l'impression de se trouver devant un monstre comme les vieilles légendes en évoquaient à la veillée, une espèce d'ogre qui avait avalé tout la famille royale et entendait sans doute la laisser pourrir dans ses entrailles. Dès ce premier regard, la Tour fut son ennemie. Elle pensa que Batz avait raison quand il disait qu'il y avait mieux à faire d'une vie que d'y mettre fin pour qui n'en valait pas la peine. La sienne pouvait être utile à Marie-Thérèse. C'était à cela, uniquement, qu'il fallait penser à présent et son cœur s'apaisa. Ce fut d'un pas singulièrement ferme qu'elle franchit le seuil de la porte basse et étroite – évidemment gardée – par laquelle on avait accès à l'escalier, pris dans l'une des tourelles, et à ce que l'on appelait la salle du conseil où se réunissaient les officiers municipaux. C'était une salle basse aux voûtes pesantes, où la lumière du jour, comme dans tout le reste du donjon, ne pénétrait que par l'étroite bande laissée en haut par les abat-jour de bois, sortes d'entonnoirs allant s'évasant que l'on avait posés devant toutes les fenêtres cependant armées de barreaux. Aussi employait-on les chandelles la plus grande partie de la journée. La pièce sentait le moisi, le renfermé, la cire froide.

Mme Cléry fut saluée avec une certaine bonhomie par les municipaux de garde. On la connaissait et puis elle était toujours aimable, volontiers souriante. Tandis qu'elle et Laura déposaient sacs et paniers sur la grande table, on lui dit qu'on allait chercher Cléry, pendant que l'on fouillait ce qu'elle apportait.

Avec ceux qui effectuaient ce contrôle il y en avait un qu'elle ne connaissait pas et qui s'était retiré à quelques pas pour examiner les autorisations de visite des deux femmes. C'était un petit homme maigre au teint bilieux, avec une verrue sur le nez, des poches sous les yeux et de vilaines dents. Tout en scrutant les deux cartes, son regard revenait souvent à la plus jeune des deux femmes et soudain, il se rapprocha.

– Dis-moi, citoyenne, tu es la sœur de la citoyenne Cléry ? Vous n'avez pas eu le même père, alors ?

De la voix chuchotée que lui avait conseillée Batz, Laura répondit :

– Je ne suis pas sa sœur, je suis sa nièce. Agathe Duverger est ma mère... et elle est malade.

– Toi aussi on dirait. Tu ne peux pas parler plus fort ?

La jeune femme désigna son cou : sous le fichu pigeonnant, il était entouré plusieurs fois d'une écharpe de soie.

– C'est vrai, j'ai été malade... et j'ai perdu ma voix.

– Tant pis pour toi, mais cela n'explique pas pourquoi tu te sers d'une carte qui n'est pas la tienne...

Laissant les municipaux continuer leurs investigations, Louise Cléry vola au secours de sa compagne :

– Tu as vu ce qu'il me faut apporter... et remporter d'ailleurs, depuis Juvisy ? Je ne peux pas le faire toute seule, citoyen, il faut comprendre... En outre, je ne viens qu'une fois la semaine, et pour la carte il faut du temps.

– Eh bien, tu n'as qu'à habiter plus près. Qu'est-ce que c'est que ça ?

Il se ruait sur un jeu de dames qu'un de ses collègues venait de sortir d'un sac.

– Ben... Un damier, fit celui-ci.

– Mon mari me l'avait donné pour que je le fasse réparer.

– C'est celui dont se sert Capet, j'imagine ?

– Bien sûr. Personne ne l'a jamais interdit.

L'homme vint regarder Mme Cléry sous le nez et aboya :

– Peut-être, mais moi, ça me paraît suspect ce machin qui se promène où on veut l'emmener. Alors, vous autres, faites-moi sauter toutes les cases de ce damier histoire de voir si y a des messages cachés dessous.

– Mais, citoyen Marinot, y sera inutilisable ? protesta un jeune municipal...

– Pourquoi ? Y aura qu'à tout recoller et puis si il sert plus à rien on l' jettera, voilà tout !

A ce moment, Jean-Baptiste Cléry apparut sur les dernières marches de l'escalier, un gros paquet de vêtements sous le bras. Aussitôt Marinot lui sauta dessus :

– Dis donc, citoyen, on t'avait autorisé à recevoir la visite de ta femme et de ta belle-sœur, pas de toute ta famille ?...

– Agathe est malade, s'empressa d'expliquer Mme Cléry et j'ai demandé à notre nièce Claire...

Sans s'émouvoir, Cléry, qui était un homme blond au visage placide et peu expressif, répondit :

– Tu as bien fait, ma femme... Et soudain, il perdit un peu de cette belle sérénité en voyant voler les petits carrés de bois. Oh, mon damier !

– Fais pas d'histoires, citoyen ! Contente-toi de dire merci si on te le rend !

Sans insister, sachant bien que c'eût été inutile, Cléry embrassa sa femme et sa « nièce ». Puis il sortit d'une de ses vastes poches deux bijoux d'or et d'émail dont la vue fit frissonner Laura quand il les posa sur la table et que la lueur des bougies les caressa.

– Voilà ce que vous avez exigé, dit-il d'une voix lasse.

C'étaient la croix de l'Ordre de Saint-Louis au bout de son ruban feu, et l'insigne de la Toison d'Or mais une Toison d'Or qui n'avait rien de comparable avec celle de Louis XV. Celle-là ne portait en son centre qu'un simple saphir. Marinot se jeta dessus avec une joie mauvaise :

– Parfait ! Capet n'est plus rien. C'est une honte qu'on lui ait laissé jusqu'à maintenant ces « hochets de vanité ». Il se sentira plus léger... Et on vendra ça au poids de l'or !

A ce moment, se produisit un incident inattendu. La porte de la tour venait de se rouvrir pour livrer passage à Louis XVI et à sa famille qui rentraient de leur promenade quotidienne dans le « jardin ». Toutes les têtes se tournèrent vers eux et Laura, dans un réflexe désespéré, se cramponna à la table pour empêcher ses genoux de plier pour la révérence. L'effort qu'elle s'imposa se traduisit alors sur son visage par une expression quasi douloureuse. Les trois femmes qui entraient s'en aperçurent. La Reine et Madame Elisabeth inclinèrent légèrement la tête avec l'ombre d'un sourire, mais la petite Marie-Thérèse, dans son innocence, sourit franchement à cette figure amie qu'elle revoyait soudain. Il n'en fallut pas plus pour déchaîner la colère du citoyen Marinot :

– Un complot ! J'aurais juré que c'était un complot, hurla-t-il. Qu'est-ce que ces femmes sont venues faire ici ? Et cette prétendue nièce qui a perdu sa voix ? Encore heureux qu'elle soit presque muette : elle aurait été capable de nous crier « Vive la Reine » à la figure, cette garce ! Oh, mais on va éclaircir tout ça !...

– Citoyen, intervint Cléry, il n'y a rien à éclaircir. Ma nièce ne s'attendait pas à voir les prisonniers. Elle a été saisie et cela a amusé la petite fille !

– T'oses pas dire la princesse, hein, mon gros ? T'as raison parce qu'elle est plus rien qu'une morveuse comme les autres ! N'empêche que je vais les cuisiner, ta femme et ta nièce, et de la bonne manière !

Cela dura trois heures. Trois heures d'injures, de questions stupides ou venimeuses après que l'on fut allé quérir la femme Tison pour fouiller « les prisonnières ». Marinot était déchaîné et sa fureur impressionnait même ses camarades habitués à son caractère détestable. N'ayant rien trouvé pour alimenter un acte d'accusation quelconque, il était prêt à faire emmener les deux femmes à la Commune pour qu'on les jette dans une prison quand un membre de ladite Commune, le citoyen Lepitre, fit son apparition. Aussi calme et flegmatique que l'autre était agité, il écouta d'abord le réquisitoire bafouillant de fureur de l'énergumène puis le timide plaidoyer de Cléry, après quoi il revint à Marinot :

– Tu as trouvé quelque chose, citoyen ?

– Non, rien, admit l'autre de mauvaise grâce, mais il n'empêche que l'Autrichienne, sa belle-sœur et sa fille ont fait des signes à ces femmes.

– Faut pas voir le mal partout, citoyen Marinot ! Ces femmes ne sont pas des aristocrates, ça se voit tout de suite, et on connaît la citoyenne Cléry...

– Peut-être pas si bien que tu le crois, citoyen commissaire ! Je suis sûr que leur tanière de Juvisy est un lieu de rendez-vous des ennemis du peuple !

– Tu as peut-être raison, concéda Lepitre avec un sourire lénifiant. Il est certain que ce logis un peu éloigné peut permettre... bien des choses. Le mieux serait que la citoyenne Cléry vienne habiter... pas trop loin de son mari...

Marinot eut un gros rire :

– Tu veux qu'on la mette dans la Tour ? J'ai rien contre, mais il n'aura plus de chemises propres...

– N'exagérons rien ! Il y a des logements vides dans l'enclos du Temple avec tous ces foutus aristos qui ont déguerpi...

– Tu n'es pas un peu malade ? C'est des vrais palais leurs maisons !

– Fais un peu attention à qui tu parles, citoyen Marinot ! protesta Lepitre. Ils avaient des belles maisons, ça c'est vrai, mais y a pas que ça ! Tiens, par exemple la rotonde où y avait le marché et qu'est là-bas, de l'autre côté du mur. Y a tout un étage vide... au-dessus.

Marinot alla jusqu'à la porte pour considérer l'endroit pendant que Lepitre ajoutait plus bas :

– T'aurais aucun mal à les surveiller...

Cependant, Cléry, sa femme et Laura avaient suivi ce dialogue avec inquiétude. Le mari se reprit le premier et objecta :

– Mais, citoyen, ce sont des petits logements et nous avons des enfants, il y a ma belle-sœur et la campagne c'est toujours meilleur que la ville...

– Eh bien, tes enfants et ta belle-sœur resteront à Juvisy. Tu devrais être content de mon arrangement. Tu pourras au moins apercevoir ta femme tous les jours pardessus le mur.

Mme Cléry allait, à son tour, émettre un avis peu enthousiaste quand elle sentit soudain des doigts durs serrant sa main pour l'inviter au silence. Alors, avec le haussement d'épaules de quelqu'un qui prend son parti, elle dit à son époux :

– Tout compte fait, ce serait une bonne idée, Jean-Baptiste. Je me tourmente tellement pour ta santé ! Tu as les bronches faibles et nous allons vers l'hiver. Je pourrais au moins t'envoyer des remèdes à temps... Je te remercie, citoyen Lepitre ! Tu es un homme bon. Mais à présent, il faudrait que nous partions ! Il n'y a plus de coche, à cette heure, le chemin est long jusqu'à Juvisy... Et nous sommes chargées, ajouta-t-elle en montrant ses sacs à nouveau pleins.

Mais, décidément, l'obligeant Lepitre avait réponse à tout :

– Inutile de les emporter là-bas si tu reviens dans quelques jours. Tu feras tes lessives ici... A condition de ne pas oublier tes bassines, ajouta-t-il avec un gros rire. A part ça, t'auras pas grand-chose à apporter : c'est encore meublé...

– Comment ça se fait que tu sais tout ça ? demanda soudain Marinot dont la méfiance était toujours prête à s'éveiller.

– C'est pas compliqué : j'ai été chargé de faire le relevé des habitations vides dans l'enclos. La Commune souhaite y loger des gens à elle.

– Ah bon !... Eh bien, à un de ces jours, citoyenne ! fit-il en se tournant vers Laura. On va devenir voisins. Ça pourrait être agréable.

La jeune femme se sentit frémir bien que l'œillade assassine dont l'affreux personnage agrémenta son discours manquât la faire éclater de rire... Un instant plus tard, elle et Louise Cléry quittaient le Temple, mais ce fut seulement quand elles eurent parcouru toute la longueur d'une rue que l'ancienne harpiste osa faire part à sa compagne du serrement de main étrange de Lepitre :

– Je ne sais que penser, avoua-t-elle. Cela devrait vouloir dire que cet homme est des nôtres mais, d'autre part, cela peut aussi bien être un piège...

– De toute façon, décida Laura, il faut que je rentre à Charonne. Le baron doit être mis au courant et lui saura bien si nous pouvons faire confiance à cet homme ou si nous devons nous méfier...

Après s'être assurées qu'elles n'étaient pas suivies, les deux femmes se séparèrent et prirent chacune une voiture de place, en ayant bien soin de ne pas la prendre au même endroit. Une heure plus tard, Laura était de retour à Charonne.

En apprenant ce qui s'était passé au Temple, Batz explosa de joie :

– La rotonde ! Vous vous rendez compte de ce que cela représente ! Nous allons pouvoir surveiller la Tour jour et nuit ! Ou ce Lepitre est un envoyé du ciel ou c'est un fou... Ou c'est l'un des nôtres.

– Ou il nous tend un piège ? fit Laura doucement, ce qui lui valut de recevoir en pleine figure le regard étincelant de Batz.

– Soyez sûre que je le saurai très vite ! En attendant, demain matin Devaux vous conduira à Juvisy d'où vous ne bougerez plus jusqu'au jour du déménagement. Marie va vous aider à préparer ce qu'il vous faut. Vous êtes contente, j'imagine ? Vous allez vivre auprès de la petite princesse que vous aimez.

– Je le serais davantage si je pouvais être dans le donjon car je vais seulement être témoin de quelques-unes des souffrances qu'on lui inflige, sans pouvoir y porter remède.

Elle n'ajouta pas qu'au moment de quitter cette maison qui était le centre des activités de Batz, et peut-être pour longtemps, elle découvrait qu'elle en éprouvait un peu de peine. Pour tout l'or du monde elle ne l'aurait avoué à Batz. Lui, tout à sa joie, ne devina rien. Dans l'un de ces gestes chaleureux et enthousiastes que lui dictait parfois son tempérament gascon, il saisit la jeune femme aux épaules et la regarda un instant avec un grand sourire :

– Cela, c'est mon affaire et vous m'y aiderez !

– Dans ce rôle de guetteur passif ?

– Oh, vous serez plus active que vous ne l'imaginez ! Vous allez avoir une vie passionnante, ma chère, et nous nous reverrons plus souvent que vous ne le croyez... Sous un aspect ou sous un autre, et Pitou va être chargé de veiller sur vous. Il en sera enchanté.

– Veiller sur moi ? Pourquoi ? Je suis un simple pion sur votre échiquier.

– Vous savez jouer aux échecs ?

– Bien sûr.

– Alors vous savez aussi qu'un simple pion peut causer la perte d'un roi. Et moi, il se trouve que je tiens à vous.

D'un mouvement un peu brusque, ses mains la rapprochèrent de lui et il posa sur sa joue un baiser léger, fraternel et délicat, le baiser que l'on donne à une fleur, mais il la fit cependant frissonner. Elle eut l'envie soudaine de mettre ses bras autour de son cou et de se laisser aller contre lui ; déjà il ôtait ses mains et elle noua les siennes derrière son dos : une position parfaite pour les empêcher de trembler. Au fond, ce serait une excellente chose qu'elle cesse de vivre auprès de lui.

Cinq jours plus tard, une charrette attelée d'un vigoureux cheval amenait à la rotonde du Temple Mme Cléry, sa soi-disant nièce, quelques objets utiles et sa harpe dont elle ne se séparait jamais. La journée se passa à l'installation des trois petites pièces dont l'une servirait de cuisine et de cabinet de toilette. Comme elles n'étaient plus occupées depuis des mois, il y avait beaucoup de poussière et de nettoyage à faire. Aussi, bien qu'il ne fît pas très chaud, laissa-t-on ouvertes les deux fenêtres d'où l'on pouvait voir le « jardin » de la Tour. Et puis, quand on eut mis des draps aux petits lits étroits et tandis que leur souper achevait de cuire, Louise Cléry prit sa harpe et laissa ses doigts courir le long des cordes sensibles...

Il était neuf heures. Dans la chambre de la Reine, la famille venait de se mettre à table sous l'œil des municipaux chargés de la surveiller. Madame Elisabeth disait le bénédicité comme elle en avait l'habitude quand l'écho d'une harpe se fit entendre. Elle jouait le thème de la cantate *Cassandra* de Jean-Chrétien Bach et la Reine se figea, écoutant de toute son âme, les yeux fixés sur son assiette de potage. Elle reconnaissait ce toucher si sensible : *Cassandra* était la dernière œuvre que Mme Cléry avait interprétée devant elle. Ce ne fut qu'un instant très fugitif : elle connaissait trop la surveillance tatillonne, offensante dont elle et les siens étaient victimes. Un municipal, d'ailleurs, grogna :

– On soupe en musique maintenant ? Tu vas te croire encore à Trianon, Antoinette ?... Mais moi j'aime pas la musique !

Et d'un geste brutal il referma la fenêtre occultée par son volet de bois, que Cléry avait, tout à l'heure, laissée intentionnellement ouverte. Mais un peu d'apaisement était entré dans le cœur de la Reine captive : elle savait à présent qu'une amie était près d'elle et, quand on sortit de table, elle échangea avec sa belle-sœur un regard souriant...

11

M. Le Noir

La bise soufflait fort sous les galeries du Palais-Royal, chassant les prostituées qui préféraient chercher refuge dans les cafés. Le mois de décembre 1792 s'annonçait glacial. Comme les autres, Corazza débordait. Assis à sa table habituelle en compagnie de Gouverneur Morris, l'ambassadeur américain revenu passer l'hiver dans sa maison des Champs-Elysées, et du banquier Benoist d'Angers, Batz buvait du chocolat bouillant en échangeant avec ses amis des propos de plus en plus anodins à mesure qu'augmentait leur anxiété : ils attendaient le chevalier d'Ocariz, l'ambassadeur espagnol, et celui-ci avait déjà une demi-heure de retard, chose impensable pour un homme qui était la ponctualité en personne. On parlait théâtre, musique, n'importe quoi : si l'on n'avait pas attendu Ocariz, on serait allé causer ailleurs car au lieu des habituels braillards occupés à refaire le monde à coups d'idées délirantes, la table voisine était occupée par un paisible quatuor de joueurs de piquet formant une zone de silence qui pouvait être dangereuse. Même si la partie, depuis la chute de la royauté, offrait un côté pittoresque et plutôt amusant. Comme il ne pouvait plus être question de reines, de rois ou de valets, les cartes avaient reçu de nouvelles appellations et l'on entendait ce genre de dialogue : « J'ai un quatorze de citoyennes », à quoi l'adversaire répondait « Ça ne vaut pas ; j'ai un quatorze de tyrans »...

C'était tout juste ce que venait d'annoncer l'un des joueurs lorsque la silhouette de Devaux apparut derrière les vitres de l'établissement, faisant de grands signes. Les trois hommes se levaient pour le rejoindre au moment où un individu enveloppé d'un châle et coiffé d'un bonnet rouge enfonça presque la porte en clamant :

– Citoyens ! J'apporte la meilleure des nouvelles ! Aujourd'hui, 3 décembre, la Convention vient de décréter que Capet sera traduit devant elle pour y être jugé et recevoir la punition de ses crimes ! Vive la Nation !

Il arracha son bonnet et le lança en l'air avec un assortiment de cris qui se voulaient joyeux mais n'avaient pas grand-chose d'humain. Une partie de la salle les reprit en écho – pourtant ce ne fut pas l'unanimité. Certains continuèrent leur conversation comme si de rien n'était et les joueurs de piquet poursuivirent leur partie. Batz et ses amis quittèrent le Corazza à la suite de Morris qui étayait sa jambe de bois avec une belle canne d'ébène à pommeau d'or. C'était, comme Batz, un homme élégant et raffiné, détails que nul ne se fût permis de lui reprocher, tant son allure personnelle commandait la distance et le regard froid de ses yeux gris, le respect.

Sous la galerie, ils trouvèrent Devaux visiblement très inquiet :

– Le chevalier d'Ocariz a été enlevé, leur jeta-t-il. J'arrive de sa maison de la Chaussée-d'Antin. Sa femme est affolée...

– Enlevé ? Comment cela ? demanda Batz.

– Oh, de la façon la plus simple qui soit. Deux hommes sont venus chez lui qui se disaient envoyés par son ami Le Coulteux. Ils l'ont fait monter dans une voiture qui attendait à la porte et ils sont partis...

– Qu'est-ce qui vous fait croire qu'il s'agit d'un enlèvement ?

– Quand on emmène quelqu'un faire un tour de promenade, il est bien rare qu'on l'y invite en lui enfonçant la gueule d'un pistolet dans les côtes. Mme d'Ocariz a tout vu d'une fenêtre. Heureusement, c'est une femme solide qui ne s'affole pas. J'ai dû la laisser pour venir vous prévenir puisque vous attendiez son époux. Elle est partie en même temps que moi pour se rendre chez Le Coulteux. Les ravisseurs, en effet, étaient censés venir de chez lui.

– Elle ne croit pas cette sottise, j'imagine ? Mais, de toute façon, Le Coulteux lui sera de bon conseil...

– Qui peut avoir fait ça ? demanda Benoist d'Angers. Danton ?

– Cela m'étonnerait. Danton est une brute intelligente. Il n'emploie pas ces moyens-là. S'il en voulait à Ocariz, il l'aurait convoqué à son ministère et là il l'aurait fait arrêter, mais au grand jour. Messieurs, ajouta-t-il avec un soupir, il me faut vous quitter. Je dois voir quelqu'un...

– Et notre affaire ?

– Pour l'instant, il faut d'abord récupérer Ocariz...

– Comme vous voudrez, fit Gouverneur Morris. Voulez-vous que je vous emmène ? J'ai ma voiture.

– Non, merci. Un fiacre fera l'affaire. Emmenez plutôt Devaux et Benoist, et allez demander à souper à Marie. Elle sera heureuse de vous voir...

– Ah, moi aussi ! s'écria l'Américain soudain épanoui. J'adore Marie !

– Je vous rejoindrai...

– Vous ne voulez pas que j'aille avec vous, monsieur ? demanda Devaux, toujours un peu inquiet lorsque son chef partait pour quelque expédition solitaire.

– Non, je ne vais courir aucun danger, mon cher Devaux. Je vais seulement voir un vieil ami.

Laissant les autres rejoindre la voiture de l'ambassadeur, il resta debout à l'entrée de la place du Palais-Egalité, cherchant des yeux un fiacre. Il en trouva un mais, pendant sa brève attente, il n'aperçut pas l'homme, enveloppé d'un manteau noir, qui était sorti du café Corazza peu de temps après lui. Quand le fiacre eut chargé Batz, le suiveur tira un sifflet de sa poche et fit entendre deux sons brefs auxquels répondit l'arrivée presque immédiate d'un cabriolet qui devait attendre quelque part. L'inconnu y monta :

– Suis la voiture, là-bas !

L'un derrière l'autre, à distance raisonnable, les deux attelages prirent la rue « Honoré » en direction de la place de Grève et gagnèrent la rue des Blancs-Manteaux. Là, Batz ordonna à son cocher de l'attendre et pénétra sous le porche d'un bel hôtel du siècle précédent qui se trouvait être voisin du Mont-de-Piété. C'était la demeure de celui qui, quinze ans plus tôt, avait proposé à Louis XVI et créé avec son approbation cet organisme de prêts sur gages dûment contrôlés, qui rendait les plus grands services. La Commune venait de le supprimer comme immoral et constituant un monopole royal. A la grande joie, bien entendu, des usuriers dont le lucratif commerce fleurissait de nouveau...

Cet homme, c'était l'avant-dernier lieutenant général de police du royaume, le dernier ayant été l'incapable Thiroux de Crosnes bien vu de la Reine. Il se nommait Jean-Charles Le Noir et il était sans doute encore l'un des mieux renseignés de France car, durant son « ministère », il s'était attaché bien des reconnaissances obscures ou illustres. Ainsi de Mirabeau et de la belle Sophie de Monnier poursuivis par lettres de cachet et dont il avait adouci de son mieux la captivité tout en élaguant l'instruction ; ainsi de Beaumarchais qui, jeté à Saint-Lazare en mars 1785 pour un écrit insultant, avait trouvé en lui un interlocuteur compréhensif qui lui avait évité les châtiments corporels alors en usage dans cette prison. Totalement dépourvu de cruauté et de méchanceté, Le Noir avait toujours su discerner une certaine justesse dans la protestation. De même, il avait toujours su choisir ses informateurs. D'esprit délié, fin observateur de la race humaine et doué d'un véritable sens de l'humour, il n'avait montré aucune humeur quand, en plein procès du collier de la Reine, on lui avait ôté sa lieutenance pour avoir fait preuve d'une certaine indulgence envers le cardinal de Rohan, ce que n'avait pas admis Marie-Antoinette aveuglée par sa haine. Ce grand policier s'était retrouvé administrateur des Bibliothèques du Roi ; il n'en avait pas moins continué à s'intéresser discrètement à ce qui se passait dans Paris et dans les provinces grâce à l'importante correspondance échangée avec de multiples amis. Par la suite, il avait été député de la noblesse aux Etats généraux. C'est là qu'il avait rencontré Jean de Batz, revenu d'Espagne où il avait accompli plusieurs missions au service du Roi et il se retrouvait avec le grade commode de colonel « à la suite » des dragons de la Reine. Peut-être parce qu'elle le soupçonnait de savoir trop de choses sur trop de gens et parce qu'il était resté populaire, la Révolution le laissait vivre en paix...

Il reçut son jeune ami – Le Noir avait alors soixante ans – dans la grande pièce servant de cabinet de travail et où il avait entassé, dans un apparent désordre, les nombreux dossiers qu'il avait emportés en quittant le bel hôtel de la rue des Capucines attribué au lieutenant général de police. Cela dégageait pas mal de poussière ; pourtant, la silhouette mince et vive de M. Le Noir n'en apparaissait pas moins toujours impeccable dans ses vêtements sombres de bon faiseur et le linge éblouisssant de blancheur qui en dépassait. Il n'avait pas renoncé à la perruque dont la queue se nouait d'un ruban noir mais elle convenait à son visage maigre aux pommettes hautes dont les traits fins s'alourdissaient avec l'âge mais dont les yeux bruns n'avaient rien perdu de leur vivacité derrière les verres de leurs lunettes...

Débarrassé de son long manteau à grands revers par un domestique prévenant qui n'était autre qu'un ancien forçat, Batz prit place dans le fauteuil qu'on lui désignait et accepta le verre de bourgogne qu'on lui offrait ; puis, quand le serviteur se fut retiré, il ouvrit la bouche, mais Le Noir le devança :

– Vous venez me parler du décret d'accusation que la Convention a pris aujourd'hui contre le Roi. Si vous voulez savoir ce que j'en pense, c'est une ineptie parfaitement illégale et totalement monstrueuse. Mais que voulez-vous attendre d'autre de ce genre d'assemblée ?

– Je venais en effet vous en parler, mon cher Le Noir, mais accessoirement.

– Accessoirement ? Alors que le Roi va y jouer sa vie ?

– Ça, je ne le sais que trop, et aussi que l'on paraît bien décidé à lui ôter toute chance de s'en sortir. Et c'est cela qui m'amène. Sauriez-vous me dire qui a fait enlever tout à l'heure de son domicile l'ambassadeur d'Espagne ?

L'ancien lieutenant de police leva un sourcil :

– Le chevalier d'Ocariz, enlevé ? Tiens donc !

– N'est-ce pas ?... Il semble que ces gens soient devenus fous. Il y a là de quoi exaspérer le roi Charles, un des rares souverains européens qui n'ait pas encore déclaré la guerre...

– Ces gens ? Vous entendez les conventionnels ?

– Et qui d'autre ?

– Mon cher ami, je ne sais pas encore ce qui s'est passé au juste, mais je peux vous assurer que cette horde d'énergumènes n'est pour rien dans l'aventure. Il n'y a pour cela aucune raison.

– Ah, vous trouvez ? La banque Saint-Charles de Madrid a garanti à la banque Le Coulteux une somme de...

– ... deux millions destinés à acheter suffisamment de monde, sinon pour éviter la mise en accusation du Roi, du moins pour lui gagner quelques « consciences pures ». Seulement, en homme honnête, courageux mais pas très futé qu'il est, notre hidalgo a commencé par clamer à tous les échos qu'il s'opposerait à toute entreprise destinée à traiter le Roi autrement qu'en oint du Seigneur et donc sacro-saint...

– Il était dans son rôle. Le roi de France est tout de même le chef naturel de la famille des Bourbons, ceux d'Espagne n'étant que la branche cadette.

– Tout à fait d'accord, mais il aurait dû s'en tenir là et ne pas laisser entendre, *urbi et orbi*, de façon un peu trop transparente qu'il était prêt à récompenser les bonnes volontés. Ça donne à penser ce genre de propos.

– C'est possible. En ce cas le crime est signé, il me semble : deux ou trois de ces messieurs ont voulu s'adjuger la totalité de la somme. D'où l'enlèvement...

– Non. Il y a un détail que vous ignorez c'est qu'Ocariz est en excellents termes avec Chabot.

– Quoi ? lâcha Batz abasourdi. C'est impossible !

– Pas quand il s'agit de femmes. Connaissez-vous les trois filles du colonel d'Estat ?

– Il m'est arrivé de les rencontrer quand les dames de Sainte-Amaranthe tenaient encore salon au Palais-Royal. Elles sont de mœurs plutôt faciles. L'aînée, si je me souviens bien, a épousé un Suisse, le baron de Billens, reparti après le 10 août vers son Helvétie natale. La femme est restée. Elle serait aussi la maîtresse du banquier anglais Ker. C'est du moins l'évangile selon Tilly, que d'ailleurs je n'ai pas vu depuis longtemps.

– Il est à Bruxelles et pas du tout pressé d'en sortir mais revenons aux trois sœurs : la plus jeune est la maîtresse de votre vieil ennemi ès finances l'abbé d'Espagnac, grand ami de Chabot, et la cadette celle de votre Ocariz...

– Ocariz trompe sa femme ? Il en paraît pourtant fort épris.

– Eh bien, disons qu'il trompe tout son monde en même temps. Pour en finir avec l'histoire, les trois couples soupent assez souvent ensemble chez la baronne de Billens et Chabot est presque toujours de la partie. On lui trouve alors une compagne et ces petits divertissements l'aident à supporter la vie un peu chiche qui est la sienne. Non, mon ami, il faut chercher ailleurs les ravisseurs. Je vais d'ailleurs m'en occuper et je vous tiendrai informé, mais je ne vous cache pas que vous êtes arrivé ici à point nommé : j'allais vous envoyer chercher pour vous apprendre une nouvelle qui ne manquera pas de vous intéresser : votre ami Antraigues est à Paris.

– L'araignée de Mendrisio ? fit Batz avec un mépris teinté d'amertume. Que vient-il faire ici ?

– Je ne le sais pas encore. Il se cache sous son habituel avatar de Marco Filiberti, négociant de Milan, mais je jurerais que cela a quelque chose à voir avec vous. Deux choses en effet peuvent le faire sortir de son refuge : la cupidité et la haine qu'il vous porte...

– ... et que je lui rends avec usure ! Il y a huit ans, ce misérable a essayé de me faire passer pour un tricheur ; en outre il clabaudait sur ma famille, disant que ma noblesse était fausse, que je descendais de je ne sais quel Juif allemand. Il a même réussi par je ne sais quelle perfidie, à mettre dans son jeu le fameux Chérin, le généalogiste de la Cour...

– Oh, j'ai su tout cela et je n'ai pas oublié que le Roi, en personne, a ordonné la création d'une commission où ont pris place les plus grands spécialistes, comme Dom Clément et Dom Poirier, les fameux bénédictins de Saint-Maur, plusieurs membres de l'Académie française... et aussi M. Chérin, et que tous ont rendu à l'ancienneté de votre noble famille ce qui lui était dû. Là-dessus, vous avez mis quelques pouces de fer dans les côtes de M. d'Antraigues et le Roi, qui décidément vous aime bien, vous a envoyé à Madrid... en mission secrète.

– Ce sont de ces choses que l'on n'oublie pas... Comment ne serais-je pas dévoué corps et âme à celui qui a pris soin de mon honneur de si éclatante façon ? Je suis au Roi, mon ami... et je ne veux pas qu'on me le tue ! ajouta-t-il dans une soudaine explosion de colère. Quant à Antraigues...

– Il n'a certes pas les mêmes raisons que vous de l'aimer. Louis XVI lui a fait savoir qu'il n'était pas désirable à la Cour et la Reine l'a autant dire fichu à la porte. Aussi est-il tout dévoué aux princes.

– Alors que vient-il faire ici ?

Le Noir ne répondit pas tout de suite. Il avait quitté son grand fauteuil à l'ancienne, tendu de cuir par de gros clous de bronze, et arpentait lentement la natte indienne qui servait de tapis dans son bureau. Il se mit alors à réfléchir tout haut :

– Il a gardé – tout comme Monsieur – de nombreuses accointances parmi les hommes en place. Dans sa tanière du bout du monde, il apprend bien des événements et quelque chose me dit qu'il vient à la curée. Il sait déjà, soyez-en sûr, que la Convention s'apprête à juger le Roi.

– Elle n'en a pas le droit. Qu'elle ait voté le décret ordonnant le jugement est une chose, mais le Roi ne peut être traduit que devant les Parlements ou alors l'Appel au peuple !

– Elle se moque de tout ça. Soyez-en sûr, elle va s'arroger ce droit-là. Comme elle s'arroge tous les autres. Reste à savoir si elle aura l'audace de l'envoyer à la mort. Je suis certain qu'Antraigues est là pour l'y aider et si je pense que sa présence a quelque chose à voir avec vous, c'est parce qu'il sait que vous ferez l'impossible pour sauver votre maître... et qu'il compte faire d'une pierre deux coups. Ainsi, mon ami, gardez-vous bien ! fit en conclusion l'ancien lieutenant de police en posant une main sur l'épaule de son visiteur.

– Je n'y manquerai pas, sourit celui-ci. Mais... Que faisons-nous pour Ocariz ?

– Vous, rien. Vous avez d'autres chats à fouetter. Quant à moi, je vais simplement faire prévenir Chabot de l'événement. Ou je me trompe fort, ou il va faire un bruit de tous les diables parce que lui aussi les deux millions l'intéressent. Les ravisseurs, qui pourraient bien être des hommes d'Antraigues, prendront peur et je jurerais qu'on lui rendra son ami en bon état.

– Son ami ? gronda Batz avec dégoût. Vous êtes sûr de cela ?

– Tout à fait. En se servant des femmes on obtient de curieux résultats, mais il est évident que notre Espagnol ne se vante pas de cette amitié-là. Il en a peut-être même un peu honte... et cela ne l'empêche pas d'être votre ami de tout son cœur... et de vouloir sauver le Roi. Sur ce point d'ailleurs, il n'a pas le choix : c'est un ordre de son souverain à lui !

– Eh bien, je m'en remets à vous ! soupira Batz en se levant.

A cet instant, le serviteur entra et vint dire un mot à l'oreille de son patron qui releva les sourcils :

– Le père Bonaventure ? Il est là ?

– C'est bien lui, monsieur. Il a dit son nom.

– Alors fais-le monter. Et prépare du vin chaud !... Et quelque chose à manger. Il en a toujours plus ou moins besoin... surtout quand il fait froid ! Restez encore un moment, baron ! ajouta-t-il pour son visiteur.

– Mais vous attendez quelqu'un ?

– Sans doute, cependant Bonaventure Guyon vaut la peine d'être vu. C'est un ancien religieux. Il était même, avant les troubles, prieur de l'abbaye Saint-Pierre de Lagny et il a reçu le don de voyance.

J'ai entendu parler de lui pour la première fois par le cardinal de Rohan durant l'instruction du fameux procès. Celui-ci déplorait de ne pas l'avoir écouté...

– Il l'avait donc consulté ? Cagliostro ne lui suffisait plus ?

– C'était avant Cagliostro. Louis XV vivait encore et Guyon avait prédit sa mort prochaine ainsi qu'un règne tragique pour son successeur. Rohan a voulu en savoir plus et un soir il est allé à Lagny. Discrètement bien sûr. Or, non seulement le prieur a confirmé ses prédictions, mais il lui a conseillé de ne jamais s'approcher de bijoux en diamants qui pourraient être la cause de sa ruine.

– Et comme Cagliostro est arrivé entre-temps, il a oublié la prédiction...

– Vous voyez bien que non puisqu'il m'en a parlé, mais il s'en est souvenu trop tard. La comtesse de La Motte l'avait envoûté avec le mirage d'une réconciliation... intime avec la Reine. Et il a acheté le collier de Boehmer et Bassange, pensant lui plaire.

Le Noir s'interrompit pour aller au-devant du vieillard que son valet accompagnait. Il le reçut avec plus d'égards sans doute que s'il eût été grand seigneur, et cela en dépit de son apparence minable. Vêtu d'un surtout vert olive passablement élimé, d'un gilet noir et d'une culotte en satin marron, Bonaventure Guyon avait environ soixante-dix ans. Il avait de longs cheveux blancs sous un vieux tricorne noir cachant la tonsure, des joues pâles et ravinées par les rides ; sous l'ombre du chapeau brillaient des yeux d'un bleu extraordinairement clair et lumineux. Des yeux qui avaient toujours l'air de voir au-delà de ceux sur qui ils se posaient. Et ce fut sur Batz qu'ils se posèrent tandis qu'on l'aidait à s'asseoir dans le fauteuil que le baron venait d'abandonner. Il y avait dans leur profondeur une surprise qui en quelques secondes se changea en angoisse. Il eut même, de sa main maigre aux doigts écartés, un geste de refus.

– Eh bien qu'y a-t-il ? dit Le Noir avec un rien d'agacement.

– Je ne sais pas, répondit le vieil homme sans quitter Batz des yeux, il y a, sur ce gentilhomme, une auréole bleue... d'un bleu admirable... rayonnant, et pourtant il s'agit de quelque chose de terriblement maléfique !... Monsieur, vous devez vous préparer à de grandes épreuves mais, à cause de cette lueur bleue, je ne saurais vous dire de quoi il s'agit... Pardonnez-moi, je pourrai peut-être vous en apprendre davantage un autre jour. Si vous voulez venir me voir, bien sûr ! J'habite à la Contrescarpe... rue de l'Estrapade, numéro 13...

– Je n'y manquerai pas, dit Batz en le saluant avec un respect souriant, mais ne soyez pas en souci pour moi ! J'ai l'habitude de regarder les épreuves en face...

Le valet revenait avec un plateau chargé qu'il posa devant le père Guyon après avoir fait un peu de place sur le bureau encombré.

– Je vous raccompagne ! dit Le Noir en prenant Batz par le bras.

Lorsqu'ils furent dans le vestibule, il dit encore :

– Votre ami Pitou fait preuve d'un beau courage mais il est imprudent. Avec ses amis Nicolle, Ladevèze, Cassat et Leriche, il vient de lancer une nouvelle gazette, le *Journal historique et politique*, qui rencontre du succès parce qu'il est hostile à la Convention. Et en plus ils en préparent un autre, le *Journal français*, qui est pire encore si cela se peut...

– Il ne m'en a rien dit et j'avoue ne pas avoir lu les gazettes ces derniers temps : elles me rendent malade. Comment se fait-il qu'il m'ait caché cela ?

– Il pense sans doute que votre part de soucis est suffisamment importante quelle que soit la largeur de vos épaules et il entend combattre à sa manière. Ce que lui et ses amis cherchent à obtenir, c'est un retournement d'opinion en faveur du Roi. Seulement, à ce jeu ils risquent leur tête...

– Ils le savent, n'en doutez pas. Et je ne peux qu'approuver leur idée. Si l'on ose mettre le Roi en jugement, nous allons avoir besoin de toutes les consciences, de toutes les révoltes.

– Mais oseront-elles s'exprimer ? La peur est un terrible agent dissuasif. Elle peut fermer bien des bouches, retenir bien des bras... Quoi qu'il en soit, je vous aurai prévenu. Faites à votre guise... avec mon entière bénédiction, mais prenez garde à vous !

Au moment de partir, Batz revint sur ses pas.

– Avec tout le respect que je vous dois, Monsieur, m'autorisez-vous une question ?

– Je vous les autorise toutes.

– Puisque vous me bénissez si généreusement, c'est que vous voulez aider le Roi. Cependant, mon ami, vous êtes franc-maçon ?

– Oui... fit Le Noir avec un sourire plein de malice qui donna un charme nouveau à son fin visage. Cela vient de ce que j'ai beaucoup vu et beaucoup vécu. Lorsque l'on est jeune, on est vite séduit par une sorte de fraternité. Et puis il y a les rites secrets et tout le parfum de mystère qui s'en dégage, mais je hais l'excès en tout et ce que nous voyons depuis des mois me désole. De même que me hérissent certaines maximes « secrètes » parce que injustes. « Foulez aux pieds les lys de France ! ». Et pourquoi pas l'aigle impérial ? Pourquoi pas les léopards d'Angleterre ? Parce qu'ils ont bec et griffes ? Notre pauvre et bon roi n'en a pas, lui, de griffes ! C'est peut-être pour cela que je l'aime. Je vous ai répondu ?

– Tout à fait... Mais je n'étais pas inquiet. Bonne nuit !

Après avoir vu Batz remonter dans son fiacre, Le Noir referma le vantail découpé dans la grande porte cochère, puis le rouvrit aussitôt, tout juste assez pour offrir à son œil un champ de vision. Son instinct de policier lui soufflait que Batz devait être suivi et, en effet, il vit une seconde voiture passer devant sa porte...

Alerté par ce que venait de lui dire son vieil ami, le baron, qui n'y songeait pas en quittant le Palais-Egalité, s'aperçut vite qu'il était suivi. Il n'hésita qu'un instant et décida de changer de direction. Pas question d'emmener à Charonne ceux qui ne pouvaient lui vouloir que du mal ! Du pommeau de la canne qui ne le quittait jamais lorsqu'il était sous son aspect normal – elle contenait en effet une solide lame d'épée –, il frappa à la vitre le séparant du cocher :

– J'ai changé d'avis, dit-il. Il est trop tard pour franchir la barrière. Conduis-moi rue Ménars, citoyen !

– J'aime mieux ça, approuva l'homme. Mon cheval est fatigué et moi aussi...

Depuis que des troubles graves agitaient Paris, Batz n'allait plus que rarement dans cette jolie maison dont, avant la Révolution, il habitait le rez-de-chaussée alors que Marie Grandmaison habitait à l'étage. C'est là qu'ils s'étaient connus, aimés, et cet endroit leur était cher à tous deux. Batz avait acheté le bâtiment et en avait modifié l'intérieur pour établir une communication directe entre les deux logis. Depuis, ils avaient trouvé Charonne qu'il préféraient l'un comme l'autre, mais ils ne s'étaient jamais défaits de la rue Ménars. Quant aux autres demeures que Batz attribuait aux divers personnages qu'il assumait – l'impasse des Deux-Ponts, la rue du Coq et autres –, Marie en ignorait les adresses tout en sachant qu'elles existaient car il tenait par-dessus tout à lui éviter le plus d'angoisses possible... Pour ce soir, il savait qu'elle s'inquiéterait en ne le voyant pas venir rejoindre Morris et Devaux comme il l'avait annoncé. Ce n'était pas la première fois que cela arrivait et la jeune femme n'en serait pas moins une hôtesse attentive, surtout pour l'Américain qui, par prudence, passerait la nuit là-bas, ce qui permettrait à Batz de le retrouver le lendemain matin.

Arrivé à destination, il descendit, paya généreusement le cocher et, tirant de sa poche une clef, il alla ouvrir sa porte du pas tranquille du parfait citoyen rentrant chez lui. Quand il referma, le fiacre était déjà reparti.

A l'intérieur il ne faisait pas chaud. Le poêle de faïence de l'antichambre était éteint, bien entendu, mais, à sa grande surprise Batz vit de la lumière filtrer sous la porte du salon. Il y avait là quelqu'un et, tout de suite, Batz fut sur ses gardes : seule Marie possédait une autre clef du logis et ce ne pouvait pas être elle puisqu'elle l'attendait à Charonne...

Connaissant parfaitement les aîtres, il se garda d'allumer, ouvrit sans bruit un petit placard pris dans une boiserie et en tira une paire de pistolets qu'il arma à tâtons avant d'en glisser un dans sa ceinture de façon à pouvoir s'en saisir rapidement ; puis, tenant l'autre dans son poing gauche, il s'avança vers la porte du salon sans faire plus de bruit qu'un chat sur le dallage de marbre blanc à bouchons noirs. Sous sa main libre, le loquet se leva silencieusement et la porte s'entrouvrit, découvrant un spectacle qui pour être paisible et rassurant ne lui en arracha pas moins une exclamation de colère et de stupeur :

– Mais que faites-vous là ?

Il y avait de quoi être surpris. La jeune fille qui dormait tranquillement sur une ottomane tendue de damas bleu et blanc, auprès de la cheminée où flambait un bon feu, n'aurait jamais dû être là, mais dans sa chambre, chez ses parents qui n'habitaient pas rue Ménars mais rue Buffault. Elle se nommait Michelle Thilorier, était la fille d'un couple avec lequel, depuis la Constituante, Batz entretenait des relations amicales, sans plus. Il n'avait pas mis les pieds chez eux depuis la première attaque des Tuileries, le 20 juin précédent, et ne voyait pas du tout ce que leur fille pouvait bien faire dans un appartement où il ne venait jamais.

Comme, réveillée en sursaut, elle se levait brusquement avec, au fond de ses yeux d'un bleu de faïence, une expression de crainte, Batz regretta sa brusquerie et s'excusa :

– Pardonnez-moi, Michelle, je ne m'attendais vraiment pas à vous trouver chez moi. Ceci mérite, il me semble, quelques explications. Vous attendiez quelqu'un ? ajouta-t-il en désignant le petit souper de fruits et de gâteaux disposé sur un guéridon.

Elle était devenue très rouge et tortillait entre ses doigts un petit mouchoir de batiste. C'était une assez belle fille, plutôt grande avec d'épais cheveux d'un blond de blé mûr et une peau très blanche qui changeait de couleur à la moindre émotion, allant ainsi du vert pâle au rouge ponceau. Elle baissait la tête et n'osait pas regarder Batz. Sa réponse lui parvint dans un souffle :

– Oui... vous.

– Moi ? Comment pouviez-vous savoir que je viendrais ce soir alors que je l'ignorais moi-même.

– Je ne le savais pas. Je l'espérais... Comme chaque fois que je viens.

– Et vous venez souvent ?

– Cela dépend. Au moins deux fois la semaine.

– Ah bon ! Et comment entrez-vous ?

– C'est facile : j'ai... j'ai fait faire une clef.

– Et vos parents ? Ils vous laissent sortir la nuit ?

A mesure que le dialogue se déroulait, elle reprenait de l'assurance. Elle esquissa même un petit sourire :

– Ils me croient chez mon amie Fanny. Elle habite près d'ici. C'est ce qui m'a donné l'idée de venir passer la nuit de temps en temps.

– Parce que vous restez toute la nuit ?

– Bien sûr. Il ne peut être question de rentrer chez Fanny en pleine nuit : les rues sont trop dangereuses. Alors je soupe et je dors ici.

– Où ici ? Dans la chambre de Marie ?

– Moi ! Dans la chambre de votre maîtresse ? D'une comédienne ? se récria-t-elle avec une indignation qui fit froncer les sourcils du baron. Non, je dors dans votre lit à vous... J'y suis si bien !... Mais rassurez-vous, je ne dérange jamais rien, bien au contraire ! Je fais le ménage... Et je vous attends !... Vous voyez que j'ai eu raison puisque vous êtes là !... Venez vous asseoir, je vais vous servir !

– Et ensuite, nous sommes censés faire quoi ? Dormir ensemble ? lança-t-il avec brutalité.

Cette histoire était peut-être flatteuse, un peu touchante même, mais Batz n'était pas d'humeur à écouter les délires d'une gamine qui avait dû se monter la tête à son sujet. En outre, cela le mettait dans une situation délicate : si l'avocat Thilorier et sa femme apprenaient que leur fille passait ses nuits dans son appartement, il n'aurait plus qu'à l'épouser. Ce qui était proprement impensable. Cependant, s'il avait cru désarçonner Michelle avec son attaque directe, il se trompait. Au contraire, elle en retrouva toute son assurance.

– Bien sûr ! s'écria-t-elle, le défiant du regard. C'est cela que je veux : coucher avec vous, vous donner un fils et devenir votre femme parce que je vous aime.

– Joli programme ! Le malheur veut que je ne me sente nullement enclin à y jouer le rôle que vous me faites l'honneur de me réserver. Je ne me marierai jamais, ma chère enfant !

– Pourquoi ? A cause de cette Babin Grandmaison, cette théâtreuse ? Certes, vous ne pourriez l'épouser sans déroger...

– Et pourtant, si je devais épouser quelqu'un ce serait elle car c'est la créature la plus noble et la plus charmante que je connaisse... Encore une fois, j'ai autre chose à faire que me marier !

– Sornettes ! Vous l'aimez, avouez-le donc !

– Bien sûr, je l'aime ! Elle est ce que j'ai de plus cher au monde. Quant à vous, il est temps que vous redescendiez sur terre. Vos parents sont des gens de bien que j'estime et pour qui j'ai de l'amitié. Une amitié à laquelle je tiens. Aussi vais-je vous ramener...

Il s'interrompit, l'oreille au guet : il venait de saisir l'un de ces bruits qui ne trompent pas : quelqu'un était en train de s'introduire dans la maison. Comme Michelle allait dire quelque chose, il lui plaqua une main sur la bouche.

– Taisez-vous ! Ce n'est plus le moment de délirer ! Si je suis venu ici c'est parce que j'étais poursuivi !

Elle fit signe qu'elle avait compris et il la lâcha. Le bruit se faisait plus net : le visiteur – ou les visiteurs ! – fourgonnait dans la serrure dont il ne devait pas, lui, avoir la clef. A pas de loup, Batz retourna dans l'antichambre. On s'énervait, là, au-dehors, où il y avait, en effet, plusieurs personnes. Tôt ou tard, ils entreraient et la lutte serait par trop inégale. Batz rentra dans le salon, souffla les bougies et jeta de l'eau sur le feu, puis il prit la jeune fille par la main après lui avoir confié sa canne et fourré son autre pistolet dans sa poche.

– Je crois qu'il va nous falloir tous les deux oublier le chemin de cette maison...

– Où allons-nous ?

– Vous le verrez bien. Taisez-vous !

Des craquements se faisaient entendre. La porte céderait bientôt. Ouvrant une fenêtre, Batz aida sa compagne à descendre dans le jardin, repoussa le battant autant que possible. Michelle commençait à avoir peur.

– Il est tout petit ce jardin et les murs sont hauts. Si ces gens nous veulent du mal, nous allons être pris ici comme dans une souricière...

– J'espère que cela vous guérira de la manie d'entrer chez les gens sans leur permission.

En un instant ils furent au fond du jardin. Batz tira une échelle soigneusement cachée par un massif de troènes et la dressa le long du mur dont le sommet était couvert de lierre.

– Voyons ce que vous savez faire là-dessus !

Sans mot dire, elle empoigna les montants et gagna le sommet du mur avec une certaine aisance qui lui valut un sourire amusé :

– Bravo ! On dirait que vous avez fait ça toute votre vie !

Il eut tout juste le temps de retirer l'échelle au prix d'un bel effort musculaire, de la basculer de l'autre côté et de s'aplatir dans le lierre tandis que Michelle commençait à descendre dans une sorte de boyau qui limitait jadis le potager du couvent des Filles-Saint-Thomas, alors déserté et abandonné *. Un craquement lui apprit que sa porte, solide cependant, venait de céder. Il aperçut une lumière errant dans le salon et s'aplatit plus que jamais dans l'espoir de voir ceux qui violaient son domicile et d'en reconnaître au moins un. Les trois hommes portaient des masques ; de plus, il entendit Michelle claquer des dents dans la ruelle et se hâta de la rejoindre. Elle était littéralement transie de peur et s'accrocha aussitôt à lui :

– Ce sont des... voleurs... ou des assassins ?

– Pour le savoir il faudrait y retourner, chuchota-t-il goguenard. Filons d'ici !

Ils se retrouvèrent dans la rue Richelieu, récemment rebaptisée rue de la Loi, où un réverbère apportait sa lumière rassurante. Batz reprit sa canne des doigts tremblants de la jeune fille :

– Dites-moi à présent où habite votre amie Fanny. Je vous ramène chez elle.

– C'est tout près d'ici : rue Feydeau.

– A merveille ! Mais j'imagine qu'il va falloir réveiller toute la maison ?

– Non. Je rentre toujours très tôt et Fanny laisse un volet et une fenêtre entrouverts.

– Et ses parents trouvent ça normal ? demanda Batz chemin faisant.

– Son père est mort. Il était avocat et franc-maçon comme mon père. Il l'a aidé, au moment du procès du Collier à défendre le comte de Cagliostro. Il ne s'entendait guère avec sa femme qui est très pieuse... et très sourde ! Quant aux « officieux », ils couchent sur l'arrière.

– Vous m'en direz tant !...

Il se garda bien de donner son avis sur l'emploi que faisaient les filles d'avocats de leur éducation en ces temps

* C'est en 1808 que Brongniart construisit la Bourse sur l'emplacement du couvent.

troublés. Ce devait être une sorte de signe de ces mêmes temps ! Et il pensa que, s'il en avait eu le projet, tout cela ne donnait guère envie de se marier...

Arrivés à destination il constata que la jeune Fanny exécutait parfaitement sa part du contrat : volets et fenêtres qui semblaient parfaitement fermés s'ouvrirent sans peine. Michelle se hissa sur l'entablement de la fenêtre avec une aisance dénonçant une longue habitude. Il la retint au moment où elle allait entrer :

– Il est bien entendu que vous ne retournerez plus rue Ménars ?

– Et vous ?

– Dieu que vous êtes agaçante ! Bien sûr j'y retournerai ; demain, en plein jour et pour juger des dégâts mais, cela fait, il sera inutile d'aller m'y attendre car je ne suis pas près d'y revenir...

– Quand vous verrai-je alors ?

– Lorsque j'irai rendre visite à vos parents et vous vous comporterez comme une bonne petite fille bien sage...

– Je ne suis plus une petite fille ! protesta-t-elle.

– Eh bien, faites comme si vous l'étiez encore ! Et rentrez ! Une patrouille approche ! Ces gens-là grâce à Dieu ont le pas lourd et des souliers ferrés, mais je n'ai aucune envie de répondre à leurs questions. Je suis votre serviteur, mademoiselle Thilorier !

Et il s'enfuit en courant, tournant le coin de la rue Feydeau et de la rue Montmartre au moment précis où la patrouille de nuit apparaissait à l'autre bout. Il ne s'arrêta de courir qu'une fois arrivé sous les arbres du boulevard qui perdaient leurs dernières feuilles et, là, s'assit sur un banc pour réfléchir et se reposer un peu. Il se sentait fatigué et ne savait plus où aller finir la nuit. A cette heure, il n'y avait plus de fiacres et les diverses demeures qu'ils s'était ménagées dans Paris – rue des Deux Ponts, rue Saint-Jacques, rue de la Pelleterie chez Ange Pitou, rue des Lions-Saint-Paul où gîtait le citoyen Agricol –, tout cela était trop loin.

Où aller ? A présent qu'il était immobile, il sentit le froid tomber sur ses épaules, un froid humide et pénétrant auquel Batz, né dans un pays de soleil, s'avouait sensible. C'était l'une de ses faiblesses. Il se leva, fit quelques pas pour se réchauffer en tournant en rond. Autour de lui, le boulevard avec ses cinq rangées d'arbres et ses rares bâtiments était vide, désert... Une autre planète ! Il ne pouvait pas rester là. Non par crainte d'une patrouille ou des malandrins qui, la nuit, descendaient des faubourgs pour chercher pâture dans la grande ville. Il avait sur lui de quoi se défendre ; c'étaient plutôt les forces qui risquaient de lui manquer. Il lui fallait à tout prix dormir ! Deux ou trois heures suffiraient, mais il fallait que ce soit à l'abri du froid.

Il caressa l'idée de rentrer rue Ménars. Sachant qu'il leur avait échappé, ceux qui avaient envahi sa maison étaient peut-être partis ; il était possible aussi qu'on l'y attende et que la charmante demeure où toutes choses portaient l'empreinte de Marie soit devenue un piège...

Marie ! Son image s'imposa à lui soudain, douce, rassurante. L'amour qu'elle lui donnait sans compter était pour lui comme un manteau protecteur dans lequel il se sentait bien. Elle lui était infiniment chère et elle l'attendait peut-être encore dans la maison de Charonne... Au bout de la terre ! Il l'imagina dans le joli salon ovale qu'elle parait toujours de fleurs ou de feuillages, pelotonnée au coin du feu dans la bergère de satin aurore qu'elle affectionnait, guettant les bruits de l'extérieur tout en répondant avec grâce aux propos de Devaux ou de l'ambassadeur américain qui lui vouait une véritable admiration... Aussi éloigné de lui que si l'Atlantique les séparait !

Chose étrange, ce fut l'évocation de l'homme à la jambe de bois qui lui apporta le moyen de sortir du marasme où il se trouvait. L'hôtel White bien sûr ! La confortable, voire luxueuse auberge du passage des (ci-devant !) Petits-Pères, qui servait de relais, de club aux Américains de Paris, et aussi aux Anglais. Tous ceux qui débarquaient à Paris arrivaient droit dans cette demeure où ils retrouvaient un peu l'atmosphère du pays et où Jonathan White savait accueillir chacun comme il convenait. Batz y était allé souvent déjeuner avec Morris, Blackden ou un autre de ses amis d'outre-océan et, s'il n'y avait jamais couché, il était certain que, même si l'hôtel était plein, l'aimable hôtelier lui trouverait un coin pour dormir ! En outre, ce n'était vraiment pas loin ! Juste derrière la place des Victoires ! Comment n'y avait-il pas pensé plus tôt ?

Il ne lui fallut que peu de minutes pour atteindre l'oasis espérée et il poussa un soupir de soulagement en voyant qu'en dépit de l'heure tardive les salles du rez-de-chaussée étaient encore éclairées. Il y avait du monde autour des tables où l'on discutait ferme. Face à la masse noire, quasi sépulcrale, du couvent des Augustins vidé et de leur grande église pillée et désertée *, l'hôtel White lui fit l'effet d'une lanterne allumée au cœur de la nuit...

Insensible au bruit qui régnait dans sa maison, White, assis à un petit bureau dans le grand vestibule, faisait ses comptes. Il se leva aussitôt pour accueillir l'arrivant, sans d'ailleurs montrer la moindre surprise de sa venue.

– Monsieur le baron, c'est un plaisir de vous recevoir, dit-il courtoisement, employant les anciennes formules de politesse pour bien montrer que les décrets révolutionnaires n'avaient pas cours chez lui. Mais si vous venez souper, je crains qu'il ne soit trop tard. Les fourneaux sont éteints...

– C'est sans importance... Quoiqu'un verre de vin et une tranche de pâté, ou simplement de pain, ne me déplairaient pas. Je voudrais une chambre pour la nuit. En rentrant tout à l'heure chez moi, rue Ménars, j'ai eu la désagréable surprise de trouver mon logis pillé de fond en comble. Impos-

* Aujourd'hui église Notre-Dame-des-Victoires.

sible d'y dormir. Alors j'ai pensé à vous... Pour cette nuit seulement, bien sûr !

– Soyez tranquille, j'ai ce qu'il vous faut. Mais quant à dormir, j'espère que vous y arriverez... avec ce bruit ! Le décret pris aujourd'hui par la Convention agite tous les esprits ! Ces messieurs discutent depuis des heures. Certains sont pour, d'autres contre...

– Et la majorité ?

– Est plutôt pour. Vous le savez sans doute, les citoyens de la libre Amérique regardent, depuis son début, la Révolution française avec une certaine et bien naturelle sympathie...

Comme pour lui donner raison, un homme sortit de la salle et s'arrêta un instant au seuil pour achever sa phrase :

– ... et souvenez-vous que, dès le retour de Varennes, j'ai publié une « Adresse aux Français » pour les inciter à en finir avec le régime des rois. Elle a été placardée sur les portes de l'Assemblée dès le 1er juillet de cette année...

Puis, se détournant :

– Il nous faut encore quelques pintes de bière, Mr. White !

Batz devenu soudain très pâle se plaça entre lui et l'hôtelier :

– Avez-vous vraiment besoin de cela, monsieur le député du Pas-de-Calais, pour convaincre votre auditoire que toute raison vient de vous ? Mettre le Roi en jugement, hein ? Est-ce ainsi que l'Amérique entend lui payer la dette de reconnaissance qu'elle a envers lui ?

L'homme qu'il apostrophait ainsi avait environ cinquante-cinq ans et il était sans doute le seul Américain que Batz détestât franchement. Peut-être parce qu'il ne l'était pas vraiment. C'était, en effet, peu de temps avant la révolte des « colons » d'Amérique contre l'Angleterre que Thomas Paine, alors âgé de trente-huit ans et originaire du Norfolk où il avait reçu une éducation quaker, avait fui sa terre natale et découvert l'Amérique. Il était devenu l'un des brandons de la révolution en gestation. Il avait alors offert ses services à l'armée, mais le Conseil de sécurité de Philadelphie avait préféré le nommer secrétaire de la commission des Affaires étrangères. A ce titre, il effectua plusieurs voyages en France pour obtenir l'aide financière et militaire de Versailles. Il s'y fit des amis et suivit avec passion les débuts de la Révolution dont il s'était fait l'ardent propagandiste, allant même jusqu'à retourner à Londres à ses risques et périls pour y mener campagne en faveur de la nouvelle France. Il put fuir juste à temps pour échapper à la police et assister, en France, au drame du 10 août. L'un des derniers actes de la Législative avait été de lui conférer la nationalité française après quoi quatre départements – l'Oise, l'Aisne, le Puy-de-Dôme et le Pas-de-Calais – souhaitèrent être représentés par lui à la Convention. Il avait choisi le dernier et, depuis, sa parole enflammée faisait merveille.

Au physique, c'était un homme de taille moyenne, maigre avec un long visage osseux, un long nez pointu, un front large et haut autour duquel flottait une chevelure grise « sans poudre et sans rouleaux », des yeux enfoncés dont le regard semblait toujours plus ou moins sur la défensive. Immuablement vêtu de noir à peine éclairé d'une sorte de jabot blanc et court – il restait fidèle au style quaker de sa jeunesse –, il représentait un type d'homme que Batz détestait : une espèce d'apatride répétant volontiers que le monde était son pays, ce qui lui permettait de se mêler sans cesse des affaires des autres. En général pour y souffler la tempête. Gouverneur Morris, à qui il reprochait avec aigreur ses habitudes mondaines, son goût du faste et des jolies femmes, ne l'aimait pas beaucoup plus...

Le rencontrer à l'issue de la journée et de la soirée qu'il venait de vivre, c'était pour Batz la goutte d'eau faisant déborder le vase. Avoir devant lui l'un de ces conventionnels qui s'apprêtaient à traiter le roi de France comme un vulgaire gibier de potence et que celui-là fût étranger était plus qu'il n'en pouvait supporter. Jamais il n'avait éprouvé cette envie de meurtre qui faisait trembler ses poings crispés. L'autre, cependant, avait reçu l'algarade avec un calme parfait :

– Les dettes de l'Amérique ne me regardent plus, citoyen... Batz ! Peut-être n'avez-vous pas encore compris que je suis français... Comme vous !

– Non, monsieur. Pas comme moi parce que je le suis depuis des siècles. Vous l'êtes comme vous avez été américain : parce que cela vous arrange et que le camp du plus fort vous attire. Quel bon Américain vous étiez pourtant quand vous vîntes à Versailles avec le colonel Laurens pour « solliciter » un nouveau secours financier. Que l'on vous a accordé, d'ailleurs : vous êtes reparti avec deux millions en argent et deux cargaisons de matériel de guerre. Quel respect vous éprouviez alors pour ce roi dont vous avez voté la déchéance et que vous allez sans doute vous arroger le droit de juger !

– L'homme n'est rien. C'est le régime qui est haïssable et qui devait être détruit...

– Allez donc dire cela au roi d'Angleterre et à William Pitt ! Ils vous pendront haut et court, monsieur le renégat anglais ! Et à propos de pendaison, quelle sentence allez-vous préconiser pour le fils de Saint Louis ? La corde ? La guillotine comme pour les voleurs des joyaux de la Couronne ?

– La violence n'est pas mon fait... Et nous n'en sommes pas là.

Un élan de fureur jeta Batz contre Paine dont il empoigna les revers pour approcher son visage presque à le toucher :

– Alors quand vous en serez là – car je jurerais que vous allez y venir, vous l'apôtre des Droits de l'homme –, n'oubliez pas ceci : si vous osez voter la mort, moi, Jean de Batz, qui lui ai voué ma vie, je vous tuerai !

Il était fou de rage. Jamais sa voix n'avait tonné à ce point. D'une poussée brutale il envoya le député du Pas-de-Calais dans les jambes de ceux que la dispute avait attirés hors du salon et qui regardaient sans mot dire, effrayés par la violence qui venait de se déchaîner devant eux. On aida Paine à se relever en attendant peut-être une autre explosion, mais soudain Batz se calma. Ses yeux étincelants regardèrent son adversaire remettre de l'ordre dans sa toilette :

– Cela dit, fit-il en retrouvant son sourire insolent, je suis prêt à vous rendre raison.

– Un duel? cracha Paine avec un regard venimeux. Je n'ai jamais pratiqué ce genre d'assassinat déguisé! Et interdit par la loi!

– Et comme la loi c'est vous!... Eh bien, il ne vous reste, mon cher monsieur, qu'à me faire arrêter! J'ai l'intention de dormir dans cette maison.

Tournant le dos à l'assistance toujours muette, il alla prendre la clef que lui tendait l'hôtelier avec un demi-sourire et s'élança vers l'escalier. Arrivé dans la chambre aux meubles clairs tendus de perse, il contempla le lit comme s'il était surpris de le trouver là. La fureur qui s'était emparée de lui avait chassé la fatigue. Il alla verser de l'eau dans la grande cuvette de faïence à fleurs et y baigna longuement son visage.

Il ne regrettait rien de ce qui venait de se passer, même s'il s'était fait un ennemi de plus, même s'il devait un jour en payer les conséquences. Il admettait volontiers qu'il avait commis une sottise, mais cette explosion lui avait fait tant de bien! A présent il allait dormir, et demain il reprendrait le fardeau dont sa fidélité l'avait chargé. Demain? Tout à l'heure le combat recommencerait... A moins que des sectionnaires ne l'attendent à sa sortie de l'hôtel pour le jeter en prison! Trois minutes plus tard il dormait.

Au Temple, cette nuit-là, personne ne dormit beaucoup, hormis le Roi et le petit Dauphin qui possédaient l'un le sommeil du juste, l'autre celui de l'innocence. Et peut-être moins que les autres encore, Laura et Mme Cléry dans leur rotonde où elles étaient presque aussi captives que la famille royale dans sa tour. L'annonce du décret ordonnant le procès leur était arrivé à sept heures par le canal du « crieur » qui venait chaque soir, près du mur de Paroy, hurler les nouvelles du jour pour tenir les prisonniers au courant de ce qui se passait dans Paris et aux frontières. Les journaux, en effet, ne franchissaient jamais le greffe de la Tour, sauf lorsqu'ils contenaient des articles insultants ou particulièrement injurieux. Le Roi, la Reine ou Madame Elisabeth les trouvaient alors oubliés comme par hasard sur le coin d'un meuble...

Le « crieur » était une trouvaille de Mme Cléry. C'était elle qui payait cet homme, un sympathisant, qui prenait bien soin de ne jamais attaquer le nouveau pouvoir ; les gardiens l'avaient accepté facilement, pensant que la délicate attention s'adressait à eux. On avait appris ainsi la victoire de Dumouriez à Jemmapes, l'invasion de la Belgique, une autre victoire en Italie du Nord. La jeune armée républicaine semblait invincible...

Les deux femmes furent accablées. Depuis des semaines on parlait de ce procès, mais à mesure que le temps passait, on avait fini par n'y plus trop croire. Le Roi était déchu, emprisonné, n'était-ce pas suffisant ? Eh bien, non ! Ce ne l'était pas. On allait juger et qui dit jugement dit condamnation. Mais à quoi ? C'était cela l'horreur, l'angoisse : à la leur elles mesuraient ce que devait être celle des trois princesses qu'elles apercevaient de plus en plus rarement, le mauvais temps servant d'excuse pour supprimer les promenades dans le jardin. En outre, si l'on jugeait le Roi, qu'allaient devenir la Reine, ses enfants et sa belle-sœur ?

Pendant des heures, assises côte à côte près de la fenêtre d'où l'on voyait le mieux le donjon, Laura et Louise écoutèrent les échos de la joie bruyante des gardiens. Leurs cris, leurs chants injurieux traversaient les murs épais, emplissaient la nuit et leurs cœurs s'alourdissaient. Ces gens qu'elles aimaient sortiraient-ils un jour de ce vieux piège séculaire qui perpétuait l'écho de la malédiction de Jacques de Molay, le dernier grand maître des templiers, proférée du haut du bûcher ? Et pour aller où ?

Hormis les achats qu'elles faisaient chez les commerçants voisins, les soins du ménage et les lessives au lavoir, la vie des deux femmes se réglait sur celle des prisonniers. Elles savaient que le Roi se levait à six heures du matin, qu'il se rasait lui-même, puis se laissait coiffer et habiller par Cléry. Qu'il passait ensuite dans la petite pièce qui lui servait de cabinet de lecture pour prier et lire jusqu'à neuf heures : le tout sous l'œil impassible du municipal de garde (il y en avait toujours un chez lui, un chez la Reine). Pendant ce temps Cléry s'occupait du Dauphin, faisait les lits, mettait la table pour le déjeuner puis descendait chez la Reine pour la coiffer ainsi que les princesses. A neuf heures, le déjeuner était servi chez le Roi par Cléry et, hélas, les Tison. A dix heures, tout le monde redescendait chez la Reine pour y passer la journée. Le Roi s'occupait de l'éducation de son fils, lui donnait des leçons d'arithmétique et surtout de géographie – Louis XVI était peut-être le meilleur géographe de son royaume ! –, lui apprenait Racine, Corneille ainsi que l'histoire de ses ancêtres. La Reine s'occupait de sa fille, puis on brodait, tricotait ou l'on faisait de la tapisserie. A une heure, selon le temps, on descendait pour la promenade sous la garde de quatre municipaux et d'un officier. Cléry avait le droit d'y participer, jouait avec le Dauphin au ballon ou à d'autres jeux qui lui faisaient faire de l'exercice. Le brave homme ne manquait pas, alors, d'adresser un sourire aux fenêtres derrière lesquelles il apercevait la silhouette de sa femme. A deux heures le déjeuner était servi et c'était aussi le moment où le brasseur Santerre, devenu commandant de la Garde nationale, venait visiter les appartements, flanqué de deux « aides de camp ». Après le repas, le Roi et la Reine jouaient au piquet ou au trictrac et, à quatre heures, Louis XVI faisait une courte sieste, entouré par sa famille. Ensuite, il reprenait les leçons de son fils dont le souper avait lieu à huit heures dans la chambre de sa tante. On couchait alors l'enfant, puis la famille à son tour soupait : il était neuf heures. Après, on se séparait. Le Roi rentrait chez lui et lisait jusqu'à minuit...

Tous ces détails étaient arrivés à Louise et Laura par le canal de Lepitre, ce commissaire qui les avait tirées des griffes de Marinot et qui, sous prétexte de surveillance – elles avaient l'interdiction de quitter l'enclos du Temple –, venait leur porter les nouvelles de façon plus sûre que les petits papiers glissés par Cléry, lorsque le jeudi on allait lui porter son linge. Elles avaient lié amitié avec lui après avoir eu l'assurance qu'il était des leurs. Malheureusement, il n'était pas toujours de garde et il fallait aussi subir les visites indiscrètes de Marinot. Celui-là était vraiment détestable. Il venait toujours aux heures, déterminées selon l'horaire des prisonniers, où Mme Cléry jouait de la harpe, ou donnait une leçon à sa « nièce », l'obligeant à s'interrompre, à répondre à ses questions stupides ou venimeuses. Il poursuivait aussi Laura de ses assiduités et la contraignit à s'en défendre. On frisa même le drame le jour où, pris de boisson, il voulut l'entraîner dans la chambre. N'ayant pas d'autre moyen pour l'arrêter, Mme Cléry saisit un rouleau à pâtisserie et l'assomma proprement.

Devinant ce que serait son réveil, on l'assit dans un fauteuil et, tandis que Laura préparait du café fort, Louise entreprit de le ranimer. Quand il ouvrit des yeux vagues, il eut quelque peine à réaliser ce qui venait de lui arriver. Louise en profita pour lui faire avaler un bol de café puis, comme il voulait se lever, le renvoya dans son fauteuil d'une bourrade :

– Ecoute-moi bien, citoyen Marinot ! déclara-t-elle. Je ne dirai rien de ce qui vient de se passer ici et je te conseille de l'oublier.

– Oublier ? Tu me paieras ça, citoyenne, et très cher encore ! éructa-t-il bien réveillé.

– Cela m'étonnerait ! Tu devrais savoir que la République est vertueuse, qu'elle n'admet pas que l'on force les filles qui le sont aussi comme cela se pratiquait sous l'Ancien Régime. Si tu recommences, je préviendrai un vieil ami...

– Et qui donc ?

– Le citoyen général Santerre ! Il aime les femmes, ce qui n'est pas défendu, mais il les respecte. Alors, tu respectes ma nièce ou c'est à lui que tu auras affaire... Comme il vient tous les jours je n'aurai pas de mal à lui parler. Compris ?

Maugréant et pestant, mais maté, Marinot repartit sans ajouter un mot. Laura n'en était pas moins inquiète :

– Merci de m'avoir sauvée, ma chère Louise, mais il n'aura guère de peine à s'apercevoir que vous lui avez menti.

Occupée à essuyer son rouleau à pâtisserie aussi soigneusement que s'il était entré en contact avec des immondices, Louise, contente de son effet, sourit à son amie :

– Menti ? Pas vraiment. Je le connais depuis longtemps grâce à un oncle qui était vigneron à Bagnolet et qui ne jurait que par la célèbre bière rouge de Santerre. Il était des plus fidèles clients de sa brasserie, A l'Hortensia, et aimait bien ce grand et brave garçon généreux et bon vivant dont la vanité est le plus grand défaut. Depuis la prise de la Bastille, il est le roi du faubourg Saint-Antoine, que sa prestance et sa grosse voix émerveillent. Et depuis qu'il commande la Garde nationale, il éclate d'orgueil. Vous avez pu le voir se pavaner dans ses uniformes un peu trop dorés et sous ses panaches tricolores, se laissant acclamer du haut de son cheval. Qu'il monte d'ailleurs fort bien, mais je sais que cela ne lui fait pas oublier ses vieux amis... Je n'ai rien à craindre de lui. Si Marinot se plaint, il sera mal reçu. Et je serais fort étonnée qu'il le fasse.

– Dieu vous entende ! Il n'empêche que j'ai peur de cet homme. S'il apprenait la vérité sur moi.... Vous seriez en danger autant que moi.

Le sourire de Louise s'effaça. Prenant entre ses mains le visage de sa jeune compagne, elle l'embrassa sur le front :

– A chaque jour suffit sa peine. Si cela arrivait nous aviserions...

Elle était inquiète, tout à coup, et s'appliqua à le cacher. Laura n'avait pas tort : l'homme était venimeux. Peut-être faudrait-il en venir à prévenir Lepitre ?...

12
Le régicide

– Ecoutez ça ! dit Pitou en déployant un long papier. Voici ce que l'on a prévu pour conduire, demain, 11 décembre, le Roi à la Convention pour y comparaître devant ses juges : « On passera par la rue du Temple, les Boulevards, la rue Neuve-des-Capucines, la place Vendôme et la cour des Feuillants. Chaque section gardera deux cents hommes de réserve. Il y aura en outre deux cents hommes à chaque prison et à chaque place publique. Pour l'escorte chaque légion fournira huit pièces de canon... »

– Des canons ? dit le jeune Lézardière, mais pour quoi faire ? Tirer sur les maisons ?

– Laissez-le continuer ! dit Batz. C'est très intéressant !

– « ... de canon, reprit Pitou, quatre capitaines, quatre lieutenants, sous-lieutenants, cent hommes armés de fusils et munis chacun de seize cartouches, sachant bien manœuvrer ce qui formera un corps de six cents hommes, lesquels, sur trois de hauteur, borderont la haie des deux côtés de la voiture. La gendarmerie fournira quarante-huit cavaliers sachant parfaitement manœuvrer pour former l'avant-garde, la cavalerie de l'Ecole militaire également quarante-huit cavaliers pour l'arrière-garde. Dans le jardin des Tuileries deux cents hommes de réserve ; la première réserve près du château sera de deux cents hommes d'infanterie, la seconde près le Pont-Tournant sera munie de huit canons fournis par les six légions et composée de huit canonniers, de quarante-huit fusiliers pour chaque légion et d'un caisson... Une troisième réserve sera composée du bataillon des piquiers et sera placée dans la cour des Tuileries. Les ordres qui défendent de tirer à aucune arme à feu seront exécutés strictement. Chaque légion fournira huit canonniers et huit fusiliers pour l'escorte des canons... » Voilà, c'est tout ! Qu'en dites-vous ?

– Que ces gens-là meurent de peur, soupira Devaux. Mais de quoi ? De la poignée de gentilshommes qui sont encore ici ?

– Non. Du peuple ! dit Batz. Il n'y a pas que la racaille qui sort de terre à chaque occasion, il y a aussi la multitude des braves gens, des gens honnêtes, sensés, qui n'approuvent certainement pas le régime qu'on leur impose. C'est de ça qu'ils ont peur.

– Tout de même, dit le marquis de La Guiche qui, caché sous le pseudonyme du citoyen Sévignon, était lui aussi un habitué de Charonne. Ce déploiement incroyable de forces pour mener simplement le Roi à la barre de la Convention ! Que serait-ce si on le menait à l'échafaud ?

– Ce ne serait pas pire, fit Batz d'une voix lente. Ceci n'est peut-être qu'une expérience et j'estime que nous ne devons rien faire pour l'empêcher. D'autant que cette armée protégera aussi le Roi contre une tentative d'assassinat toujours possible. Cette journée sera, je crois, pleine d'enseignements pour nous...

– J'ai peur que la Convention ne soit prête à tout, dit Pitou. Les choses sont allées si vite depuis une semaine ! Le 3, la décision de jugement, le 6, la fixation de la procédure et la Convention qui se proclame juridiction d'enquête et de jugement, violant ainsi les règles de droit les plus sacrées. Le 7, la décision d'enlever aux prisonniers tout instrument tranchant tel que rasoirs, couteaux, ciseaux comme l'on fait aux criminels de droit commun, et demain...

– Le Roi a-t-il au moins droit à un défenseur ? demanda La Guiche.

– Oui, mais pas demain : les « conseils juridiques » devront attendre de lire les pièces d'accusation établies à la première audience. Le Roi avait demandé Target qui défendit si brillamment le cardinal de Rohan devant le Parlement, mais ce grand avocat s'est déclaré... souffrant.

– Il souffre surtout de lâcheté ! gronda Devaux. Et votre ami Thilorier qui a fait acquitter Cagliostro ?

– C'est un ami, en effet, soupira Batz évoquant pour lui-même la silhouette rigide du père de Michelle, son amoureuse tellement inattendue de l'autre nuit. Et il a du talent. Seulement il est trop acquis à la franc-maçonnerie pour accepter, mais, au contraire de Target, il le dirait franchement. De toute façon Target sera avantageusement remplacé. Le Roi a demandé Tronchet ; en outre, plusieurs juristes de grande valeur se sont proposés. Messieurs de Malesherbes et Raymond de Sèze ont écrit à l'Assemblée pour demander « l'honneur » de défendre Sa Majesté. Il y a aussi un inconnu nommé Sourdat. Il y a même une femme, Olympe de Gouges, qui s'est proposée, bien que solide républicaine. Elle a dit quelque chose d'assez juste... et que j'ai noté, ajouta-t-il en cherchant dans ses poches un papier qu'il déplia. Ah, voici : « Il ne suffit pas de faire tomber la tête d'un roi pour le tuer. Il vit encore longtemps après sa mort, mais il est mort véritablement quand il survit à sa chute... »

– Si je comprends bien, la condamnation à mort ne fait de doute pour personne, dit un personnage assis sur une chauffeuse au coin de la cheminée et qui n'avait encore rien dit. C'était un nouveau venu à Charonne, mais pas un inconnu pour Batz qui l'avait rencontré jadis au temps du Salon français et retrouvé quelques jours plus tôt au café Corazza. Celui-ci avait eu avec Brissot une altercation qui lui avait attiré la sympathie du baron. Il faisait désormais partie du cercle des amis et c'était la seconde fois qu'il venait à Charonne. Il se nommait Pierre-Jacques Lemaître...

– Il faut espérer que le bon sens l'emportera... Mais, ajouta Batz avec un sourire, en attendant Marie qui ne saurait tarder car l'heure du souper approche, nous pourrions peut-être boire quelque chose ? Nous en avons tous besoin...

Les six hommes étaient réunis dans le salon ovale où le coup de sonnette fit apparaître un petit valet d'une quinzaine d'années, Blaise Papillon, qui était le frère de Marguerite, l'ancienne habilleuse et actuelle seconde femme de chambre de la Grandmaison. Batz lui demanda d'apporter du vin d'Alicante. Au moment où le garçon revenait avec un plateau, le bruit d'une voiture se fit entendre dans la cour. Batz alla vers une fenêtre dont il écarta le rideau :

– C'est ce que je pensais. Voilà Marie et...

Il s'arrêta court, puis se tournant vers ses amis :

– Veuillez m'excuser un instant. Je reviens...

Marie, en effet, qui revenait de faire des courses dans Paris sous la protection de Biret-Tissot, n'était plus seule et Batz avait reconnu Laura du premier coup d'œil, en dépit de la grande mante noire à capuchon dont elle s'enveloppait. Il rejoignit les deux femmes dans le vestibule :

– Où l'avez-vous trouvée ? demanda-t-il en scrutant le visage ravagé de fatigue de la fausse Américaine. Et que s'est-il passé ?...

– On va vous le dire, mon ami ; pour l'instant, il faut la conduire dans sa chambre, la coucher et la réchauffer. Elle tient à peine debout....

– Laissez-moi faire !

Enlevant la jeune femme dans ses bras, il l'emporta à l'étage, précédé par Marie qui ouvrit devant lui la chambre de Laura où il la déposa sur le lit, sans s'apercevoir que Pitou l'avait suivi.

– Qu'y a-t-il, s'alarma le jeune homme. Est-ce que Laura est malade... blessée ?

– Simplement épuisée de fatigue, rassura Marie en les poussant dehors. Envoyez-moi Marguerite pour m'aider à la déshabiller ! Qu'elle vienne avec une bassinoire et du vin chaud à la cannelle. Vous, mon ami, allez rejoindre vos invités et passez à table. Dites que je suis souffrante. Cela expliquera que vous ayez quitté le salon comme une tempête, ajouta-t-elle en caressant la joue de son amant du bout des doigts.

– Dites-moi tout de même le principal. J'ai besoin de savoir.

– C'est simple : quelqu'un l'a reconnue au Temple – en tant que Laura Adams s'entend ! – alors elle s'est enfuie, encouragée d'ailleurs par Mme Cléry. Ne sachant plus où aller...

– Comment cela ? C'est ici qu'elle devait venir, et sans tarder.

– Essayez de comprendre : elle craignait d'être suivie, de nous mettre tous en danger. Alors elle a eu l'idée de retourner à sa maison de la rue de Bellechasse pour s'y cacher. La chance a voulu que je me sois rendue chez Mme Chaumet, ma couturière de la rue de Bourgogne, pour y faire quelques emplettes. Nous l'avons trouvée dans la rue, adossée à un mur, se soutenant à peine. C'est Biret-Tissot qui l'a reconnue. Nous l'avons embarquée et nous voici ! A présent, vous en savez assez : allez souper !

Pitou revenait avec Marguerite, la bassinoire et le vin chaud ; visiblement il grillait de curiosité. Batz le mit au courant en redescendant :

– Comment a-t-on pu la reconnaître pour Laura Adams alors qu'à l'exception de ceux qui fréquentent cette maison et de ceux qu'elle a rencontrés durant l'équipée de Valmy, elle n'a jamais vu personne ?

– C'est ce que nous saurons tout à l'heure. Du moins il faut l'espérer...

En fait, il s'était passé ceci : Louise étant souffrante le jeudi précédent, c'était seulement ce jour-là qu'avec Laura elle s'était rendue à la Tour pour sa visite à son époux. Or, tandis qu'elles déballaient leurs paniers pour la fouille habituelle dans la salle du Conseil, l'un des municipaux présents était venu regarder Laura sous le nez en s'écriant :

– Mais on s'est déjà vus, citoyenne ! T'es la fille d'Amérique qu' était y a pas longtemps chez l' citoyen Nivernais, pas vrai ?

– Non, citoyen, vous... tu te trompes ! Je ne connais pas le citoyen Nivernais.

– Oh, fais pas ta mijaurée ! J' sais bien qu' le citoyen Nivernais c'est pas une relation tellement recommandable, mais puisque tu y es pas restée ! Et puis, une fille d'Amérique c't' une amie... Tu t' souviens pas d' moi ?

– Non... Non, pas du tout ! Excuse-moi !

Les deux femmes avaient brusqué leur départ. Marinot, en effet, arrivait et commençait à parler avec le malencontreux bonhomme. Aussi, au lieu de rentrer à la rotonde et d'accord avec Mme Cléry, Laura s'était enfuie le plus vite qu'elle avait pu, droit devant elle, cherchant seulement à retrouver la Seine comme fil conducteur. Elle n'avait pas le moindre argent sur elle pour prendre un fiacre...

– Il ne vous est pas venu à l'idée qu'en agissant ainsi vous alliez mettre Mme Cléry en danger ? demanda Batz quand elle lui eut appris son aventure.

– Non. Elle m'a d'ailleurs encouragée à fuir en disant qu'elle aurait des réponses toutes prêtes si on l'interrogeait. Sans Marinot, elle m'aurait gardée, mais avec cette brute dans l'enclos, je courais le plus grave danger, m'a-t-elle dit...

– On peut lui faire confiance. Maintenant, expliquez-moi pourquoi vous n'êtes pas venue tout droit ici. Même sans argent vous pouviez prendre une voiture : on aurait payé à l'arrivée !

– Je sais... J'y ai pensé, répondit-elle, osant à peine lever les yeux sur lui, mais j'ai eu tout à coup horreur de moi-même. J'ai pensé que je ne vous apportais que des ennuis et que vous aviez assez fait pour moi. La conscience m'est venue que j'étais pour vous une gêne...

– Qui a pu vous mettre ces idées en tête ? Vous m'avez au contraire beaucoup aidé jusqu'à présent et vous avez toujours fait de votre mieux. Alors, pourquoi cette réaction ?

– Je ne sais pas... Tout à coup, j'ai voulu redevenir Anne-Laure, j'ai voulu retourner chez moi...

– Dans une maison vide et sans doute dévastée comme la plupart des hôtels du faubourg Saint-Germain ? Et pour quoi faire ?

– C'est une question que je ne me posais même pas. Je crois que je cherchais l'ombre de ma fille puisque je n'avais même plus le droit d'apercevoir de temps en temps la petite princesse qui me la rappelait et que j'aime. Et puis, l'idée m'est venue que j'arriverais peut-être à retourner à Saint-Malo. J'y ai une mère après tout...

– Elle vous croit morte. J'y ai veillé.

– Oh ! c'est une femme forte ! Ma résurrection ne la ferait pas tomber en pâmoison. Si elle savait tout, elle saurait sans doute quoi faire de moi. Même si elle ne m'a jamais aimée...

Elle baissa la tête et Batz vit des larmes tomber sur ses mains. Il tira son mouchoir, obligea la jeune femme à lui faire face et essuya doucement le petit ruisseau salé. Il comprenait enfin que cette enfant avait passé sa courte vie à quêter un peu d'amour comme une plante fragile cherche le soleil. La vie ne l'avait vraiment pas gâtée en dépit des apparences : une mère indifférente, un époux impitoyable jusqu'au crime, un seul enfant mort avant la deuxième année. Et qui pouvait dire si la petite Madame saurait lui rendre la tendresse spontanée qu'elle lui avait vouée au cas où il leur serait donné de vivre ensemble ?... Quand elle rouvrit les yeux elle eut un sourire triste :

– Est-ce assez stupide, n'est-ce pas ? J'étais si troublée que je n'ai pas été capable de retrouver la rue de Bellechasse. Je ne connais pas bien Paris et je me suis perdue, j'ai dû prendre un pont trop loin...

Il s'assit sur le bord du lit et enferma dans ses grandes mains chaudes les doigts encore humides :

– Et grâce à Dieu, Marie vous a retrouvée ! Ici vous n'avez que des amis... dévoués ! Il faut me croire, Laura...

– Ne m'appelez plus ainsi ! Ce n'est qu'une apparence, un faux-semblant...

– Je ne vous appellerai plus jamais autrement parce que je ne veux plus me souvenir de la marquise de Pontallec ! C'était elle l'apparence. Laura, elle, est une femme libre, une autre femme... Pas une loque désespérée ne souhaitant rien d'autre que tendre le cou à la hache du bourreau ou au poignard de l'assassin. Elle est mon amie chère... et mon alliée !

– C'est vrai ! Nous avons conclu un pacte.

– Oubliez-le ! Les heures que nous allons vivre sont trop graves pour en tenir compte. Demain le Roi sera devant ceux qui se sont arrogé le droit de le juger, lui sacré par Dieu ! Et c'est vers lui seul que doivent tendre dès à présent tous nos efforts. S'il est condamné à mort, nous avons une bonne chance de ne pas en sortir vivants parce que nous tenterons tout, même l'impossible, pour l'arracher au bourreau ! Allez-vous m'aider ?

– Oui... à condition de combattre à vos côtés ! Je ne veux plus être éloignée de vous !

Comme il l'avait déjà fait une fois, il la regarda au fond des yeux sans rien dire. Ce qu'il y lut l'éblouit et l'effraya tout à la fois ; il ne fut pourtant pas maître de son premier mouvement : se penchant sur elle, il posa ses deux mains sur ses épaules et lui donna, sur la bouche, un baiser, un seul, mais qui la bouleversa.

– Je vous le promets ! Autant qu'il sera possible vous resterez près de moi...

Et il quitta la chambre précipitamment...

La lettre de Le Noir arriva quatre jours après, portée par le valet à mine patibulaire qui avait sa confiance et qui repartit sans accepter autre chose qu'un verre de vin.

« Le chevalier d'Ocariz est rentré chez lui en excellent état, disait-elle. Ainsi que je le pensais, il suffisait d'alerter Chabot qui a jeté feu et flamme avec son manque de discrétion habituel, assiégé Danton, Robespierre et Marat pour que l'on retrouve " l'ambassadeur espagnol " dont la disparition amènerait sûrement l'Espagne à reconsidérer sa neutralité. Il a, en tout cas, fait suffisamment de bruit pour que les ravisseurs prennent peur. Ceux-ci sont – la chose ne vous étonnera guère – des " amis " d'Antraigues et les mêmes qui ont saccagé votre maison de la rue Ménars. Un indicateur bien dressé a donc permis à la police de retrouver l'objet perdu dans l'une des cryptes de l'église Saint-Laurent : elles sont, vous l'ignorez peut-être, très vastes, et communiqueraient avec les anciennes carrières de Montmartre. Triomphe discret de la police, joie de Mme d'Ocariz et satisfaction de Chabot qui empoche la jolie somme de 500 000 livres sur les fonds détenus par le banquier Le Coulteux pour venir en aide au Roi. De toute façon, le procès étant commencé, l'or espagnol ne peut plus servir à obtenir de la Convention qu'elle ne s'arroge pas le droit de juger et les ennemis du Roi peuvent s'estimer satisfaits. Servira-t-il à acheter quelques votes ? C'est ce que je ne sais pas. Le chevalier ruisselle de reconnaissance pour son ami Chabot que, dans sa candeur naïve, il espère amener à sa cause. Moi qui connais bien l'individu, je le suppose prêt à toutes les promesses pour obtenir une nouvelle part du gâteau. A votre place, je n'essaierai pas de revoir l'Espagnol. Vous avez autre chose à faire... Croyez-moi toujours votre ami dévoué... Et n'oubliez pas de brûler cette lettre ! »

Ce qui fut fait dans l'instant ; après quoi Batz entra dans une profonde méditation d'où il ne sortit que pour prévenir Marie et sa maisonnée qu'il allait s'absenter quelques jours.

Comme la jeune femme s'inquiétait de l'endroit où il comptait se rendre :

– Ne vous tourmentez pas, répondit-il en l'embrassant. Je ne vais pas loin. Simplement, il est temps que le citoyen Agricol reparaisse dans ses cabarets préférés et chez son amie Lalie.

S'enveloppant d'une épaisse houppelande – à cause du froid et surtout parce qu'elle déguisait parfaitement sa silhouette –, il prit sa canne et partit au pas de promenade dans le jour gris de décembre. De sa fenêtre, Marie le regarda s'éloigner. Elle savait où il allait.

En quelques minutes, Batz eut franchi la barrière sans éveiller l'attention des préposés occupés à commenter la gazette en buvant du vin chaud pour se réchauffer. Un peu plus loin, dans la rue de Charonne déserte à cette heure, se dressait, de part et d'autre du chemin, la masse noire de vastes bâtiments conventuels abandonnés comme tous leurs semblables. C'était, sur la droite, le couvent de Notre-Dame-de-Bon-Secours avec, juste en face, ceux des Filles de la Croix et de la Madeleine de Traisnel. Ce fut dans ce dernier que Batz pénétra et gagna, sans le secours de la moindre lanterne, la sacristie, pillée bien entendu et vidée de ses vases sacrés mais dont quelques armoires étaient encore en bon état. C'est là qu'il avait établi ce qu'il appelait sa « loge de théâtre », l'endroit où il opérait en toute tranquillité ses changements de personnages. S'il avait choisi la Madeleine plutôt que ses voisins plus importants, c'était par une sorte de coquetterie jointe à une marque d'attachement à sa terre natale : l'avant-dernière prieure était de sa parentèle. Elle se nommait Luce de Montesquiou d'Artagnan et elle avait établi, dans les dépendances de la maison, une distillerie d'eau de lavande dont elle faisait venir les fleurs de son lointain pays d'Armagnac. Les sans-culottes avaient détruit les alambics comme engins de sorcellerie et, pendant longtemps, tout le quartier sentit la lavande brûlée. Il en restait encore un vague parfum qui, curieusement, faisait fuir les éventuels curieux. Le couvent passait, en effet, pour hanté. Des esprits craintifs juraient y avoir aperçu des fantômes de dames, celui de la reine Anne d'Autriche, la fondatrice, et celui de sa plus fidèle suivante, Marie de Hautefort, duchesse de Schoenberg, morte à la Madeleine où elle s'était retirée et où elle avait été enterrée. Batz et Marie – elle était la seule à connaître cette cachette où son art de la scène avait rendu de grands services à son amant – avaient fait en sorte d'amplifier ces bruits en y ajoutant un petit supplément de malédiction, qui englobait le voisin immédiat, le couvent des Filles de la Croix, où plusieurs moniales avaient été tuées. Un endroit idéal, en vérité, pour qui voulait se cacher, d'autant plus qu'il était doté de nombreuses issues.

Une heure plus tard, le citoyen Agricol équipé comme on sait, armé de sa pipe et de son bâton noueux, la houppelande en plus et ayant seulement troqué ses sabots contre de gros brodequins en raison du froid, sortait discrètement et poursuivait le chemin entamé par le baron de Batz en direction de la Bastille ou de ce qu'il en restait... Lalie ne devait manquer aucune séance de la Convention et il fallait qu'il sache tout ce qui s'y passait.

A juridiction exceptionnelle, procès exceptionnel. Celui du Roi se déroulait de façon tout à fait inhabituelle. Après avoir conduit Louis XVI devant la Convention dans les conditions que l'on sait, après lui avoir refusé la permission de se raser avant la séance comme il en avait l'habitude – mais ne lui avait-on pas ôté tout instrument tranchant ? –, on l'avait ramené au Temple où il était désormais seul : le petit Dauphin avait été conduit chez sa mère et le Roi déchu n'avait plus aucune communication avec sa famille. Cela lui était plus cruel que toutes les humiliations dont on ne cessait de l'accabler. Les jours suivants, ce fut dans son appartement de la Tour qu'il répondit aux interrogatoires des envoyés de la Convention. Il reçut également ses avocats qui avaient l'autorisation de s'entretenir avec lui deux heures chaque soir.

La veille de Noël, Batz rentra chez lui avec Pitou et Devaux. Il était fatigué, sale avec une barbe de plusieurs jours mais son énergie était intacte :

– Quoi qu'on en puisse penser, la Convention n'est pas unanime sur le sort que l'on réserve au Roi. Une moitié environ est pour l'exil, mais il est bien évident qu'elle ne délibère pas dans le calme et la sérénité qui conviendraient. Outre les tribunes toujours pleines d'énergumènes qui hurlent à la mort à tout bout de champ, les députés ne peuvent entrer en séance sans passer au milieu d'une haie d'hommes brandissant des piques, la menace à la bouche, et de femmes plus hideuses et plus féroces encore.

– N'est-il pas possible d'en acheter quelques-uns de façon à nous assurer une majorité ? dit Marie. Il suffirait d'une seule voix pour l'emporter...

– Je sais, mais nous ne pouvons plus compter sur l'argent espagnol. Certes, le gouvernement de Madrid a envoyé une protestation officielle à la Convention et la banque de Saint-Charles a prévenu Le Coulteux qu'elle ne le garantissait plus pour les deux millions qu'elle s'était engagée à rembourser. Quant à Ocariz, il a envoyé une belle lettre à l'Assemblée pour la rappeler au sens de la justice et de l'honneur, mais il me fuit comme la peste et d'ailleurs se cache. Son bon ami Chabot l'a dénoncé pour tentative de corruption dans le but de faire évader le Roi.

– Alors qu'il a touché 500 000 livres ? s'indigna Pitou.

– Il ne les a plus... Tout au moins presque plus, fit Devaux. La chose a fait quelque bruit et certains de ses bons confrères lui ont fait comprendre que, s'il tenait à sa peau, mieux valait partager. Cela dit de quels moyens disposons-nous pour acheter les voix salvatrices ?

– D'une grande quantité d'assignats, soupira Batz, qui ne peuvent pas servir à grand-chose dans les circonstances actuelles. Pour ces gens-là il faut de l'or... Et la plus grande partie de ma fortune est hors de France, chez des banquiers anglais, allemands ou hollandais.

– Il vous reste pourtant quelque chose, dit Laura d'une voix lente. Un magnifique objet pour lequel nous nous sommes donné bien du mal...

– La Toison d'Or que je souhaitais tellement rendre un jour à mon roi ! Oui, je l'ai toujours... Mais en admettant que je le veuille, elle est impossible à vendre en l'état. Il faudrait la démonter et en négocier les pierres à Londres ou à Amsterdam...

– En France c'est impossible ?

– Le risque d'être dénoncé comme voleur des joyaux de la Couronne serait trop grand. C'était aussi le cas du Régent, le grand diamant rose. On l'a retrouvé sous un tas de gravats aux Champs-Elysées. Les voleurs ont préféré s'en débarrasser, n'ayant sans doute aucune possibilité de le passer en Angleterre ou aux Pays-Bas.

– Et pourquoi moi ne le pourrais-je pas ? Je suis américaine, ne l'oubliez pas, et comme telle je jouis d'un statut privilégié qui doit me permettre de voyager. Une femme peut facilement cacher un joyau, même exceptionnel.

– Mais pas le tas d'or que l'on vous donnerait en échange et qu'il faudrait rentrer clandestinement. C'est une véritable expédition à monter... et le temps nous manque. D'ici quinze jours la Convention aura rendu son verdict.

– Il ne sera peut-être pas si désastreux, reprit Devaux. Si la Convention siège sous une menace perpétuelle, il reste les Parisiens, le peuple de Paris qui, lui, n'est pas d'accord et le manifeste. Savez-vous qu'il y a six jours les dames de la Halle ont déposé chez Target qui a refusé de défendre le Roi une poignée de verges alors qu'elles ont porté des fleurs à Tronchet et une couronne de lauriers à Malesherbes ?

– Il a raison, ajouta Pitou. Deux jours après, chez Talma qui avait réuni quelques députés modérés avec de jolies comédiennes comme Candeille, Mme Vestris et la Dugazon, Marat s'est amené avec son insolence habituelle. Talma l'a jeté dehors et Dugazon a promené dans le salon un brûle-parfum pour purifier l'air, aux applaudissements des invités. Non, baron, la cause n'est peut-être pas encore perdue et nous ne sommes pas seuls à lutter pour le Roi !

Batz pesa la densité de ce qu'il venait d'entendre.

– Ce que vous dites est plutôt réconfortant et recoupe ce que j'ai pu remarquer durant ces quelques jours. Les enragés de la Convention et quelques autres aussi n'en sont pas moins à craindre, eux et les hordes de vautours qu'ils traînent à leur suite et qui engendrent la peur...

– Dans l'état actuel des choses, que préconisez-vous, baron ? demanda Pitou.

– Continuer ce que nous faisons ces jours-ci, mais à visage découvert. Avec mon amie Lalie, nous avons repéré quelques députés que l'on devrait pouvoir acheter, même avec des assignats ou des lettres de change. Je n'ai pas perdu ma réputation de financier avisé, il faut en profiter. Cependant, pour le 31 décembre, nous réveillonnerons avec nos amis les plus sûrs comme on sait si bien le faire chez la Grandmaison. Nous en profiterons pour établir avec eux le compte des fidélités dont ils peuvent disposer au cas où il faudrait en venir au coup de force.

– Vous l'envisageriez ? demanda Devaux.

– S'ils ont l'audace de condamner le Roi à mort ? Sans aucun doute.

– Et la Toison d'Or ? demanda Marie.

– Nous verrons à nous en servir au mieux si une occasion se présente, encore que je la considère comme autre chose qu'un dépôt sacré. Mais je n'en retiens pas moins votre proposition, Laura. Merci !

Elle lui offrit un beau sourire et la plus parfaite des révérences :

– Ne suis-je pas à votre service, baron ? Ainsi qu'à celui de Leurs Majestés... Que Dieu veuille les protéger ! ajouta-t-elle en se signant. Un geste que tous répétèrent. Après quoi l'on passa à table. En dépit de la présence des deux jeunes femmes, parées l'une de satin blanc, l'autre de satin ivoire et vert amande, en dépit de leur grâce et de leurs efforts pour alléger l'atmosphère, ce fut sans doute la veillée de Noël la plus triste qui se vît. Rien de comparable aux Noëls de jadis, quand les cloches sonnaient à toute volée dans la nuit froide pour appeler les fidèles à la messe de minuit, après quoi l'on festoyait jusqu'au matin. Là, ce fut simplement un souper entre amis dont les pensées s'envolaient toutes vers la vieille tour des templiers, vers ces deux femmes et ces deux enfants qui n'avaient plus le droit d'embrasser celui pour qui elles ne cessaient de trembler, sous l'œil impitoyable des municipaux chargés de les garder à vue, vers cet homme solitaire enfin qui, jour après jour, se voyait confronté à des accusations grotesques souvent, venimeuses toujours.

En compagnie de Lalie, le citoyen Agricol avait assisté à deux séances qui, en dépit de son sang-froid, lui donnèrent envie de vomir. On accusait cet homme paisible et bon d'avoir fait tirer sur le peuple, d'avoir dépensé des millions pour le corrompre, d'avoir participé même à des orgies. Le comble avait été atteint lorsqu'un serrurier de Versailles que Louis XVI avait toujours traité en ami, avec lequel il travaillait dans sa petite forge sous les combles du palais, était venu révéler que « Capet » l'avait fait venir aux Tuileries pour l'aider à confectionner une armoire de fer, prise dans un mur situé entre son appartement et celui du Dauphin, pour y cacher tous les plans de ses conspirations contre le peuple. Après quoi, on avait payé ce « brave homme » et on lui avait offert un verre de vin dont il avait pensé mourir empoisonné. Plus vil, plus bas, plus geignard que sa déposition – applaudie à tout rompre par la Montagne ! – ne se pouvait imaginer. Plus révoltant encore l'usage que le ministre Roland allait faire de cette armoire où le Roi voulait seulement enfermer des valeurs, de l'argent et quelques lettres qu'il souhaitait soustraire à l'espionnage continuel dont il était déjà victime. On y trouva beaucoup plus qu'il n'y avait mis : plans d'invasion de la France, plans d'insurrection et de répression, tout ce que l'on aurait pu trouver chez un tyran normalement constitué mais certes pas chez Louis XVI...

Au lendemain de Noël, le Roi – que l'on avait enfin autorisé à se raser – fut ramené devant la Convention. Pitou à qui son uniforme de garde national permettait d'entrer partout, même au Temple, en profita pour aller aux nouvelles. Il ne se rendit pas à la rotonde car Mme Cléry avait été renvoyée à Juvisy, heureuse malgré tout de s'en tirer à si bon compte. En effet, avec beaucoup d'habileté elle avait plaidé coupable : la jeune femme qui passait pour sa nièce était bien une fille des Amériques, fort amie de la France et de la liberté, qui voulait écrire un livre sur les anciennes « prisons du pouvoir royal » et sur le sort que la République réservait à ses ennemis. Elle y mit tant de conviction qu'avec l'aide de Lepitre, dont nul ne mettait en doute la loyauté, elle réussit à convaincre d'autant plus aisément que Marinot avait disparu. Son cadavre encore muni de la corde qui avait servi à l'étrangler ne serait découvert que beaucoup plus tard dans la cave d'un des hôtels abandonnés de l'enclos du Temple... On la renvoya donc à Juvisy ; après quinze jours de punition, elle fut autorisée à reprendre ses visites hebdomadaires à son époux, seule évidemment. La harpe que les prisonnières aimaient tellement entendre repartit avec elle...

En revenant du Temple, Pitou était sombre. Il avait appris que le jour de Noël, Louis XVI avait rédigé son testament aussitôt remis au Conseil du Temple. Quelques pages lourdes de piété, de charité, de renoncement et de grandeur qui donnèrent cependant à rire à certains de ceux qui les lurent. N'écrivait-il pas : « Je recommande à mon fils, s'il avait le malheur de devenir roi... » ?

– On s'arrangera, dit quelqu'un, pour que ce malheur ne lui arrive pas !

Les yeux durs et les poings serrés, Batz écouta ce rapport.

– On dirait, conclut Pitou, que le Roi s'attend à une sentence de mort...

– Ceux qui vont mourir ont parfois de ces presciences. C'est à nous d'agir dès à présent comme si ce malheur devait arriver.

Au soir de la Saint-Sylvestre, se réunirent autour de la table ceux qui étaient à la fois les amis les plus proches de Batz et ses agents les plus sûrs : Pitou, Devaux, le marquis de La Guiche, le banquier Benoist d'Angers, le comte de Sartiges, Balthazar Roussel, jeune rentier de vingt-quatre ans habitant rue Sainte-Anne et possédant de grands biens, que le goût de l'aventure et une véritable admiration attachaient à Batz, les deux frères de Lézardière, Pierre-Jacques Lemaître, l'imprimeur Pothier de Lille, et enfin, plus inattendu, l'ancien épicier Cortey, chef de la force armée de la section Le Peletier, qui commandait parfois la garde du Temple. Deux femmes seulement, Marie et Laura, au milieu de cette assemblée d'hommes élégants, faisaient les honneurs et l'ornement de la table somptueusement servie.

Quand le dernier coup de minuit eut sonné à la grande pendule de parquet vers laquelle tous les yeux étaient tournés, Jean de Batz se leva, une flûte de champagne à la main :

– A cette année qui commence, messieurs, mais d'abord au Roi !

Tous se levèrent d'un même mouvement et d'une même voix répétèrent : « Au Roi ! ». Batz poursuivit :

– Que Dieu le protège et le garde en nous permettant de l'arracher à ses bourreaux, ainsi que la Reine et son auguste famille, et pour que règnent à nouveau sur la terre de France la Justice et le Droit, la Paix et la Liberté !

On trinqua, on but puis chacun reprit sa place. Seul, le baron resta debout :

– Le 15 de ce mois de janvier, la Convention procédera au vote nominal pour statuer sur le sort qu'elle réserve à Louis XVI. Tenez-vous prêts, au cas où elle voterait la mort, à réunir tous ceux qui veulent se dévouer dans le sous-sol de la maison que vous connaissez tous, rue de la Tombe-Issoire, afin d'achever la mise au point du plan de sauvetage que j'élabore en ce moment. Le rendez-vous sera à dix heures du soir, le 17 janvier, et le mot de passe vous sera communiqué en temps utile... Oui, monsieur Lemaître ? ajouta-t-il pour celui qui venait de lever la main.

– Il n'y a pas assez longtemps que je suis avec vous. Je ne connais pas cette maison.

– Devaux vous l'indiquera. Messieurs, je vous souhaite à tous une bonne et heureuse année !

Il fit alors le tour de la table pour aller embrasser Marie dont les yeux tendres ne le quittaient pas.

– Bonne année, mon cœur ! Vous êtes ce que j'ai de plus cher au monde !

Trop émue pour répondre, elle lui rendit son baiser avec des larmes aux yeux. Puis il se tourna vers Laura, prit sa main et la baisa :

– Bonne année à vous aussi, chère Laura ! Le plus joli de mes soldats de l'ombre.

– Le plus dévoué aussi... Dieu vous protège pour le bien de tous !

Elle avait répondu avec une parfaite sérénité apparente ; pourtant ce fut à cet instant précis qu'elle prit conscience de l'amour qu'elle lui portait. Peut-être à cause de cette envie brûlante qu'il la prenne elle aussi dans ses bras pour lui donner un baiser, un vrai ! Pas une consolante caresse comme celui de l'autre soir lorsque Marie l'avait ramenée à Charonne !... Un amour dont elle savait à présent qu'il l'habiterait jusqu'à la fin de sa vie, sans jamais obtenir de lui autre chose que l'estime et l'amitié. Il était voué au Roi et il aimait Marie. C'était plus que suffisant pour emplir ce cœur ardent !... Elle se jura alors qu'il n'en saurait jamais rien. Sauf à l'heure suprême, si le bonheur lui était donné de mourir avec lui...

En se détournant pour accueillir les vœux des autres conjurés, elle rencontra le regard d'Ange Pitou fixé sur elle avec une intensité qui la fit rougir. Se pourrait-il qu'il l'eût devinée ? Il était son ami et elle pensa qu'il la connaissait bien, alors elle voulut le rassurer. D'un geste spontané, elle lui tendit ses deux mains :

– Voulez-vous m'embrasser, cher Pitou... Pour mieux sceller nos vœux de bonne année ?

Elle éprouva alors de la joie parce que, en approchant son visage de celui du jeune journaliste, elle le vit rayonner... Au moins, ce soir, elle aurait fait un heureux !

– Messieurs, ils ont voté la mort !

Aucune fêlure dans le bronze de cette voix que renvoyèrent à l'infini les échos de la carrière désaffectée. Debout sur une grosse pierre, Batz laissa son regard errer sur tous ces visages levés vers lui. Ses amis avaient bien travaillé car ils étaient environ cinq cents à l'avoir rejoint dans la maison de la rue de la Tombe-Issoire dont les caves offraient une ouverture sur les anciennes carrières de Montsouris.

Le murmure qui parcourut l'assemblée s'amplifiant jusqu'au grondement, il l'apaisa d'un geste de la main.

– Nous manquons de temps pour l'indignation, messieurs. Il nous faut agir à présent car non seulement ils ont voté la mort mais sans sursis. Le Roi sera exécuté dans trois jours : le 21 au matin.

– Cela ne nous laisse guère de temps, lança Cortey, l'ancien épicier. Les hommes de la section Le Peletier ne seront pas de garde au Temple avant une semaine...

– Aussi ne tenterons-nous rien au Temple. Nous enlèverons le Roi sur le chemin de l'échafaud. Je m'attendais à ce verdict et mes dispositions sont prises!

Sous la lumière jaune des quelques lanternes posées çà et là, Batz vit scintiller les regards de ces hommes avides de livrer combat. Le commissaire Lepitre que Pitou avait récupéré leva la main et dit :

– Il faudra aussi enlever le confesseur. Sa Majesté a demandé le secours de l'abbé Edgeworth de Firmont qui habite 483, rue du Bac, ce qui lui fait courir un grand danger. Si on enlève le Roi et qu'on laisse l'abbé, il sera écharpé... Mais peut-être n'acceptera-t-il pas...

– Oh si, il acceptera! dit l'un des hommes du premier rang. Je connais l'abbé de Firmont qui était le directeur de conscience de Madame Elisabeth. C'est un homme admirable, d'une foi et d'un courage exceptionnels...

– Soyez certains que j'y avais songé, dit Batz. A présent il nous faut prendre nos dispositions...

– Un instant, lança une voix forte venue des profondeurs de la caverne. Je voudrais, moi, en savoir davantage. Qui a voté la mort?

– La sentence a été rendue à une voix de majorité... celle du duc d'Orléans. Il a dit : « Uniquement préoccupé de mon devoir, convaincu que tous ceux qui ont attenté ou qui attenteront par la suite à la souveraineté du peuple méritent la mort, je vote pour la mort! »

Un silence fait de stupeur et d'horreur incrédule s'étendit sur tous ces hommes prêts à risquer leur vie. Il était le même que celui qui s'étendit sur la Convention, dont Batz entendait encore l'écho dans sa mémoire. Il y avait eu ensuite un murmure d'horreur et personne, même chez les enragés de la Montagne, n'applaudit celui qui trahissait ainsi sa caste et son sang, et puis des huées. Blême, le citoyen Philippe Egalité était descendu de la tribune en titubant....

– Une seule voix, fit avec amertume le marquis de La Guiche, et il fallait que ce soit celle-là ! Il avait pourtant promis à ses proches de s'abstenir....

– Il mourait de peur. Comme beaucoup d'autres. Chaque vote demandant l'exil ou la prison à vie était accueilli par des menaces de mort ! Depuis trois jours, la Convention vote sous les poignards !

Trois jours en effet. Il avait fallu trois jours pour répondre aux trois questions posées. Louis est-il coupable ? Le jugement sera-t-il soumis à la ratification du peuple dans son ensemble (autrement dit au référendum !) et enfin, quel châtiment doit-il recevoir ?

Batz avait assisté à la dernière séance, les deux autres lui ayant été rapportées fidèlement par son amie Lalie. Il y était allé sous son aspect habituel, suprêmement élégant en frac noir, gilet et cravate blancs, culotte noire et bottes à l'écuyère. Il voulait voir mais aussi être vu de ceux, comme Thomas Paine, qui devraient lui répondre de leur vote. L'Américain avait eu un sourire et un haussement d'épaules mais il avait demandé l'exil : « Tuez le roi, dit-il, mais pas l'homme ! Vous n'en avez pas le droit. » Chose étrange, des femmes l'avaient applaudi. Ces mêmes femmes qui avaient pour Batz des regards complaisants...

Car il y en avait beaucoup. Pendant ces journées tragiques, la Convention s'était muée en salle de spectacle. « ... le fond de la salle était transformé en loges où des dames, dans le plus charmant négligé, mangeaient des glaces, des oranges, buvaient des liqueurs. On allait les saluer. On revenait. Les huissiers faisaient le rôle des ouvreuses à l'Opéra. On les voyait à chaque instant ouvrir les portes des tribunes de réserve et y introduire galamment les maîtresses du duc d'Orléans caparaçonnées de rubans tricolores *. » Mais tout ce déballage indécent avait

* G. Lenôtre : « La Vie à Paris pendant la Révolution » d'après un témoin oculaire.

fini par disparaître, occulté par le drame en 749 tableaux qui se jouait à la tribune où défilaient tous ces visages sombres, inquiets, tendus, dont la bouche s'ouvrait trop souvent sur le mot fatal : la mort ! Le seul mot que voulaient entendre les troupes de Marat et des extrémistes qui gardaient les portes de la salle... Une surprise pourtant : Manuel, procureur de la Commune, l'un de ceux du 10 août, l'homme qui avait enfermé la famille royale à la Tour du Temple et qui venait presque chaque jour s'assurer qu'elle y était toujours, vota pour le bannissement. Il tenta même de subtiliser certains bulletins – on votait par écrit en même temps qu'oralement – défavorables à l'accusé... Et faillit pour cela se faire écharper...

– Si nous parlions de la suite maintenant ? dit Devaux, tirant son ami de la brève méditation qu'il s'était accordée tandis que, dans les rangs, on discutait ses dernières paroles. Expliquez-nous votre plan ! Ensuite nous nous partagerons le travail.

Le plan était d'une grande audace mais assez simple. Les conjurés devraient se masser, mêlés aussi étroitement que possible au peuple, près de la porte Saint-Denis au croisement du boulevard et de la rue Saint-Denis. Au signal que donnerait Batz – il se tiendrait à l'angle de la rue de la Lune à l'endroit où le boulevard, pas encore nivelé, formait une sorte d'excroissance –, le plus gros de la troupe se jetterait sur la voiture, en arracherait le Roi et son confesseur pour les entraîner jusqu'aux Petites-Ecuries de la rue Saint-Denis assez proches, où cinq ou six hommes attendraient avec des chevaux. On y cacherait Louis XVI pendant que l'un des conjurés qui avait la taille et la corpulence du roi – ce serait Cortey –, environné de quatre ou cinq cavaliers, foncerait en remontant la rue Saint-Denis pour franchir la barrière de la Chapelle et prendre la route du Nord.

– Ils seront peut-être poursuivis et peut-être pris...

– Pourquoi peut-être et pas sans doute ?

– Parce que j'espère une réaction du peuple. Tout ce que nous avons pu apprendre depuis quinze jours va dans ce sens et c'est pourquoi la Convention a refusé de lui demander son avis. En outre, Dumouriez, qui est à Paris, a juré qu'il s'opposerait à l'exécution. Il se peut que nous ayons tout le temps pour mettre le Roi à l'abri. Mais le contraire se peut aussi. Tandis que l'on courra derrière nos amis, j'irai chercher Sa Majesté et son confesseur pour les conduire à la nuit et à pied jusqu'à l'église Saint-Laurent qui a des cryptes que je connais bien. Elles sont vastes et elles ouvrent sur les carrières de Montmartre où tout sera prêt pour que les deux hommes y vivent quelques jours ; après quoi nous leur ferons quitter Paris pour la Normandie où nous avons de nombreux amis, puis pour l'Angleterre.

– Crois-tu, dit Benoist d'Angers, qu'il acceptera de partir en laissant les siens en otages à ces brutes qui les gardent ? Tu le connais mal...

– Non, je le connais bien au contraire. Si le peuple nous aide, il n'y aura aucun problème. S'il en va autrement, je saurai le rassurer... Au besoin en lui promettant de le ramener à ses bourreaux au cas où nous ne parviendrions pas à libérer sa famille. Mais pour elle aussi j'ai un plan...

– C'est loin la Normandie. Il faudra des relais....

– Ils sont prévus. Le premier au château d'Abondant, près de Dreux, où Mme de Tourzel et ses enfants nous attendent déjà. Encore des questions ?

Aucune voix ne s'éleva. Batz sourit.

– Très bien, messieurs ! Nous allons à présent procéder au partage des postes... Que les chefs de groupe veuillent bien s'avancer !

Le 20 janvier, il neigeait sur Paris. Tandis qu'au Temple Louis XVI écoutait sa sentence de mort avec un calme et une sérénité qui forcèrent l'admiration de ceux qui étaient là, puis se disposait à revoir enfin les siens pour le dernier adieu, dans la maison de Charonne enveloppée de silence et de blancheur, Batz écrivait son testament et mettait ordre à ses affaires avant, lui aussi, de faire ses adieux à Marie, à Laura et à ses dévoués serviteurs. Tout à l'heure, il se rendrait à Paris où les barrières seraient fermées dès la tombée de la nuit pour ne se rouvrir que lorsque tout serait accompli...

Lorsqu'il eut scellé l'acte de ses dernières volontés, il le rangea dans la petite armoire de sa bibliothèque, puis alla chercher Marie pour l'emmener avec lui dans le cellier, sans lui révéler la partie secrète où se trouvait l'imprimerie clandestine. Il se contenta de passer en revue les casiers de briques où les bouteilles étaient rangées par crus, s'arrêta devant celui qui contenait les vins de Bourgogne, compta cinq bouteilles dans la quatrième rangée en partant du haut, tira la sixième, se pencha pour amener à lui la brique du mur qui se trouvait derrière, plongea la main dans la cavité et en retira une boîte en fer dans laquelle il y avait un écrin de cuir qu'il ouvrit : la fabuleuse Toison d'Or étincela sous la lumière caressante de la chandelle. Marie eut une exclamation admirative :

– Quelle merveille !

– N'est-ce pas ? Seulement elle n'est pas à moi. Alors écoutez bien, Marie : s'il m'arrivait malheur, je compte sur vous pour aller porter ceci au baron de Breteuil. Il n'est plus à Bruxelles mais à Soleure, en Suisse. Il saura quel usage en faire pour le bien du Roi.... qu'il soit Louis XVI ou Louis XVII. Vous vous souviendrez ? Le vin des Hospices de Beaune, la sixième bouteille en partant de la gauche dans la quatrième rangée. La brique s'enlève sans difficulté dès l'instant qu'on la sait mobile, sinon on pourrait vider toutes les bouteilles sans la remarquer....

– Je me souviendrai ! Laissez-moi la ranger !

– Non. Il est inutile d'abîmer si peu que ce soit ces jolies mains. Il sera bien temps si vous devez un jour en venir là...

Il remit tout en place puis, prenant la jeune femme dans ses bras, il lui donna un long baiser qui lui permit de s'apercevoir qu'elle pleurait. A l'aide de son mouchoir il essuya doucement le doux visage :

– C'est prématuré ! Je ne suis pas encore mort et je ferai tous mes efforts pour que nous nous en tirions, le Roi et moi, avec les honneurs de la guerre..

– Je l'espère bien, fit-elle en lui souriant à travers ses larmes. Cela m'ennuierait beaucoup de faire le voyage de Suisse par ce mauvais temps !

Son courage lui valut un nouveau baiser puis les deux jeunes gens regagnèrent le cabinet de travail :

– Il me faut à présent faire mes adieux à Laura, dit Batz. Dans l'armoire que vous connaissez, vous trouverez, avec mon testament, les dispositions que j'ai prises pour elle. Allez lui demander de venir ici.

– Elle est prête.

Un instant plus tard Laura faisait son entrée sous l'œil incrédule du baron : elle portait, avec beaucoup de désinvolture d'ailleurs, le costume masculin qu'elle avait demandé à Marie. Batz fronça les sourcils :

– Que signifie ?

– J'ai décidé de vous accompagner. Souvenez-vous : j'ai votre promesse de me laisser combattre à vos côtés. C'est, je crois, ce que vous allez faire ?

– Sans doute mais....

– Pas de mais ! Une promesse est une promesse !

– Emmenez-la, mon ami ! plaida Marie. Sauver le Roi pour conserver un père à la petite Madame c'est aussi son affaire !

– Si vous vous mettez à deux contre moi je ne peux que m'incliner. Venez donc !

Quelques minutes plus tard, le cabriolet conduit par Biret-Tissot les emmenait à la barrière du Trône. Là, ils prirent un fiacre pour rejoindre Devaux et La Guiche dans le petit hôtel de la rue Montorgueil, où ils s'étaient donné rendez-vous en se faisant passer pour des provinciaux venus assister à l'événement. Pitou, qui se rendrait au rendez-vous dans son uniforme de garde national, avait élu domicile pour la nuit chez son ami et rédacteur en chef Duplain de Sainte-Albine. Ce dernier était au courant du complot mais n'avait pas participé à la réunion dans la carrière désaffectée. Il était occupé à imprimer une multitude de petits placards qu'une troupe de jeunes garçons à sa solde allait disséminer sur les boulevards : « Peuple de Paris, ton Roi a besoin de toi. Sauve-le ! »

Quand la ville s'éveilla, la neige de la veille s'était transformée en pluie et les rues en cloaque. Au lever du jour un brouillard gris, sinistre à souhait, enveloppait toutes choses d'humidité.

A sept heures, Batz et ses compagnons quittèrent le Pilon d'Or. Vêtus de gris ou de noir, le col de leurs redingotes relevé, le chapeau sur les yeux, les trois hommes et la jeune femme gagnèrent en silence le point de ralliement. Tous sauf Laura portaient des armes faciles à dissimuler : poignards et cannes-épées. Il y avait beaucoup de monde dans les rues, chacun s'étant levé de bonne heure pour être bien placé sur le chemin du cortège. Une double ligne de gardes nationaux avait déjà pris position de chaque côté du boulevard. Une autre file les doublait, formée d'hommes de mauvaise mine en carmagnole et bonnet rouge, armés de piques et de sabres. L'ordre n'étant pas encore bien réglé, Devaux suivi de La Guiche purent traverser pour se placer au pied de la porte Saint-Denis tandis que Batz et Laura remontaient vers l'immeuble en pointe qui marquait l'entrée de la rue de la Lune. Un poste de commandement idéal : de là on dominait une grande partie du boulevard et de la rue Saint-Denis.

Laura, qui n'était jamais venue dans ce quartier, regardait autour d'elle avec curiosité :

– La rue de la Lune, murmura-t-elle. Comme c'est étrange !... Vous souvenez-vous de Valmy ? C'est à un endroit nommé La Lune que les Prussiens ont été arrêtés dans leur avance.

Batz lui jeta un regard noir. Il n'était déjà pas trop satisfait de l'avoir emmenée, si en plus il devait soutenir une conversation de salon...

– Vous y voyez un présage ? grogna-t-il en sortant une lorgnette de sa poche pour examiner les alentours de plus près.

– Moi ? Oh non ! Je n'ai fait qu'un simple rapprochement. Cette porte est belle, ajouta-t-elle pour changer de sujet, en désignant la grande arche de pierre, superbement décorée de bas-reliefs avec ses deux pyramides chargées de trophées d'armes, qui enjambait la rue Saint-Denis.

– Vous jouez de malheur ! fit-il entre ses dents. Cette porte est celle sous laquelle passent les rois de France au jour de leur entrée solennelle dans leur capitale. Ils y repassent quand on emporte leur cercueil à la basilique de Saint-Denis. Et si vous aimez à ce point les souvenirs, méditez celui-ci : il y a onze ans, onze ans seulement que, le 21 janvier 1782, le Roi et la Reine venaient à Paris pour le baptême à Notre-Dame du premier Dauphin, ce premier fils tant désiré qui devait mourir en 89 à Meudon. Il faisait froid, mais il faisait beau et une foule enthousiaste, une foule énorme acclamait ses souverains. C'était la plus grande fête. Tout le monde était heureux ! Et aujourd'hui !... Je suis sûr que le Roi y pense...

Il y avait pensé, en effet, mais il n'était pas homme à permettre aux beaux souvenirs d'un autrefois si proche, d'entamer sa résolution et d'affaiblir son courage. Après s'être entretenu jusqu'à minuit avec son confesseur, il s'était couché en demandant à Cléry de le réveiller à cinq heures et il avait dormi comme chaque nuit. L'abbé de Firmont alla se reposer un peu sur le lit de Cléry qui, lui, ne se coucha pas.

A six heures, Louis XVI avait fait sa toilette, était coiffé et habillé tout de gris foncé, avec un gilet et une chemise blanche. En voyant préparer la redingote qu'il mettait pour sortir, il la refusa :

– Vous me donnerez seulement mon chapeau...

Ensuite, il entendit la messe dans sa chambre où une commode servait d'autel, et, pour cette unique fois, hors de la présence obsédante des municipaux. Il communia et, le service divin achevé, poursuivit sa prière pendant que le prêtre allait chez Cléry ôter les ornements sacerdotaux. Il était pâle et la sueur lui perlait au front :

– Quel prince ! soupira-t-il. Avec quelle résignation, avec quel courage il va à la mort ! Il est aussi tranquille que s'il venait d'entendre la messe dans son palais.

En dépit de l'épaisseur des murs, les bruits extérieurs résonnaient dans la Tour. Dans Paris, comme pendant la nuit du 10 août, on battit la générale puis, dans la cour du Temple, il y eut le bruit des armes, le piétinement des chevaux, le roulement des canons car on avait jugé « prudent » de s'en munir pour conduire cet homme seul à l'échafaud !

A neuf heures les tambours battirent, les trompettes sonnèrent. Une voiture attendait. Verte, attelée de deux chevaux, c'était celle du ministre Clavière. Le Roi s'assit au fond avec son confesseur après que deux municipaux se furent installés sur le devant. On ferma les portières et le lourd cortège s'ébranla.

A son poste, Batz ne sentait même pas le froid. L'œil rivé à sa lorgnette, il scrutait la foule de plus en plus dense, y cherchant des visages connus. Il voyait parfaitement Pitou qui s'était glissé dans la file des gardes nationaux, prêt à jouer le maillon craquant par où pourraient passer le Roi et ceux qui l'enlèveraient. Il distingua aussi Devaux et La Guiche. De son côté du boulevard, il vit le jeune Lézardière et son frère, mais personne d'autre. Où pouvaient-ils être tous ceux qu'il attendait ? Cortey avec cinq compagnons devaient attendre aux Petites-Ecuries. Et les autres, tous les autres qui dans la nuit de la Tombe-Issoire juraient de vaincre ou de mourir ? L'angoisse du baron grandissait. A chaque remous de la foule il espérait l'arrivée d'un des groupes. Mais rien !... Personne ! Et déjà, dans le lointain, on entendait le sinistre roulement des tambours !

– Où sont-ils ? Que font-ils ? gronda-t-il entre ses dents. Ce ne sont tout de même pas tous des lâches !

Sa longue-vue cherchait avec une nervosité croissante des figures, des signes. Elle balaya le front des maisons hautes et étroites qui bordaient le boulevard et dont il était interdit, ce matin, d'ouvrir les fenêtres. Il y avait du monde derrière ces fenêtres mais, soudain, l'une d'elles attira son attention parce qu'il n'y apparaissait qu'une seule tête et que, cette tête, il la connaissait : c'était celle de son ennemi, celle d'Antraigues...

Que faisait-il là ? Pourquoi donc avait-il quitté son castel de Mendrisio ? Une idée affreuse effleura Batz : celle qu'il avait été trahi, qu'un des agents du comte s'était glissé au milieu de ses partisans. Il fallait que ce soit ça ! Cet homme qui se disait royaliste avait toujours détesté le Roi et plus encore la Reine : ils représentaient un pouvoir dont il ne voulait pas ! Il était royaliste mais à sa manière. Il lui fallait un roi soumis à sa noblesse, à ses parlements, un roi à sa botte !

La haine, un instant, chassa l'angoisse ; celle-ci revint très vite. Il ne voyait toujours que Pitou, Devaux, La Guiche et les deux Lézardière. Et les tambours se rapprochaient... On les entendait bien, trop bien car sur la foule silencieuse passait un souffle terrifié. Ces gens prenaient-ils conscience de participer au crime majeur : le régicide pour quoi, jadis, on était tiré à quatre chevaux. Et c'était pourtant ce souverain ayant aboli ces coutumes barbares que l'on envoyait au supplice ! Ce silence... Peut-être ne demandait-t-il qu'un encouragement pour éclater en protestation, en refus de laisser s'accomplir ce meurtre ?

– Dieu de justice ! appelait Batz sans qu'un son sortît de sa bouche. Dieu de justice et de clémence, aidez-moi à sauver cet homme que vous avez sacré !

Les tambours, encore les tambours ! Déjà la tête du cortège surgissait de la brume qui se faisait moins dense. Une file de gendarmes à cheval ouvrait la marche, suivie des grenadiers de la Garde nationale avec leurs tricornes à plumet de crin et leurs buffleteries blanches croisées sur la poitrine. Venaient ensuite les canons, passant deux par deux avec leurs prolonges dans un fracas d'enfer. Et puis les fameux tambours précédant la voiture verte, cernée de soldats prêts à tirer. Les vitres relevées étaient couvertes de buée et l'on ne pouvait rien voir de ceux qui étaient à l'intérieur. Batz savait trop bien qu'il était là, son roi que l'on voulait égorger... Derrière venait Santerre, caracolant sur son cheval.

Alors la voix sonore tonna soudain, formidable :

– A nous, mes amis, ceux qui veulent sauver leur roi ! A nous ! A nous !

En même temps, Batz tirait son épée et fonçait dans la foule qui, un instant, s'écarta. Mais ce ne fut qu'un instant. La terreur figeait tous ces gens. Une poussée se produisit, les rangs rompus quelques secondes se refermèrent et Batz se retrouva rejeté contre l'immeuble en proue de navire à l'entrée de la rue de la Lune, ferraillant contre deux individus armés de sabres :

– Fuyez ! cria-t-il à Laura dont il se souvenait brusquement.

L'un des adversaires tomba, embroché proprement, l'autre hésita, conscient d'être seul en face de ce furieux. Ne voulant rien perdre du grand spectacle, la foule l'abandonnait à son triste sort. Mais, soudain, Batz aperçut un piquet de soldats qui s'efforçait de l'atteindre. Alors, sans demander son reste, il s'enfuit comme un lapin, poursuivi à travers les rues et les passages de ce quartier qu'il connaissait mieux que quiconque. Bientôt il n'entendit plus rien derrière lui et s'adossa contre un mur pour reprendre haleine, remettre l'épée au fourreau. Il vit alors qu'il n'était pas seul, Laura était là et aussi Charles de Lézardière. Tous deux essayant de retrouver leur souffle après cette course éperdue. Ce fut le jeune homme qui réagit le premier :

– Qui a pu nous trahir ! haleta-t-il. Se peut-il que, parmi nos compagnons, il y ait eu quelqu'un d'assez vil...

– Nous devons nous faire à cette idée, mon garçon... Mais j'arriverai bien à savoir qui. Et croyez-moi, il paiera !... Qu'avez-vous fait de votre frère ?

– Il est allé prévenir Cortey.

– Etait-il seulement là ?

– Oui, avec ses amis. Nous sommes passés par les Petites-Ecuries en arrivant. Que faisons-nous à présent ?

– Vous, je ne sais pas, mais moi je vais place de la Révolution. Dumouriez a bien promis à votre père qu'il empêcherait l'exécution ?

– En effet.

– Il doit savoir qu'il y faudra des troupes et nulle part il ne peut mieux les déployer que là ! C'est mon dernier espoir ! Le cortège va lentement. Nous sommes rue Notre-Dame-des-Victoires. En coupant par le Palais-Royal j'y serai bien avant lui.

– Nous y serons ! rectifia le jeune homme. Mon frère et moi étions spécialement chargés de l'abbé de Firmont. Au cas où les choses... iraient jusqu'au bout, il faut le ramener chez M. de Malesherbes qui habite rue de l'Université. Les gens du Temple connaissent son adresse à présent. Il ne peut plus retourner rue du Bac... Peut-être Miss Adams pourrait-elle prendre un fiacre et rentrer à Charonne ? Qu'il y ait bataille ou... autre chose, ce n'est pas un spectacle pour une dame !

– Peut-être, mais j'y serai tout de même ! protesta Laura. Ne vous occupez pas de moi, tous les deux, je me contenterai de vous suivre... Et ne perdez pas de temps à essayer de me convaincre.

On partit donc, mais il fut vite évident qu'il serait difficile d'arriver. Aux abords du Palais-Royal, toutes les rues étaient barrées, gardées. Le duc régicide devait craindre pour lui, les siens et ses biens, la réaction violente d'un peuple toujours imprévisible même si, pour l'instant, il semblait frappé de stupeur. On remonta donc jusqu'à la rue Colbert pour redescendre vers la rue des Petits-Champs. Quand on fut à la hauteur de la rue Gaillon, il ne fut plus possible d'avancer. Toutes les rues étaient barrées, la voiture devant passer par la place Vendôme. On entendait nettement à nouveau le roulement des canons, les obsédants tambours, le pas des chevaux au milieu d'un énorme silence. Le funèbre cortège avançait toujours de son allure lente, inexorable comme le Destin...

– Si je vous laissais passer, dit un jeune soldat de garde, vous seriez arrêté là-bas, au bout de la rue, et moi je serais fusillé. Personne ne peut s'aventurer sur la place Vendôme.

Il n'avait rien d'arrogant. Il était gentil, simple et donnait l'impression de comprendre ce que souffrait l'homme qui voulait forcer le passage. Batz réussit à s'arracher un sourire et alla s'asseoir sur une borne de pierre un peu plus loin, à l'entrée d'un hôtel probablement vide. Mieux valait attendre et il attendit, toute son âme suspendue à ses oreilles. Les tambours à nouveau s'éloignaient et Batz suivait leur marche en avant de cette voiture verte devenue inaccessible. La place Vendôme... la rue Saint-Honoré... les Tuileries... et puis la place couverte de monde sans doute. Batz imaginait si bien ! Trop bien !

– Où ont-ils placé l'échafaud ? demanda-t-il soudain au jeune soldat. Devant le garde-meuble comme pour les voleurs ?...

– Non, répondit l'un des deux autres gardes, plus âgé et qui regardait Batz avec curiosité. On l'a mis entre l'entrée des Champs-Elysées et le socle où il y avait la statue de son grand-père...

– Ah !

Un autre bruit à présent, comme un immense soupir, puis plus rien.

– Dumouriez ! gronda Batz entre ses dents. Que fait Dumouriez ?

– Le général ? dit un vieux garde. Il est parti hier.

– Parti !

Encore un traître ! Encore un lâche incapable d'affronter les braillards sanguinaires qui avaient posé leurs griffes sur le beau royaume de France ! Cette fois il n'y avait plus d'espoir... Le Roi était perdu !

Là-bas, au loin, dans la brume qui se levait un peu, les tambours battirent de nouveau sur un rythme différent... quelque chose de frénétique... et puis un, deux, trois coups de canon. Le vieux garde ôta son tricorne, imité par ses deux camarades :

– C'est fini, dit-il, et sa voix s'étrangla tandis qu'une larme venait se perdre dans sa moustache.

Foudroyé, Batz se laissa tomber à genoux. Il ne pleurait pas, lui, mais son visage pâle était celui d'une statue de la douleur. Lézardière et Laura s'agenouillèrent derrière lui.

– Vous n'allez pas dire des prières en pleine rue ? s'affola le troisième garde qui n'avait encore rien dit. Et toi, Osbert, remets ton chapeau ! Moi j' peux comprendre qu'un vieux soldat ait d' la peine mais si on v'nait....

Avec un hochement de tête, Osbert se recouvrit, mais Batz et ses deux compagnons priaient bel et bien. En passant par la voix profonde du baron, les paroles du « De profundis » prenaient une étonnante résonance. Quand ce fut fini, il se releva, regarda les gardes pétrifiés, puis de toute sa force il tonna :

– Messieurs, le Roi est mort ! Vive le Roi ! Vive Louis XVII !

Il était un peu plus de dix heures et demie. Cependant, dans la Tour du Temple, comme elles l'eussent fait à Versailles, la Reine, sa fille et Madame Elisabeth, en grand deuil, pliaient le genou devant le petit garçon d'à peine huit ans qui devenait le trente-huitième roi de France. Un petit garçon qui, l'instant solennel passé, se réfugia bien vite dans leurs bras pour pleurer son papa, comme n'importe quel autre petit garçon.

Batz et ses compagnons repartirent en direction du Palais-Royal. Charles de Lézardière proposa d'aller chez M. de Malesherbes pour s'assurer que l'abbé de Firmont y était bien arrivé :

– Ensuite, dit-il, nous l'emmènerons mon frère et moi à Choisy-le-Roi ; chez nous il pourra se cacher. Ma mère est fort malade et mon père a voulu rester près d'elle...

– Je sais. Aussi ne l'attendions-nous pas, dit Batz gentiment. Offrez-lui mes respectueux hommages. Nous, il nous faut rentrer pour rassurer Marie. Je vous appellerai plus tard, par les moyens habituels.

Dans le fiacre qui les ramenait vers Charonne, Batz et Laura traversèrent un Paris curieusement silencieux. Les cabarets débordaient peut-être d'énergumènes trinquant à ce qu'ils appelaient leur victoire mais, dans les rues, les gens allaient à pas pressés, sans se parler, têtes baissées comme si ce peuple sentait s'étendre sur lui l'ombre maléfique du régicide... L'épouvante devant l'énormité du crime gagnait. On venait de tuer le père !

Les deux occupants de la voiture gardaient eux aussi le silence. Laura, pour sa part, osait à peine respirer, devinant que la moindre parole pouvait blesser cet homme écorché vif... Quand il avait tout à l'heure crié « Vive Louis XVII ! », elle s'était sentie soulagée : elle avait eu tellement peur que, dans son désespoir, il ne se passe son épée au travers du corps ! Peut-être, d'ailleurs, le danger n'était-il pas tout à fait écarté. Que ferait-il quand il se retrouverait seul, dans le silence de son cabinet ?

Ce qu'ils découvrirent en arrivant à Charonne la rassura en dépit du côté dramatique : la maison était bouleversée comme si une tempête l'avait traversée. Marie, étendue sur une chaise longue, recevait les soins de sa femme de chambre pendant que Biret-Tissot relevait les meubles renversés. Devant l'une des fenêtres, un cadavre gisait dans une flaque de sang.

– C'est moi qui l'ai tué, dit le fidèle valet. J'étais allé au village chercher des chandelles chez la mère Hulot ; quand je suis revenu, il y avait ici quatre hommes masqués occupés à tout fouiller, tandis qu'un cinquième interrogeait Madame en la menaçant de lui mettre les pieds au feu si elle ne parlait pas. C'est celui-là que j'ai tué après avoir « cogné » les autres qui se sont enfuis.

Batz alla regarder le visage du mort, mais sans pouvoir y mettre un nom :

– Qu'est-ce qu'ils voulaient ?

– Il était question d'une Toison d'Or...

13

Sur le chemin de Londres

Le lendemain, laissant les deux femmes et la maisonnée à la garde de Pitou et de Devaux qui les avaient rejoints en fin d'après-midi, Batz enfourcha son cheval et retourna chez M. Le Noir... Il trouva celui-ci sombre et soucieux mais visiblement satisfait de sa visite :

– J'allais vous envoyer un mot pour vous demander de venir me voir, dit-il en lui tendant la main à la mode anglaise. Comment trouvez-vous Paris aujourd'hui ?

– On dirait que la ville est morte elle aussi. Les boutiques sont fermées et, dans les rues, on ne rencontre guère que des soldats et des canons comme si Paris était assiégé.

– Il l'est. Par la honte, le remords et la peur... Hier au soir, les deux ou trois théâtres qui ont ouvert leurs portes n'ont vu personne en franchir le seuil et l'on a observé beaucoup de femmes errer autour des églises fermées. Certaines, les plus courageuses, s'agenouillaient sur les marches pour prier. Selon ce qui m'a été rapporté, les Parisiens ne croyaient pas que l'exécution aurait lieu vraiment. On s'attendait à une spectaculaire grâce de dernière minute démontrant la grandeur de la Convention. On disait aussi que Dumouriez interviendrait. En dépit des dernières et admirables paroles du Roi !, ce peuple est terrifié à l'idée que son sang pourrait retomber sur lui. Quand l'aide du bourreau a brandi la tête tranchée pour la montrer à la foule, c'est un frisson d'horreur qui l'a parcourue. Oh, il y a bien eu quelques cris de « Vive la Nation ! » et même certains enragés ont essayé de danser une ronde, mais tout cela s'est vite fondu dans un énorme silence. Et l'abbé Edgeworth de Firmont a pu descendre de l'échafaud avec son petit habit noir, son crucifix et son visage en larmes sans être molesté. Quelqu'un l'attendait et je pense qu'il a dû arriver à bon port chez M. de Malesherbes...

– Le peuple aurait pu s'éviter cette grande douleur, fit Batz avec une amère ironie. Que ne m'a-t-il soutenu quand j'ai voulu l'entraîner à l'assaut de cette maudite voiture verte ? Même ceux qui avaient juré de m'aider s'étaient abstenus. Cinq cents ! Nous devions être cinq cents et à peine une douzaine était à son poste...

– C'est pour vous expliquer ce mystère que je voulais vous voir. La plupart de vos hommes – ceux qui ont passé la nuit chez eux ! – ont été réveillés à trois heures du matin par deux gendarmes...

– On les a arrêtés ?

– Pas du tout. On les a seulement gardés à vue jusqu'à ce que le canon retentisse. Après quoi, les gendarmes se sont retirés sans les inquiéter autrement. Beaucoup, je pense, ont fait leurs bagages tout de suite après...

– Mais comment cela est-il possible ?

– Où est votre esprit si vif, mon cher baron ? Il me semble que la réponse coule de source : il y a un traître parmi vous !

– Pas besoin d'avoir un esprit vif pour penser cela, soupira Batz, mais... vous qui savez toujours tout mieux et plus vite que l'incapable installé à votre place, me direz-vous de qui il s'agit ? J'aimerais savoir qui je dois exécuter !

– Non, cela je ne le sais pas. Pas encore tout au moins mais si vous aviez suffisamment confiance en moi pour me faire tenir la liste des conjurés en soulignant les chefs de groupe – car vous en aviez certainement nommé – et en laissant de côté ceux qui étaient présents, je pourrais peut-être vous être utile.

– Vous l'aurez ce soir.

– Parfait. Maintenant, dites-moi ce qui vous amène.

Batz raconta alors son retour chez lui et ce qu'il y avait trouvé.

– Mon serviteur a tué l'un de ces hommes, mais il n'y avait rien sur lui qui permît de l'identifier. Sa figure était celle d'un homme du Midi : noir de peau, noir de poil... C'est lui qui interrogeait Marie et il avait un accent méridional prononcé...

– Qu'en avez-vous fait ?

– Nous l'avons enterré au fond du parc... du château de Bagnolet, chez le « citoyen Egalité », cracha-t-il avec mépris. Une place qui convient à un assassin. Si Biret-Tissot n'était pas rentré, Marie serait peut-être morte sous la torture...

L'ancien lieutenant de police qui avait fermé à demi les yeux à la manière d'un chat les rouvrit et eut un sourire moqueur :

– Vous ne pensez tout de même pas que je vais vous le reprocher. Mais n'accusez pas Orléans, il n'y est pour rien. Cet homme et ses compagnons doivent être les mêmes qui ont dévasté votre logis de la rue Ménars. Donc ce sont des hommes d'Antraigues...

– Comment le savez-vous ?

– C'est tout simple. Après votre départ l'autre soir, je vous ai fait suivre jusque chez vous. Mes envoyés ont tout vu et ensuite ils ont suivi ces bandits jusqu'à une certaine taverne où ils ont rencontré un voyageur piémontais nommé Marco Filiberti...

– Antraigues, vous aviez raison ! soupira le baron. Je savais confusément que cela devait être lui. Hier, tandis que j'attendais près de la porte Saint-Denis, je l'ai vu derrière une vitre de l'autre côté du boulevard. Il savourait sa vengeance...

– Et maintenant nous savons ce que ses sbires – et peut-être lui en personne ! – cherchaient chez vous. Pourquoi ne m'avez-vous pas dit que vous possédiez la fameuse Toison d'Or ?

Batz haussa les épaules :

– Cela ne me paraissait pas indispensable. Chez les amis les plus sûrs il peut toujours y avoir une oreille qui traîne et vous savez comme moi quelle folie peuvent déchaîner les trésors ? Et ce joyau en est un à lui tout seul. Une pure merveille !

– ... dont il faut vous débarrasser au plus vite si vous ne voulez pas y laisser la vie – ce qui vous indiffère –, mais surtout celle de Marie et de ceux qui vous sont chers. Vendez-la ou plutôt démontez-la et vendez les pierres principales : vous en tirerez plus d'argent ! Le seul diamant de Louis XIV doit vous rapporter une fortune et vous en aurez besoin. Il vous reste, n'est-ce pas, un roi à sauver ? Et celui-là est si petit, si fragile ! Il faut lui faire quitter la France au plus vite !

– Vous avez raison et je suivrai votre conseil. Mais, me direz-vous où je peux trouver Antraigues ? Cette taverne où fréquente Marco Filiberti ?...

Le Noir se leva et vint jusqu'à son jeune ami sur les solides épaules duquel il posa ses mains encore fortes :

– Non. Vous perdriez trop de temps à le chercher et un coup de couteau entre les épaules est vite arrivé... Partez pour l'Angleterre sans trop vous cacher ! Vous pourriez le laisser entendre chez Corazza... Naturellement, votre route sera celle de Boulogne ou de Calais. Et faites partir les pierres dans les bagages de quelqu'un d'autre qui prendra un autre chemin. Pourquoi pas la Normandie ou la Bretagne, et Jersey par exemple ?

– Je rentre, fit Batz en sautant sur ses pieds. Ce soir vous aurez votre liste. Et... merci du conseil ! Je crois que je vais le suivre.

– Laura, dit Batz, je songe à accepter l'offre que vous m'avez faite l'autre jour au sujet de la Toison d'Or...

La jeune femme leva la tête. Assise au chevet de Marie qui se remettait avec peine de l'épreuve subie pendant l'exécution du Roi, elle brodait des mouchoirs qu'elle destinait à son amie.

– Gagner l'Angleterre en passant par la Bretagne ? Bien volontiers.

Marie tressaillit et, tout de suite, protesta :

– Une pareille traversée ? En cette saison ? Mais c'est de la folie ! En admettant que vous n'y laissiez pas la vie, vous serez malade à mourir... Jean ! Comment osez-vous lui demander de s'exposer ainsi ?

– Je n'ai pas le choix, fit Batz en haussant les épaules. Il faut que ce sacré joyau – tout au moins les deux pierres principales ! – quittent la France pour être vendues en Angleterre. Je viens de perdre un roi mais j'en ai un autre à sauver et nous avons besoin de beaucoup d'argent.

– Sans doute, mais...

– Laissez-moi finir ! Je vais partir en même temps que notre amie et je me dirigerai, presque ostensiblement, vers Boulogne où j'ai des possibilités de passage. Ceux qui veulent s'approprier la Toison vont se lancer sur mes traces tandis que Laura voyagera tranquillement, protégée par son passeport américain et...

– Mais, sacrebleu, il ne la protégera pas de la tempête, des écueils, des naufrageurs, que sais-je encore ?

Batz regarda son amie avec stupeur, puis éclata de rire :

– Faut-il que vous soyez bouleversée, mon cœur, pour jurer je ne dirai pas comme un charretier mais comme un... gentilhomme !

– Je le suis, en effet ! Ce projet est insensé, cruel même ! Si vous le maintenez je partirai avec Laura !

– Il n'en est pas question, mon ange ! La Grandmaison doit rester... à la maison où j'ai grand besoin d'elle. En outre, son charmant visage est assez connu à travers la France où elle s'est produite, à Rennes, par exemple. Non, vous resterez.

– Mais enfin comprenez-moi ! Vous d'un côté, Laura de l'autre et tous les deux au péril de la mer, je ne vais plus vivre !

Il se pencha vers elle pour l'embrasser, froissant dans sa fougue la charmante fanchon de dentelles qui auréolait le joli visage.

– Vous auriez tort ! Il vous faut au contraire offrir un visage souriant, exempt de soucis. Vous me connaissez capable de me tirer des pires traquenards. Quant à Laura, ou je me trompe fort ou elle ne partira pas seule !

En effet quand, le soir même, il exposa son plan devant Pitou et Devaux, le journaliste prit feu :

– Vous ne pensez pas sérieusement à laisser Miss Adams faire seule un pareil voyage ? Je ne le permettrai pas !

– Vraiment ? fit Batz en tripotant sa crème au chocolat d'une cuillère négligente. Et que proposez-vous ?

Colère et émotion mêlées, Pitou devint rouge comme une pivoine.

– De l'accompagner, tout simplement ! Et vous auriez dû y penser : un garde national passe partout !

– Et à Jersey vous serez exécuté ! L'île sert de base à l'Agence anglaise que dirige le duc de Bouillon. Il vous fera cuire en pot-au-feu avec une affreuse sauce à la menthe ! fit Batz en riant.

– Je suis trop coriace pour eux... Et j'ai appris de vous la manière de changer d'apparence, de nom et de personnalité. Et là, ce sera facile puisque j'en ai deux : je serai Ange Pitou, journaliste royaliste...

– Je n'en doutais pas un seul instant et, si vous voulez tout savoir, j'étais certain que vous feriez cette proposition. Maintenant, parlons sérieusement ! Nous sommes mercredi. La diligence pour Rennes avec correspondance pour Saint-Malo part de la Poste aux chevaux, tous les dimanches à cinq heures du matin. Vous la prendrez. Je suis désolé, ma chère Laura, ajouta-t-il en se tournant vers la jeune femme, de vous imposer cette corvée : un voyage en diligence est long et pénible, mais vous y serez plus en sécurité que dans une voiture particulière toujours plus ou moins suspecte.

– C'est sans importance, croyez-le bien ! Et puis Pitou me distraira, ajouta-t-elle en souriant au jeune homme qui rougit de plus belle !

– Parfait. Nous verrons à trouver une raison valable de ce voyage à indiquer sur votre passeport. Le plus simple sera, je crois, que vous rejoignez des compatriotes installés là-bas. Il y en a au moins un couple. A présent, attendez-moi !

Quand il revint après quelques minutes, ce fut pour déposer la Toison d'Or de Louis XV au milieu de la table où les flammes des bougies firent jaillir des fulgurances diversement colorées. L'effet était magique et tous contemplèrent la merveille avec un respect quasi religieux. Même si elle avait été créée pour un souverain aux mœurs dissolues, même si l'ordre de chevalerie voulu par un duc de Bourgogne avait cessé d'être français, elle n'en demeurait pas moins, à leurs yeux, le symbole éclatant de la splendeur évanouie de la Couronne de France. Le soupir de Batz trouva un écho dans le cœur de tous :

– Il faut démonter le grand diamant bleu et le rubis Côte de Bretagne, dit-il. Je pense, mon cher Devaux, que vos doigts habiles sauront mener à bien cette tâche délicate. Ensuite, on les coudra dans un ourlet de la robe de Laura...

– Je le ferai, dit Devaux. Sans le moindre plaisir, comme vous l'imaginez, mais si je peux me permettre un conseil, mon cher baron, c'est de ne pas mettre tous vos œufs dans le même panier. Le diamant bleu de Louis XIV est célèbre. Les Anglais vous en donneront le prix que vous voudrez ; en revanche, pourquoi ne pas envoyer le rubis en Allemagne ? Les princes de Tour et Taxis sont collectionneurs...

– Vous avez raison. Et puis rien ne presse si le diamant est déjà bien vendu... Dessertissez seulement celui-ci !...

Laura, nous nous rejoindrons à Londres chez Mrs. Atkins qui est une autre amie et qui a voué à notre reine une véritable passion. Je vous donnerai l'adresse mais, avant tout, êtes-vous certaine de ne pas courir un trop gros risque en allant demander à votre mère de vous faire passer à Jersey ?

– Elle est ma mère, dit Laura avec simplicité. Et, si nous n'avons jamais été très proches, elle sera peut-être contente de me savoir en vie et elle me gardera le secret. Ne suis-je pas le dernier enfant qui lui reste ?

La lettre de Le Noir arriva le lendemain. Elle disait :

« Pierre-Jacques Lemaître est l'un des trois hommes qui animent l'agence parisienne d'Antraigues, les deux autres étant le chevalier des Pommelles et le troisième Thomas Duverne de Praile. Je suis surpris que vous ayez fait, mon cher ami, un tel pas de clerc, peut-être ne connaissiez-vous pas tous ceux qui composaient jadis le Salon français ? De toute façon ne le cherchez pas : il a disparu... au moins pour un temps ! Les autres nouvelles ne sont guère plus réjouissantes : la baronne de Lézardière chez qui l'abbé de Firmont a été conduit, à Choisy-le-Roi, est tombée raide morte à la vue de son visage décomposé. Il est vrai qu'elle était fort malade depuis que son fils cadet a été massacré en septembre, mais la mort de notre bon roi produit un effet détestable : les suicides se multiplient chez ses anciens serviteurs. Plus étrange, Sanson, le maître bourreau, est tombé gravement malade. Le souvenir de l'exécution le mine *. Il est à craindre que des événements d'une extrême violence n'affrontent ceux que ce crime a désespéré et ceux qui s'en réjouissent. Prenez garde à vous ! »

La recommandation était superflue. Batz savait qu'il devait se méfier plus que jamais. Un premier mouvement

* Il mourra deux mois après en rendant un superbe hommage au courage de Louis XVI et en demandant à son fils de faire dire, chaque année, des messes expiatoires dès que ce serait possible.

de colère lui fit froisser la lettre. Après réflexion, il la déplia et la lissa avec soin sur une table. Même si son amour-propre y laissait quelques plumes, cette lettre devait être lue par les fidèles de la maison ; ensuite il n'aurait plus qu'à leur demander pardon d'avoir introduit le loup dans la bergerie.

Personne n'eut le mauvais goût de lui en faire reproche.

– Qui se serait douté qu'il jouait double jeu ? remarqua le marquis de La Guiche. Il semblait si sincère ! J'avoue même avoir éprouvé pour lui une certaine sympathie. Malheureusement, nous avons eu affaire à un monarchien que nous avons cru monarchiste. Ces gens ne reculent devant rien pour avoir le roi fantoche dont ils rêvent. A-t-on des nouvelles du baron de Breteuil ?

– Aucune, soupira Batz. A la mienne je mesure sa douleur. Il doit avoir, lui aussi, quelque peine à reprendre ses esprits. En tout cas, une chose est certaine : les gens d'Antraigues entretiennent sans doute quelque relation puissante dans le gouvernement. Cette histoire de gendarmes venus garder à vue nos compagnons et qui les quittent ensuite sans les inquiéter me paraît tout à fait bizarre. Celui qui a commandé cette opération est un homme intelligent. Il a compris qu'une arrestation massive aurait peut-être suscité une réaction violente, peu souhaitable ce jour-là. En même temps, elle laissait à ceux qui avaient été l'objet d'une surveillance de plusieurs heures une impression de malaise...

– Et nous comptons aujourd'hui moins de partisans, compléta Devaux. La peur laisse des traces plus profondes qu'on ne l'imagine. Enfin, nous savons à quoi nous en tenir : entre les gens d'Antraigues et nous la guerre est déclarée.

Batz se mit à rire :

– Comme toutes les âmes vraiment pures, la vôtre est candide, mon cher Michel. Il y a longtemps que, pour ma part, j'ai banni la moindre illusion : entre les gens des

Princes et nous qui servons le Roi de droit divin, la guerre couvait larvée, secrète, feutrée. Elle vient seulement de se manifester ouvertement. Ou presque. L'enlèvement d'Ocariz c'était eux et l'avortement de notre plan pour sauver le Roi c'est encore eux. Il nous faut, à tout prix, leur arracher Louis XVII !

Le dimanche suivant, à cinq heures du matin, Laura et Pitou prenaient place dans la diligence qui, en une semaine, allait les mener à Rennes. La nuit était très noire avant le lever du jour et il faisait froid mais le temps était sec et s'il le restait la route ne serait pas trop pénible. En outre, cocher, postillons et voyageurs firent à l'uniforme de Pitou un accueil plein de sympathie parce qu'il évoquait la force armée toujours rassurante au début d'un long voyage semé de forêts et autres endroits propices à des rencontres inquiétantes... Et comme cette martiale figure escortait une fille de la libre Amérique, Laura bénéficia de cette bienfaisante auréole. Si elle suscita une curiosité naturelle, cette curiosité fut plutôt souriante. Tandis que Pitou s'installait sur le siège avec le cocher, elle se retrouva presque « en famille » avec les huit voyageurs de l'intérieur. Elle était vêtue chaudement avec une simplicité de bon aloi : sur une robe de lainage gris foncé à fichu et manchettes de simple mousseline empesée, elle portait une ample mante à capuchon de même couleur doublée de loutre. Pas de chapeau mais un bonnet de mousseline sans dentelle garni de rubans blancs. Et si elle semblait plus élégante que les autres, cela tenait uniquement à son allure innée. Ce dont personne ne songeait à se formaliser : ne venait-elle pas d'une autre planète ? Elle amorça même un début d'amitié avec la femme d'un notaire de Rennes qui rentrait chez elle après une visite à sa famille parisienne. Cette dame Arbulot avait, avec elle, sa fille de douze ans, Amielle, une gentille enfant élevée dans les bons principes, mais douée d'une curiosité dévorante qui mit l'imagination de Laura à rude épreuve tant elle posa de questions sur l'Amérique, les villes, les campagnes, les Indiens, la façon dont vivaient les enfants, comment on se nourrissait, etc. Grâce à la bibliothèque de Batz, Laura possédait tout de même quelques bases solides. Elle dut cependant y ajouter des enjolivures de son cru qui passionnèrent toute la voiture. Le temps restant sec, la route déroula son interminable ruban sans trop d'ennui et nul n'aurait imaginé que cette jeune femme si simple et si aimable, toujours prête à rendre un petit service, portait cousu dans l'ourlet de sa robe l'un des deux plus beaux diamants de la Couronne...

Pendant ce temps, Batz préparait son propre départ prévu le jeudi suivant celui de Laura et de Pitou. Lui devait voyager à cheval en passant par Boulogne. S'il ne l'avait pas clamé à tous les échos du café Corazza, du moins l'avait-il laissé entendre suffisamment pour être assuré que si quelqu'un devait être suivi, ce serait lui. Et comme il avait fait en sorte que Marie et sa maison soient gardées de jour comme de nuit, il se disposait à partir l'esprit libre quand un petit mot de Le Noir lui arriva.

« Il m'est revenu le bruit que vous partez pour Londres. Avant cela, acceptez le conseil d'un vieil ami et allez faire un tour rue de l'Estrapade, numéro 13. Bonaventure Guyon a quelque chose à vous dire... »

Le soir même, Batz, qui avait décidé de coucher rue de la Tombe-Issoire, s'arrêtait devant une vieille maison datant au moins d'Henri IV ayant dû être belle mais qui crevassée, noircie et misérable ne devait plus abriter que des taudis. L'ancien prieur de Saint-Pierre-de-Lagny habitait là, tout en haut d'un escalier qui ressemblait à une échelle de meunier, un petit logis dont le seul luxe était une cheminée où brûlait un bon feu. L'ameublement se composait d'un vieux fauteuil de tapisserie où les crins se montraient par touffes, trois chaises, un buffet, des livres empilés un peu partout et, sur une table assez grande, un amas de vieux manuscrits et de cartes jaunies aux figures étranges. Le lit devait se trouver dans la pièce voisine dont la porte restait ouverte pour laisser pénétrer la chaleur. Guyon lui-même portait une vieille houppelande, des chaussons de lisière et un bonnet de linge drapé d'une façon qui le faisait ressembler quelque peu à Voltaire. L'odeur qui emplissait l'endroit annonçait que le vieil homme avait prévu de la soupe aux choux pour son souper.

Il accueillit son visiteur comme s'il l'attendait, lui offrit l'une des trois chaises bancales et resta debout à le considérer.

– Je sais, dit-il, d'où vient cette lueur bleue, si angoissante que je voyais sur vous. Elle me rappelait celle – blanche pourtant ! – que j'ai vue jadis sur le cardinal de Rohan lorsque je lui ai prédit que les diamants lui seraient néfastes. Vous c'est un seul diamant... mais le pire de tous ! Le grand diamant bleu de Louis XIV !

– Qui vous a dit cela ? fit Batz avec une rudesse qui ne parut pas impressionner le bonhomme.

– Personne en réalité. Notre ami Le Noir n'a fait que confirmer ce que je ressentais depuis le vol du Garde-Meuble, depuis que je le sais en liberté car, à moins de le rapporter aux Indes, à la déesse noire du front de laquelle il a été arraché, il faut le tenir enfermé comme un fauve...

– N'exagérez-vous pas un peu ? fit Batz en retenant un sourire. Le Grand Roi qui le portait à son chapeau n'en a pas souffert que je sache ?

– Ah, vous trouvez ? Quinze enfants, petits-enfants et arrière-petits-enfants qu'il a vus mourir, sauf deux : l'un, devenu roi d'Espagne, a échappé au maléfice ; l'autre, un enfant fragile, a failli mourir plusieurs fois. Seuls des bâtards ont été épargnés mais pas pour le bien du Roi ni pour celui du royaume. La fin du règne a été assombrie par trop de drames – celui des poisons et autres ! –, trop de sang, trop d'ombres sur la gloire de celui qui se voulait semblable au soleil. Pourtant, à cette époque il ne l'arborait plus. Louis XV, cependant cuirassé par son égoïsme, l'a fait monter sur une Toison d'Or qu'il n'a portée qu'une fois, juste avant de recevoir le coup de canif de Damiens ; sa fin, dévorée par la vérole, a été horrible. Quant à Louis XVI qui ne l'a portée lui aussi qu'une seule fois pour recevoir son beau-frère l'empereur Joseph II, je n'ai pas à vous apprendre ce qu'il en est advenu. Vous-même n'êtes guère heureux dans vos entreprises. Il faut vous en débarrasser et au plus vite ! Renoncez surtout à l'idée de conserver cette malédiction pour le petit roi déjà captif et si menacé !...

La voix de Bonaventure Guyon, ses yeux si clairs, qui semblaient voir quelque image effrayante dans le mur lépreux au-delà de son visiteur, étaient chargés d'une angoisse qui finit par ébranler un peu le scepticisme de celui-ci.

– Rassurez-vous ! dit-il avec plus de douceur que tout à l'heure, je ne l'ai plus ! Il a été démonté de la Toison et quelqu'un à cette heure l'emporte en Angleterre où il sera vendu.

– Il est seul à présent ? Le grand rubis qui atténuait un peu ses effets dévastateurs n'est plus avec lui * ?

– Non. C'était, je crois, la sagesse : le joyau entier était difficile à cacher...

Le vieillard se laissa tomber à genoux et fit le signe de croix :

– Miséricorde ! souffla-t-il. Il faut prier, beaucoup prier pour qu'il n'advienne pas malheur à votre messager !

* Le grand diamant bleu a été partagé en deux par la suite. La partie la plus importante, rebaptisée « Hope », appartient désormais au Smithsonian Institute de Washington qui l'expose sous triple vitrine électronique. Après une carrière particulièrement dramatique, il semble se tenir tranquille !!!...

Batz faillit dire, machinalement, que c'était une messagère, mais se retint à temps, pris d'une terrible crainte par la réaction de cet étrange personnage. Il se contenta de murmurer :

– Il... il est bien accompagné. Tout devrait bien se passer...

– Dieu vous entende mais je le répète : il faut prier, vous dis-je, pour que la protection de Dieu écarte de lui le malheur. Sinon vous risquez de ne plus jamais le revoir !

En quittant le vieil homme après l'avoir généreusement remercié, Batz, en dépit de la température glaciale, sentait la sueur couler le long de son dos. Froid et calculateur bien que romantique, son esprit refusait les fantômes, les envoûtements, les sorts et tout ce qu'il traitait volontiers de fariboles. Mais cette nuit, tandis que son pas résonnait sur les pavés de la ville endormie, il s'avouait qu'il avait peur. Pas pour lui-même bien sûr, pour Laura, dans la robe de qui reposait ce concentré de malheurs. Elle avait tant souffert déjà ! La route qu'elle devait suivre était longue, dangereuse, semée d'embûches et de périls. C'était vraiment tenter le mauvais sort !

– Il faut que je les rattrape, dit-il à Marie le lendemain, après lui avoir conté son aventure. Seul et à cheval, je rejoindrai sans peine la diligence qui se traîne vers la Bretagne.

– Et que ferez-vous quand vous les aurez rejoints ?

– Je les renverrai à Paris et j'irai moi-même en Angleterre.

– De toute façon vous y allez ! Quant à leur courir après, je ne crois pas que ce soit une bonne idée. D'après ce que vous m'avez rapporté, ce sont les propriétaires du diamant qui seraient en danger. Or, ils ne sont que des messagers, aucun d'eux n'ayant l'intention de se l'approprier. Si vous courez après eux, c'est de vous, peut-être, que leur viendra le danger puisque c'est vous qui allez être surveillé, suivi...

– Vous pensez que je dois m'en tenir à ce que j'ai décidé, partir par Boulogne et les laisser courir leur chance ?

– Exactement. Si Laura était seule, il en irait autrement, mais elle est avec Pitou. C'est un garçon intelligent, solide, courageux... et, de plus, il l'aime. Il saura la défendre.

– Il l'aime ? Où prenez-vous cela ?

Marie se mit à rire :

– Mon ami ! Vous avez la détestable habitude de ne jamais faire attention aux sentiments des autres. Vous naviguez sans cesse dans les hautes sphères de la fidélité et de l'amour transcendé que vous portez à vos rois. Mais ceux qui acceptent de vous suivre sur ce chemin plein d'ornières n'en deviennent pas pour autant de purs esprits. Ils ont un cœur et ce cœur chante la chanson qui lui plaît.

– Et quelle chanson, d'après vous, chante celui de Pitou ?

– Une sorte d'hymne religieux. Pour un peu, il remercierait Dieu d'avoir fait si fragile et si touchante l'ex-marquise de Pontallec.

– Elle n'est pas fragile et bien plus forte que vous ne l'imaginez...

– ... et moins que vous ne le croyez ! Sauf si le désespoir est une force, ce qui m'étonnerait. Anne-Laure était créée pour une vie paisible dans son château forestier entre un époux tendre et des enfants que tous deux regarderaient grandir. Même si elle a décidé de s'en donner les gants pour tenter d'oublier le naufrage de sa vie, ce n'est pas une Penthésilée. Pitou le sait et il est heureux de veiller sur elle. Ne l'en empêchez jamais ! Il pourrait vous détester...

Un soir où ils s'attardaient auprès du feu alors que les autres voyageurs s'étaient déjà retirés – c'était au relais de Vitré, la dernière nuit avant Rennes –, Laura qui regardait Pitou fumer sa pipe demanda soudain, après s'être assurée que personne ne pouvait l'entendre :

– Me permettez-vous une question ? J'avoue qu'elle me trotte dans la tête depuis que nous nous connaissons...

– Très mauvais les questions qui trottent ! Posez-la !

– Pourquoi vous être engagé dans ce combat ?

– Parce que j'ai été élevé dans les bons principes. Oh, nous étions loin de la richesse à Valainville, près de Châteaudun où je suis né. Mes parents étaient des villageois pauvres – nous n'avions que deux vaches ! Mais mon père a voulu que j'aie de l'instruction Ma tante aussi qui, après sa mort, voulait me faire prêtre et m'a mis au grand séminaire de Beaulieu à Chartres. Le problème, c'est que pendant les vacances je lisais tous les livres que mon oncle gardait à l'abri de ses regards : Voltaire, Rousseau, etc. A cette école, je suis vite devenu... républicain et, en 1789, quand on m'a renvoyé à Chartres flanqué de deux abbés pour recevoir la tonsure, je leur ai faussé compagnie et suis venu me réfugier à Paris.

– Républicain, vous ? Je ne comprends plus.

– Vous allez comprendre. Je passe sur les mois de misère que j'ai connus dans les débuts jusqu'à ce que je devienne rédacteur au *Journal de la Cour et de la Ville*, une feuille plutôt libérale où l'on m'a chargé de suivre les procès du Châtelet. C'est ainsi que je me suis retrouvé à celui du marquis de Favras accusé d'avoir comploté l'enlèvement du Roi pour mettre Monsieur à sa place. J'ai vite compris que ce malheureux était victime d'une intrigue de cour et, d'ailleurs, il a été le seul arrêté tandis que les autres conspirateurs prenaient le large. Il a été condamné, pendu, ce qui était infamant pour un gentilhomme, le tout sans rien dire, sans livrer le moindre nom et surtout pas le plus important, celui qui aurait dû tout tenter pour le sauver. J'étais écœuré... Mais devenu résolument partisan d'un roi qui était en butte à de telles entreprises. A la suite de cela, j'ai publié une brochure donnant mon sentiment sur le procès.

– Et vous êtes devenu célèbre ?

– Pas vraiment. Il s'est trouvé que ma brochure est venue sous les yeux de la Reine. Elle m'a envoyé chercher par l'abbé Lenfant alors confesseur du Roi et, le 10 juin 1790, Marie-Antoinette me recevait aux Tuileries. Le cœur, je vous assure, me battait très fort dans la poitrine... Elle avait auprès d'elle mon petit livret dont elle me félicita. Puis, l'ouvrant à certain passage, elle me le tendit pour que je le lise à haute voix. Je m'y engageais à défendre jusqu'à la mort le Roi et la Religion. Alors, elle m'a fait prêter serment de ne jamais renier cet engagement. J'ai juré!

– Sans hésiter?

– Sans hésiter une seconde. Ensuite la Reine m'a donné sa main à baiser... accompagnée de quinze cent livres et de son portrait en miniature.

– Eh bien, dites-moi!... Vous êtes sorti de là plus royaliste que jamais j'imagine?

– Plus que jamais, en effet, dit Pitou en riant. Surtout qu'ensuite j'ai rencontré le baron. Lui aussi avait lu ma brochure... Nous sommes devenus presque inséparables....

Soudain, l'atmosphère changea. Comme si, à l'évocation de son nom, Jean de Batz lui-même venait de les rejoindre. Laura eut un frisson dont elle n'aurait pu dire s'il était agréable ou non. Elle resserra autour de ses épaules le châle de laine qui remplaçait sa mante :

– C'est un homme attachant, fit-elle d'un ton pensif. Comment se fait-il qu'à certains moment on ait envie de le haïr?

Elle parlait pour elle-même. Pitou cependant répondit :

– Peut-être justement parce qu'il est attachant et qu'il est si difficile de savoir quels sentiments on lui inspire.

– Vous ne doutez pas, je pense, de son amitié?

– Non... Non, c'est vrai. Pourtant, je le crois capable de tout sacrifier de ce qu'il aime à la cause qu'il défend.

– Cela a-t-il beaucoup d'importance? En ce qui me concerne, je suis toujours prête à être sacrifiée. Mais le plus tard possible! J'ai envie de le suivre encore un moment...

Le mardi suivant, il était à peu près quatre heures de l'après-midi quand le coche de Rennes s'engagea dans la chaussée du Sillon, la mince bande de roc et de sable qui relie Saint-Malo à la terre bretonne. Pour la première fois depuis quatre ans, Laura revoyait sa ville natale mais elle n'en éprouva guère d'émotion. Ses années d'enfance, elle les avait passées surtout à La Laudrenais, à Komer et dans son couvent de Saint-Servan.

Il ne faisait pas froid, le temps était gris et le vent de noroît soufflait. La mer battait le Sillon, projetant des paquets d'écume sur la voiture et les chevaux. Penchée à la portière, Laura pensa que la vieille cité corsaire, dressant ses remparts de granit au bout du Sillon, ressemblait plus que jamais à un vaisseau chassant sur son ancre ou, mieux encore, à l'un de ces dogues, qui jadis faisaient sa police nocturne, tirant sur leur laisse. Elle donnait toujours l'impression d'être prête à rompre ses amarres et à voguer vers le large...

Pitou, lui, se montra franchement admiratif :

– C'est superbe ! apprécia-t-il. Quelle allure ! Je n'aurais jamais cru que Saint-Malo était si beau !

– Pour un garde national, tu m'as pas l'air très au fait des événements, citoyen ! grogna l'un des voyageurs. C'est Port-Malo qu'il faut dire si tu ne veux pas avoir d'ennuis !

– Tu as raison, citoyen, fit le jeune homme avec un sourire. Mon erreur tient à la légende que le premier nom s'est créée alors que le second n'a encore rien fait pour la mériter.

L'homme ne répondit pas, mais le regard qu'il posa un instant sur Pitou n'avait rien d'hostile. C'était sans doute un Malouin et il devait penser à peu près la même chose.

Passée la porte « Vincent » – encore un saint qui avait perdu son auréole –, le coche déposa ses voyageurs en face des puissantes tours médiévales du château de la duchesse Anne. Suivie par Pitou qui portait leurs légers bagages,

Laura s'engagea dans la Grande-Rue, pas beaucoup plus large d'ailleurs que les autres venelles sorties tout droit du Moyen Age, qui taillaient leur chemin entre les hauts murs des maisons de commerce, des sévères hôtels d'armateurs, de capitaines enrichis par la course, des églises et de leurs dépendances. Naguère encore tout cela grouillait d'une animation plutôt joyeuse qui semblait avoir disparu. Certes, boutiques et échoppes étaient toujours là avec leurs vendeurs et leurs chalands. L'atmosphère, cependant, n'était plus la même. Il y avait moins de bruit. On parlait moins... On ne riait plus.

– Nous allons loin ? demanda Pitou.

– Non. A droite après le chevet de la cathédrale que vous voyez là-bas au bout, dans la rue Porcon-de-la-Barbinais. Notre maison avoisine celle de Duguay-Trouin.

En peu de temps on fut rendu. Laura s'arrêta devant une belle porte ornée de têtes de lion et de guirlandes ; elle allait saisir le lourd heurtoir de bronze quand elle se ravisa :

– Peut-être vaudrait-il mieux que vous entriez le premier pour préparer ma mère à me revoir ? J'ignore tout de ce qu'elle peut éprouver depuis ma disparition, mais elle est tout de même ma mère et je voudrais user de ménagements avec elle. Je connais si bien votre tact et votre délicatesse ! Cela ne vous ennuie pas ?

– En aucune façon. J'allais d'ailleurs vous le proposer. Mais j'ai des scrupules à vous abandonner ainsi en pleine rue...

– Soyez sans inquiétude. Il y a là-bas une auberge dont vous pouvez voir l'enseigne. Elle a toujours eu une bonne réputation et je vais vous y attendre...

Elle allait s'écarter de la porte pour laisser place à Pitou quand celle-ci s'ouvrit et une servante coiffée d'un bonnet la franchit et se trouva nez à nez avec Laura. C'était la jeune Bina qui avait été la femme de chambre de Mme de Pontallec et elle voyait son ancienne maîtresse de trop près pour ne pas la reconnaître instantanément. Elle étouffa un cri, se signa et voulut se rejeter derrière la porte pour mettre cette barrière entre elle et ce qu'elle croyait un fantôme. Comprenant ce qui se passait en un éclair, Pitou la saisit par le bras pour l'obliger à sortir et referma derrière elle.

– N'aie pas peur Bina ! dit en même temps Laura. Je ne suis pas une ombre ni un spectre. C'est bien moi !

– Mad... Mad... Mademoiselle... Anne-Laure ? Mais... Comment est-ce possible ? Tout le monde vous croit morte !

– J'ai failli mourir plusieurs fois, mais tu vois je suis encore là...

– Si vous m'en croyez, intervint Pitou en remarquant le regard effrayé que Bina lançait, non au pseudo-fantôme mais à la maison derrière elle, on va aller s'expliquer à l'auberge dont vous parliez. On sera mieux que dans la rue...

La jeune chambrière se laissa emmener sans résistance, guidée par la main ferme du journaliste car elle ne quittait pas Laura des yeux et risquait à chaque pas de buter sur les gros pavés inégaux. Elle ne cessait de répéter que c'était pas croyable...

Arrivés à destination, on s'installa et Pitou commanda du cidre et des galettes de sarrasin, ce qui ramena la pauvre fille à la réalité. Elle reprit quelques couleurs après que Laura lui eut présenté Pitou comme l'un de ceux à qui elle devait la vie, en lui donnant un résumé non seulement succinct mais sévèrement élagué de ce qu'elle avait vécu.

– A présent, conclut-elle, je dois fuir la France et gagner Jersey. J'ai pensé que ma mère pourrait m'aider, et elle seule. J'ai besoin d'un bateau. Elle en a toujours j'espère ?

– Oui... Oui, elle en a, mais...

– Mais quoi ? Tu penses qu'elle ne me reconnaîtra pas ou qu'elle aura peur de m'aider ? Cela ne lui ressemblerait pas du tout ! Je connais sa force et son courage... à défaut de sa tendresse.

– Ça... Ça, c'est bien vrai mais... Vous ne pouvez pas aller la voir, Mademoiselle Anne-Laure...

– Pourquoi ? Elle n'est pas malade j'espère ?

– Non... Non, non, c'est pas ça, mais votre venue causerait un si grand scandale que ça pourrait la tuer.

– Un scandale ?... La tuer ? Que veux-tu dire ?

Bina semblait au supplice. Elle regardait tour à tour les deux visages tendus vers elle et le souffle lui manquait. Pitou lui fit boire encore un peu de cidre :

– Allons, encouragea-t-il, dites ce qu'il y a ! C'est donc si difficile ?

– Oh oui !... Il faut vous dire... qu'il y a huit jours, Madame s'est remariée.

– Remariée ? Ma mère ?...

– Oh, elle a beaucoup changé, vous savez. Elle a rajeuni. Elle est gaie comme on ne l'a jamais vue...

– Ça veut dire quoi ? coupa Pitou impatienté. Qu'elle est amoureuse ?

– Oui... Enfin elle en a tout l'air. Oh, Mademoiselle Anne-Laure, c'est affreux ce qui arrive parce qu'il faut que vous repartiez... Et même que vous restiez morte encore pas mal de temps...

– Vous pensez un peu à ce que vous dites ? gronda Pitou qui sentait la moutarde lui monter au nez.

– Bien sûr que j'y pense ! Il faut que Mlle Anne-Laure sache que si elle veut absolument entrer dans la maison et voir sa mère, elle a une grande chance de ne plus vivre bien longtemps.

– Mais enfin... Pourquoi ? fit Laura, saisie d'un soudain et terrible pressentiment. Qui ma mère a-t-elle épousé ?

– Ben... Votre veuf... M. le marquis, lâcha enfin Bina.

Oubliant la République, Pitou jura par tous les saints, mais Laura s'était levée. Les yeux agrandis de stupeur horrifiée, elle fixait la jeune fille qui se tortillait mal à l'aise :

– Tu veux répéter cela ! Elle a épousé qui ?...

Pour toute réponse, Bina baissa la tête, n'osant plus affronter ce noir regard sulfureux. Alors, sans ajouter un mot, Laura s'enfuit de l'auberge en courant. Jetant vivement un billet sur la table, Pitou s'élança derrière elle...

Saint-Mandé, septembre 1999.

Note de l'auteur

Comme pour *Secret d'Etat* le héros de ce roman est un personnage réel, appartenant à l'Histoire mais peu ou mal connu, sinon pas du tout en dépit du rôle important qu'il a joué. Je lui ai seulement prêté un léger supplément d'aventures – mais on ne prête qu'aux riches ! – en introduisant auprès de lui le personnage féminin né de mon imagination.

La Révolution, tout le monde sait à quoi s'en tenir. Mais ce que l'on connaît moins c'est, en marge de toutes les autres (guerre étrangère, guerre de Vendée, Chouannerie), la lutte secrète, larvée mais impitoyable, qui a opposé les agents secrets royalistes entre eux. J'entends par là les partisans du roi Louis XVI et du petit Louis XVII contre ceux des Princes leurs frères et oncles. Ce livre est un hommage au chef le plus important des premiers, le plus mystérieux et le plus attachant aussi : Jean, baron de Batz dont je suis la trace depuis longtemps. Gascon, il appartenait à la même souche familiale que d'Artagnan et, comme lui, il n'eut jamais qu'un seul maître : le Roi, auquel il vouait respect et affection. Comme lui il maniait en maître l'épée ou le pistolet, mais contre la Convention qu'il voulait abattre il sut employer une arme vieille comme le monde et cependant beaucoup plus moderne : la corruption.

C'est aussi un hommage à un souverain qu'il est de bon ton de dénigrer voire de tourner en ridicule comme le faisaient les courtisans de Trianon. Il fut l'un des plus humains de nos rois. Homme de science – il était peut-être le meilleur géographe de son royaume et pas seulement un serrurier amateur ! –, Louis XVI n'était sans doute pas fait pour porter la Couronne mais, plutôt que de verser le sang de son peuple, il choisit de changer la sienne pour celle du martyre. De mœurs pures, exempt de vices comme de favorites, profondément chrétien, il eut le tort de trop aimer sa femme. Il abolit la torture, voulut remplacer la Bastille par un jardin, aida une vieille colonie anglaise à devenir les Etats-

Unis et paya les factures en souffrance de Louis XV et même de Louis XIV. La grandeur de sa mort – il faut avoir lu son testament – aurait dû lui valoir une petite place aux côtés de Saint Louis, un début d'auréole... Lui, au moins, n'alluma jamais de bûchers ! Mais l'Eglise a de ces absences...

Remerciements

De nombreux auteurs ont collaboré involontairement à cet ouvrage. De l'irremplaçable Lenôtre et des mémorialistes du temps à Alain Decaux, André Castelot, Jacques Godechot, Jacqueline Chaumié, en passant par Claude Manceron et beaucoup d'autres. Je les remercie bien sincèrement pour le fabuleux éventail d'images qu'ils m'ont offert.

Mais, concernant ce premier volume, je tiens à remercier tout particulièrement M. Hélion Le Comte, descendant des comtes de Dampierre et propriétaire actuel du château de Hans près de Valmy, quartier général du duc de Brunswick durant les longues négociations qui ont suivi la bataille. Il a bien voulu m'ouvrir ses archives familiales qui m'ont appris beaucoup de choses...

TABLE

Aubin Imprimeur
LIGUGÉ, POITIERS

Achevé d'imprimer en septembre 2000
pour le compte de France Loisirs
123, bd de Grenelle, 75015 Paris
N° d'édition 33881 / N° d'impression L 60599
Dépôt légal, septembre 2000
Imprimé en France

